长篇小说

谷雨

和谷 著

 陕西师范大学出版总社

图书代号　WX17N1083

图书在版编目（CIP）数据

谷雨／和谷著．—西安：陕西师范大学出版总社有限公司，2017.9
ISBN 978-7-5613-9568-4

Ⅰ.①谷…　Ⅱ.①和…　Ⅲ.①中篇小说—小说集—中国—当代　②短篇小说—小说集—中国—当代　③散文集—中国—当代　Ⅳ.①I217.2

中国版本图书馆 CIP 数据核字（2017）第 240405 号

谷　雨
GUYU

和　谷　著

责任编辑／	张建明　马聪敏
责任校对／	徐　娜
插画设计／	王　薪
出版发行／	陕西师范大学出版总社
	（西安市长安南路 199 号　邮编 710062）
网　　址／	http://www.snupg.com
经　　销／	新华书店
印　　刷／	西安市建明工贸有限责任公司
开　　本／	720mm×980mm　1/16
印　　张／	19.75
字　　数／	200 千
版　　次／	2017 年 9 月第 1 版
印　　次／	2017 年 9 月第 1 次印刷
书　　号／	ISBN 978-7-5613-9568-4
定　　价／	48.00 元

读者购书、书店添货或发现印装质量问题，请与本社高等教育出版中心联系。
电话：（029）85303622（传真）85307864

> 旅人游汲汲，春气又融融。
> 农事蛙声里，归程草色中。
> 独惭出谷雨，未变暖天风。
> 子玉和予去，应怜恨不穷。
>
> ——（唐）孟浩然

目录

1 / 第一章　还乡

19 / 第二章　父亲

38 / 第三章　西院

55 / 第四章　学堂

66 / 第五章　先人

90 / 第六章　古槐

106 / 第七章　龙种

123 / 第八章　炭窠

140 / 第九章　窑神

155 / 第十章　土地

164 / 第十一章　亲事

193 / 第十二章　石场

210 / 第十三章　车站

225 / 第十四章　秋日

263 / 第十五章　海岛

276 / 第十六章　归来

289 / 第十七章　家书

第一章 还乡

我顿时想到，早先的陶老先生是将绶带挂在了彭泽县衙的房梁上而辞官归田的，那阵子他不过四十出头，回到了乡间，在老家度过了恬淡的余生。连自己也不曾料到，我在五十七岁的这年秋天的一个午后，从地处都城大雁塔之侧的供职单位老干部管理处领到了一份退休证。我不禁问老干处的小童，有用吗？她郑重地说，肯定有用。大隐于朝，小隐于野，中隐则市，也就是千古第一田园诗人的陶渊明也只能是中隐，结庐在人间，是介乎朝野之间的。白居易有题为中隐的诗作，苏东坡在我曾客居八年的海南岛是隐是贬莫衷一是，王维则在蓝田辋川半官半隐逍遥了得，够了，我辈退食于老家田园，岂不是平生快意之事。不敢苟同于上述先贤，只是钦慕于他们，我说过我只是一只小蚕，桑叶吃得差不多了，就该吐丝作茧了，是自缚也是自我解脱，做一个归去来兮的美梦罢了。

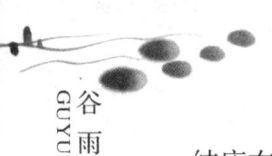

谷雨
GUYU

　　结庐在老家,是我近年来的一个牵肠挂肚的夙愿。十八岁那年我从乡下到十多里外的水泥厂做工,二十岁上到了省城读书,毕业后在这座都城吭吭哧哧地奔波到四十岁,不惑之年远走海南岛以至知天命的年纪,又回到了物是人非的都城,就这么一晃悠,便该打回老家去了。从近及远,从远及近,作了一回或近或远的旅人,四处客居着,漂泊着,最终还得回到最早离开并出发的地方,是任何人都无法改变的命运。你说你不然,可以客死异乡,那不更惨吗?不成了孤魂野鬼了?你说你可以不死,那你除非是个白痴,白痴也是要死的。按说在密如蚁穴的高楼大厦里拥有一席之地,价值不菲,那里未必有乡间的一孔土窑洞接近地气。田园将芜,人烟罕至,人们都一窝蜂地簇拥到人满为患的城里来,除了挣几个钱还有什么?当然,站着说话不腰疼,庄稼人不离开土地是活不下去的。有人说,城市是一个巧言令色的魔鬼,它把人也变成了异化的怪物,人忘记了衣食之母的土地,忘记了造物主赐予的鲜活阳光和清爽空气,也忘记了人自己。与其在城市添加一丝二氧化碳,不如回到富氧的田园休养生息,安然无事,度过短暂的余生。我不免意识到,若论年轻人的豪情万丈,人是一步步向远处走的,若论人一生的终极目标,却也是一步步向回走的。远行是为了回归,回家的路一直在脚下。想起这么一个情景,在一个小驿站里,一位进京赶考的少年与一位辞官归田的老者相遇,面面相觑。少年说,我是昨日的你,你是明日的我。老者说,我是明日的你,你是昨日的我。而今日呢?早知今日,何必当初。但没有当初,哪有今日。一切都似乎理所当然,无所谓悔与不悔或悔之晚矣。

第一章 还乡

我所生活多年的这座都城，距老家不过百十公里路程。在美国，也就是在京城，有一辆车子，早出晚归，也可以在被视为郊野的地方居住的。在职的人可行，被认为是上茅房排队等（屎）死的闲人来说，则得不偿失。没事来城里干吗，公家把退休金如期打入你的卡片，你慢慢花着，就悄悄待在你以为舒坦的地方不很好吗？当初来省城，坐火车仅需几毛钱车票，途中要停十几个小站，从北到西，再由西折向东，差不多大半天工夫。后来，公路取代了铁路，逐步从五六个钟头缩短到一个来钟头，道路从曲线取直，快捷且舒适。你别说，这恐怕算得上是城市化的一点好处。若是让苏东坡坐牛车，也就是让皇上娘娘乘豪华轿子，也是不如当下便利。

老家由一座因煤而兴的小城管辖，一条三十里长街从西向东，俗话说的长虫的尻子没深浅，在狭窄的川道里挤满了火柴匣似的建筑物。前些年，小城在接近省城的方向圈了一大片地，叫成新区，人们陆续迁往那片开阔的原野上。老城区有我自小的向往，那是去煤山上捡炭，去街巷里卖柿子杜梨槐米，去一个耐火材料厂的后山上担屎尿拉大粪，到砖瓦厂当小工建轮窑，也去工人文化宫看过电影，到五一饭店吃过订亲的糖醋排骨。进省城后很少到老城里去，当然也为家里和亲戚的事求过地方官，也与同学工友聚会过。不知怎么，我从来没有想过在老城造房子，那里偏北，人满为患，曾经是卫星上看不到的一个城市，着一件白衬衣穿城而过会变成黑衣裳。有外人糟蹋说，嫁给煤矿上的男人得尿三年黑水。当然这是旧话，煤城也已成了卫生绿化城市。

我从海南岛归来省城，有朋友劝我在新区买房子，一平方

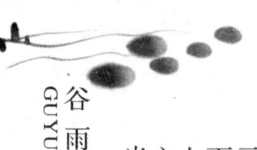

米六七百元，我没动心，谁也没有想到十年间房价涨到了三千多。新区固然开阔，但我觉得少了人气，少了市井的气氛。那么在古州的名刹租几间房子住，环境倒也清静，却背不起出家当和尚的名儿。也曾设想过在小镇上安居，自小在这里赶集逮猪娃卖羊，羊市边上就是母亲的外婆家，外婆上了东原快一百年了，依稀还能寻到老舅家的后人。小镇上有小河，桥头的照相馆理发店杂货铺还略有遗存，只是不见了上高小中学时路经的一毛钱一两粮票两个油糕的饭铺子，不见了背大壶卖油茶的碎个子老汉，骡马店也早没了踪影，只是火车还在叫，让我想起四十年前祖父送我去省城的情景，而祖父已经去世三十年了。小镇几十年没大的变化，烟雾弥漫，不遇集会时冷冷清清，卖东西的比买东西的人多。小河水也窄得一步就能跨过去，背馍上学时游泳嬉闹的那条小河不知哪里去了。我的心里，从小镇上找不到让我安居的位置。究其缘故，还是热土的程度，更多的是心理上的障碍，因为最为妥当的地方莫过于那个最亲近的东原上的小村子，那里是生命的起点，也应该是人生的终结之处。生活在别处，是一位外国哲人的话。在自己的老家生老病死，也是一位西方智者的感言。

另一座盛产瓷器的小镇在东原的高处，翻过山岭就是一马平川的渭河平原了。我的小村了，介乎于两座镇子之间。自古小村子归属瓷镇，因为那里是方圆数百年间的大集市。祖辈们在农耕之余，赶上骡子去集市上批发瓷器，沿山梁上的骡马大道驮至州城，从中倒腾几个差价。一来二往，便与瓷镇的人家有了儿女婚事，百年以住，亲戚套亲戚，就脱不了干系。瓷镇上的人家大多是富贵人家，我们所谓下原里人说到他们或是眼里放光，或是加重了语气。只是说到那里人的吝啬时有点不屑，你想讨碗煎水解渴是困难的，因为缺水，他宁可让你端走一摞子瓷碗。那里出过一个道台，在云南做过官，明史记载有他的政绩，而后因与贪腐势力有隙反而遭遇坎坷，回到瓷镇老家度过余生。乡间传说，老先生身陷囹圄即遭谪贬，知晓隔墙有耳，故意自言自语道，哎呀，千万莫把老朽弄回陈炉山上去，那儿一年一场风，从春刮到冬，缺水吃，跳蚤能把人吃了。他果然被押解回了老家，如愿以偿。换了皇上后，朝廷请他回去做官，他称病婉言谢绝，皇上颁发了荣誉称号给他，事情就这么罢了。道台的遗产仅有几箱子字纸，也让他的后人不穷。我的祖上有一位女儿嫁于道台家，有幸得到老先生的一幅墨宝，以至传到吾辈之手。

耕读传家的风气，恐怕也是从瓷镇引进的。祖辈人读书，也是去瓷镇上高小，学费是几斗麦子或几斗谷子。那座学堂住过共产党的贺龙，我的一个老姑夫跟着打过游击，掉到崖下负过伤。铁路伸延到了老家，煤业兴旺，瓷镇渐渐衰落，小村子也从瓷镇划拨至铁路边的小镇管辖，人们与红火过的瓷镇慢慢疏远了。瓷镇上的人口在减少，大块耐火砖箍的窑洞能耐过几千年，却有不少荒废了。如果想购置一处旧院落，据说也是一万元上下。有人劝我在此落脚，我似乎感到了一点陌生。

铁路边的小镇，似乎没沾近代工业化多少光，是通往因煤而兴的老市区的小驿站。大约一百年前，那个叫慈禧太后的女人让八国联军撵到了西安避难，不得不向近代西方轰隆隆的火车投降，井底之蛙看见了湛蓝的天空。也许是老佛爷念及西安的恩惠，首肯修建陇海铁路，让外国佬也赚一笔钱，中国的西

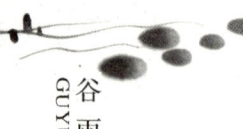

部也有了轰隆隆的火车的好处。七八十年前，长长的铁轨作为支线伸进了渭北的山沟，经过小镇，让十里外的我的父辈祖辈听见了比牛吼厉害得多的火车的叫声。尔后多年，曾经是唐朝宋朝陶瓷重镇的十里窑场，建起了烧造排水管道的陶瓷厂和架电线用的瓷葫芦厂，还有石灰水泥钢铁纺织类小厂子。如今，只有我在二十岁前当过开山工的水泥厂日益扩张，借助南方老板做成了品牌，其他厂子几乎没有大的起色。

这样一来，小镇依然保留着多年前农耕社会贸易集市的面容，恍然地瞅着内蒙古包头至广东茂名的高速公路从旁边匆匆穿过。小镇老了，古老陶瓷遗址上的工业园区尚在梦中。即使小镇繁华时尚，我也没有在此造屋的打算，对于小镇上的后裔来说，我只是东原上的后人，尽管小镇的羊市入口处有我的老舅家，我妈的舅家，我外婆的娘家，我老外爷的家。老家人的心理，越是住在人多广众地方的人越高人一等，离市面越近的人越贵重，而我这个到过省城京城甚至外国的近六十岁的东原上的人，情愿回到十里外的原上栖息，寻找遗忘了的童年梦，陪伴年迈的父母，与已经满头白发的儿时的玩伴拉话，在最早出发远行的地方安顿自己的归宿。

从小镇的国道钻过包茂高速的涵洞，再越过陇海支线的铁轨，我踏上了从这里可以抵达邻近的县城的县域公路。旁边的河沟，只是黄河支流的渭河支流的漆水支流的一条小小的季节河，它是从我的小村子门前流过的，只有在暴雨时节才哗哗流响，平常仅仅是一条干河沟。我少年时出于好奇，从沟口曲里拐弯一直走到家门前，好像陷入深不可测的谷底，比上原的土路长得多，但也平坦得多。沿沟底有过清朝以来开采过的小煤窑，旧社会驮炭的骡马大道是沿河沟通向铁路小站的。如今若干个小煤窑已经倒闭，留下长满杂草的井洞和煤黑子住过的破窑，一片苍凉。沟口的先民可以追溯到新石器时代，曾经出土过几千年前的古董。近百年开过油坊，加工菜籽油，乡人送去油菜籽，取回清澈的菜油，不花加工费，丢下油渣就可以了。油渣让油坊主发了财，成了祖辈相传的家业，高骡子大马，深宅大院，穿金戴银，富得流油，也成了后来被戴高帽子游街批斗的地富反坏右分子。如今油坊里的后人又是洋房小楼，大车小车，日子过得滋润，好光景又回来了。富人的后人还是富人，穷人的后人还是穷人，是遗传还是智商，是家教还是修养，用庄稼人的简单哲学说，一个字，穷人还是"懒"把人害了。懒，吃屎也吃不上热的。当然，也有天灾人祸，命不好，运气不好，喝凉水也塞牙，倒霉蛋一个。听外婆说过，当年闹饥荒，一个先人逃难回来，瘦肠子吃了一碗捞面给噎死了，日子过不下去，她从小镇上嫁到了家道尚好的外爷家。外爷是骡马道上的行家里手，又是秧歌行里的伞头，方圆驰名的民歌手，娶了小镇上的女子，算是有本事人。祖父和父亲也是吆骡子驮炭的行家，又与外爷合伙在小镇上倒卖煤炭粮食期货，有赔有赚，相处合好，便有了父母亲的婚事。年轻时的父亲，吆骡子驮炭的回程路上，一上原，是立在骡子背上穿过一村又一村的，那是怎样潇悍的情景。

如今，祖辈人已经过世多年，父亲也近八旬，脑溢血的后遗症折磨着他，常常痛哭流涕。我说，大，这多年多少人得了这病都没了，可你活过来了，这是你的福分，有啥哭的？父亲说，那么一个能踢能咬的，咋就成了这了。他说的能踢能咬，

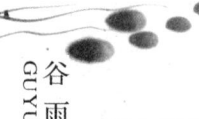

原本指的是骡马中的强者,借来说人,有本事的人,能行人。父亲无奈于人要变老的事实,说是人要再往回去活二十年多好。歌里唱的再活五百年的皇上,也不能如愿的事,一个庄稼人岂不是白日做梦。在小镇过了铁路的沟口,有一个公家的煤炭基建单位,小时候我在这里的露天戏台子下看过秦腔《柜中缘》,说的是一个秀才受冤被衙门追捕,一个姣好的女子把他藏匿柜中,成就了一对好姻缘。后来知道,这折戏是一百年前易俗社的临潼才子孙仁玉写的,他的后人还送我一本先人的传记。无巧不成书,多少年之后,我的儿子从京城前往美利坚读博士,陪读去的儿媳的父母,也就是我的亲家,曾经在这个煤炭基建单位供职,真可谓近在咫尺远在天涯,千里姻缘一线牵。如今出生于美国国土的孙女一大一小,大的有十岁了,也就是我当初在此处观看《柜中缘》的小小年纪,她们的母语是中国话,英语却比母语顺溜,她们不晓得这片偏远的土地,而祖辈依然守望在这里。一个手机短信,分分钟可以在黄土高原与纽约打一个来回,远也近,近也远,一分钟比一个世纪还长,几万里比一小时的路程还近,亲近与疏远,时间与空间,形成了这个当下世界的纠结。

上了台原,是开阔的田野,一道道山原之间的沟壑被遮蔽了,梯田在眼底似乎连成了一片。刚才的川道,城镇以及铁路和高速公路笼罩在了烟霭之下,满眼是秋阳下金色的庄稼和行将凋落的草木,以及类似诗经里描写的农耕男女忙碌而恬淡的生活情景。西边的新城在一片薄雾之中,北边是川道外青色的山峦,南边是高高的与渭河平原连接的石马山和宝鉴山,东边是起伏的原野村庄。我的小村子,在这道原的三个大村寨之间。一个村寨是舅家所在的大村子，村口曾经有座庙，记得叫界石爷庙，不知缘由，已不复存在。我每想到戏文中"路途中破庙里歇息一晚，来两个坏军队口出胡言，将你妻拉往荒郊野外，用钢刀砍的她血染衣衫，你的妻转回来痛哭一遍，一刹那咽了气命丧黄泉。叫骂一声蒋委员长，你不是一个好皇上，为什么你的联保军队一个一个是豺狼"的唱段，就想起了儿时随外婆烧香磕头来过的这座古庙。戏是《血泪仇》，古城墙下秦腔茶社里还在唱，是一种披红收受偿钱的娱乐营生。我觉得自己不应该是这里的看客，应该回到自己的老家去。

在海岛客居时，看过央视焦点访谈的一档节目，是说脚下这片土地上发生的事情，地下开采煤炭使地上的村庄出现裂缝，镜头中出现了我的老亲戚的面孔，我的思乡之情竟在这时候爆发，实在悲哀。舅舅在煤矿上辛辛苦苦几十年，赚了又赔了，出几个人命事故，钱都搭进去了，到老了还在别人的煤矿上看场子，挣几个零用钱。另一个大的村寨，是大姨家所在的村子，新中国成立前曾经是管辖我的小村子的村政府所在地，有当时叫联社的可以买到食盐火柴洋糖发卡一类货物的商店，有学校，有高高的古寨子。从家谱看，我的曾祖辈与这里有通婚现象，过来过去都是老亲戚。有同姓的一支人，在两百年前就另立门户了。小时候去大姨家，让狗咬了腿脖子，鲜血直流，后来就怕狗。姨弟的奶奶高寿，能唱长长的民歌，唱的都是儿女情长，惜惶得不得了。父亲回忆说，当年我大伯娶我大妈，轿子抬到这个村口，共产党的队伍过来了，说是解放了。相隔三里地的同姓老村子，是我先祖的祖庭，从元朝就有了。村口有过铁旗杆和石牌坊，是表彰先祖建功立业德行的，有过

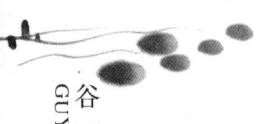

祠堂，年节时族人都来这里祭祖。村上有中药铺子，我小时候还去那里抓过药，药引子通常是红枣，经常在药渣子里捡枣子吃，苦甜苦甜。新中国成立前后，我的小村子的管辖归多姓的这个大村寨，尔后一直延续至今。后来叫大队小队，叫村委会村民小组，叫大队长队长，叫主任组长。最小一级政府，是最底层，也是金字塔的基石。父亲当过队长，弟弟当过村主任，当过国家最小的官，始终没有离开过祖先留下来的这一片土地。二十世纪八十年代，村是富村，有了电，家家有了电视，到了近年小煤窑关了，成了贫困村，村人靠贩煤挣钱，煤是从几十里外拉回来掺了石矸运到渭河平原一带赚钱的。一百年间，种庄稼之外，村人的生产经营方式从根本上没有大的转变，先是骡子驮，后是架子车拉，再是农用车大卡车运，一直充当的是脚夫的角色。新的出路是外出打工，一改先人打死也不出门的习惯，走州过县，到省城京城，上青海下广州，慢慢在外成家立业，把老人丢在了这遥远的故土，有的临到老人死去也见不上一面。于是，曾经有四五十个孩子的小学校也闲置了，荒草长满了院落，朗朗的读书声化为麻雀一类的鸟啼。

　　小学校坐落在小村的村口，远远地就可以看见高出一片砖窑崖背的机砖瓦屋脊，屋后是一片苹果园和机耕路，院子里有几棵柳树和一棵桐树。二十世纪七八十年代，乡人还居住在原下的凹地里，向阳又避风，窖水吃完了有沟底的泉水，早年的炭窠形成的骡马大道是顺季节河通向小镇的。后来有了胶轮的架子车，两轮手扶和四轮拖拉机，五轮农用车以至六轮十轮货车，凹地要通过陡坡才能爬到原上的公路上去，人们便寻思着舍弃凹地里温暖的祖屋，到风声嗖嗖的原畔上去建砖窑。所谓的出入方便，是迁就了公路，以便快捷地顺公路抵达小镇和远处的小城。那么，依水而居的水在哪里，可以用车子拉水，从邻村和远处水库上拉来清凌凌的水，担水的扁担也随之消失。一家一户拥有院坡菜地和羊圈猪圈牛圈的方便消失了，牛也消失了，猪也消失了，仅有几只羊在顽强地延续到了二十一世纪。人们住进了巷子，一排排砖窑陆续占领了原畔的开阔地，形成了新的村庄。凹地里的老土窑被废弃，睁大了空洞的眼睛，村落重新沦为农田，守望着那棵成百上千年的老槐树。原畔上的村庄，在四五十年前还是一片沃野，一处坟地上长着墨绿色的柏树，那是财东二老爷的墓地，有二老爷和他的大婆小妻的坟茔。

从家谱上看，二老爷的一支人几代单传，日子过得滋润，地多，有高骡子大马，有长工娃，有火枪，能娶得几房妻妾。有一回土匪来劫，二老爷的小妾守在门楼上用火枪还击，还把老瓮砸成将瓷瓦片，砸向土匪的脑壳。是一个长工娃领了土匪来的，没占到便宜，土匪便用火枪崩了长工娃，人说是罪有应得。这场劫难之后，家道衰落，二老爷和妻妾相继过世，就埋在这处坟茔里。小妾后来改嫁到了西原里，食堂化后爷爷和父亲去西原用磨子换粮食，巧遇这位长辈娘娘，念及乡土亲情，在这里吃了顿饱饭，睡了一宿热炕，临走还给了父亲一双布鞋。前几年给二老爷迁坟时，棺板已见朽，有骨什头发和镯子银钗之类遗物。因为坟地的风水好，多年前先是在这里盖了下乡学生的几排砖窑，学生们回城了，两孔砖窑成了临时小学校，其余处理给了几户人家。我大学毕业时，还是一腔热血，一幅学生模样，便自荐到这里给小学生们教歌，一边吹口琴，一边教孩子们唱歌。而眼下这些孩子们应该有四五十多岁了，他们的孩子也孩子的父亲了。眼前拥有高大屋脊的小学校是后来修的，伐了沟底的杨树林作檩，拉力钢梁，红砖和墙，机瓦屋顶，窗子也是钢的，似乎要作千年大计。但使用了不足三十年，世事变了，一则计划生育，孩子们少了，二则年轻人进城打工，带孩子们上城里借读了，小学校最后仅剩下一两个生源。老师老了，由民办转公办后退了休，回家抱孙子了。早年小村有私塾，曾祖父辈是请了教师到家里来，家族中三个五个孩子是在凹地老庄子的一孔小窑洞里读书的。而后再上邻村的学校，到镇子上去读书。曾祖父瑄公是家族中的佼佼者，一直读到了县城的学堂和省城的师范学堂，当了民国县志的编撰人，与西安北京来的教授如黎锦熙之名流交往甚密，一起研究同官地域方言，著书立说。黎锦熙何许人也，毛泽东的老师，瑄公与黎先生交往的时候，毛泽东正好在陕北。

新中国成立后，小村有了小学，是三个自然村落之间新打的两孔窑洞，可以上到四年级，然后去上完小读书。我在那里上学的时候，先后两位老师都是邻村的，在学生家吃派饭，一顿一毛钱二两粮票，对教书的公差很敬业。最多时，有二三十个学生，后来可能还要多一些。近年连邻村曾有百十名学生的小学，也只剩几个孩子了，老师比学生还多，这原上的小学校自然慢慢荒废了。那时小弟当村长，村上煤矿关闭了，村里付不起村长的几百元补贴，临到小弟离任时村里把这处地方折给了小弟。据说一位退休教师曾经想买了当庄基，议了五千元，买方嫌贵，小学也只好荒废着。小弟占了这块地方后，放置经营推土机的器材，油桶架子车木料柴草垃圾占领了教室的大屋，院子种一些菜，周围的荒草比菜长得旺。自然长出的桐树有一抱粗了，一角的柳树是小弟栽种剩余的苗子埋在那儿，却正是应了那句有心栽花花不开，无心插柳柳成荫的话，蓬勃成了一道荒芜的好风景。

前多年回来时，我是和父母一起住的。与小学校同一条巷子，隔三几户邻家，是八十年代后期父亲和小弟修造的。一绺四孔大砖窑，有平房楼门，还养牛养猪养鸡。有次回家，遇上父亲养的那头母牛生牛犊，母牛营养过剩，膘肥体壮，因难产而闷死了小牛犊。那绸缎一样美丽的小畜牲，静静地长眠在牛圈里，老母牛在哀伤，父亲更是痛楚不已。我很少见父亲这么沮丧过，不仅仅是因为一头牛犊，而是他的农耕梦从此破灭了。之后，家里没再养过牲畜。几只下蛋的母鸡，也是我接父母到省城居住的那一年，临离家时带来了最后的几只鸡，一个一个被煮在了高压锅里，香气扑鼻，父母却没动筷子。半年后，父母回到老家，鸡也不再养了。好在原畔有几亩田地，父母栽种了苹果石榴，但缺乏剪枝疏花上肥杀虫一类专业管理，顺其自然，虽是绿色食品，收成却是退化的小果子，好吃，但只能卖下贱果，一斤值两毛钱。果园一边种点菜，主要是辣椒豆角菠菜茄子，自己吃不完，零碎让子女们捎了去吃。原先沟底小山上还有一片退耕还林地，父母双双继续学大寨修梯田，硬是把一个荒山头变成了绿树葱茏的山包。小山上的花椒树枝繁叶茂，花椒结得好，无奈父母年纪大了，再也无力去收获果实。有时叫来女儿女婿外孙外孙女，甚至雇用别人一帮人来摘花椒，所卖的钱还不够人工花费。毕了，就免费让邻家去摘，谁摘了算谁的，还得给人家说好话，多亏给帮忙摘了，要不让

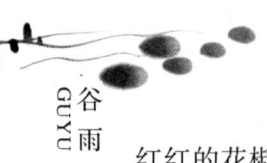

红红的花椒扎在树上,一是可惜了,二是怕旁人笑话。父亲前几年上香山赶庙会,得了脑溢血,好在治疗及时,恢复良好,生活能够自理,但从此下不了地了。

  母亲常常一个人守在原畔园子里,蹲着坐着爬着侍弄果树和菜蔬,儿女们劝说不听,说是止心慌哩。后来,知道母亲又下地了,起码没毛病,总比生病睡在炕上起不来好,就依了母亲的心意。父母和小弟分开过活多年了,吃水烧炭用电磨面头疼脑热日常使用,小弟弟媳侄子侄女一个院生活,多是他们照管。二弟一家住的相对远点,也常来照顾。几个妹子你来我去,照看老人没少操劳。而我老大,出门几十年了,逢年过节回来看看,尽管在花费上出一些,总是不在跟前,还让父母远远地惦记我。回到热炕上,我似乎又重返童年,与父母说话说到半夜。几乎把前三十年后三十年的家事村事说个遍,把三婶六舅七姑八姨左邻右舍的事搜寻个尽,有时话说到半句就呼呼入睡了。父亲二回犯了病,言语不清,也很少张口说话了,说了旁人也听不清,他也就不再张口了。话没人听懂,他就急得哭出声来,母亲说,你再哭就没人来看你了,我们都走呀。这话把父亲给吓住了,尔后很少哭,而变成笑了,笑得难受。有时妹子们帮忙做饭,我也插不上手,有时是母亲做饭,我也不打搅她的盐淡醋轻,做好了端着吃。

  我想这样多陪陪父母,就起了在老家造一处屋舍的主意。父亲曾说过旁人出卖的一处庄基,三分地大小,两孔窑洞砌了一米多高的石头根子,要价三千元。贵倒不贵,这价钱当时在省城只能买到一平米的房子,但院落还是小了一些,不够如意。曾与小弟说过转让他占有的小学校,一亩多地,一百多平米的大教室，院子里可种菜种花，离老窑院也近，修缮一下就是一处好别墅。我回来有住处，父母也有一个散心的去处，毕了也为小弟腾开窑院，不都挤在一起。这么说定了，用小弟原先借我的一万元作交换，小学校就可以转让到我名下了。政策说，公家人不能在农村买房产，好在父亲早先有一个庄基的手续没有落实，可申请将小学的校产转为庄基用地，由小弟办好与村上的校产处置手续，再过户到父亲的庄基名下，然后办理公证，由父亲将庄基赠予我，这样才算合理合法。各类手续齐全后，由土地部门连同村上来人，丈量面积和东西南北四邻位置，三分庄基地外超出土地在父亲承包地中调整，签字画押，颁发占有土地证书，这才万事俱备，只欠东风。修缮小学校的工程开始动土了。

当年一过国庆假期，和了个吉祥的好日子，我和父亲还有兄弟侄儿们一起到了小学校，烧了一炉香，用锄头动了动土，就算开工了。父亲跪不下去，但坚持要我兄弟侄儿们磕头，以求老天爷保佑。上溯到一百年，曾祖父兄弟两个拥有老槐树底下的一正二斜三孔土窑，后来箍了一个小砖窑，也就是父亲娶母亲也是我三兄弟出生的小砖窑，外带三间厦房和做饭处，有一道称作二门的小楼门，与自家位三的曾祖父几代人共有一个大楼门。曾祖父位六，曾祖父的弟弟位十二，简称二老爷，曾祖父娶过三房老婆，留下祖父一个独苗和几个老姑，二老爷命运不济，两儿夭折，三女有两女先他而去。父辈六男一女，父亲位大，在老院里过活到七十年代。我最早离家到小城做工，是从老槐树底下的窑院走的。如今过了四十年，我当初出走时的老窑院早已化为田地，只有古槐不记年月，仍然蓊郁地伸展

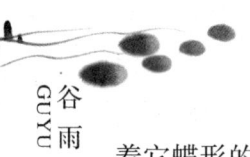

着它蝶形的姿态。而后，曾祖父和祖父上了原畔的新舍，父辈也随之到了原畔一带居住。前后不过十年工夫，曾祖父和祖父都终了在原畔的窑院里，当时我在省城读书或当编辑。八十年代后期，父亲和我的两个兄弟先后上了原，四个妹子也陆续出嫁。到九十年代初，我离开省城远走海南岛，一去就是八年，锦书难托，天各一方，原上的窑院始终在梦中盘踞。重返省城又是十年，我回来了，回来就不再走了，恐怕是要老死故乡了。新添的小学校这处家业，无论如何给年迈多病的父亲是一个礼物，一个安慰，给他近八十的生命打了一剂强心针。我是要安顿自己的晚年，也是在安顿父母的晚年，在整个修缮过程中，看着父亲拄着拐杖在工地上指指点点转转悠悠的神态，我心里踏实了。

　　先是伐了大屋前的桐树，它的枝条戳到屋顶瓦里头去了，根也挤爆了台阶。父亲说挖了，我尽管爱树，也顺从父言。几个柳树，以防根须扎到水窖里，也只剩了两棵。五柳先生，门前是有五棵柳的，苏东坡说是门前学栽先生柳，我成了二柳先生，柳是先前无心插的。有邻居说，门前不栽柳，我说，外婆家的涝池边曾经有大柳树，如今中南海里也遍长柳树。边上有一棵小桐树留了下来，我是想那火焰一样燃烧的桐花是最美的风景，小时候吃过桐花蒸的麦饭，我得记住桐树的恩情。拆了门口的碍眼的厦房，原先是老师的宿舍，中间还有连体门楼，换成了一个高大的旧式门楼。匠人不知造什么样式的，我就带他们去看村上唯一保留的六爷的门楼，其他十有八九都变成了水泥平顶门楼，一模一样，给外人连一点区别的标志也没了。

　　有人见我修造屋舍，说你儿子在美国，你给谁留哩？我说，哪怕我住一天，也是个心情，给谁留已经不重要了。大屋顶基本不动，早先富平一带匠人盖大房的技术今人已大大不如了。只是换了几处破碎的瓦片，补了漏洞，在屋脊上添了瓦的装饰。窗户是窄的铁框，换成了铝窗，如同西方教堂的样式。室内改两大教室为三室一厅一卫一厨，大厅为尖顶，其他为平顶，用桑拿板装饰，地面用仿石地板，全包木门，外加太阳能水塔平台，浴霸卫生间，与省城的房子设施相近。大厅盘了西式壁炉，红砖到顶，父亲和村人不解，光光堂堂的屋子为啥要弄那么个东西，涩涩巴巴的，我说，电视上美国总统接见重要客人，背后就是这种壁炉，像是咱们的灶火爷，能当暖墙用，跟热炕一个理儿。卧室盘了炉子炕，书房搬回了省城的大木书架，有写字台和电脑桌，可以一边写字画画，一边弄博客。居于乡间，放眼地球，岂不是最传统而现代的处所。村人来看新鲜，说是墙都刷这么白了还要再刷？有人说了，是要一个劲地白哩。村人说，你给里外墙都贴上瓷砖才好看，我说我见不得光溜溜的瓷砖，不透气，就要红砖本色。园子用砖铺了通道，留下大片地种菜种花，栽了樱桃玉兰樱花山楂树，留下原来的两棵小桃树，不为吃桃只为看桃花。去年今日此门中，人面桃花相映红，人面不知何处去，桃花依旧笑春风。多好的诗，让关中的老腔一唱，更是雅俗合一，意味无穷。

　　只是村上的自来水不如意，三天两头停水，东河里打了深水井，原顶上修建了水塔，落差大而致使水管屡屡爆裂，白花花的清水流到沟里去了，淹了人家的庄稼还得赔偿。太阳能成了摆设，热水澡一时洗不了，只好抽窖水到水塔，或者用绳子吊水，也算是重温曾经的农耕生活。天气好的时候，太阳暖暖

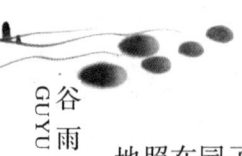

地照在园子里，映在屋里，父亲在门口的藤椅上打瞌睡，我在屋里写字画画上博客。

　　小鸟在喳喳叫，花儿在开放，邻家的狗偶尔汪汪几声，巷子里传来了叫卖的吆喝。隔壁小女孩放学了，悄悄溜进屋来，喜眉笑眼，要玩我的电脑。母亲做好了饭，说是羊肉圪瘩，来唤我和父亲回家，我便厮跟着父亲走出园子，朝巷子东头缓缓走去。

第三章　父亲

巷子东头的尽处，是一眼可以看见的灰蓝色的山坳，那里叫马村，隔一条得走两个钟头的大沟。马村是我的老舅家，也就是父亲的舅家。

小时候我去老舅家背杏，回来路上，让小劫匪抢了，我和现在已经过世四十年的小叔父与小劫匪搏斗，对方用镰刀砍破我的衣衫，胳膊上鲜血直流。多年后，我在海南岛的时候，一个陌生又熟悉的面孔闪到面前，他是老舅家的有钱，一路南下打工，打到了海南岛，没拿到工钱，回不了老家，便来找我。海南岛上没有杏，我多年的欠账该还了，这便给了这个叫有钱的没钱小伙几百元，送他上了琼州海峡的渡船。前不久我回到老家，有钱又来找我，说是他在省城打工的儿子出了事，求我去搭救。我说，我哪里有这本事，你权当这个儿子白养活了，死了拉倒。我这话有点残忍，但有钱说想把当教师多年攒的几

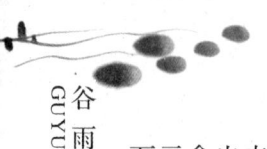

万元拿出来,去捞儿子的命。十八岁,长得跟明星一样俊,心怎么坏了,能不可惜。他说,儿子打工辛苦,挣不到钱,就去抢。那天晚上,儿子伙同两个小青年租了一辆出租车从渭南回省城,半路上说要尿尿,就把刀子逼在司机脖子上,司机弃车逃跑,几个人追赶上去,乱刀捅死了。他们开车逃跑时,车陷进了路边泥里,丢下车就四处逃命了。事过一年,案子没破,他儿子逃到了塞外,没事儿似的跟一个女子过活起来。可这小子原先在省城的女朋友不干了,而且知晓杀死出租车司机的事,就威胁这小子,要是不回省城与她和好,就要报案。小子没当回事,很快就被抓了。塞外女子找到老家,说是拿出几万元来就可以捞一条人命,当父亲的心动了。我说,你看哪里能买命你去买,我是打死也办不了此事。有钱失望地回去了,还不知后果如何。

后来父亲过寿时,有钱带了他的小女子来了,硬是从我书架上拿走了几本书,老舅家人,喜欢书总是好事。有钱的小女子,从学校毕业后在省城打工,尔后从我的博客上留言,说她就是我的老舅家的叫有钱的小女子。博客上有她的照片,很可爱。我记得她来家里时,一脸的不高兴,可能是哥哥面临厄运,拿到书后才灿烂地笑了。几个老舅早已下世多年,祖母在世时他们还来看望老姐,之后都到阴司底下团聚去了。后辈子人来往不多,到了事关人命的时候,比如报丧,老小舅家是要来人收敛验尸,在棺材上钉第一颗钉子的,这是几百年传下来的老规矩。

祖母嫁过来时只有十多岁,是当童养媳的,比独苗祖父大一岁。人说女大三,抱金砖,小脚女人的祖母个子大,低个子

第二章 父亲

的祖父扛不动的粮食口袋，祖母一弯腰用胳膊挟走了。祖母十六岁生了父亲，算是为家族立了头功，又相继生了六男一女，儿孙满堂。祖父死后十多年，孤独的祖母也离开了人世。起先祖母住在原畔，得了重病不能自理了，父亲对我说，你给你妈说，把你婆接到原上咱家里去。我把这话给母亲说了，母亲说，你大他咋不给我说，你不知道，你婆当初说过，到死也不靠你伺候。母亲虽然这么一说，并没拦挡祖母到原上家里去住，而是悄悄备好了铺的盖的。我和父亲去接祖母时，祖母哭得泪人一样，说怎么也不上原去住。我和父亲硬抬祖母下炕出门，祖母也硬是用手牢牢把住窑门框不出门，说是要死在这窑里头，说是没脸到原上去让人伺候。祖母卧床不起好几年，炕上吃炕上屙，老说不给她吃。母亲说，吃少些，屙的少，人老了吃得没够时。毕了，有嚼舌头的说是把祖母饿死了，干的干，看的看，看的给干的提意见，母亲委屈地赌气说，养老送终的人还不落好，旁人只要不说我把老人捏死的就行。转眼间，就在这孔砖窑里，父亲又到了祖母的年纪。

父亲出生在老槐树底下的老土窑里，时间是二十世纪三十年代初。老辈人习惯说民国多少年，四九年以后按阳历年记事，之前就得换算年份。农历十月初八的生日，是在六七十岁后才过的，通常是由弟妹几个张罗，也就是聚在一起吃顿饭，也没给远在外头的老大我打过招呼，怕我操心。近些年，我回来过几次给父亲做寿，为方便聚会，时间改在了每年国庆节。母亲说，生日哪能改，改不得。父亲怕儿女们来回折腾，说是改了的好。我说谁的生日谁做主，父亲要改就依了他，母亲过她的农历五月。这么一说，母亲也松了口，那就五一和十一，

21

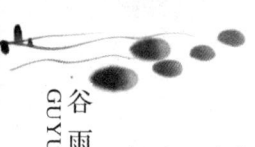

好在一起团圆。父亲出生的时候，村子归属于陈炉镇的罗寨管辖，家境一般，种十几亩地，牲畜还配不够一犋犁耙。曾祖父在庙底沟的炭窠上当索客，就是负责绞索修理和安全运行的差事，二老爷绞把扳铲辘。祖父吆骡子驮炭，骡子驮一百，人背五十，回程路上祖父还要背上驮篓，减轻牲口负担。父亲从七八岁开始，就开始干农活，给别人担柿子，一毛钱十五个，担到陈炉会上去卖，一天赚一块钱，来回六七十里路。镇上驻守过陕北下来的红军，人都知道贺龙，是红军的头儿，说是蒋介石被东北的张学良和蒲城的杨虎城给扣了，驻扎在镇上的红军是准备支援省城打大仗的。国共合作后，经常在附近边界摩擦，红白拉锯，枪声不断。有一次，一支红军游击队从耀州北边过来，经孙原翻沟到了崖窑里，在一处庄上休整。一大早，村里在镇公署做饭的老汉路过崖窑，瞅见游击队员在门口撒尿，报告了保安队，便来人包围了游击队。刚当保安的小伙子把手榴弹扔偏了，惊醒了游击队，突出了重围，翻沟跑到东原一带去了。只是擒获了一匹瘦马，在镇上养了一阵子，后来也让游击队弄回去了。

兵荒马乱中，父亲跟着大伯和八爷一起去镇上卖柿子，回来担上一担别人扔了的瓷器，有碗有盆，回头再把瓷器担到耀州城去卖，一次能卖一块钱，来回上百里路。国民党政府派下活来，父亲跟上大爷在沟畔上挖枣刺，要求必须是一人高的，然后翻沟送到王益村原畔，给发个签收的条子，证明你送过了，从来不给一毛钱，白下苦。给国民党政府担草，能担七八十斤，收草的人在秤上做手脚，扣得剩二三十斤，还不给一毛钱，父亲不敢反抗。他亲眼看见宪兵打一个碎娃，不许别人

第二章 父亲

拉，谁拉打谁，听说这碎娃是个逃兵，在太阳下被脱的剩个裤头，晒的身上蜕皮，哀求旁人给他一口凉水，没人敢给。父亲和村上人一起用牛、驴、骡子给国民党政府送粮食，路远，一天只给几块钱，不送便是毒打。抗战结束前后，父亲独自一个人用牲口给大户人家耕地，一天耕二亩多地，力气大，苦好。政府要甲长派劳力修路，父亲和大爷一起去工地上，一直修到上店。头一天没修完，黑了在陈炉大爷的舅家挤了一晚上，当时部队住满了，睡的地方不好找。平时，父亲给有几十口子人的大户人家拾草担草担水放牛羊。一次，吆骡子去县城买玉米，没货，就和黑池原二人一起去宜君县哭泉梁驮粮。买到粮回来的路上，祖父跑去找父亲，没见人，以为被土匪抢了，结果第二天回到了家。听人说孟姜女哭长城的事，孟姜女是沟对岸孟家原人，哭长城回来路上，有追兵，一座山挡住了，她用手把山搬转，现在这地方叫搬转山。枣刺挂住了衣襟，她说你就不会长直了？那里的枣刺现在都长成直的了。十四岁上，父亲帮人土葬人，遇上财东家，然后去吃丧饭，吃得好。看人家买了许多匹洋布，眼红。给耀县（现铜川市耀州区）国民党政府送炭，每天百十里路，送到一个叫洪水的地方，和十三爷一起去的，路上要躲国民党的兵，让人家路。有一回，与四爷驮瓷器去黄陵县，人说轩辕黄帝陵的柏树七搂八乍半，疙里疙瘩不上算，在原上店里住了一夜，天不亮起来赶了十五里路，卖了一天还没卖完，在店头镇住了一晚上。第二天卖完，回来驮的是红芋。再一晚上歇在县城北关，县城中学收红芋，四爷和收红芋的人熟，是他表哥，红芋冻了，便宜卖了。一回，和老姑父一起驮上瓷器去耀县柳林换粮食，人家能说会道，换了一褡

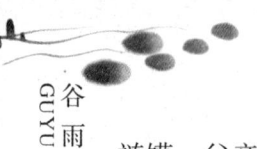

裰馍，父亲不会说，换不出去，换了些玉米回来了。这时候，家里养了一头牛，祖父在庙底沟矿上绞把，父亲每天给送饭，挣的钱又买了一头牛，够一犋牲口了，祖父再没绞把。种地时，牛跌到窟窿里了，祖父的头也跌破了，只好雇了旁人的牲口种了一料庄稼。之后又买了马村舅家的牛，日子好一些，又买了一匹狼毛骡子。

父亲十五岁那年，二叔哭着不去上学了，二老爷再三劝说，二叔也不去念书。学费粮食都给学校交了，家里便让父亲顶替去上学，说起码将来会写自己的名字。先是在罗寨念书，但学校吃饭太贵，又让去陈炉镇念书。这前后不到一年，国共打仗，正打得激烈。十月初十，解放军围打北堡子，第二天父亲就和周家村的伙伴一起逃离学校，路过他家吃过晌午饭后就回家了。祖父说，念上一阵不顶啥，世事都乱成啥了还念书，就再也没有回到学校里去。那年农历二月十六，大伯和名叫石榴的大妈结婚，父亲给帮忙抬轿子，从宜兴经过罗寨时，国民党的兵来了，对娶亲的人进行大搜查，一个都不放过，连新娘的裹肚都要查。迎亲讲究正午前要到家，经过村上地位高的人再三说情，才放了行。过了几天，解放军攻打军台岭的国民党守军，漫天的敌人飞机，黑压压的把天都罩住了。但终于天还是亮了，晴了。父亲十八岁那年，经黑池原后村富银说媒，娶了前村里吴老六的长女，也没看过活，给了二三百元的彩礼，双方都愿意就行了。为了过活，父亲驮上十来块钱的石磨，从黄堡出发，经耀县西原柳林、庙湾到转角村，然后出陕西到甘肃的正宁、合水、华池一带做生意。通常一走就是十来天，石磨卖了，钱就挣了，这是最好的结果。回来买上些粮食，解决

第二章 父亲

了一大家子的吃饭问题。有人跑上十来天,东西卖不了,只好把东西便宜处理了,有人不但没挣到钱,反而把命都丢在了吆牲口的道上。母亲过门时只有十五岁,腊月初二办的事,天下大雪,用轿子抬回来的。待客吃的简简单单,第二天媳妇还要给每个邻家送礼,在门口磕头,中午要吃八个甜饭。过了一年,我上世了,由于是大儿子,又是这么早得儿子,在土原上是一件幸事,过满月很隆重,接了许多礼。二儿子出生后,父亲到下鸡窝矿上帮勘探队干活,下煤窑打煤层样品。当时井地下水多,很危险,下苦挣了三百一十五块钱,按照当时的情况,钱不少。祖父说给三叔娶媳妇得花钱,一起过日子,父亲把钱全部给了祖父,自己没留一毛钱。天下着雪,大伯和父亲去镇上赶会,大伯给名叫石榴的大妈卖了红包巾和雨鞋,父亲没钱,跟着逛了一圈,一针一线也没给母亲买。二叔在县城念书,说要糜面,父亲挑了面送到县城,学校又说不要糜面,又摸黑把东西担回家,路经川道时就已经到了点灯时分。大女儿出生后,只活了一半年时间。当时食粮紧张,大人吃不饱没有奶水,娃饿的撕挖着要吃奶,没过多久娃就没了。我已经记事,记忆中母亲头一回哭得那么伤心,让曾祖父用谷草包了冰凉的小妹,扔到了沟畔的山峁峁上。那里是撂死娃娃的固定场所,老鸹的露天餐厅,老年人说,死娃娃要撂到险要的高处,扔到低处的井里沟里意味着是填不满的深渊,要夭折多少娃娃。三天后,老鸹已经超度了小妹的亡灵,只有那件小红袄的布片和棉絮挂在高高的枣刺上,鲜艳地飘拂着。父亲在农业社是突击队的标兵,公社给奖了一个背心,蓝色的,印有字,全大队就奖给父亲一个人。抽空还给岳父家担水,一口气担五六

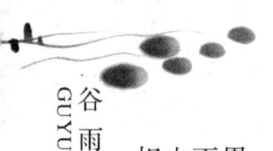

担也不累。到了腊月二十八,眼看就要过年了,家里还没一口吃的粮食。父亲和祖父拿上祖母和母亲做的布鞋,又到药王山贩了香和火纸,到耀县石柱镇的集会上去换粮。当天没换下粮,晚上歇到走出去的七婆那里,第二天吃饱饭后,往西窜村换粮。碰见个饲养员,说有些黑豆问换不换,黑豆是公家的,怕被没收,没敢换。到黑了二人买了一块钱五个软柿子吃了,没吃饱但算是一顿饭。祖父说,人家都贴红对子,咱才栖惶的到处换粮哩。回来走到李家沟坡顶上,实在没力气了,在原畔歇了歇。回到家,父亲给母亲说,没换到粮。母亲哇的一声哭了,说你俩人跑了两天还没跑下粮,明儿都大年三十了,娃们吃啥?

这是父亲后来讲给我听的,我只记得那时经常饿肚子,没粮食吃就吃玉米棒的芯子,晒干磨碎煮了吃,吃了拉不出来,要用棍儿掏,更是受罪。二弟饿急了,不知怎么钻进食堂窑里的,偷吃了一个馍,被抓住打了半死,那个馍在挣扎中还是卜肚了。正逢饥饿年月,我的小弟在小砖窑里出生了。没过满月,瘦得可怜的小弟猫一样缩在炕角,被鲁莽的二弟不小心踩了一脚,踏破了脐带,差点没踩死。事后多年,说到此事,二弟说当时稍微多用些力气,就没小弟的小命了。炕后头有一个铁钉子,拴了一条绳子,弟妹们是被绳子拴大的,母亲要下地劳动,娃们在炕上被屎尿糊浆了是常事。父亲参加高级社派的劳役,去了西安至山西侯马的西侯铁路上当民工。前一年是祖父去的,第二年父亲去换祖父,挨到九月跑了回来。逃跑的半路上让管理人员逮住,二次又跑脱,到韩城二叔工作的南叉煤矿上歇了一晚上。第二天过了黄河,到山西侯马坐公共车到运

第二章 父亲

城，再转回县城。车站的早上冷得很，饿的厉害，掏出馍刚要啃，却叫陌生人把馍抢了去，赶上了，人家把馍扔到泥里，人走后又从泥里拿出来吃。辗转了一圈，到收麦时候才跑回来，先前知道老二把老三的脐带踏出血来了，写信时问过情况，不知道老三还活着没有。一进村也没敢问旁人，进了家门才知道活过来了。日子难过，你碗里稀他碗里稠，不如分开的好，祖父便和儿子们分了家，每人分到的无非是一个碗一双筷子。父亲去麦场上当了场长，干了四十多天，和志林一起看场，还认了志林的大儿子做干儿子。自己三个儿子养活不过，却还稀罕儿子，又认了一个干儿子。三个娃都小，正是能吃饭的时候，分的粮少，一人一天斤二两粮不够吃，一人一顿就能吃一片糜面馍，经常吃不饱。娃们饿得实在不行了，祖父偷偷地拿馍给三个娃吃。妇女们在场上干活，饿的捡涩柿子吃。父亲总是说，那几年三个儿子跟上我把恓惶受扎了。老大老二俩人，一个灯草绒的帽子换着戴了十二年，娃们饿的也不长个子。

活过了遭遇自然灾害的三年，到了二十世纪六十年代，父亲三十来岁，先后又有了四个女娃。大女儿名字带一个麦字，后面几个也都带一个麦字，说盼望吃麦子，不一定都是收麦子前后出生的。社教时父亲当了生产组长，兼队里的副业委员，管钱。第二年后我六爷当队长，父亲当了副队长。第三年父亲当了生产队长，操持的是全村几百口人的过活。一天，祖母差人到农田基建工地叫父亲，说姑姑肚子疼得要命，在炕上打滚。姑姑正上中学，回家时病了，叫来医生看说可能得了盲肠炎，得送县医院。父亲用架子车把姑姑拉到基建公司职工医院，开始人家不要农村人住，后来说了好多好话，求爷爷告奶

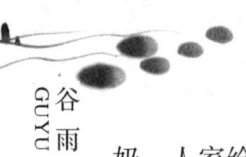

奶，人家给加了个床让住下了。祖母年岁大了，管了几天说头晕就回来了，父亲一个人伺候到姑姑出院。从医院回来，农业社开会说父亲无组织无纪律太随便，走了十几天也不请假，借口把父亲的队长给换了。路上遇到挂面匠梁老汉，拉住父亲说他儿子万民结婚没钱咋弄哩？父亲知道梁老汉是个可怜人，就说趁今个我还是队长，权力还在手，是这，你写个条子我给你批了你到出纳那儿取钱。临下台了，父亲最后作了一回老好人。过了不到一年工夫，说是让父亲和生权两个人当队长，接着又和狗娃二人当队长。

父亲当了多年队长，最纠结的事是吃官司。起先村上与邻村合伙办煤矿，井场在两村交界处，利益分配上发生纠纷，打了七天官司。头一次要回了六千五百元，花三千八百元给下乡知青学生圈了二十孔砖窑。修砖窑时，匠人焦师让人家公安收容了，说是不让外乡人在本地干活，父亲找了住过队的收容站长王金生，他给父亲管了一顿饭，把匠人放回来，从过年到收麦把窑修成了。二次与邻村打官司，是人家把村上的羊吃去了，放羊娃想摸黑去吃羊被人家发现了，把放羊娃抓住弄到镇上扫街道。父亲去看放羊娃，找了住过队的老姚，说羊是我村的，还把我的人抓去戴上偷羊人的牌子。老姚代表公社说了话，派人把羊送出了村，又把村上的工作组训了一顿，摘了放羊娃"偷羊犯"的牌子。第三次是为电杆的事打官司。村上架高压线，说在人家地界栽一个杆给二斗麦，有人挡住不让挖。父亲与电厂开了停电手续给了管电房的福才，停了这一路的电，到黑了计划挖坑栽电杆，后来上面来人平息了此事。麦子出穗时，从原畔煤矿到村上，终于把电杆栽好了。后来在时髦

第二章 父亲

婆那儿管饭,请电厂的人吃饭,村上的电比旁的村亮的早,算是争了一口气。和邻村的官司打赢了,父亲和狗娃去要钱,邻村人不给钱还说别人要发他们的财,后来只拿回来一台鼓风机。村里的一个娃满月,人多,一起去要钱还是不给,大伙一怒之下就把矿上电动机给拆了。人家破口大骂,把你妈的抢人呀。二人抱住了对方当事人,又放开了。邻村向公社报告说,父亲带人把东西搬完了,还说把二百七十多元钱抢走了。公社派人处理事,让把电机给了让井下的人先上来,又让买了糖果烟去看人家,父亲和副队长去的,人家骂的要砸你的腿。后来父亲去镇上交了两头猪,半路碰上了,被人家又骂。父亲和人家理论,人家胡骂,父亲说我没拿你钱,是官司赢了。人家带下乡学生拿刀子到家里来吓唬人,狗娃叫上全村百十号的人把来人围了,喊叫要绑了他们。来人见走不利了,回了话,后让人把闹事的人放了回去。村上丢了几只猪,大喇叭一通知,全村人从镇上到川口抓盗猪的,黑了在沟里发现猪,盗贼跑了。六十多只羊丢了,贼人借月光偷盗的,父亲大喇叭一喊,全村人四下里找,在后坡找到了羊,贼吓跑了。

　　一天晚上,后村戏娃子来敲我家的门,说是他老婆跟人跑了。戏娃子的父亲因反动会道门罪死在了监狱里,老妈哭瞎了眼,戏娃子考了县剧团,因尿床被辞退,到了快三十岁还娶不到媳妇。戏娃子能下苦,在煤窑底下顶鸡娃子油灯当脚家拉轱辘车,脊梁杆子也让巷顶上的石壁磨出了血,积攒了灯油在家过了一回油掺面的幸福日子。有天门上来了安徽逃难的一对母女,戏娃子用两个白馍换回了娇小的安徽女子作媳妇,相继生了一对儿女。按说这日子过得滋润,可有一天安徽老家来人说

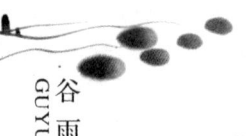

这女子是他媳妇,要领回去,戏娃子拿出血汗钱才算了事。之后媳妇在去小城劳改场卖柿子时结交了一个男人,把心给勾引走了,想要和这外头见过世面的男人远走高飞。月黑风高,外头男人趁戏娃子上黑班,溜到家里,媳妇见孩子睡熟了,就用包袱包了家里唯一值钱的缝纫机机头,和外头男人出门跑了。孩子起来不见了妈,邻家报信,戏娃子闻信升井,到家核查了事实,就跑到我家来找队长了。父亲连忙出门,在大喇叭上一喊,全村几十号精壮劳力分成四路,追赶引走戏娃子女人的贼人。结果无功而返,这对狗男女难道插翅膀飞了不成,终了是没有音信。几年后外头男人抛弃了这女人,她没脸回来就去了安徽娘家,让娘家人领了回来。戏娃子在媳妇脸上看,也在可怜的孩子脸上看,收留了浪子回头的媳妇。问到当初怎么逃走的,媳妇说,出门就没走大路,而是下了沟在一孔破窑里藏了一天,然后走小路越过县界经富平川道走的。好你个狗日的,这外头男人的脑子就是精灵。但这精灵男人又因拐骗妇女犯了事,让政府捉住,数罪并罚,吃了枪子了。戏娃子觉得媳妇经过这么一折腾该收心了,没想到二回又跑了,跑到安徽老家和原来的男人过活。戏娃子带了盘缠赶到安徽老家,人家人多势众,把戏娃子撵了回来。罢罢罢,认命了,戏娃子权当没这媳妇了,孩子问我妈呢,戏娃子愤怒地说,你妈死了!再后来儿女也长大了,听说戏娃子的婆娘在小城捡垃圾过活,也再没脸回这里来了,儿女结婚还出了份子钱,与儿女偶尔来往,却不曾与戏娃子见过一面。在我告老还乡的第二年,听说戏娃子死了,儿子在镇上打工常捎一些馍回来,几个女子因父女不和也从不来往。戏娃子死了,女子们哭得伤心,商量着为父亲立碑子，那婆娘也没见回来。

我长到十六岁，先在煤窑上绞辘辘，八人绞大辘辘形如前三步后三步的舞蹈，稍不久留神就被辘辘把刮了小腿的萝卜皮儿或翻跟头栽到一边去。抬两百斤重的半截汽油桶子的炭筐，椽子一大把粗，又要上高高的煤堆子，我因个子小抬不起来，当副经理过秤的祖父就和我换工，替我抬椽子。一百斤炭担上原一毛钱，真是要命，二弟就是担炭时狠心终生落了个驼背。我去城里拉大粪，红骡子油光发亮，烈倔得像一头狮子，有一次把粪车弄翻了，我被车把打得栽到了地畔底下，回到家吃了饭只好偷偷跑到场畔上，仰天哭泣。天黑咚咚的，我从饲养窑爬起来，牵上红骡子上路，别说冰天雪地，就是天下刀子也得出门干活，臭已经不是问题，能掏到屎尿那就是香的，喷喷香。赶天亮已经在去城里的路上打了三十里的一个来回，挣到了八分工，值三毛二分钱。父亲当队长，大队里有个临时工的活儿，是到王河的市砖瓦厂建砖瓦轮窑。睡的稻草工棚，挖地基搬砖和泥当小工，累得要死，三个月挣了九十一元五毛钱，除了伙食费，又买了八分钱一包的两盒羊群烟，其余全部交给了父亲。接着水泥厂招工，我到了那里当了一名开山工人。因写了一首《我爱矿山》的快板诗上了黑板报，被矿山领导富平人刘蔚海调下来管销售，兼取报纸管广播放唱片写报道，组织文艺演出搞宣传。我把几棵白杨树从公路上扛回来，祖母说杨树是鬼拍手不让栽，我还是栽在家里门前，活了几棵，有一棵长到有崖背高了让风刮折了。

父亲四十岁时，曾祖父去世，活了八十四岁。我刚刚被水泥厂推荐上大学当了工农兵学员，家里瞒了我曾祖父去世的消

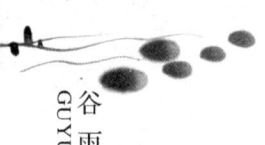

息。父亲考虑我刚进省城念书不容易，没有告诉我。后来说起，我说我感觉到了，那天梦见了曾祖父咳嗽不止，是自己种的旱烟呛得喘不上来气，断断续续叫我的小名。小弟在镇上读书，让人捎话说崴了脚，父亲把小弟一路背到富平八里店。当时政策严，父亲给医生拿了一斤点心，医生把东西放到了抽屉里，说了不少好话，连续背着去了两回就看好了。两年后，父亲再没当队长，满娃爷当了队长，家里从老槐树底下的老地方搬到原畔里，给曾祖父过了三年。我大学毕业分配到了省城小南门外的省团委杂志当了记者编辑，经常去陕北陕南采访。之后我成了家，在城里花了三十几块钱结的婚，没答应在家办婚事，我带媳妇回家，父亲和祖父都不高兴。我是怕家里花钱，再说家里也没有钱，父母想图个热闹，说行了多年的门户该收门户了却没收成。我有了儿子，当了爷爷的父亲那年四十五岁。恢复高考了，父亲让两个弟弟复习准备考试，俩人不下地劳动了，专门关在窑里复习考学，但一个也没考上。大弟去了上鸡窝矿劳动，一辈子再也没有走出家门的机会。小弟去了村里的代销点卖货，个子没有柜台高，到后来当了大队里的会计。

　　祖父去世时六十六岁，这对于四十七岁的父亲来说是一个沉重的打击，或者说父亲从来没想到祖父活这么大岁数就去世了。祖父去世前一年，他老人家来省城看我，是我到省城后头一回也是最后一回来看孙子。我领祖父转了不少地方，尤其去了他早年曾经背碗到西安赚钱的城东北的八仙庵。他还独自一个人上街转悠，说把凉皮油糕枣糕油条油茶麻花羊肉泡馍等等稀罕东西吃了个遍，不枉其来了一回省城，不枉其在人世上走了一回。祖父和重孙照了相,四世同堂,够幸福的了。在家时一直给队上放羊,多年前编的顺口溜传遍方圆,说的是"放羊这事没人干,提起放羊最意见,羊生尿蛆细细看,响午加班把圈垫,衣服跑扯鞋跑烂,一响挣人二分半,谢谢恩人把我换"。队上没来得及换祖父羊倌的差事,他自己感到支撑不下去了,就离开家到三叔工作的东坡煤矿上看病。走了十来天,在矿上医院打针吃药不见好转,反而越来越严重了,甚至吐了半脸盆血块,又转到小城医院。我是接到电话从省城赶回来的,祖父已经不太省人事,只是瞅着我流泪,用手紧紧攥住我的手不放。祖父一辈子不曾打过吊针,也许是难受,也许拒绝花钱治疗,他一次又一次拔掉吊针,说要回家。祖父睡在自家窑里的炕上,踏实了,呼呼地睡着了,还打着响亮的鼾声。祖父永远睡着了,临咽气时是我和祖母守在一旁,父亲弟兄们正在隔壁窑里商量后事,谁出多少玉米,谁出多少油,谁出多少钱,还算商量到了一起。祖父三岁离娘,先后有过两个后妈,恓恓惶惶也风风光光地过了一辈子,独苗一个印了一群子子孙孙。六十六岁,离世也太早了些,孤独的祖母总哭着说,比祖父年纪大的人家都活得好好的,你爷咋就走得没个影影了呢?这年收了麦,农业社解体了,分田到户,父亲分到了一口老石头槽,也许是几百几千年老先人遗留下来的,一个烂碾子,一个耧,还有一头牛。父亲叹气地说,年轻时像骡驹子能踢能咬是给农业社干哩,到老了干不动了要给自己干了。八十年代中期,原畔的土窑倒了又落崖背再打新窑,又倒了就用砖箍,最后还是舍弃了,在原上建了四孔大砖窑,和小弟一起搬了新家,随后二弟也挪到了原上住。在此前后,父亲合股办起上鸡窝煤矿当

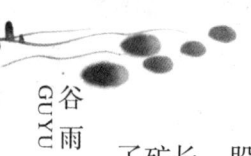

了矿长,股东们当年得利受益分了红。人算不如天算,因安全事故,升井时百年的井筒倒了,砸死了两个年轻的矿工,一个是和我同岁的自家叔父,一个也算自家姑的儿子,谁情愿遭遇如此大难。上头要求升井要安装铁笼子,是要花大钱的,人老几辈都是坐五环绳索上下井的,极少出过事,多是透水闷风窑巷倒塌伤人,偏偏没安装铁笼子出了人命。父亲是法人,还有当工程的满娃爷,两个人让公安逮走了。父亲听队长狗娃说去矿窑里有事,就知道不妙,一进门就被铐子铐了,父亲没有反抗,但是下意识地手上鼓了劲,手铐把胳膊碰破了。父亲想跑,跑了和尚跑不了庙,如果跑不了人家手里有枪打死也不偿命。好汉做事好汉当,总不至于吃枪子。队长狗娃到家里让母亲收拾铺盖卷,母亲知道没好事,收拾好了自己却哇地哭出了声。押送父亲的囚车到了原畔上,父亲看见小弟从镇上回来,让车停一下交代个话,警察还通情,父亲给小弟说,甭害怕,过几天就回来了。小弟哭了,第二天就到了省城找我,头一句话就是说父亲让逮了,说了矿难的经过。

  我随同小弟回到老家,隔了一天是镇上的公开逮捕大会,我们兄弟挤在人群里听警车哇哇叫,心惊肉跳,一肚子悲伤。终于看见父亲被押上台,同时还有满娃爷,还有另外矿上出事的也一并履行公开逮捕仪式。我们兄弟挤到后台,看见父亲已经上了囚车。事后父亲说,他怎么也没瞅见我们弟兄几个,心里难受极了。我在小城待了半个多月,探监不让进,找公安检察法院没人理睬。父亲经常腰疼,没检查过是否肚子里头有病,这么一折腾,说不定在监狱里就把命送了,我在心底已经不得不考虑这个可怕的后果。兔子急了也上墙,实在没有办法了，我就闯一回衙门又如何。我认识的一位领导调到小城当最大的官，我斗胆推开了他的门，人不在办公室，我去问对门值班的人说找某某领导，问我是谁，我说是从省城来找领导的，值班人说某某领导在会议室开会，让我自己去找。我定了定神，鼓起勇气敲了敲门然后轻轻推开，我所熟悉的那张慈祥的面孔朝我瞅过来，放下手中的笔，转身朝门口走来。领导听我如实讲述了父亲的事，说是民办企业政府要支持，出了安全事故要负责任，有病可取保候审。他随机打了一个电话，让我去找某某检察长，我连声道谢。检察长客气地说，你是名人，不知道是你父亲，领导过问了，这事件我可以办。我见到了父亲，连同满娃爷也一起保释了出来，回到了家里。父亲说在里边没受什么罪，只是放风时看见那面原上地里的麦子黄了，心里头着急，一端起汤汤水水的饭碗就两股子眼泪。在牢房里腰受潮疼得厉害，一个年轻人还给按摩，放风时与看守人员拉关系人家还给了一支烟抽。回来车上父亲很平静，一向厉害人称麻子蜂的满娃爷却抽泣不止，到了晚上，父亲睡在炕上却大声哭号起来。我安慰说，这不都回来了还有啥难过？父亲哭着说，对不住老先人啊！父亲受牢狱之苦十七天，取保候审后没有再追究，说是不予起诉。之后关闭了煤矿，在地里干农活，心事慢慢闲了下来。

多年过去了，到我退休回到老家的一天，康复之后的父亲战战兢兢地从柜子里取出一张发黄的油印纸交到我手里——是父亲当年被捕的材料。我说要这做啥，父亲说你留着。他是把埋藏在心里二十五年的一个疙瘩解开了交给儿子——亏心事。儿子说得淡漠，心里却依然沉甸甸的。材料说，一九八五年六

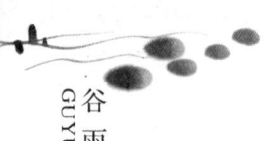

月一日因重大责任事故罪经本院决定逮捕,后因病于同年六月十七日被取保候审,捕前任上鸡窝联办煤矿矿长。我不想再看下去,装进口袋,放在了书柜里,永远也不想再打开。之后,在父亲也就是我现在的年纪,祖母去世,享年八十岁。也是这一年,我离开省城去了海南岛。八年后回到省城,父亲的长孙我的儿子从清华大学毕业在省城成婚,父母兄弟都参加了婚礼。之后我的儿子回老家告别爷爷奶奶和故土,去了美国读博士,之后留居美国。父亲六十八岁上,重孙女在洛杉矶出生,七十一岁,在省城我那里居住了多半年,再后来上香山庙会,突发脑血管病,痊愈后在家住闲,开始回忆并陆续撰写履历。父亲八十大寿,在窑院里摆了流水席,待了二三十席亲戚乡邻,几十年不见面的老亲戚团聚一堂,高兴得不得了。母亲说,人活的是老人儿女,一辈人换一辈人,活的是亲戚邻人,你来我往,人情门户。八十多年纪的两个老姑赶来了,瓷镇的老姑是翻沟走了三十多里小路回娘家为侄儿过寿的,她恐怕在这条道上走了几百回了。坐在我新修的园子里,老姑唱了一折戏文或者叫民歌民谣甚至是神鬼呓语,我能听出大意,题目是"老爷借口传言",我把视频放在了博客上,听音儿大概是如下内容:祥云飘飘空中悬,今晚路过落此坛,进坛先参娘的驾,然后留上两句言。家住安西永红县,槐王庄上有家园,提起家来真惨然,两股眼泪擦不干。家中共有十口人,九口回家到西天,家中只留一个人,黑明昼夜受可怜。有心请他回家转,娘不允许是枉然,和气团结把道办,眼看海内是法船。天连地来地连天,老娘凭的总路线,鹅入林中一处眼,不幸天下雨下天。跌到泥内你听言,说的都是天机话,脑子思想仔细参,有心再留几句言，老娘叫我回西天"。

依老规矩，父亲执意要儿女磕头，我带头磕，老人活着磕一个头比百年后磕十个头也要强。寿宴上，一位老朋友说了一段顺口溜，说是"十岁茁壮成长，二十充满理想，三十斗志昂扬，四十事业兴旺，五十回头望望，六十告老还乡，七十儿孙满堂，八十晒晒太阳，九十睡在炕上，一百岁挂在墙上，生的伟大，死的恓惶"。父亲要到老槐树底下的老庄子烧一炷香，仰头望着老槐树说，我小时候看着老槐树是这个样子，现在我老了，老槐树还是老样子，越发长得欢实了，人活得不如一棵草。

第三章 西院

几百年的老槐树遮住了场院的一大半空间，西场院边上有一道小土坡，家族中的许多故事是从这小土坡开始的。

它通向外面的广阔世界，也像瓜蔓一样牵起了凹里大大小小几十个窑洞，以及一串串是是非非。下大雨时，小土坡的水成了一条小溪流，汇入凹里最老的水窖中。大雪过后，则把场上盈尺厚的白得耀眼的积雪盛到窖里溶化，只是后来极少再下过那么大的雪，冬旱的水窖成了干瘪的乳房。常是在饭时前后，人们断断续续去窖上绞水，相互搭讪着一些量雨校时、天阴天晴的闲话。窖上的辘轳缠了麻绳，放空桶时往往用手掌当闸，辘轳飞旋成一朵花，等水桶啪地落到水面上，摆动麻绳使桶吃水，再上下提放绳索，荡去水面上的草屑。然后弓着腰扳动辘轳把，把水桶绞上来。水桶到了窖口，右手持把，左手将水桶牵到窖沿上，摘去铁扣，绞水人的面孔就晃动在清凌凌的水面上了。孩子们力气小，有时候辘轳把脱了手，是会打伤人的。

有一回天下大雨，到了晌午饭时，母亲要做饭时一看瓮里没水，便唤我去担水。我刚刚力成，不知因什么小事和母亲打别扭，自己不肯去担水，说是让小我两岁的弟弟去担。母亲说，不担水就别想吃饭，我犟嘴说，不吃就不吃。母亲追打我，我跑开了。当时，母亲正怀着我的小妹，只好腆着个大肚子去窖上绞水，把一桶水一分为二，踉踉跄跄地冒雨担了半担水回家，为我们做饭吃。我没脸吃饭，躲在门外用手扣墙皮，母亲说，你不回来吃，还让人给你喂不成？我肚子饿，就灰溜溜地进门端起了饭碗。

这件事，一直在我记忆中抹不去，想起来就难受，那时候，我是那么的不懂世事。

老先人留下来的窖，隔几十年是要维修一回的。得等吃完窖水，清除窖底的淤泥。又黑又臭的淤泥是上好的肥料。修窖用的是一种红颜色的胶泥，与小镇瓷厂烧碗用的泥差不多，一般取自于门前沟的河床边。取来胶泥，用光脚片子调，有时得牵了牲畜踩，然后手工揉成锥形，嵌入窖底一排排马蹄形的卯中将泥抹平整。随着人口增长，后来村里又添了几口新窖，不是土层地质原因，就是下大雨收水时管理不当，雨水灌满到窖沿上，把窖泡塌了。窖水不够吃，只能到门前沟里掏泉水吃，上沟下沟一来回，有三几里地，坡路很陡，没有可供放桶歇息的平地方，一旦滑倒，水桶会一直滚到沟底去。泉水细小如丝，天旱时接一桶水得一两个时辰。曾经在泉边打过一口水井，是父亲带着几个壮劳力打的，井壁是泥沙构成的，砖石不

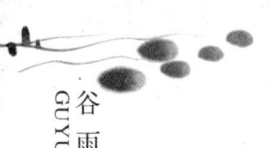

便固定,就用先人固定炭井的方法,用坚固的木板在四角套卯,箍成方形的斗状井筒。这活路不光苦重,也非常危险,邻村不是没有井塌人亡的先辙。井打成了,井水清澈而丰沛,作为窖水的补充,使用了许多年。雨水好的年头,水井似乎变成了无用之物,失之维护,不知在什么时候便倒塌了。雨水缺时,得赶上牲畜去远处驮水,或赶着牲畜拉着汽油桶做的大水桶车,去十几里外的小镇河里取水。

二老爷是制作木桶的半拉子木匠,箍木桶取桐木或更好的材料,把木板锯成瓦片形,然后箍起来。木桶干燥时会漏水,不用时也得泡在水里。二老爷先是自己砸了自己的手艺,是凹里第一个从小镇上买回洋铁桶的人,接着是人们纷纷效仿,用又光又轻的洋铁桶取代了笨重的木桶。吃饭用的瓷老碗换成搪瓷碗,生铁锅变成铝锅,从看日头的高低到看钟表,甚至于把有线广播换成小收音机匣子,这一连串的变故都几乎是二老爷带的头儿。但是,水一直还是老家人的宝贝,洗脸盆通常是靠墙角斜放的,只盛半碗水,一家人把水洗成了泥汤。如果给客人半脸盆水洗脸,那说明你的脸大,非常的有面子。

先人在水窖边趁地势掘了一孔下梯子窑,窑面不大,进了门有几阶下行的台阶,窑内的空间被扩大了。这种形式的窑洞在老家并不多见,在没有土崖的渭河北原上皆是司空见惯的了。在最初的设计中,先人是把这孔窑当草窑用的,可能用了上百年,到了二十世纪的后几十年,随着加丁添口,它曾经成了祖父和四叔的居处。

我小的时候,已经是公社化时代了,生产队仍然把这儿当草窑用,被铡碎了的麦秸堆到了窑顶,是我们小伙伴们玩乐的天堂。草少时，这里是蜘蛛网的世界，孩子们对那些有着苗条细腿的家伙总是避而远之，因为大人们说了，蜘蛛会尿到你身上，你的皮肤就会生出癣来，所以一见到蜘蛛，便不寒而栗。佩服的是蜘蛛造了那么精巧的网，像父辈们耕种的田地一样精耕细作，来收获它们的果实，捕捉蚊虫一类小动物。我们也许是受了它的启示，也许就是天性使然，常常在草窑里蒙了天窗，用扫把捕打在草秸里寻觅食物的麻雀。当然，也使用最古老的捕捉方式，也就是在院落里撒了谷粒，在上面罩上箩筐，用小木棍顶着，等麻雀飞入箩筐下觅食，则迅速拉动拴在小木棍上的绳子，麻雀就被扣在箩筐下了。但往往是在用手抓麻雀的一刹那，机灵的猎物不知怎么就脱逃了。运气不好的家伙被我们抓住，就没有活路了。或是喂了狗猫，或是我们自己的饥肠辘辘，和了泥巴，将麻雀包裹在其中，放到灶火里去烧，然后叩开泥团，麻雀的毛都沾在了泥上，香喷喷的麻雀肉就可以下肚了。除"四害"的运动中，孩子们消灭苍蝇蚊子以便领取表扬，总是把老鼠尾巴和死麻雀串起来，交到小学堂里去。这多少有点像古代战争中说的，把俘虏的头颅或耳朵千里迢迢带给头领作为证据去请功领赏。

　　食堂化以后，各家的石磨大多都驮到北山里换了粮食吃，仅有的几个石磨安装在黑咕隆咚的窑后，用起来很不方便。草窑里安了一套石磨，用起来敞亮一些，没有牲畜时是人力推磨的，推不了几圈就头晕恶心。牲畜拉磨也会晕眩，奴役它的人便想出办法，给它戴了眼罩，甚至把眼罩用碎布片缀成眼睛的样子，牲畜就百依百顺地按照人们的意志在磨道里无休止地前行了。牲畜也许以为它行进了十里八里，其实一直是沿着狭窄

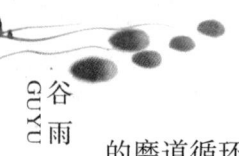

的磨道循环往复的。麦子通常要磨上三遍四遍，麦粒从磨眼流入磨膛，再形同瀑布似地流到磨台上，经过木箱里的箩筛，细面筛落了，又把麸皮还原到磨上去。记得每次磨完面，母亲总是和我抬起沉重的上半扇石磨，把磨堂中的一点麸皮腾出来。人说有磨膛都不下煤窑的话，是从这儿引出的，也就是说即使有一捧粗糙的东西吃，谁也是不肯下到六块石头夹一块肉的炭井底下去谋食的。所谓糟糠之妻不下堂，恐怕也是这层意思。

由石磨也引出一个诙谐的笑话，庄稼人把老两口的相依为命比作磨盘，男人是上半扇子，女人是下半扇子，缺了哪半扇子，人也就活得没劲了。一个不肖之子证婚，编了个顺口溜，说是房子还有半院子，老子只剩半扇子，有人一看没有多少负担就悦意嫁过来，有人一听这货是个孬种，便离他远远的了。而石磨是不会腐烂的，既是在我年过半百后回到旧宅，留在那块土地上的唯一的实物也只有石磨了。农耕文明的新石器，就这样源远流长。

祖父在食堂化之后，为给在外头工作的四叔娶媳妇，腾出了老宅院里的窑洞，把这孔祖传的草窑拾掇一新，当成了自己的居处。祖父是个爱干净的人，说是穷死饿死也不要丢了干净，穷日子的干净也让人敬重，不干净的富日子也是像猪一样地活着。他有一点泥水匠的手艺，常是这里抹一抹，那里刷一刷，把个本来龌龊不堪的老草窑收拾得一尘不染。乡俗说，老大不离老宅，曾祖父和二老爷健在，祖父是独子一个，底下是陆续成家的一个个儿子，又在陆续问世一个又一个孙子辈，他是在无奈之下离开老宅的，让当儿子的多少有些心存不安。

食堂解散的时候，父亲领着一大家人过活，十几口子人在

第三章 西院

一个锅里搅勺把，上有老下有小，婆媳妯娌，你碗里稠我碗里稀，谁都委屈，谁都哭自个儿凄惶。在难以维系家道时，父亲只好坐火车去了一趟韩城的西安至侯马的铁路工地，换回了在那里干苦力的祖父。一个萝卜一个坑，父亲换回祖父是经过村上干部同意的，不然就叫作逃跑，私自回到村上的人是没有口粮的。铁路上的苦重，又吃不饱，当逃兵的事大有人在。当时，二叔在离韩城不远的煤矿上工作，祖父或父亲饿极了，可以跑几十里地，去二叔那里垫垫肚子。父亲宁愿去铁路上下苦饿肚子，把家里婆婆妈妈的事交给了有能力维系家道的祖父。

巧妇难为无米之炊，祖父在回到家后不久，无奈之下，便违背了家可合不可散的古训，断然把一个大锅分成了几个小锅，按人头分了筷子碗，另家过小日子了。曾祖父随了父亲过，母亲说，这是替祖父行孝。二老爷独自一人，时断时续地跟了算是过了继的二叔过活。三叔死了头房媳妇，还没有续上弦，也好像算是祖父的责任，随了祖父把碗递到祖母手里盛饭吃。后来，祖父为三叔娶了二房媳妇，为腾出这孔小草窑，祖父又在原畔打了新窑搬上去住，再说底下还有两个小叔，在屁股后面撑着。

祖父就是在小草窑里的一个掌灯时分，对我说要把村上一个小女子娶给我当媳妇的。我当时不过十多岁，听了这话是红了脸的。也全当是说说而已，之后再也没有提及此事。

祖父搬到了原上住，这小草窑留给了三叔住，也就没有了往日兴旺的人气，又门可罗雀了。人说三叔命不好，或者克妇，头房媳妇一表人才，没过几年好日子，当妇女队长多吃了生产队柿子棚里几个冷柿子便没了命，连个后人也没留下。二

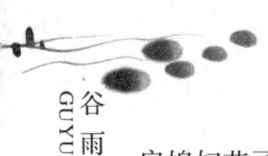

房媳妇花了不少钱,是小镇瓷窑上的女,人是痴呆些,说话是大舌头,却喜欢到人前头去,抢着说一些不对路数的话。做的饭没讲究,面片是栽在碗里的,也就是说又厚又硬,既浪费面,吃了又不好消化,好在四叔爱吃硬食,日子凑合着过了几年。好不容易怀了一胎,生下个女娃,要命的是生娃时大出血,把被子和炕都染红了。接生婆一看保不了大人就保小娃,在一个新生命落草时,另外一个孕育小生命的母体则离开了人间,几乎在同一时间,小娃的啼哭终止了母亲的呻吟。幸而不幸的小女娃还没来得及起名,三天之后的一个夜晚,她夭折在祖母的臂腕里。这还不算完,死去的母女俩阴魂不散,神婆说死鬼附上了祖母的身,让祖母接连几天胡言乱语,说着死去的产妇的话,哭着闹着要自己的女儿,后来叫了二老爷充当神汉,用桃条抽打祖母的身子,才算驱走了鬼魂。四叔再续弦的事,已经是后话了。死了媳妇娃,四叔觉得小草窑有邪气,不是久留之地,随后也搬到了原上,和祖父母一个锅里搅勺把。老窑边上的小草窑,在几百年里稍微沾了不到十年的人气儿,又归于它本来的用途,成了麻雀嬉戏和织满蜘蛛网的堆积碎麦草的地方了。

在草窑边,是祖上沿袭百年的头牯窑。头牯,是土话的叫法,也应该是古来很文雅的书面语言,后来叫成了牲口或家畜。家道兴旺时,大家子的骡马成群,上百亩的庄稼犁耧耙耱要凭它,千里方圆奔走的卖炭驮盐要靠它,地里的主要肥料也依赖于它。一阵阵人欢马叫,连脚底下不出声的土地也抖精神。瘦骡子病牛的时候,人也没有了神气,家业也就风雨飘摇了。

第三章 西院

头牯窑早已不是喂牲畜的地方了，连同边上的小碾窑一起，在新中国成立前已经是大爷一家的住处了。祖上从北原移居凹里后，最初也只有西院一处住宅，一个大楼门里又分为窑里和屋里，大楼门外的头牯窑碾窑以及草窑，都是一些附属设施，随着添丁加口也陆续成了人们的起居之处。

西院的窑里与屋里，是上溯五六辈人的老弟兄俩的一分为二的定局，后来屋里的一个老二又扩展了东院的一圈七八个窑洞，安顿他的五六个儿子。我的曾祖父和二老爷的父亲，依照老大不离老宅的家规，被留在了窑里老宅，新西院的五六个虎虎的男儿，应该是我的曾祖父辈。而大楼门里的窑里，在曾祖父辈仅是一株独苗，我唤他为三老爷。

头牯窑里住的我的大爷是他的大儿子。大爷是个貌似威严而心底温和的长者，他的兴趣之一是种烟叶，先种的土烟叶株小叶厚，后来引进了个大叶薄的洋烟叶，前者暴烈醇苦，后者味淡香浓。在烟叶的整个生长期，大爷总是佝偻着腰在忙活，直到将黄亮亮的烟叶储入瓮里，才心满意足地盘腿坐在土炕上，装一烟锅烟末，打着碎星飞溅的火镰点燃了，任凭缕缕青烟穿过五脏六腑在窑内缭绕。大爷会毫不吝啬地让每一个烟客把各自不同样式的铜烟锅伸到他的烟袋里装烟，一起品评不同的烟叶品种，这时候，有的烟客就止不住流下了涎水。为了节省火镰的火石和芒硝，常常是相互噙了烟锅，让两个烟锅准确地对接在一起，燃着了的烟锅在上，没燃着的烟锅在下，上边的在吹，下边的在吸，就把火苗传递给了对方。后来有了火柴，也还是沿袭这种方式，一边对火吃烟，一边拉话，时间也就悄悄地被消磨掉了。吃烟当然是少不了喝茶的，大爷的茶多

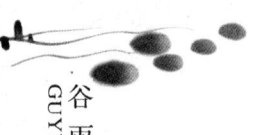

半是红砖茶，抠下一块来，放进铜壶里，搁在泥火炉上去煮，然后分给每一个在坐的大人和小孩子们享用。茶是琥珀色的，孩子们开始喝的时候很苦，甚至难以下咽，后来就越喝越香，渐渐地上了瘾，便在天黑时分或是在整个冬天就抽空聚在了大爷家喝茶。茶又和话是不分家的，天气怎么样，谁家与谁家成了亲结了仇，邻村发生了什么事，前朝古代的古经，当下的新鲜事，都在闲话的涉猎之中。

　　头牴窑的大爷是村上唯一养蜂的人，院子土崖下有一窝天然的土蜂，是在几十年前的一天从山野里飞到这儿来的。好多人都被蜂蜇过，唯独没蜇过大爷。土蜂主要是采崖畔上的酸枣花酿蜜的，加上果木和野花的清香，制造了独一无二的蜂糖。到割蜂糖时，大爷就把这种独有的甜蜜分给孩子们尝，留下一老碗说是给蜜蜂过冬吃的。

　　有一天，不知什么原因，土蜂呼啦啦地散了伙，这儿一群那儿一群地乱飞。大爷急了，找来一把平时碾麦子用的接粪笊笆，拴在长长的杆子上，上边抹上保存的土蜂糖，满村子收拢失散的蜂群。他祈祷着：蜂啊蜂啊上笊来，我要给你修庙哩，蜂啊蜂啊上笊来，我要给你修庙哩。好不容易收拢了半笊笆蜂群，到了旧巢又炸开了。大爷这才在蜂巢里发现了爬墙虎，正在贪婪地吃着白米似的蜂蛹，原来是虎占蜂巢，土蜂经历了一场前所未有的大浩劫。大爷的眼睛都气出了血，上前捉拿爬墙虎。这种凶猛又机警的小动物，顺势爬进了大爷的袖筒，又从领口爬出来，在大爷的后颈上狠狠地咬了一口。这一口，比土蜂蜇一下疼多了，大爷顿时一声惨叫，本能地在自己的疼痛处狠狠地拍打了一巴掌，合拢五指，捉住了有硬壳的绵软的让人浑身起鸡皮疙瘩的家伙。就在爬墙虎没有醒过来的一刹那，大爷已经将它用拳头砸成了肉酱，又顺手贴在了疼痛的后颈上。据说可以用爬墙虎的毒汁拔出渗入体内的毒汁，血债要用血来还。但旧巢里还有敌人的气息，土蜂还是不肯回归，大爷只好在附近的土崖下重设蜂巢，才把失散的土蜂群重新召唤到了一起。

头牯窑的另一个事件是有关猫头鹰的。

人们说猫头鹰是一种不祥的动物，一叫就要死人，这是三岁小孩子都知道的事情，说它可以提早闻到死亡的气息，人们验证了多次，再也不愿意验证这个事实了。一场大雨过后，头牯窑院落里的一棵合抱粗的大桐树上栖了一只大鸟，两只黄亮的圆圆的眼睛像鸡蛋的蛋黄，不过不像神话里说的那么恐惧，倒是十分天真可爱。人们只是在夜晚听到过它恐怖的叫声，很少有人亲眼看到过它的真实面目。大桐树是大爷从老窑里搬迁到头牯窑时栽种的，大爷估摸他死的时候这棵桐树就成材了，可以给自己制一口像样的棺材了。一个小孩子带着一股潮湿的气息推开大爷的门，说是院落里的大桐树上落了一只奇怪的大鸟，眼睛黄黄的，圆圆的，像猫又不是猫，大爷心里就吃了紧，知道是那种不祥的东西。但并没有听到它恐怖的叫声，它的大驾光临，是要索取大爷的命不可？这时候，院落里已经站满了人看稀奇，被雨水淋得瑟瑟发抖的猫头鹰突然从桐树上掉了下来，在泥水中抖动着湿淋淋的翅膀，无助地挣扎着。还是大爷经多见广，说是猫头鹰的翅膀受伤了，让大婆找来一截白布，他用一把木杈控制住猫头鹰，包扎了皮开肉绽的一只翅膀。这时候，太阳出来了，一阵工夫，猫头鹰的翅膀也干了，大爷让它栖在木杈上，一步步端到了门前的崖畔上，使劲一

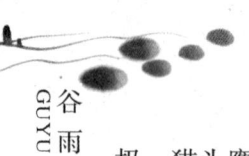

扔，猫头鹰带着包扎过的伤痛振翅飞向了空中，消失在一片山林里。人都说，大爷救了这只神鸟，是积德行善，传说中的灾星再也不会来找大爷的麻烦了。

大爷这一支人，在近二百年里也是历经磨难。

从家谱上看，大爷的曾祖父先娶张氏没有生养，继刘氏，生了大爷的祖父弟兄三个，老大无后，老二仅寿二十有一。大爷的祖父位三，是清朝咸丰年间生人，先妻颜氏子妇莫存，葬十二亩垴西头，继袁氏，生了大爷的父亲。大爷的祖父活了四十一岁，死于光绪年间，妻子袁氏多活了二十一年，民国十六年去世，合葬于天桥坡五亩地父茔下右侧。再往上数，大爷的曾祖父和我的祖父的曾祖父是一胞所生，都是一个叫潮的先人的子孙。再可以上溯到本宁家族，上溯到恂至二门宗世家族。这一说，就是三百年间的事了。到了大爷的父亲手里，只是独了一个，我唤他三老爷，先娶陈炉坡子郭门之女为妻，生下了大爷和叫润的一个老姑，就早早下世了。大爷离母时只有八岁，和我的祖父是同一年，也就是一九一七年失去亲生母亲的。大爷的继母是陈炉张门之女，比大爷还少六岁，生了两男三女，算是人丁兴旺了。

大爷的生母是怎么死的，家谱上没有说，是病死的还是怎么死的，目睹者没有留下什么话。人们把先妻和续妻叫先房后房，不是同时拥有的，而是先妻下世后再娶进门的。这也许是家族的一个命运，许多人都没有躲过去，在不断重复着很少从一而终的婚配故事。大爷成人了，娶了穆门之女为妻，二十岁上生下大伯后的次年就下世了。也就是说，大伯重复了大爷幼年离母的悲剧，大爷也是重复了三老爷中年丧妻的命运。

当时，大爷是在祖屋的窑里和继母在一个院落过话的，妻子生了个胖小子，肯定是当成宝贝蛋来抚养的。大爷的继母张氏的长子也已经四岁了，他就是我的六爷。一大家子人的过活，继母和先房之儿媳少不了碟子碰碗似的口舌，一次蒸馍时，大爷的媳妇听见不满一岁的儿子在哭，自己奶水又缺，就随手掐了一疙瘩面，在笼里的馍没蒸熟前在灶火里烧了一个指头大小的面团，俗语叫姑嚼，也许是姑且先嚼着的意思，一边吹着热气一边跑回去塞到儿子嘴里。这时，继母的四岁的儿子也饿了，要灶火里烧的面团吃，继母忙得不可开交，随口骂儿子说，你急得死去呀，等不到馍蒸熟啦。大爷的媳妇一听，这话里有话，明明是指桑骂槐，嫌我给儿子烧了面团吃。其实，继母也许并没有一点嫌给孙子吃东西的意思，既是先房血缘上的子孙，也是一条根上的苗儿，何况就指头大小的一点面姑嚼。话一提起却放不下了，儿媳和继母你一言我一语，吵得馍也蒸不成了。三老爷和大爷在地里做庄稼，回到家里吃饭时，一场婆媳之间的口舌之战已经过去，各自都哭成了泪人儿。三老爷是个老实人，啥话也没说一句。大爷比他的父亲三老爷性急一些，听说媳妇和继母吵了架，就说媳妇的不是。媳妇受不了委屈，扭头出了门，三步五步就跑到了窨上，一头栽了下去。等到把人从窨水里捞上来，大爷的媳妇，也就是大伯他妈，就已经断气了。继母一听说儿媳跳窨死了，也哭着喊着气成了疯人。也有一说，是喝洋烟死的。

这是一九二九年四月里的事，这一年，大爷搬出了老窑院，把旧头牯窑收拾了一下搬进去住。大爷带着一岁离母的幼子过活，没办法，又依照上辈人的做法续了北原张门之女为

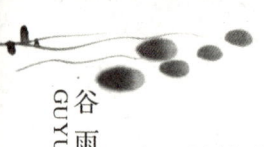

妻,陆续有了三男三女。大爷到死以前,腿疼得要命,整天双手抱着一根木棍,腰弯成了一张弓。大伯成人后,又搬出了头牤窑,在邻近一个杂姓村子过活,一连生了十二个女娃也没有盼来个香火,临了有一个养子,早早给娶了媳妇才咽气的。

大爷疯了的继母,也就是我的三老婆,在我记忆中一开始就是一头白发。三老婆要去娘家了,六爷就把母亲像抱孩子似的抱出窑门,扶上骡子,亲手牵着走出大槐树下,绕过门前弯曲的小路,朝三十里外的陈炉赶去。当初,三老婆也是如花似玉,这么骑着骡子戴着红盖头,穿着红绣鞋红绣裙,嫁到这老槐树下的。她是一夜之间白了发的,满肚子的苦水只能给娘吐,娘家后来没有了什么人,晚辈也很少愿意伺候她这个疯老姑了。三老婆总是唱着前言不搭后语的乱弹,哭一阵,笑一阵,喃喃自语一阵,心事似乎一直陷在一九二九年四月的那场灾难之中,是悔是冤只有她老人家心里清楚。她也有完全清醒的时候,做针线,煮茶饭,屋里活做得细密灵巧。她个子不高,皮肤白皙,眼睛很亮,一头的银发飘飘欲仙。她似乎不是生活在尘世上,而是生活在仙女世界里,人间的是是非非对她来说已经是身外之事了。她收集着柴草鸡毛瓷片纸屑和一切破碎的杂物,把它们摆放得整整齐齐,在常人眼里都是些无用的事情。三老婆会追打一些挑逗她的孩子们,她是在和孩子们玩耍,从来不会伤害他们。

我从小就害怕三老婆,不敢到她跟前去。有一次,我的胳膊肘子疼,母亲就带我去见三老婆,让她为我按摩推拿。这是她老人家的绝活,她一进入料理筋骨的状态,就变成了一个正常人,又好像能看见人的筋骨似的。她为我婆娑了一阵胳膊,对母亲说，娃的胳膊筋骨好着哩，是血脉上的毛病，得去找先生看。先生在这里是指医生，果不然，我的胳膊长出了一个疮，开始是硬的，后来就像软鸡蛋。到了镇上，医生用锋利的小刀划开了脓包，填了黄黄的药眼子进去，几个疗程就好了。三老婆的针也扎得好，发烧头疼，感冒中暑，母亲就带我去找她老人家，她掐准了你肩胛上的穴位，把针在灯上烤红了，算是消毒，扎入皮中，说皮是顽的，挤出一滴黑血，让你笼在被窝里发汗，就好人一样了。三老婆犯病时，也有损坏了人家庄稼和物件的时候，有的孩子向她扔土块，六爷急了也把母亲推推搡搡，我就替她老人家难过。三老爷活了七十八，三老婆活了八十二。

  三老爷在我的印象中没有庄稼人的苦相，个子高高的，稍有些驼背，白白净净的，留一绺山羊胡子，恬淡的目光中总有一缕抹不去的无奈。他的布纽扣连襟袄或白或黑的，总那么干干净净，没有一点污垢。样子好像是一个清闲的乡绅，其实是一个从来都闲不下来的苦命老汉。三老婆是因为与先房里的儿媳妇发生口角疯了的，而对于三老爷却是手心手背都是肉，谁都念及结发夫妻的好处，不想层层叠叠地生出一些血缘上的隔阂，自己被夹在中间受窝囊气。先房里的儿子媳妇怄气跳了窖，得给儿子续弦，亲孙子又得重复面对继母的尴尬了。当父亲当爷爷的三老爷，能是一种怎样的心情呢？这边是疯了的三老婆，相继生了我的六爷和碎爷，还有几个老姑，三老爷是在一种夹缝中度过一生的。三老爷死后，三老婆没气好撒了，倒是清醒了几年，好人一样做饭缝衣裳。后来不知什么原因，又旧病复发了。

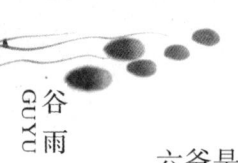

六爷是三老婆亲生的长子,性情急躁,治家严谨,他一声呵斥,小孩子能给吓哭了,家人更是没人敢吭气。三老婆不怕三老爷,也不怕碎爷,就怕六爷。人说久病床前无孝子,面对一个疯了几十年的老母亲,六爷只是忍不住要发一通脾气,推推搡搡的,但在吃喝衣着上从来没有慢待过老母亲。六爷好过吗?不是的,他也没能逃过中年丧妻的噩运。

六爷常说起他在渭北原当兵的事,他当的是国民党的兵,是被拉壮丁去的。在这一点上,他是承担了弟兄们的责任去服兵役的。六爷的部队是杨虎城的属下,在咸阳原以北的北五县境与陕北红军搞摩擦,打拉锯战,你拉过来我拉过去,红白交界,脚下的土地今天是红的,明天是白的。住在延安的毛泽东,派了彭德怀大将军在西线作战,六爷在一次战斗中当了红军的俘虏。红军是不杀俘虏的,戴五角星帽子的一个当官的问六爷,小伙子,家里都有什么人?六爷说,父母兄弟一大家子。有多少亩地?几十亩。那么你是个富裕户的小伙子了。你要是愿意,就跟上红军为老百姓打天下,要想回去种地,带点盘缠回家去吧!六爷说,我先人里出过一个武略将军,为明朝立过大功,可我不是那块料,我想回家种地,娶媳妇生儿育女,为父母养老送终。红军当官的笑了,怕是漂亮的小媳妇在家等着你吧?一同出来当兵的死的死、伤的伤,没有伤及毫发的六爷说是老先人武略将军保佑他,回到家中后不久,就从小镇瓷窑里娶回了贤惠的六婆,过起了春种秋收的庄稼人的日子。六婆个子不高,长得白净秀气,生下了三男二女,一个个都聪明伶俐。谁知道就在我上完小学的时候,六婆得了一场病,就离开了人世。

第三章 西院

我小的时候，母亲在忙完家务的空闲时间，最喜欢串门的地方是六婆家。母亲一边与六婆拉话，一边纳着布鞋，傍晚前的光阴就一缕缕地从六婆家的窗户上溜走了。我在老槐树下玩累了，天色也晚了，就去六婆家找母亲回家。在冬天，六婆家的炕很热，一股温暖的气息，大概是棉絮毛毡被土炕煨热散发出的那股味道。后来，就多了一种中药的气味，苦苦的，香香的，还有甜甜的红枣的味道。红枣是作引子用的，煮完中药的药渣通常晾晒在院里的石头堆上，贪嘴的孩子们就拣了吃。六婆有好几年没有下炕，后来我去六婆家找母亲，看见六婆是躺着的，母亲让我不要吵六婆。后来，我就和六婆的二儿子跪在一起，戴着孝布，面对着六婆的相片哭灵了。

六婆的二儿子和我同学，我叫他小叔，后来休了学，给兔子割草。那一窝小白兔生得可爱极了，一次生小兔子，说兔子是从嘴巴里生崽子的，这太奇怪了。小叔养小兔子，一个可以卖五毛钱，是为了给六婆抓药吃的。开始我是学着哭的，慢慢受到小叔的感染，也一把鼻涕一把眼泪地号啕大哭起来。我想，我要是小叔，失去了母亲，该是多么可怕又可怜的事情啊！我是幸福的，我有一个健康的母亲，这就足够了。

六爷在这样的灾难面前，尽管是泪眼没干过，但还是平和地招呼着前来送殡的乡亲，平日里的严厉被悲伤抹去了。此后，六爷带着几个未成年的子女，把有疯病的老母亲送终养老，儿女们成家的成家，出门的出门，等到料理完这些事情后，自己已经是一个白发苍苍的老汉了。而在此期间，六爷不曾续过妻室，他不想重复父兄们的命运，只是尽到天职，思想也渐渐入了佛门，成了二老爷的忠实弟子。

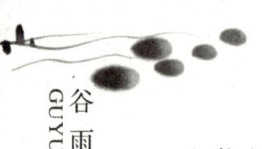

六爷也是个半截子木匠,曾为我制作过一把木头手枪。这把手枪后来折为两半,是我与二弟在饭桌前动武时砸断的。那时候,吃食短缺,母亲刚刚端上来一盘菜,没等父亲上桌,饥不可耐的二弟一筷子上去,就夹走了少半盘。我说了二弟一句,他不听,反倒和我犟嘴,我一气之下,随手拿起那把木头手枪向二弟抡去。本来是想吓唬一下,却不偏不倚砸到了二弟的腮帮子上,二弟去操镢头,我早已逃跑了。二弟的脸肿了一些日子,我自然是挨了母亲的骂,后悔自己不该打伤二弟,就烧了那把断成两截的木头手枪。六爷知道了这事,说是不该为我做那把木头手枪。说到这事时,六爷又会说起他年轻时在淳化当兵打仗的事。

后来,我在六爷那里发现了一本《康熙字典》,是祖上传下来的,六爷说,你有用处,就拿去。再到后来,六爷已经过了八十大寿,我把整理打印好的四百年的家谱呈给他老人家一册,六爷很珍重它,回头还送给我的孩子十块钱。我想,六爷是不是念及同根同族,是搭份子的意思呢,还是作为长辈为晚辈的恩赐呢?

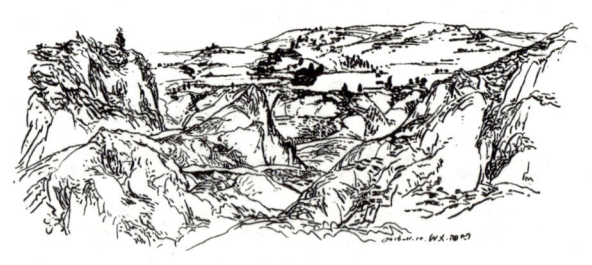

第四章　学堂

　　我要上学了,母亲给我做了一身新衣裳,用的是她新织的花格土布。母亲的织布手艺是从娘家带来的,白蓝红黑在经纬中变化着,形成一定的规律,颜色搭配的不同便有了新的图案。从这时起,我听得最多的一句话,是家人时常吊在嘴上的叮咛:娃,好好念书。

　　公办小学堂以前只有镇上的一所,三几十里路远,后来原上设了一所,离村上也有五里路。长辈们所识不多的字,是在那里获得的。族人开的私塾,最早在北原上的祠堂里,随着迁散和多年的乱世,祠堂也坍塌了,没能再修复起来,空留着老宅村道上那些锈迹斑斑的石牌坊和铁旗杆。迁居凹里后,私塾设在村边的小窑里,请了一位先生教书,有三几个学生,念的书无非是三字经,还有那本百家姓,能背到赵钱孙李周吴郑王冯陈诸魏蒋沈韩杨,后边是什么,大都记不住了。

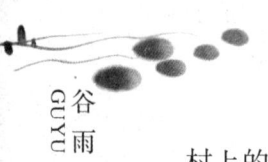
谷雨
GUYU

村上的小学堂是入社后新办的,在几个自然村居中的梁峁上打了一大一小两孔窑,小的盘了炕,是教师的住处,大的垒了泥垛子架上木板,置了黑板,便是教室了。我离开家,爬上有几十个拐弯的坡路,就到梁峁上的小学堂了。站在梁峁上,凹里的那个老槐树变得很小,平常只看到头顶上的一部分,是那么遮天蔽日。在高处,也能看见对岸的土原和沟壑,远处是雾蒙蒙的山川。

我走进教室,座位在靠里边的一排,和我一起上一年级的有五六个学生。挨着的依次是二三四年级。老师是后村人,二十来岁,黑麻麻的,目光很严厉。他的胳肢窝里夹着课本,手拿一根细细的树枝做成的教鞭,一旦步入教室,刚才的喧哗顿时消失了。老师徘徊在狭长的"教室"里,在四个不同大小的黑板上出完各年级的题,又分头讲解,单个教练,摆布得井然有序。谁调皮捣蛋,老师的教鞭便准确地落在谁的头上,有轻有重,多是吓唬吓唬。老师厉声点谁的名,谁便下意识地抱住头,接受惩罚。在长辈们看来,严厉的老师是好老师,如果说连娃们都管不住肯定不怎么样。我是没挨过老师的教鞭,不知老师是真打还是做做样子。

最调皮捣蛋的是小叔,人都叫他刀客,对念书没一点兴趣,天生是好武的命。老师举着教鞭打他,他找来一根早就备好的酸枣刺和老师对阵,直逼得老师哭笑不得。周围的娃们没有不怕小叔的,谁要敢叫一声刀客,他就让谁鼻子口里见血。他的身上也从未断过伤疤,这儿好了,那儿又有了。对同岁的侄儿我,小叔从来是一个保镖,没有谁敢欺负我。祖父见小叔不是一块念书的料,就让他休了学,早早地跟大人上山放羊

第四章 学堂

去了。

上学的路，一遇上雨天雪天，这坡路便让娃们连滚带爬，有时跌得泥人一样。教室里开始没生火，冬天的日子不好过，经常被冻得跺脚，手上也生了冻疮。小学堂里没有敲的钟，老师也没有手表，只有一个小闹钟，上下课或放学是老师定了闹钟的。记得有一次，老师教同学们认时间，提问到我时，见我答得很准确，就让我到老师窑里看钟表。让我心跳的不是怕认错了表，而是那种神圣的环境气氛。平时站在白门帘飘荡的老师门前，喊一声报告，听到进来的回应，才蹑手蹑脚地走进去，放下作业扭头就走。他教同学们玩游戏，让大家团团坐好，闭上眼睛，由一个小同学把小手绢丢在谁的背后，然后揭开谜底。跳的舞是找朋友：找呀找呀找朋友，找到一个好朋友，敬个礼来握个手，你是我的好朋友。只有在唱歌跳舞时，才能从老师严肃的脸上看到笑容。

老师家在后村，三五里地，隔三岔五得回家料理庄稼和家务，平时是在学生家轮流吃派饭的。到了三年级，老师因家境困难，凭工资养活不了一家人，辞职回家种地了。在我家里吃最后一顿派饭时，母亲特意给老师蒸了几个白面馍，炒了一盘鸡蛋。父亲说，娃们都服你，说你书教得好，识了不少字，大人也都有舍不得你走。老师说，穷教书匠，连个家都养不了，还不如种地的好。你这娃是个好苗子，好好供。事隔三十年后，我写村小老师的一篇文章被他看到了，问寻到我回家探望，白发苍苍的老师赶到家里，对我说，你有出息了，不过你文章有一点说得不对，我是家境困难辞职的，不是什么国民党三青团员，又当了什么右派被遣送回家的。我说，那时候我

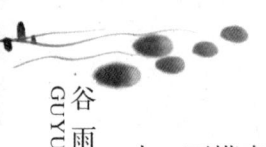

小,不懂事,是我记错了,老师说得对。我送老师走过梁峁上,小学堂早已废弃多年,三十年漫长的光阴都到哪儿去了呢?

　　接替老师的是他的本家子,一个刚走出学校门一两年的师范生。新老师是个文雅人,但对不服管教的孩子,也少不了体罚,让你站在那里一堂课或大半晌,直到认错为止。原先老师沉稳忧郁,人到中年的日子让他浪漫不起来了,除了一顶蓝色檐檐帽,与庄稼人的区分是不大的。而新老师二十出头,充满理想的活力,衣着穿戴保持着学生装,明显区别于庄稼人肥大的棉袄和在腰里打折的长裤。高高的个子,白白的长脸,甩动偏分头,加上一条飘飘的长围巾,让新老师成了孩子们的榜样。他给我们戴上红领巾,那是一角比老土布光鲜的红洋布,摸起来像母亲柜子里藏有绸缎被面子。新老师说,那是红旗的一角,是用烈士的鲜血染成的。他教我们唱歌:我们是共产主义接班人,接过先辈的革命传统,爱祖国,爱人民,鲜艳的红领巾,飘扬在前胸,不怕困难,不怕牺牲,顽强学习,坚决斗争,向着胜利勇敢前进。在这优美的进行曲中,乡村少年的心里有一道雨后彩虹,想着长大后就是课堂上老师讲的那些英雄了。

　　我喜欢的一篇课文是"秋天来了",一群大雁向南飞去,一会儿变成人字,一会儿变成一字。谁也没有见过大雁是什么样子,只是在秋收的原野上,仰头看见了高高天空上移动的人字和一字。人为什么不会飞呢?人没有长翅膀,人为什么不长翅膀?造物主没有给人造翅膀,那么,造物主是谁呢?天生烂漫的孩子们便从地畔上,从树上,从陡坡向下跳跃,把手臂当成了翅膀,体会飞翔的滋味。听说一个本家小叔叔要考飞行员,因为他眼睛好,长得精干,好久看不见他了,以为他已经当上了飞行员。放学路上,每当听见隐隐的轰鸣声,孩子们就停下了脚步,仰头望着飞机穿过碧远的天空,以为这架飞机就是小叔叔开的,他也一定看见了家乡和向他招手的我们。事实上,这位小叔叔后来没有考上飞行员,当了一名教师。从此,我没有少做过飞翔于空中的梦,有时候是因距离阻碍着一种向往,有时候是逃避灾难,飞过原野山川,飞得越远越好。甚至于幻想在什么时候驾着微型飞机,从远方飞回老家,晒场就是停机坪。以后有许多次机会乘飞机从家乡方向的上空飞过,却从来没有一次在舷窗外看清过家乡的模样,丢失了自己在去小学堂路上仰望天空的影子。

  小学堂的厕所边有一片地,种了向日葵,施的肥是厕所里的粪土,加上有院子里的雨水灌溉,葵花长得很旺盛。平时,写有女字的一堵土墙隔开的地方,对于男孩子是神秘的。出于好奇心,有一次,小伙伴们到了暑假割猪草的时候,偷偷钻进了女厕所。这里也只是一堆粪土,因漫长的假期长满了缤纷的打碗碗花。小伙伴们耸耸鼻子,闻到的是尿臊味还是打碗碗花的清香,反正是一种奇异的气息。谁都知道这是在做一件不好的事情,却勇敢地做了,不仅没有反悔,还有一种满足感。大人说,打碗碗花是不能采摘的,采了打碗碗花,就会在吃饭时打碎了家中的瓷碗。谁也没有试验过,不仅采摘,也大把大把地割了喂猪。假期里,向日葵长高了,又肥又壮,开出了草帽大的花冠,金黄色的,最早理解美丽这个词汇也大概是从向日葵开始的。老师说它是向阳花,从早上到傍晚,它的花冠是慢

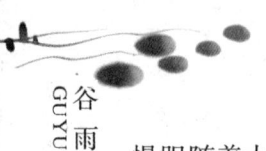

谷雨
GUYU

慢跟随着太阳，向东向南向西渐渐转动的。小伙伴们观察的结果也正如老师所说，太奇妙了。

在一个暴风雨之后，小伙伴们想到了这片讨人喜欢的向阳花，可能被风雨刮倒了，想到了学英雄做好事，爱护公共财产，便一起爬上坡，来到了这里，扶起了被刮倒的葵花。等到葵花敛饱了籽儿，割下脑袋来，挂在墙壁上晾干，谁也舍不得吃，可以拿到小镇集市上卖了，换回老师所用的教学用品。写黑板用的粉笔，也是老师带了大伙到沟底泉水边挖了白胶泥，做成了粗糙的粉笔，写着写着就被其中的砂子顶住了。夏收过后，小伙伴们重要的体力课是拾麦穗，顶着火辣辣的太阳，挎着荆条笼，弯着腰，从一垯地到另一垯地，从原上到沟里，捡来的麦穗堆满了教室。雨后的麦茬地，麦叶和杂草萎缩了，湿漉漉的麦穗像一条条小鱼暴露出来，捡起来又快又省力气。打出的麦粒装了口袋，随村上的公粮一起运到小镇粮站上，卖了钱补贴小学堂的日常费用。甚至于在对面沟畔上开了几亩荒地，种了麦子或谷子豆子，当时把这种劳动叫作勤工俭学活动。

勤工俭学是学校里的口号，娃们的学习费用多是由自救各扫门前雪的。老槐树成了掏钱的口袋，用长夹杆采了槐花骨朵，米粒似地一颗颗晾干，还有槐树籽，一串串葡萄似地苦果，晾得没有了一点水分，拿到小镇上的中药收购站卖了，可以换得块儿八毛的纸笔钱。有一回，因天阴下雨，晾得干巴响的槐花返潮了，收购站的死老汉咋说也不收，只好等到太阳出来，眼巴巴地看着槐花晾干，才交了差事。说中药能卖钱，就去捡俗名叫猪耳朵的车前草，还有炮仗花、远志、尖草的根，

第四章 学堂

都有是宝贝。紫绛色的炮仗花，用手轻轻搓软搓薄，捏住一头，用嘴噙住甜甜的一头，吹着吹着，一点点膨胀，直到最后叭地一下快乐地爆了。它是乡下孩子们的气球，是大自然赐予的。这时候却要挖了它的根，扒了它的皮，抽了它的筋，晾干了去换钱用。远志、尖草等药材的采集过程，也都大概如此。除外还有骨头可以换钱，没有粮食吃，哪里还有肉，没肉又哪里会有骨头，偶尔有死牛病驴的肉每人只能分几口，骨头就被孩子们抢光了。山野破窑里偶尔发现几根早年丢弃的骨头，也被孩子们捡了去卖，也许是兽类的骨头，也许是旧墓中四散的人的骨头。村外有一个窟窿，地理上叫它黄土漏斗，是早年人们扔死猪烂羊的地方，有精明的孩子拴了绳子，点了火柴，下到几十丈深的窟窿里拾骨头，发了一笔小财。

　　大人们在开幸福的会，在唱当家做主的高亢的歌，到处是红旗，是标语，锅里的饭却一天天稀了。亩产几千几万斤的神话破灭之后，家家户户的铁锅也都收去炼铁放卫星，不许一家一户的锅灶冒烟，食堂化开始了。放学回到窑畔上，老远就闻见了食堂炊烟中飘来的豆渣的清香，飞快地跑到食堂的院子里，去受用那半碗香喷喷的豆渣。运气好的时候，可以吃到两个白面萝卜包子。更多的是把剥了包谷粒的芯子磨碎了，掺了杂面蒸成馍吃，本来是烧炕用的柴禾却拿来果腹，勉强咽下去，却硬是拉不出来。村上有几个孩子没有经历过用手抠肛门粪便的记忆呢？有时候是大人帮着抠粪便，孩子们疼得哇哇叫，像杀猪似的。村上工作组一位姓范的小伙子，长得白白净净的，在课外时间带了孩子们去拾野菜。翻过一道沟，上了一面坡，那红土崖下的料姜石山坡上长满了苦菜，露珠闪闪的，

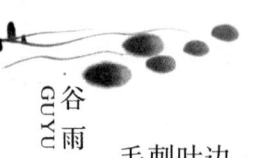

毛刺叶边，背面泛着灰白，掐一棵就有乳白的浆汁渗出来，染了一双双小手。用它合面蒸菜团子，比包谷蕊好吃多了。母亲还偷偷去采一种叫酸溜溜的灌木嫩芽，用凉水拔去苦汁，再用盐腌过，给我们补伙食。

母亲说，二弟一生下来就是个饿死鬼托生的，头大，肚皮大，从来就没吃饱过。有一回，二弟实在饿得不行了，一种天性使然，四五岁的他居然从食堂的窗户里钻了进去，偷吃了几个馍。工作组发现后，批评大人没管好自己孩子，全家人饿了一顿饭，二弟因此挨了母亲一顿饱打。

后来，食堂把过去喂牲畜的黑豆也拿来为村民充饥，喝了黑豆汤，大人孩子没一个不屁滚尿流。食堂散伙了，家里没有一颗粮食，祖父和父亲就把家里的石磨拉到北山，换了一口袋包谷回来，度过了最饥饿的一段艰难的日子。粮食的金贵，是从这样的一辈又一辈饥饿的痛苦记忆中获得的，在此前此后多少年，即使在粮囤冒尖的大丰年，也没有哪一个庄稼人敢马虎一颗粮食。收割时要颗粒归仓，曾祖父在世时，就常蹲在路边的尘土里一颗颗地捡麦粒。晒场上，麦子堆积如山，在庄稼人眼里，每一颗麦粒都如同心血汗珠，是不可以丢弃的。据说在古代计量单位中，有一石（担），一斗，一升，还有更微小的称谓，如一撮，恐怕也就几粒麦子。他们可以端着大老碗吃饭，往往在最后是要抱着大老碗，把脸埋在里面，环绕着用舌头一点点舐净碗底的。如此吃相，也许不雅，而所谓雅的东西往往是酒足饭饱之徒的专利，是从来不知柴米油盐贵的中上流人士的遮羞布。

在漫长的假日里，孩子们的主要营生是割猪草，放羊，大

第四章 学堂

点的孩子给队上割牛草，每十斤一分工，能挣三分八厘钱，买不到一支铅笔。猪草比牛草要精细一些，一般都是些嫩草，比如打碗碗花、炮仗花、猪耳朵草、苦菜等。牛草相对柔韧，大多是禾谷英、索草一类，所挑剔的草很少。有一种带刺的小叶片的香味草，人们叫它香脆梨瓜子，说是牛吃了肯下牛娃子。天旱时，在近处或平坦的地方是割不到好草的，这就得走远路，冒险到峻峭的沟畔上去割草。有一回，我和二弟到一个山峁上的窟窿边割草，不小心把草笼掉进了深不可测的窟窿里，就壮了胆子从窟窿的另一个入口钻进去，终于找回了草笼，却没有割到一把草。

有一次太贪心，背了几十斤的草捆从沟里往上爬，快到沟畔时，连人带草滚了下去。祖母给我去叫魂，从跌倒的地方抓了一把土，一直叫到家门口，一声声"回来哟回来"，我又想哭又好笑。有时贪玩，临到日落西山了只割了一点草，就在草笼里支帐篷，再放上几块小石头，好看也有分量，瞒过大人的责骂。割不到草了，常常打树的主意，爬上高高的桐树椿树去折枝叶。有一回失了手脚，在掉下来的一刹那抓住了树枝，但上又上不去，往下跳吧有几丈高准会摔坏了腿，就这么，在恐惧和忍耐中，渐渐恢复了臂力，爬上了树枝。在割草经历中留在手指上膝盖上的刀痕，是不慎造成的，也是自作自受，怨不了别人，纪念章一样永远珍刻在自己的躯体上。

放羊的日子是浪漫的日子，那个冬天，我和小伙伴盯上了沟里的一片葱绿的麦田，这儿很偏僻，大人们极少经过这里，这块麦田就成了羊儿的盛宴，也成了我们的天堂。冬阳暖暖地照着，羊儿吃得圆鼓鼓的，个个像怀了羊羔，我们则玩起摔跤

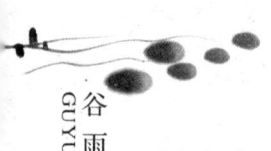
谷雨
GUYU

顶牛和骑马打仗,在柔软的绿地毯上尽情地疯了不少日子。最后,羊儿啃光了麦苗,我们的战场也成了尘土飞扬的不毛之地。心想,这块麦子明年一定是颗粒无收了,我们这几个作孽的孩子都很后怕,制定了攻守同盟,谁也不许泄露这个秘密。其实,这个担心完全是多余的,冬麦田要耙要碾,是为了保存墒情,我们糟蹋过的这块麦田,在来年收割时愈是显得茂盛可人,麦茬周围瓷光瓷光的,连一棵草也没有。我们在冬天的一场恶作剧,被麦田宽容了,接纳了,珍藏了,也没有走露一点风声。

漫长的寒暑假结束了,整天念书时盼放假,这时候变成盼上学了。回到小学堂的头一件事,是铲除院子里的杂草,一段时间没有孩子们的踩踏,荒草就占领了本该属于它们的地方。我已经是高年级了,可以陪着老师一起到小镇上去,从新华书店买回新课本,发到一双双小手里。我的小手,连同这一双双小手,都几乎同样是草绿色的。我们是大自然的孩子,是庄稼人的孩子,是土地的孩子。是一棵草,是一棵麦子,是一粒黄土。

过了十岁了,我们的足迹没有走出村子以外三十里的地方,没有翻过远处那座山。小学堂的老师不再是那个甩着偏分头和围巾的白面书生,他已经娶了媳妇,生了孩子,奔波于邻村的家舍与小学堂之间,脸上身上多了尘土和草屑。轮到我家管老师吃派饭的时候,他与我的父母打讪几句有关农时节令和我的功课的话,然后低头默默地吃完两个烤黄的白馍,就几口辣椒拌萝卜丝,稀溜溜地喝下一碗米汤。老师不像庄稼人那样伸长舌头舐碗,而是用筷子精心地捣净最后的米粒,放下饭碗,说一声吃好了,便起身告辞。这之前,老师已经在主人不觉察的情况下,将事先准备好的三角纸钱压在了饭碗下,免得相互推让。尽管我不是一个让老师挠头的坏学生,还算是一个听话的孩子,但我的心里总觉得自己是老鼠,老师是猫,有一种永远的敬畏。

第五章　先人

我记事的时候，我大的曾祖父一辈人早已下世。那年月还没有照相技术，或者说照相技术还没有传到远离城市的黄土原上。我只知道祖坟里那个靠上首的土包里埋的是我大的曾祖父，坟上是经年不衰的索草，窄而细长的草叶像是老人家的头发或胡须，在季节变化中青了黄了白了，又青了黄了白了。

半个世纪之后，祖坟里陆续多了我的曾祖父、祖父辈的男人们，和一辈子或半辈子厮守过他们的女人们。男人们在族人的说法中叫外前人，把女人们统称为屋里人。家有三尺男，女人不上前。长兄为父，长嫂为母。如此的族规家法，让男人们动过吃喝，也止不住女人们的唠叨，酸辣苦甜一世，享福受罪一世，就这么过去了。坟地里只有风声，树叶的响声和草梢的簌簌声。祖父给我说过，老辈人说，咱的祖坟是省城卧龙寺的一个叫一德的和尚看的，是二龙戏珠的穴，北梁和南峁是两条

第五章 先人

龙，正西的帽子山是一颗宝珠，坟地恰好在这三者的怀抱里。祖父是一根独苗，上世前请一德和尚掐拢过，说坟地西南角与百十里外天边的剑山相克，便在坟地畔立了七尺高的石塔，才有了祖父，没有断这根血脉。打从曾祖父起，留下了供后人服侍的相片，比列祖列宗的牌位多了记忆的影子。那些牌位平时是放在窑后曾祖父的备用棺材里的，"文革"中一把火烧了。

曾祖父留下的相片，是让老姑请回家去了还是找不见了，反正没有敬奉的了。我大从柜底里找出曾祖父的相片底版，让我拿到省城印上一张带回去，我几乎跑遍了大街小巷的照相馆和冲洗部，没有一家会让曾祖父显出真相来。底版有书那么大，黑乎乎的，边缘发毛，布满了白色的斑点。孝顺的祖父为老人拍了这么豪华的一张底片，却在若干年后被跨国的照相术拒绝了。在照相馆小姐用两根涂红油的手指接过底片的一刹那，中电一样迅速递了过来，脸色也煞白了。是曾祖父的灵魂让她胆怯么，也许她是对朦胧中的丑陋的老人或是对陈旧的底片本身表示厌恶。我这做曾孙的顿时感到羞愧和无奈。又一想，曾祖父是我谋过面的最年长的先人，他老人家的影子是烙印在我的记忆中的，洗印一张相片也并不是一件非做不可的事。

曾祖父斗大的字不识几个，平生是凭下苦力过活的。爱吃旱烟，也就爱捶胸顿足地咳嗽。嗜好吃豆腐，还有油泼过的蒜泥。爱大声吆喝，很少慢条斯理地讲述过去了的事情。作为亲弟兄，曾祖父和二老爷完全是两种脾性的人，二老爷烟酒不沾，手艺多，能说会道，聊起前朝八辈子的古经津津有味。老弟兄在一个院落里过活了七八十年，你出我进，撞磕是难免

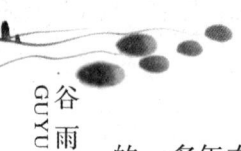

的。多年在一个大锅里搅勺把,你稠了我稀了,你咸了我淡了,像锅碗瓢盆不碰是不可能的。老弟兄心里有个照应,有时候也背地里相互撂几句气话。老大说老二,净成些不务正业的精,一天胡囔囔哩!老二说老大,连个子丑寅卯都弄不清,一辈子瞎活哩!老大又说了,你活得明白,连个香火也要我孙子顶哩!老二唉声叹气,瞎人有瞎福,老天爷你说公道吧也不公道,不公道吧也公道。曾祖父留下一独苗,独苗的祖父生了六七个男娃一个女娃,孙子辈又几十号人,要说热闹也热闹。也许正因为二老爷的命硬,落得个孤独一人,尽管衣着茶饭比曾祖父要享福得多,但身后香火不继,继孙只是一个形式,才缺啥想啥,百无聊赖地追究人世间的道理和家族延续的秘密,是天命的救赎,也是自个儿的唯一安慰。

二老爷去世这么多年,在我的印象中,与我的曾祖父有着同等重要的分量。记得在二老爷住的窑里,墙上镜框中有我幼时和二老爷的照片。事过五十年,我打听到了这张照片的下落,乘车几十里,去了我的老姑家,得到了这张照片。老姑面容和善,个子矮小,她仰脸对我说,娃呀,你不过岁时,你妈抱着你来过一回老姑家,快五十年了,你都上哪儿去啦,也不来看一回老姑?你是取这张照片来的,是你二老爷的在天之灵给你使的法儿,让你来看他的小女儿你的老姑的。你是你二老爷的好孙子,你看他抱着你那个疼爱劲儿,是把你当成了他的亲孙子。二老爷没有错爱你,他的在天之灵会为你高兴,会保佑你。老姑说这些话时,一直是笑着说的,没有一点点凄惶,笑着笑着笑出眼泪来了。

我大的曾祖父没有留下相片,没有了牌位,只在二龙戏珠穴位的祖坟里留下个墓堆。在祖坟里，旧坟是瘦小的，时月的沉淀让它浓缩了，而越是时间不长的新坟，越显得庞大而松软。大概在十九世纪末，我大的曾祖父，也就是我的曾祖父的父亲，一个在旧家谱中叫俨的人，四十有五的年纪，顶不住光绪十八年年馑的饥饿，带着婆娘，牵着两个儿子离开家，朝着北边方向走去，指望寻到一条活路。大女儿出嫁到东坡张家，日子还算宽余，再说嫁出去的女，泼出去的水，顾全不了了。小女远嫁了美原麻峪党门，没有了音讯。临出门时，大女儿来了，拿一些杂粮炒面说是带在路上吃，平时牲畜吃的东西这阵子已经是救命的吃食了。大女儿把父母弟弟送到沟畔上，大人小娃都哭得泪人一样，谁知道这一别还能再见上一面不。留着守家的是这位老儿的唯一的弟弟，名字叫价。

在哥哥俨看来，小他十六岁的弟弟价的价值胜过自己的婆娘，宁可没了婆娘可以再续一房，没了弟弟就再也续不上了，父亲下世后长兄就得尽为父的天职。价也快三十的人了，娶了一房媳妇，未留下一男半女就病死了。这位老儿带着婆娘娃，沿路讨吃要喝，过了北山梢林，一直到了甘省界，上了安化县境的盘马原，在一姓崔的财东家的碾房里落了脚。吃人家的，喝人家的，等到过了春荒，自己婆娘成了崔家财东的婆娘，两个儿子也卖了，随了人家的姓。这位老儿也想明白了，与其让婆娘娃们一个个饿死冻死，还不如给一条活路。人活到这个份上，族规家训，仁义道德，能顶半碗米汤喝么？老天爷不让你好活，不该都是俨的罪过啊！是家土不养人了，还是俨没本事，就让五雷把俨轰了吧！有人快饿死了，连树皮也啃光了，连观音土也吃光了，就得人吃人。男人吃女人，大人吃小娃，

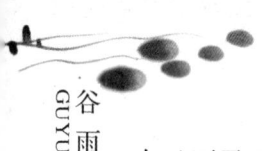

自己不忍心吃自己的娃，就自己的娃换了旁人的娃吃，人已经变成虎狼了，也连虎狼都有不如，虎毒还不食子哩！县志上说的易子而食，劫后十室九空，说的当是如此情景。这位老儿陆续安顿好娘们几个，虽说是卖给旁人却终究是自己的骨肉，想着过活好了再赎他们回来。

在一个雨夜里，俨孤身一人，贼一样偷偷逃离了盘马原，赶清明节回到了黄土原上，跪在祖坟里大声哭号，我是羞先人哩！弟弟价闻声赶来，把赔了夫人又折兵的哥哥扶回了家。哥哥褡裢里的几个出卖骨肉的钱财，让这个零落的家有了起死回生的指望。这一年也算风调雨顺，地里的谷子糜子豆子都成了。尽管能吃饱穿暖了，俨还是没有能力去赎回自己抛弃在甘省盘马原上的婆娘娃，再说，婆娘娃是人，愿卖愿买，红口白牙说了人话，白纸黑字写了契约，又不是当到当铺里的物件，你想赎就能赎得回来吗？又到了来年收倒麦，俨没想到卖给盘马原上的大娃跑回来了，一路上也是讨吃要喝，面如菜色，衣不遮体，抓住刚出笼的白蒸馍一连吃了十几个。这大娃没命，年馑中是饿死鬼里剩下的，没想到却让老家这冒热气的香得要命的白蒸馍给活活地胀死了。先是噎得打咯，后是伸长了脖子，翻了白眼，直挺挺地倒在了脚地里。俨把娃埋在了祖坟对岸的山梁上，因为不成家的男人是没有资格入祖坟的，那山梁上可以看见祖坟。从此，俨也不说去接回给旁人当了婆娘娃的骨肉了，如果见了娃他妈又怎么交代呢？说娃是吃白蒸馍撑死了，这比说娃给饿死了还让人难过。

到了来年收倒麦，囤里有了粮，家具添了不少，牲畜有一牛一驴可以搭一犋犁了，俨就思谋着给过了三十岁的弟弟价问媳妇了。价问哥哥，大麦子先熟还是小麦先熟？哥回答说，当然大麦先熟。价说，那就先给哥娶媳妇。哥说，哥早就娶过媳妇生过子女了，先给价续了媳妇，再说给哥续亲的事。秋后，一个如花似玉的女子骑在骡子上，顶着盖头，穿着绣花红裙子，从五里外的后村嫁到了老槐树底下的一对光棍家，做了长她十岁的价的媳妇。当哥的俨从此享受到了长兄为父的尊严，弟媳妇做好了饭，哥哥不回来弟弟是不动筷子的，见哥哥捐犁牵牛从地里回来，忙迎上去捐过犁牵过牛，再一起坐下来吃饭。稍后，家道开始富足的俨续了邻村小他二十岁的女为妻，五十岁之后又生了二子一女，二子是我的曾祖父和二老爷，一女是嫁到沟对岸的我的老老姑。价也陆续有了六七个儿女，日子过得还算滋润。家大业大，儿女多了，俨价老弟兄俩在老宅旁另开一窑院，分开家单另过日子。

多年后，两家人在一个晒场上扬麦，月亮很明，南风丝溜溜地吹，当哥的突然想起了早年年馑卖给甘省盘马原的婆娘娃，不由得两股眼泪。当弟的说，哥，今年又是个好收成，你咋哭啦？哥说，没啥，灰弥的。弟弟觉得哥老了，念及幼年的凄惶日子，寻哥说，哥，我思谋着，咱还是过到一起的好。哥一句话没说，觉得弟力成了，说的在理，只是操起木锨顺着风把黄澄澄的麦颗扬到了一起，两小堆麦成了一大堆麦。后来的东院西院的子孙们，相互之间无论发生了多少不愉快的事，老人们一说到这桩往事，都会化阴云为晴朗的天。

我听曾祖父和二老爷说过，要上甘省盘马原去寻丢失了的先母和同父异母兄妹，临终了还是没有替父辈除却这桩多年的心病。祖父也说过这桩心愿，同样没变成现实。我大和三大又

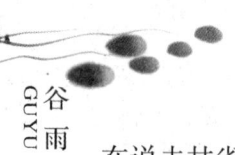

在说去甘省寻亲，看来也是不了了之。在我想来，那是一个过去了一个多世纪的故事，一个几辈子人做的迷失了的梦，非要考古一样追究到底，还不如让它留在族人的记忆里好。

我说的祖坟，是民国十四年祖父的祖父去世时新修的坟茔，俨和价两弟兄在世时相敬如宾，死后却天各一方了。往上几辈是埋在老坟里，地处原上弯里的山峁下。再往上几辈又是在老陵底下，之前便是老陵了。在方圆不足三五里的地方，掩埋着几百年间的祖宗。自古以来，只要是有香火的陵墓，是没有人把它重新复原为耕地的。只有牛羊在沦为荒野的老坟里吃草，在残碑断谒中亲近着一岁一枯荣的大自然的生命。野兔在草丛里跑，老鸹在柏树林里叫，还有蛇盘在石碑下晒太阳。我小的时候，老陵里的荒野残碑是神秘的，也是恐怖的。祖父说，白天，是老陵里的先人们的黑夜，他们都睡了，睡得一点动静都没有。我说，是他们害怕太阳光吗？祖父说，不是的，活人的白天就是死人的夜里，他们要睡觉。你看，到了天黑以后，先人们就打着灯笼出来了。我真的有一回看到了老陵里的灯笼，星星点点的，数也数不清，在游荡着。后来我知道那不是先人们打的灯笼，是磷火。但这并没能消除我心里的疑惑，反而越是恐惧于它了。它是鬼吗？祖父说，人死了，好人变成神，瞎人就变成了鬼，神是保佑世上的好人的，鬼是和世上的瞎人一伙的。兔哇蛇哇老鸹哇，都是陵里的精灵，动不得的，谁动了就会招祸。

老陵里最显眼的是那一尊石羊，祖父有一回把我推到高高的石羊背上，我是又高兴又害怕。祖父说，石羊是一只神羊，白天是石头的，到了夜里就还原成肉身，成了真的羊，拉着这一片陵地转够九九八十一圈，天就亮了。

　　石羊立在这儿已经有六百多年了，是一个叫朱元璋的皇上给咱的一个老先人封了武略将军的大名，让神羊给老先人守陵哩！还有将军碑和不少大大小小的碑子，可惜那时候我是识不了几个字的。在我刚上村上小学的那一年，荒凉的老陵里插了红旗，几个村的人有好几百上千，有拿镢头拿锨的，有担笼的抬筐的，拉架子车的，几天工夫就平了老坟，把陵地变成了一块尘土飞扬的田地。我去看石羊，说是石羊陷入了一个墓道里，将军碑也不见了。再路过老陵里时，油绿的麦子掀起一阵阵绸缎一样的波浪，人说是先人们的骨头肥沃，变成绿油油的麦浪了。我问祖父，有那么多人动了老坟，除了麦子地，什么也没有了，大伙儿都得招祸不成？祖父吃着旱烟，一句也不吭，末了只说了一句，等你长大了就明白了。在我十五六岁的时候，我成了平坟运动的壮劳力，三年以上的坟堆都铲平了，满眼成了一片没有了坟墓的原野。

　　在中国古往的皇帝里，族人最清楚的恐怕只有朱元璋了。好像朱元璋是本族的亲戚，一说起来总那么眉飞色舞。咱先人在明朝开国皇帝手里立过功勋，钦升肃州卫前所副千户，封武略将军。我后来为此查阅过辞书，所谓的副千户，是元朝到明朝时的一个官衔儿，可以统领千人之众。武略将军这个官名，在金朝时已经有了，为武职正六品封阶。人说七品芝麻官，咱先人也就是个州官吧！是只许州官放火不许百姓点灯的那个州官。老陵里的武略将军碑，一说陷入墓穴里了，当时有人掌灯壮着胆子下到墓穴里，一时半会儿就没了回应，等上边的人用绳子把他吊上来，他在三天后才又会说人话了。他说，里面是

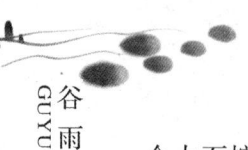

一个大石棺,石棺上卧了一条碗口粗的大蟒蛇,朝他喷出一股蓝焰,之后他什么也不知道了。人们一时恐惧,匆忙用土填了墓穴,不再敢提及这桩阴森的事了。另一说是县上文物部门搬走了石碑,后来也没了下落。石碑上刻的文字,在清朝道光十二年续修家谱时被先辈记录下来,到现在已经有一百七十多个年头了。

到二十世纪抗战时期,我的曾祖父的堂哥瑄先生主持县志修订,请了省城的黎锦熙教授主笔,录入了家谱中武略将军的碑记。黎教授在省城是个大文豪,曾在京城任教时,结识过一个从湖南来的姓毛的年轻人。黎教授在图书馆查阅资料,姓毛的年轻人临时在图书馆打工,在他忙不过来的时候,姓毛的为他抄过不少稿子。黎教授坐在我家老宅的老槐树下,一边品茶,一边聊天,他说,你猜这湖南姓毛的年轻人是谁,就是现如今在延安的共产党的头儿毛泽东。堂曾祖瑄先生说,咱正在说明朝开国皇帝朱元璋与我先祖的事,如今又出来个毛泽东,天下岂不是有了两个太阳,这姓毛的太阳又是老师你的学生,这实在是千载难逢的趣事啊!天下之大,无奇不有,说的就是这个理儿。黎教授说,你瑄先生也是一方文杰,说到掌故,我黎某人还要求教于你的。瑄先生说,岂敢,区区穷秀才一个,别说先祖武略将军了,就是我的祖父雍先生我也是比不了的,家道衰落,一辈不如一辈啊!

武略将军碑记上说,将军的母亲是一个不苟言笑的人,生而聪慧,勤习女工,妙龄之年归于吾门,相夫教子,躬行妇道。她操持着一大家子的酒食衣着,从来没有一点怠慢,没有疾言厉色,闺门之间向来和蔼可亲,雍雍穆穆。衣着穿戴上,

第五章 先人

总是体体面面，既是打了补丁也不难看，从来不去眼羡旁人的绫缥绸缎。遇上要饭吃的，她总是有一碗水给一碗水，有一个馍给一个馍，说是积德行善哩！元代顺帝年间，将军问世于老祖庭的北原畔上，生性骁勇，母亲就说是一个做将军的苗儿。洪武初年，到现在有六百多年了，将军是怎样从一个耕读之家走出去，当了一名士兵，又出生入死，当上副千户的，实在是不得而知。将军征战过的曹镇、大宁、营州、郑州坝、广昌、蔚州在哪里？碑上的这些陌生的地名，也许没有一个后人读懂过。攻围的大同，是今天山西出煤的大同吗？济南大捷，浃河大战，西水寨突围，攻克金川门，这一连串的战役让人如读天书。只是落脚地的肃州，恐怕就是今天的酒泉那个地方了。

六百多年后的一个云淡天高的晚秋，明代开国将军之一的若干代玄孙的我，迟迟寻访到了酒泉，我的先祖的驻防之地。这里是汉将霍去病的酒泉，那个被供奉的泉水，酒一样绿、酒一样泛着光泽。明朝的副千户武略将军是否也在酒一样的泉水前投下了自己的面孔，他的面孔和我的面孔相似吗？它不是老家的窖水，那自古都不曾改变的储蓄雨水的葫芦状的窖水。可我没能在肃州的史料中找到我的先人的踪影，这是早已料到了的。嘉峪关外，是茫茫的戈壁沙漠，是通向西域的古丝绸之路。防守在这里的我的先人，也曾如他的后人一样念及渭北原上的家山。武略将军碑上没有说碑主的生卒年月，没有寿数，也没有死于何地，是马革裹尸回到故地，还是告老还乡荣归故里，不知道。只知道他戎马倥偬，英雄了一辈子，落了个副千户武略将军而已。

在他取得功名的洪武三十五年后的永乐二年，也就是整整

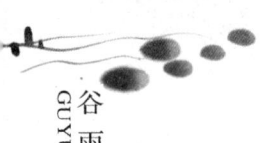
谷雨
GUYU

六百年前，他的父亲也被钦赠予同样的功名，母亲冯氏与妻子李氏赠封宜人。过了两年，又赠他的高祖、曾祖和妻室张氏白氏同样的美名。这所谓的赠封三代，让这一片普通的土原多了千古流芳的脉气。碑子是三十年后的宣德八年立石的，最后几个字是"石匠马龙"。连不识字的老辈子族人，也只记住了这最后的四个字，是说诰命的勒石人叫马龙。也就是族里的读书人，也未必能完全读懂碑上的文字。从县志所录的墓志之后一段文字看，那块将军碑已经是立碑四百年后的碑石了。这段附言是道光二年记载的，是说武略公墓志已系残之片石，经年已久，文字不无湮没，不敢妄为涂改，故疑而录之。这样看来，曾经有过的将军碑不是一块，而是两块，但愿它们都已陷入了坍塌的墓洞里，交给后人去读，交给土地本身去消化。

　　道光年间续修的族谱，是重新开张的。往前推四百年，凭借的家族历史只能是这块碑石了。如果说武略公是家族先人的一个事实，上溯五代，就到了元代忽必烈至元年间，那已经是十三世纪的事了。续修族谱的先人，用白纸黑字说，生活在十三世纪权且当作始祖的人是埋在这片老陵里的，而且标明了方位，是在陵底十三亩挂角茔内。再往前呢？我的远祖的踪影在哪里？没有人能说得清，也没有文字记载，这片土原也保持沉默了。家族的栖息地，可以从原上追究到凹里，再追究到北原畔上，追究到后堡子，也不过是千年的叹息。再之前，族人们只有一个说法，那就是山西老槐树底下。等我长大以后，能够识文断字了，便觉得这个说法是一个含糊的人云亦云的交代。满世界的中国人，一说到最早的祖宗，大都有会说是从山西老槐树底下迁居来的。而且煞有介事地伸出脚趾头，捉住小拇指

第五章 先人

说,这指甲盖是分岔的,是现两个瓣的,由此见证他是地道的汉人或中原人种。山西老槐树一般指洪洞县,有一出戏不是说洪洞县里没好人吗?这简直有点对老祖宗的不敬。那里的老槐树说有几千年历史了,我没有到实地看过,只是从一些图像资料见到过,多是残缺的老树干,论起树冠的大小,远不如我的凹地里的老家的老槐树那么绿冠如盖。老辈子人有个说法,一说凹里老家的老槐树是从北原畔迁居的路上捡的,还有一说,北原畔上也有棵老槐树,是从那儿孕出来的。再往前推,就是从山西老槐树那儿衍生出来的了。

当初,明朝洪武年间,因战争连年,四处的壮丁都被杀光了,尤其是边地一带,十室九空,田园荒芜,便从人口稠密的山西一带向外移民。他们可能是被押送到老槐树底下,或者是把老槐树当作集散地,也许那里有不少老槐树,后人便记住了从老槐树底下来的。据说移民是按一定比例抽的,比如有四口之家留一、六口留二、八口留三的说法,四散开来。这是皇帝下了诏书的事,违令者斩,这便是移民的事变成了抓丁一样的残暴之举,妻离子散,哭爹叫娘,那情景是可想而知的了。人说故土难离,骨肉难舍,老槐树底下便成了一个伤心地,一个让后人永远念叨的先祖们的断肠处。如果说是洪武年间有过一次山西大移民,我的先祖肯定不包括在内。洪武年间,我的先祖武略将军是在渭北的土原上出发,南征北战,最后到了河西走廊一带驻防。那么还可以找到一个说法,元代初年也有过一次大移民,也是从中原一带移往周边地方的。这样,我可以得到先祖移自中原的结论了。没有,武略将军碑上没这么说,县志上也没这么说,我只是比较固执地认为,先祖是世居于此

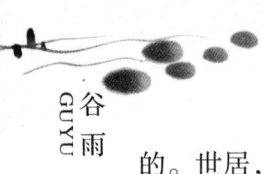

的。世居,是道光年间修谱的老先人的措辞。

公元1832年,即大清道光十二年四月一个暖和的日子,叫作潮的先人,作为由县衙按时发给银子和粮食补助生计的秀才,和享受同样待遇的侄子自顺坐在一起,在重新整理完毕的家谱序后,用毛笔小楷郑重地写下了各自的署名。遗失的就让它遗失吧,事情总得有个重新开始的时候,于是便有了流传至今的家谱的故事。

重新谱写的世次,一世为"不知"。因为对于一世,只知道他老人家的坟墓是在村子南陵底下二十八亩塄东头父茔下,其他一概不知晓。写谱人就像对待某些无法考据的诗文署其名为无名氏一样,将先祖称为不知,这是合乎常理的,没有什么不敬的地方。一世不知生了两个儿子,长子也没留下名字,姑且称为失讳,次子姑且称为"知"。

二世有个失讳,也有个知,兄弟二人遂分为二门,也便有了长门二门之说。赖天地之供佑,祖宗之阴德,家族至此而后各门衍衍绳绳,相互亲爱,遂成巨族。作为次子的知,字为通明,说是为人宽宏厚重,不事浮华,崇尚勤俭,力戒侈靡。当时,他的家道比较丰裕,窑里置了许多荆条泥囤,个个冒尖,积攒和谷子有数十石之多。收秋的季节,这位先人捋着雪白雪白的山羊胡子,缓步走过山原沟壑,一垄垄金黄的谷子在暖风中起伏着,那些垂下头的沉甸甸的谷穗象在谦逊地向它们的主人鞠躬致意。有哪一颗谷子不菇含着老人家的心血的甩成八瓣的汗珠子呢?这个白胡子老汉,是个倔人,有人劝他把积攒的谷子换成银子,他不乐意,爱的就是金灿灿的粮食。也是饿怕了,谷子能碾成小米煎米汤喝,喝了米汤肚子就饱了,而粮食

第五章 先人

成了缺物时,银子往往是靠不住的。一旦遇上遭年馑,白胡子老汉就毫不吝啬地打开了谷囤,把一捧捧金黄金黄的谷子分给饥民,在饥民感激涕零的情景中享受满足。有时候谷子积攒久了,腐烂变质了,他就在夜里差人偷偷把腐烂的谷子倒到门前沟里去,只觉得太可惜了,却没有一点后悔。

到了三世,长门的长子宗贤,字希圣,为人狂介正直,不妄与也不妄取,不谁毁亦不谁誉,在村中颇有声望。也就是说,这位先人是一个不多事的人,特立特行的人,不央求别人,也不依赖别人,不说别人的坏话,也不去赞颂别人。长门的次子宗礼,幼年时亡故了。二门宗世,字垂裕,是一个独子,为人柔和善良,恭敬谦逊,且重义轻财,却不敢恶于人,在受人敬的同时也受人欺负。家道素丰,日子过得很滋润。只是有一件事,像石头一样压在心里,让他常常舒展不开眉头。这就是子嗣之事,不孝有三,无后为大,他作为二门长子,已经年过半百,还没有儿女,怎能不让他心焦如焚?人说要积德行善,他就把家中收藏的别人欠他钱粮的契约统统拿出来,在门前的老槐树下烧了个精光。

随后,有一个从川口来的人吆着骡子,驮着谷物上门还债,先人说你不欠我的债,川口人说明明欠你的债,怎么说不欠你的债呢?川口人实在不相信,世上还有还债不要的大好人。先人却正色道,你说你欠我的债,有什么证据?川口人奇怪了,契约是在你的手里,是我给你还债,又不是你欠我的债,怎么能让我出示契约呢?先人笑了,那也许是你记错了,你确实不欠我的债,请打道回府好了。来人犟不过,只好谢了恩,一半是偷着笑,一半仍是疑虑,吆着骡驮回川口去了。川

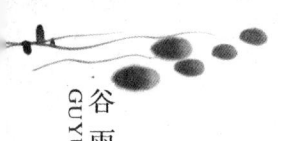

口人怎么也不会想到,这个貌似糊涂的人一点也不糊涂,他是想有儿女想得灵魂快出窍了,让自己占了一回大便宜。先人也不是那种富得流油的人家,只是靠勤劳从庄稼地里一点点地多抠出些米粒来。除家里的十几亩地外,他还贪心地典了本村某人八亩地播种了荞麦,荞麦生长期短,产量低,却是上等杂粮品种,赶上好的雨水,是划算的。紫绛色的枝叶和花朵,菱形的颗粒,实在是庄稼地里的稀有宝物。也就在这片荞麦长成狗蹄之形时,事情有了不曾想到的变故。本村某人找到先人说,我想把地赎回去。先人问,为啥?某人是个难缠人,他回答说,不为啥,就是想把地赎回去。先人想,这其中必有窍道,也罢,把赎金还回来也成。某人黑了脸说,赎金当下没有,有个富人出的赎金高,钱还没过手,但事情已经谈成了,本村本社的,抬头不见低头见,还怕赖了你的赎金?话只说到这儿,先人没想到某人竟连夜里牵了牲口,将荞麦地犁了个底朝天,随后告知说,我赎回我自己的地,把你种的荞麦子揭了。先人目瞪口呆,世上竟有此等事情,某人本乡本土的竟能做出这种事?但他忍了忍,脸色很难看,却笑了笑说,揭了好,揭了好,你把赎金还了,咱就没事了。某人说让直接去找富人要,没问题。先人遂向富人要钱,富人听说是正种的荞麦地,又被揭了,心里有点不平,这种人的地还有谁敢赎,赎金不便给了,还是你再去种好了。某人知道了这层变故,又笑脸给先人赔不是,还是由先人典种。先人又一次不与计较,说是大人不与小人斗,趁机种上了麦子,这料荞麦虽说是颗粒无收,但老天爷还是有眼,次年麦子大熟。

先人与本村某人一而再再而三的怀柔周旋,不是先人骨头软，而是以柔克刚，以德服人，想用善良的心肠为自己换得子嗣香火，这是问题的实质，也是先人难以启齿的秘密。村上的有心人，从先人烧毁契约到拒不收账再到赎地礼让这一连串事情，窥摸到先人的病害在哪儿，就上门说话，并商议何不以温姓外甥为嗣，了此心愿。先人说，不妥不妥，这亲上加亲为嗣的事祖上有过，大都没有好的结果。又有亲族人听到消息，说是城东原上的大壕村遭了大荒，死的死，亡的亡，忙劝告先人，何不去大壕村捡一女人为妾，既救灾助人，又为子嗣的种子获取一块土地，是一桩善事呀！先人想了想，觉得此事可为，便骑了一匹青骡子，带了半褡裢锅盔，还有些银两，安顿了又是泪水又是笑颜的结发妻子，在满天发白的曙光中上路了。

　　赶到大壕村待了两天，经媒人问寻到一位寡妇，二十七八岁，尽管说在大荒中死了男人和孩儿，不免忧伤憔悴，加上饥饿，面如菜色，但那份俊俏和贤淑是没有褪色的。先人觉得顺心，这寡妇也想逃出苦难，情愿给先人做妾。俩人说好，先人付了媒人的红包和财礼，即将动身之时，那寡妇便哭了起来。先人以为妇人的恸哭是故土难离的人之常情，便说了一些宽慰的话，劝她上路。谁知妇人越哭越伤心，哀声连天，让先人真有点不忍心带她走了。从媒人与寡妇有点狐疑的交谈中，先人也觉察出有什么实情被她们隐瞒了，便把媒人叫到一边问，到底出了啥事？神情慌乱的媒人一看，已经是纸里包不住火了，就如实相告说，村下活人妻已经卖了七八成，哪里还有什么寡妇？男人卖了妻室，是为了养活自己和孩子，总不能逼到人吃人男人吃女人甚至你吃我的孩子我吃你的孩子的地步，有什

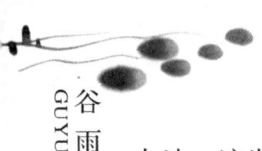

办法,这世道没法活了。先人听罢,埋怨媒人不该这么缺德,这女人不娶了。媒人说,你也别生气,人都快饿死了,德行能顶饭吃么?再等一等,等妇人哭够了,也就情愿跟你走了。先人厉声说,我说过了,这女人我不娶了!媒人慌了手脚,蹑蹑嚅嚅地说,这话可是你说的,财礼已经交了,哪有不娶的道理?先人说,我家里有媳妇,没有生养子女,我是因为无子才娶妾的,你是以为我温饱思淫欲么?我是为了生子而使人家夫妻分离,母离子散,老天爷也不会保佑我的。我宁可无子,也不忍心做出眼下这等到事理来。至于财礼,我权当是送给这妇人了,你的一份也算嘴皮钱罢了。媒人大惊,瞪着眼睛说,这是实话?先人说,我从来不会说虚话,也就不像你会当媒人骗吃骗喝。这么说着,先人与媒人一起走到妇人跟前,媒人说明了事由,痛哭的妇人突然止住了哭泣,撒脚跑出门去。正在先人和媒人发愣时,妇人拉着丈夫和孩子跌跌撞撞跑过来,一家人跪在先人面前谢恩,哭泣声让先人的头都快要炸了。

先人掩泪相别,骑上嘶叫的青骡子离开了凄惨的大壕村,一路百思不解,回到了家中。这一年,先人的结发妻子张孺人已经五旬有二,就在先人从大壕村回来不久,妻子竟然有了身孕。都说是先人的德行感动了老天爷,凋谢的花却奇迹般地焕发青春,灿烂地开放了。

之后,先人的结发妻子张孺人于1723年,即大清雍正元年十月二十一日便生了一子,名恂,虎虎生威。之后又生一女,如花似玉,嫁给了邻村赵门。

秦汉朝那个时候,家乡一定是一片葱葱的山林。推衍家谱上说的先祖,元朝忽必烈时就在这里从事稼穑活动,从山西大槐树底下迁徙而来的说法只不过是拾人牙慧，何况周秦时我的祖上属于羌族部落，羌，放羊的人也，山林草原一定是先人的生存福地。稼穑活动的由少而多，人口的增加，燃料和生活用品的需求，在逐渐蚕食着越来越不原始的自然形态。农耕文明的演进，汉族的同化，使习惯了定居生活方式的先人逐渐融入了关中帝国周围的习俗风尚。北边是鄂尔多斯台原，一路南下延伸到了家乡的土原，而南边是渭河平原，家乡门前沟里的季节河是蜿蜒流入渭河下游的。周朝先祖辗转于渭河与泾河流域之间，神农氏教人稼穑，据说也到过我的家乡一带，方圆也不过三几百里，种谷子吃粮食的引进是没有多大隔阻的。

我也时常纳闷，关中乃帝都之地，历朝历代几乎没有停止过对北部游牧民族的防范，事实上也屡屡受到过野性血统滋养的剽悍铁骑的撞击，无论怎样改变着这些异族的名称，修驰道和长城，还有烽火台，总没有完全抵挡住他们的铁蹄和弯刀。红白拉锯的战争从那个时候就早已开始了，边境线一改再改，飘忽不定，或者在西北的大散关、萧关、金锁关内外，或者在塞上镇北台以至阴山南北与大漠之外。他们需要粮食，这恐怕是北部异族南犯的主要目标。鄂尔多斯风暴一样的铁骑顺着缓缓南下的地势席卷而来，我的家乡的土原就成了接近帝都的踏板，处于游牧与农耕的夹缝之间，自然生态也遂之荣枯无常。羊的种类不断演变，牧羊人却一直没有绝种，而庄稼地在生生不息地呼吸着，渐渐地占尽了土原上的风光。

原坡峁梁的地形是从什么时候变成梯形田地的，可见修理地球的工作不是农田基本建设时才有的，它的起始可谓久矣。刀耕火种之后是镢头挖地，至今的坡地仍是用这种远古的农具

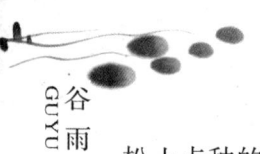

松土点种的，也就是缓坡地和平地使用的犁铧，在汉朝时已经启用了。罗马人在两千多年前的农艺著作中说到农具，连牲畜也归为农具一类，说它们是不说话的农具，活的农具，那么奴隶则是会说话的活的农具，这说法让我感到新奇或诧异。

小时候听老人们说，谁家是财东，有多少亩地，有多少头牲畜，到我回乡种庄稼时统计生产队的集体财产，也说多少亩地，多少头牲畜，犁耧耙耱碌碡尖杈轭头架子车等等农具则另说。至于旧社会说的雇长工短工，还有伺候娃，绝没有把作为人的他们视为农具之列，尽管说阶级斗争和压迫剥削，穷人过的不是人的日子，干的是牛马活，吃的是猪狗饭。牲口当然不是人，是庄稼人的奴隶，也是朋友，一起共同劳动换取食物，从而活在这个世界上。牲畜的世界也和庄稼人的世界一样，公的母的老的幼的，母的牛马驴羊生下牛犊马驹驴驹羊羔，唯独公的牛马驴羊仅留极少数幸运者成为种，绝大多数则被人残忍地阉去雄性特征，没有了生殖配种的权利，只供劳役或食用。强的弱的亲的疏的，在被主人支配之外有着光荣尊贵与卑贱低能之分，人是这样区分它们的，它们之间也不会没有这个意识。起码它们有喜怒哀乐，嘶鸣和叫唤时有快意或哀伤，在争食抵斗和默契相处中有不被人深知的交流方式。一起耕种的麦子谷子玉米豆子，人吃的是植物的果实，还要磨面去皮，调盐添醋加辣子，牲畜只配吃庄稼的枝干或颗粒的皮。人是动物之首，人驯养牲畜，人强不如家伙强，这家伙就是工具，牲畜的体力远比人强多了，但它们是在人的意志支配下从事劳作的。牲畜吃的是草，挤出的是奶，所排泄的粪便又是肥料，融化在土壤里，让新一料庄稼长得更好。十九世纪末的工业化潮流，逐渐取代了牲畜，耕地不用牛、点灯不用油的神话应验了，牲畜退回到了它们与生俱来的功能资源，不再劳役，似乎只有被人食用的命了。庄稼地里耕作的铁家伙不长四蹄，喘着粗气嘟嘟直吼，比牲畜有效率，但就是不屙屎拉尿，催发土壤生命力的是化肥，庄稼自然也就不是原来的味了。

突然有一天，我在省城博物馆游览，在幽暗而柔和的光线下，看到了有关姓氏来源和分布状况的文字。我的姓氏，连同我周围的常见或陌生的姓氏，在渭河北岸的辽阔的台原上，都纳入了渭北羌族。起码是在秦朝到汉朝，渭北一带的羌族部落就是我等的先祖。周代呢，周文王周武王也是羌人的外甥，姜羌不分，先祖的源头竟是皇室贵族。

什么是羌？放羊的人。从渭北向西的广大原野，便是先祖们的栖息地了。从史料上看，羌族是中国西北部一个古老的民族，源于南方的三苗，早在舜时曾西迁到青海河曲赐支河首一带。到了大禹治水时期，曾征调一部分羌人参加治水，因治水有功，封了许多姜姓之国，留居在了黄河以南。以后，姜姓之国散布在河南山东陇西一带，成了夏商周时代的大姓，叫作羌伯的羌人首领好不威风。周族的先母也姓姜，有一天，也出外玩耍，在旷野上见到一个巨人的脚印，姜女好奇地踩了巨人的脚印，没想到回家以后竟有了身孕，生下了一个儿子，这就是后稷，姓姬氏，也就是周代的祖先。羌人应该说是周人的舅家，是后稷的舅家，那个在若干年之后的二十一世纪初成了农科城偶像的神农氏的舅家。姜姬之间的联姻延续不断，姜人富有野性和柔美的一代代女子，在周商国里当上了皇后娘娘。周武王伐纣时，老舅家的人马成了一支劲旅。秦国兴起后，迫使

羌族部落向西迁徙,让他们回到草原戈壁滩上去放他们的羊。

  有一位羌族部落的首领叫无弋爱剑,被秦人拘为奴隶,因忍受不了秦人的奴役,便伺机逃跑了。爱剑在前边跑,秦兵在后边追,爱剑藏进了一个岩洞里,这才得以幸免。秦兵搜索不到爱剑,只好怏怏而归,爱剑这才从岩洞里爬出来,接着往远处跑。这时候,爱剑遇上了一个人,像是个女人,她的长发披在脸上,让人看不清好的眉目。原来这个女人的鼻子被人割去了,面目惨不忍睹,只好用长发掩遮了丑陋的脸。爱剑与这个被夺去了姣好容貌的女人一路同行,在患难与共中产生了爱情,成为夫妻。他们一直向西走,去寻找自己的故土,先祖的栖息地,在河湟一带住了下来。无弋爱剑与劓女远离了祖先在渭水平原上创造的稼穑,回归到了天苍苍野茫茫的地方,在风吹草低见牛羊的大自然的怀抱里,生儿养女,繁衍后代。这一带的羌人,从此有了一个披发覆面的风俗,一颗爱美之心是不变的,无论美或丑,或者丢失了美容,都不能夺走爱美之心。羌人死后,燔而扬其灰的习俗也一直延续不断。在婚姻习惯上,兄长死了可以纳其嫂,让嫂子给自己当媳妇,这种习俗到了二十一世纪初的眼下也没有绝迹。

  到了汉朝,大量归降的羌人迁入内地,过着奴隶的日子。十六国时,有个羌人叫姚苌,在陇西长大,先是归降于后赵东晋,后建立了羌人自己的王国,国号为后秦。立国后,招抚流民,设立学校,提倡儒学,百姓生活安定。再说党项族也是古代羌族的一支,原居于川藏青海一带,到了隋唐时期,逐渐迁移到了甘肃东部和陕西北部。到了唐末宋初,这支党项族的首领李继迁在今天的银川一带与宋朝抗衡,建立了西夏王朝。在此之后二百多年，就到了旧家谱上所载的元代世祖忽必烈至元年间，即1276年左右，我的先祖武略将军的高祖生活的年代。

在羌人北上西迁，又东进南下北上的漫长漫长的旅途中，一路上不免散失离走，种子遍布黄河以至于长江流域的山川大地。如今仍生活在滇西北的羌人，无疑是一群羌族部落的优秀子孙，他们也许在舜时的三苗时代之后就不曾远走过。从姓氏上看，他们和我的祖宗是一致的，成了失散几千年的骨血。这样说来，远祖在哪里，远祖的远祖在哪里，比日子悠长得多，比梦悠长得多。

我也知道，时下人们对于家族遗传的意识是亲不过三代，没有直接感受过长辈抚摸的子孙们可能以为他们不过是传说而已。一是把先祖的故事只是当作一种闲聊的资料，二是那些和我一样追根问蒂的有心人，也只是在捡回唯恐被丢失的记忆，也谈不上是炫耀或者是卖排什么的。也许一切缺乏资料依据的推测，也只能是想象或判断，影响不了现有的生存状态，但无论如何是对精神处境产生作用的。三五十年之前，每逢大年初一，几百号族人的男人们都会如约集中到北原畔的老庄子的大院里，设好牌位和香案以及供品，敬香烧纸，叩头作揖，来祭奠先人的亡灵。再成群结队地挨家挨户去祭祀。长门的老户传人，负责祭祀活动，还要备几十桌的酒席招呼族人，当然不是白吃白喝，祖上早有规矩，每家每户是要交祭祖费用的。后来，人们的生活陷入困顿，交不了多少祭祖基金，那么就由长门传人量力而行，烧一大锅菜汤分而食之。等我记事时，跟随长辈到北原畔老庄子的长门传人院落里祭祖，连喝菜汤的份儿也没有了，各家各户所献的供品如糖果之类，甚至只是两个小

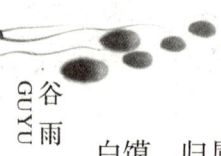

白馍，归属长门传人的主祭人，算是一种回报了。到了清明节，也是几十号家族里的大大小小男人们，集聚到老陵里上坟。后来，集聚上坟的范围越来越小，近些年已经是各家上各家的坟，最多可以上溯到曾祖一辈甚至祖父辈。像是凹里老宅前的老槐树，主干当然只有一个，枝枝杈杈便有了若干条，叶片更是千千万万。叶片只知道叶柄，知道近处的小枝条，似乎根本的东西和枝杆已经不那么重要了。人是变得越来越生分了，血缘的蔓延所形成的远近亲疏，已经不能完全决定族人之间的亲近与疏远。

有一个词叫"五服"，家里老人去世，有一整套凶礼的讲究，这便是丧服的区别。先是粗麻布，后是细麻布，再是粗纱布、细纱布，最后是棉布，最亲近的人穿的是最粗糙的丧服，以此类推，是区分死者与族人之间亲疏关系的一个概念。五服容易被理解为"五父"，无非是子、父、祖父、曾祖父到高祖，其实，"五服"的"服"字是从孝服引申出来的。是先父去世后要守服的那个服字的意思，它的含义是过了五辈人，这大概也是八九不离十的。

从旧家谱推算，我已经是家族第十二代玄孙，是自清朝圣祖玄烨康熙二年为一世的，当时应该是十七世纪中叶。有据可依的家谱，已经过了两个半的五辈人。未入家谱的同姓族人，在老庄子的北原畔还有几支人的后裔，再早一点的后堡子又是一个同姓的大的部落。可见我所知道的家谱中的十几代人，也不过是一个小小枝杈间的枝叶而已。方圆间的同姓后裔都是武略将军的子孙，八百年漫长漫长的年月，我辈该是第三十代子孙了。

第五章 先人

　　一个八百年，两个三个八百年前，是我的先祖渭北羌人的时代。周呢？舜呢？我辈也只是历史长河中视野之内的一段河流的见证者，在追思远梦中无奈地漂流而下。

第六章 古槐

在我年近半百时续修的家谱里，也没有记入这棵成了精的老槐树。

祖母是高挑个子，三寸金莲的小脚，后来把大襟土布袄换成了对襟黑平绒的长衫儿，一根银簪子扎妥的发髻从来就没有零乱过，但祖母的头发却是在我不多相见的日子里渐渐花白的。祖母是那种貌似冷漠却很暖和的偎人，作长孙的我陪她说话时，一旦说到族人中一些不快的事儿，她总会翕动着翘翘的下巴重重地说："你看他崽娃子能成个啥精！"

老家人说谁成了精，多少有点骂人的意思，起码是一种不敬。也不排除其间的褒义，说谁精得很，精灵得很，是一种难得的评价。说谁精灵又厚憨，恐怕是离完美差不多了。说谁把精成扎啦，这"精"字又可以理解为"经"字，神汉神婆"成精哩"，还是神汉神婆"逞经哩"，从不同人的嘴里说出来，

第六章 古槐

要表达的意思是不同的。世为农人的族亲，识文断字的不多，"精"也罢，"经"也罢，但说到旧宅门前的老槐树的成精，肯定都是虔诚的。也有说成神成仙的，这说法不至于被人误解，但又少了一层玄妙，显得平淡如水。

老槐树成了精的话，我最早是听三大说的，三大是听六爷说的，六爷是听二老爷说的，二老爷说是亲眼见的，亲身实验过的。最有证据的说法是由槐耳生发出来的。

说那一年遭年馑，族人们把苦得咽不下去的老槐树叶子都吃光了，得了一种怪病的二老爷整天坐在大楼门的石礅上，呆呆地瞅着天。他凭几本发黄的旧线装书，尤其是那本不让旁人摸的《万事不求人》，对衣食住行、生老病死、阴阳八卦、上至天文下至地理的诸多艺门略知大概。他揣摸自己得的病是内里积有毒性，腹胀、头晕、耳鸣，心神一旦紊乱，就会栽倒到地上，不省人事。他瞅的是天，是瓦蓝瓦蓝的没有一丝丝云絮的天空。只有这样才会心无杂念，似乎向空无一切的天堂飘逸而去，远得望不到尽头。大多是似睡似醒的样子，瓦蓝瓦蓝的天这边是老槐树的枝干，怎么也抹不去它的障碍。看不见树枝的时候，是他睡着了，做梦升了天。醒着的时候，他看见了树枝，实实在在的颤动在日光和风里的树枝。连二老爷自己也弄不清楚，是睡着了还是醒着好，如果是一直睡着了，而且是永世不再醒来，是好呢还是不好？

有一天，二老爷还是这么呆呆地坐在大楼门的石礅上，看着树枝遮挡的瓦蓝瓦蓝的天，突然间感到一阵心跳得要命。他看见了一个发光的圆圈，在被树枝交织的天空之间旋转，这使他想起了老陵里飘忽不定的鬼火，灯笼一样闪闪烁烁。不对，

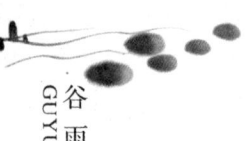

应该是日头吧,日头是向西原滑下去才是,怎么会掉到老槐树上呢?他闭上了眼睛,更是金光四溅。等他擦拭去眼屎时,光圈消失了,有一枚鸟儿似的东西从树干上坠落下来。不像是果子,槐树是结不出什么好果实的,也许是一片老树皮掉下来了。二老爷两手硬撑着喀巴巴响的膝盖,吃力地站了起来,想走上前去几步,看个究竟。当他从老槐树下的光堂堂的晒场上,弯腰捡拾刚才看见的坠物时,惊魂失魄的神态荡然无存,随之而来的是一阵窃笑。

是的,二老爷捡到宝了。这是听老辈子说过的槐耳,几十年不遇,是包治百病的偏方。木耳见过,也吃过,百年老槐树上结的耳朵恐怕是稀罕货了。这东西酷似人的耳朵,肥厚坚硬一些,其光滑细腻就像是一只人耳朵的标本。二老爷捡了宝,却也像做了贼似的,偷偷地将它揣进怀里,没病人似地溜回了院子。按老辈人的说法,天机不可泄露,不敢拿给旁人夸耀,择一个良辰吉日,将那宝物囫囵煮了,三八九天,先喝汤,后吃渣,药到病除。槐与怀,同音不同字,义是有牵连的,古人造字有讲究,先有音后有字,一音多字或一字多音或同字不同义的汉字,也许是后人闹复杂了。二老爷虽是私塾小学文化程度不到,却俨然一个知天晓地的民间语言学家,冷不防一个语惊四座,把个芸芸众生哄得翻格斗。事情过了多年,二老爷才敢给他赏识的六爷单传有关槐耳的秘密。为啥叫它槐耳,谁见过树跟人一样长有耳朵,耳朵做什么用的,它能听懂人话,然后在一个无人知晓的时辰,把它赐给它觉得应该赐予的人,保他没病没灾,活得精神,活得滋润,你说玄不?

以后多少年,六爷说他见过一个上了岁数的外乡人给老槐

第六章 古槐

村搭红，三三九丈的红绸子，把个六搂三把半的树身子围了好几圈，上了三炷香，然后在树底下长跪不起，日头落了才离去。他没有打扰这位陌生的香客，想着是受了老槐树的恩赐来还愿的。是不是那个神秘的宝物又显灵了，他不便问，只是默默思想。前朝古代，官路是从这老槐树底下经过的，从原畔到沟边，曲曲弯弯，布腰带一样飘然而过。路又是瓷实的，除过雨天，光堂堂地没有一星尘土。它属于村落之间的小道，通往四邻八乡，遇上陌生的路人并不见怪。后来，官路从两只脚或四只蹄的人畜行走变成两个以上轱辘滚动，就绕到原上去了。再说这条旧官道的窄狭，也不宜驮了炭或粮食的高脚牲畜行走，偶尔来往的只是骑驴走娘家的过门媳妇。官路改道后，有记性的人也许几十年前走过一回，这一回也走旧路，不免要上崖下坡，在大概的方向上迂回一阵，耽搁一点工夫，但这棵老槐村总是路人的一个可靠的路标。六爷始终没有猜出给老槐树披红还愿的人是谁，他是什么时候路过树底下得到那一只神耳朵的，他怎么知晓这一层秘密，事情就这么巧不成？

六爷八十大寿时，自个儿被晚辈披红戴花，寿宴未开，老寿星不知怎么临时动意，要从原上的砖窑院下到凹里的旧庄子走一趟。祝寿的族人只好控制住食欲，顺着老寿星的意思出了门，在已经被蒿草占据了的旧官路上，小心翼翼地回到了摒弃已久的旧庄院前。也许六爷的这一祝寿议项是本人蓄谋已久的，大半辈子依傍的土院早已变成了耕地，一片紫绛色的荞麦花开得喜辣辣的。六爷只是捎带看了一眼挂满泪珠却笑得灿烂的荞麦地，以及几孔瞪大了无光眼睛的破土窑，端直走到了凹地中央的老槐树下，一鞠躬，二鞠躬，三鞠躬，脸上的那种容

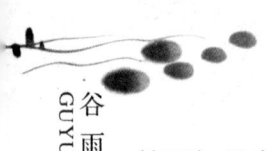

谷雨
GUYU

情不知是喜还是悲，整个儿一个委屈伤心的小孩子。六爷三十来岁殁了六婆，把个疯子妈送终养老，拉扯大几个娃，能活到八十岁，容易么？自己的凄惶只有自己最清楚。事后，不明底细的晚辈媳妇取笑六爷，你那天过大寿，咋地成了领头羊一样，一群人跟着你下到凹里去看什么老槐树？你还立得端端的，点了几个头，给谁？给毛主席请罪哩？六爷说，好瓜娃哩，老槐树是谁，是咱老先人哩。我的老老爷的老老爷的老老爷，那阵从北原底下迁到这儿，在路边顺手拔了指头粗一棵槐树苗苗子，栽到这儿，长成几亩大的树冠子，多少辈人都过去了，埋到土里都化成土啦，几百年的一棵树还活得旺旺的，你说这是啥理？古书上说了，人非草木，是的，一点都不假，人不是草木，人也不如草木，活不过草木。你以为你是个人，你还不如一根草，你说长哩论短哩，吃香哩喝辣哩，春种秋收几十年，到头来两腿一蹬，眼窝一闭，毕啦，完球啦！说是在世上走了一遭，活了一回人，活出个人样儿没有？没有，不如一根草，还敢小看咱的老槐树？刚才还取笑老汉的晚辈媳妇，被说得还不上言来，心里想，这老汉今日个是咋啦？稍上岁数的人都不陌生这些说辞，二老爷那阵念叨的也是这本经。

　　三大抗美援朝时当过兵，文化高一些，比上过几天私塾的六爷和二老爷识的字多，说起这一套农民哲学不比长辈差。我有一年从客居的海岛赶回老家省亲，问我大我妈，咋没见我三大呢？我大说，为娃们刨哩！我知道，刨，是刨食的简化说法，老人无偿地为儿女们打工。多年里的叫法是互助，后来演进成一种乡村生产生活制度，再后来又是分田到户，人们对于互助的说法没有了兴趣，很快把这个文绉绉的书面词汇扔掉

第六章 古槐

了。于是，相忙的叫法死灰复燃，相忙，也就是相互帮忙，人们对于公共关系解不开，其实也就是一个意思，把猫叫了个咪咪。打工，是后来混入方言的，让老辈人不禁联想到多年前的扛活、长工、短工。如今不说工分了，说税，说费，说计划生育，说娃上大学没钱供，说退耕还林的补贴。

三大是公家人，年轻时当兵回来当了工人，煤矿上的老电工，早早病退了，是让五娃顶替上了班。回到村里没地没户口，三娘的一半亩地趁不住种，人老了骨头又贱，闲不住，这就又为做煤炭运输生意的四娃帮忙种地。农闲了，就躺在炕上啃二老爷留下来的那几本古董，当然其中最重要的少不了那本神秘兮兮的《万事不求人》。三大是自小给二老爷过了继的，老家谱上称这层关系为嗣、嗣子。精明过人的二老爷命运不佳，早早送走了婆娘和三男一女，一个人过了大半辈子。那几本古董书让二老爷不同于一般做庄稼的，再加上逗神弄鬼，大搞封建迷信活动的罪名，背了多年反革命、坏分子的黑锅。三大在煤矿上那些年，谁不想进步，进步就是入党。三大在外头折腾了大半辈子也没入党，原因归结到了给二老爷过继这一档子事上。三大是恨透了二老爷的神神鬼鬼之事，也包括那几本古董书。二老爷过世时，世事变了，三大才与二老爷搭话，二老爷临终前，独独让三大知晓了藏匿古董书的地方。

三大有一回在老槐树掩映的旧宅院里打酸枣，血珠子似的野果子在崖底下落了一层，在透过云彩的耀眼的日光下，玛瑙一样美。他突然想起了一年大事，这儿正是二老爷交代的藏匿古董书的私密处。他顾及不了让人牙根打战的血珠子一样的酸枣了，也来不及操持家具，跪在那里用手刨土。刨开一尺多厚

95

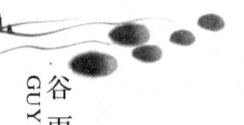

的浮土,是一个旧磨盘,这时候,三大的手指头已经冒出了酸枣一样鲜红耀眼的血珠子。等他使出吃奶的力气,也就是平生积累的所有的信心和力量,咯吱吱地挪开沉重的磨盘,启开麻绳子扎的老油布,从一口黑瓷明光的老瓮里掏出几本线装书时,已经是浑身湿得透透的了。不知是汗流满面,还是泪流满面,他抬起胳膊擦,撩起衣襟拭,半晌也没弄明白。三大脱下夹袄,小心地把古董包严实,又挪好磨盘,盖好浮土,什么事情也不曾发生过一样,回家去了。路上遇见好事人,问三大衣服里包的啥宝贝,问者无意,听者有心,你咋知道我衣服里包的是宝贝?嘴上说,有啥宝贝,酸枣,还有刨的几个烂红苕。

　　三大自己也不知道,平生最为痛恨的二老爷的这一套营生,怎么在一瞬间变成了自己心目中的宝物。是上了岁数的缘故,还是心里空落落地无处挖抓,或者是越经世事越糊涂,脑子里的病越得越深,想寻找到一种灵丹妙药,一个解脱的办法,一个出路,讨一个说法。反正,三大自从扔掉那一幅沉重的电工皮带,体力上开始清省了,同时脑子里再也不清省了。这时候,他也渐渐意识到了一层抹不去的迷惑和愧疚,二老爷的一辈子活得未必就不如自己,自己活这一辈子似乎要比二老爷熬煎得多,惘乱得多。于是,他开始蜷曲在炕上,透过老花镜模模糊糊的光亮,吃力地翻阅那几本线装书,渐渐地入迷了。

　　打这以后,走在巷子村道上的三大显得精神了,不光行走的步子飘忽了,给人打招呼时的目光也多了一份灵气。他隔个一月四十进一回小城,领几百元退休金,买一些日常零碎回来。只是在开支中多了一份香火钱,在窑顶里立了一尊佛案,向冥冥之中的神灵祈求平安。也浪子回头似地走入了方圆的民

第六章 古槐

间法会，初一十五成了他雷打不动的习课日子。也常去香山、药王山、玉华宫朝会，得了一个被聘任为居士的小本本，说是有了这个小本本，就有了国家的合法手续，可以名正言顺地游走四方，从事传教布道活动了。后来，人们发现三大真的当了"善人"，不动烟酒了，不吃腥浑了，就连葱蒜韭菜芫荽一类菜蔬也不沾了。

从此，三大也多了一门算命看卦的手艺，看手相面相，测字解梦，都能说出个样样行行来。当然，三大也不会拒绝善男信女们递来的小钱。既是你不请他算卦，不布施一分钱，他也不放过义务为你掐算的机会。尤其是遇上陌生人，三大会盯着你看，当你发现他在盯着你时，那狐疑而诡秘的目光，会使你突然生一身鸡皮疙瘩。三大常劝告我大说，大哥，咱都是黄土拥到脖子的人了，能看几天花花世界，都是给娃们活哩！吃斋念佛的事，咱起先不信，受了多少磨难？神鬼的事，宁可信其有，不可信其无。三娃矿上失了人命，五娃不成器，都是命。谁的命都捏在神手里，是脱不了身的。咱得勒克自个，要积德行善，讲修行，不杀生，吃素食，再说对自己身体也有益处，血压血脂就降了，老百年了也不至于下地狱，入油锅。

我大听三大劝说久了，也不免动了心思，跟三大朝了几回山庙，请回了观世音菩萨像，也烧香叩头，窑里多了一股香火的气味。我大也开始不吃肉食，但又不那么理直气壮。遇上红白喜事，亲戚邻家说，老大，吃肉，快吃肉，这条子肉美得很！我大摇摇头，说，吃了肚子凉，你吃，你吃。席上的亲戚问我妈，你能吃么？我妈说，我吃哩，吃得少，上回住院，医生说，你娃们给你吃啥好的哩，把你养得这么胖，我后来也不太吃

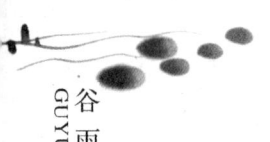

肉了。亲戚问，你莫不是忌口了？我妈说，没有。人家又问了，那你信神不？我妈说，我一半信，一半不信，不可全信，不可不信。我妈说的话像文言文，很中听。三大的话，也许我妈只信一半，我大恐怕信了一大半，我三娘是夫唱妇随，全信了。

我每次回老家，都要到旧宅走一圈，去看那片早已没有了人烟的凹地，树冠庞大的老槐树依然故我地蹲在旧宅中央，充满了我苍茫的视野。这一回，我看见了跪在旧宅院的三大，他正在收过玉米的地里刨玉米根。生长过多少辈人的宅院是肥沃的，庄稼和菜蔬的生长过程短一些，收获却是显而易见的。三大在这片熟悉的土地上，先是种了冬小麦，又在麦茬地里套种了玉米，大面积的庄稼因天旱欠收，但这片地的收成还说得过去。三大虽说是干了大半辈子的电工，对庄稼行里的犁耧耙耱、收割碾打、扬场秸麦一套十八般武艺样样精通。干起活来，无论是比麻利劲，比精到细致，还是比耐力，一般小伙子也不见得是对手。儿子四娃开车是一把好手，虽不那么机灵，就凭个开得慢开得稳，装十吨炭的东风车，从原上小煤矿到渭阳石灰窑，来回二百公里，一天一趟，三大是比不了的。若论眼下这刨玉米根的粗活儿，三大是看不上也不放心让四娃干的。玉米棒早掰了，玉米秆也用镰割了，剩余的玉米根还紧紧地抓住泥土不放。粗心的庄稼人，只是用犁翻了地，玉米根是扔在地里不球管的。三大不行，他要一棵一棵刨出来，在太阳底下晒干了，再蹲在地上朝前挪动，一手执锨一手抓玉米根，一棵棵弹干净了再收拾好，背回家烧火。累了，干脆就跪到地里，毫不马虎地拾掇可爱又泼烦的玉米根。在三大眼里，只有懒汉才会把玉米根扔在地里不管。一是耕种时绊犁铧，二是妨碍麦子发芽生根，三是影响保墒，四是它可以当柴烧。节约资源，烧成灰又是肥料。一棵玉米他都要刨根问底，可见三大不是一个一般的有心人。如此追究起纷纭的世事来，三大能糊涂才怪哩。

三大是在我走到跟前时才发现的，他眨了眨沾满尘土的眼睛，平淡地说，回来啦。但没有停止手里的活计，仍在叽叽地弹着玉米根。我递给他一支烟，他摇摇头说，早戒啦，你吃。他抬头望望快下山的落日，意思是说，得赶天黑把手头的活儿弄完。我要帮他，他说，不用了，这尘土大得很。我说，那么三大，我回头到屋里去看你。一转过身，听见几声鸟儿喳喳的叫声。是喜鹊，老辈子人叫它雁鹊，翘着修长的带蓝色的尾巴，三只五只地绕树三匝，然后在粪笼大的巢旁跳上跳下，叽叽啾啾个不休。

在老槐树上垒巢的喜鹊，一向被族人们看成是听得见叫唤声的精灵。祖母到了晚年，常坐在晒场边的土坎上出神。我每次回家，就遇见她老人家坐在那儿，我上前扶祖母回屋里，她拍打着衣襟上的尘土说：我就知道我的龙儿今个要回来。我说：婆，你咋知道我今个要回来？她难得一笑地说：雁鹊子都叫了，准有好事情。其实，喜鹊说不定整天都叫个不停，人们往往忽视了它的叫声，有一回注意了它的叫声，恰好又有喜事临门，喜鹊的征兆便灵验了。往往喜鹊叫的时候是没有喜事降临的，喜鹊天天响晌都在叫，哪能天天响晌都有好事呢？老辈人说雁鹊子是老槐树上的精灵，雁鹊子的窝多了族人就旺，窝少了就缺了人气。

生性倔强的四大偏不信这个邪，有一年他爬上老槐树摘槐芽子，嫩槐子用凉水拔去苦汁，合上杂面蒸了可以填饱肚子。

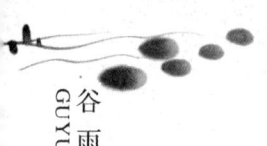

谷雨
GUYU

雁鹊子以为他要伤害它们,就叽叽喳喳叫个不停。四大没有理睬雁鹊子的警告,还是往上爬。在雁鹊子用爪子抓他,用嘴巴啄他时,四大在防守不及的情形下,一不做二不休,抡起长夹杆捅了雁鹊子用干树枝和柴草搭的窝。二老爷在树底下一个劲跺脚,连声说,这下把祸惹大啦!就在雁鹊离去之后不几天,当妇女队长的四大的头一房媳妇秋儿死了,过门三年也没有过身孕,落了个无后而终,是够凄惶的。四大说,是秋儿冬里贪便宜吃多了队上柿子棚的冻柿子,克化不了,为了嘴,丢了小命,与他戳雁鹊子窝有球相干!二老爷尽管说四大冒犯了神灵,才有了这报应,却也从中医学的讲究上得出了一套道理。说四大媳妇秋儿那几天恐怕是下身来了红,是要忌食生冷的,她却一口气吃了十几个冰疙瘩一样的冻柿子,涩性加上内火,阴阳失调,能不要命?

　　二老爷曾经在老槐树上招惹的横祸更惨。在他年轻气盛时,也是不信什么神鬼之事的。读了几天私塾,识了一些字,就思谋社会变化的时兴事儿。种地不缺粮吃,入股开炭窑分一点红利,吆骡子驮炭挣了一些银圆,加上木活、石活、医道手艺多了不少外快,就想着在窑前院子里盖起几间厦子,给儿女留一点作念。厦子当然是二老爷自己盘算设计的,缺的是厦子大梁的木料没有着落。他思前想后,打起了老槐树的主意,抬头可以看见的两个树股很端,五把多粗,两三丈长,作大梁是足够了。再说,老槐树有十几根这样的大股,截两根也不伤大树的元气。就在二老爷带着锯子爬上老槐树的时候,三老爷发话了,老辈人说过,截了老槐树上的股是要折人丁的。二老爷说,放你一百条心,我截的树股我担当,与你无关。树股是截了，厦子是盖起来了，之后不过三个年头，二老爷的两个儿子相继夭折。大儿子当时十来岁，跟我大同岁，有天后响一起到门前沟里拾柴，没有砍到那棵健壮的酸枣刺，脚底下一滑，跌到崖底下的干河滩里，鼻子口里的血，当时就没了命。小儿子跟我三大年龄相仿，一起在小镇上念书，突然说是头疼，疼得要命，回到家不几天就没命了。二老爷在截掉两个老槐树股后的三年间，接连痛失两个儿子，他才恍然大悟，祖上留下来的老槐树是动不得的，是值得敬畏的。从那一阵揪心裂肺的思量之后，二老爷给老槐树上了三炷香，额头都叩破了，也不解心头的悔恨。之后，二老爷离家出走了大半年，说是周游到了省城的卧龙寺，洗心革面，吃斋念佛，临了还背回来一褡裢的经书，发誓做一辈子善人。

有一天，他躺在炕上，做了一个梦，梦见老先人传给他一个檀木龙杖，他拄了龙杖，手脚轻了，走起路来快步如飞。醒来时，什么事情也没有发生，他正寻找书堆里的那本《周公解梦》，半天没找见。就在这时候，二老爷听见老窑后面唰啦一声响，吓得他不由得出了一身冷汗。他点了煤油灯，小心地用手遮住呼呼摇摆的灯焰，光着脚悄悄走到窑后，这才发现是半墙上掉了一块泥皮，露出一个巴掌大的窟窿。这个小窑窝里藏的是几本线装书，一本《周易诠注》，一本县志上记载的先祖雍庵公的著作《野处杂俎》，还有一本便是传得神乎其神而且使二老爷毕生为之受用的《万事不求人》。二老爷因祸得福，暂且放下了心头失去子嗣的难过，进入了一个非同于一般庄稼人的心灵天地。开明的庄稼人说，二老爷是遇上瞎事了，与老槐树又有何干系？

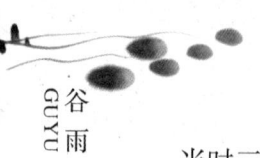

当时三大在小镇上念书，一周回一次家里，来回有三十里山路，背着锅盔、小米、白面和洋芋蛋到学堂搭灶。三大把二老爷的小儿子叫碎大大，两人来回厮跟着是个伴儿，在学堂里相互也有个照应。碎大大命不强，得了急症没得救，后来族人分析是得了脑膜炎，在那个时候跟绝症一样。没了伴儿，三大不想再念书了。祖母问，不念书了弄啥？三大说，跟我大哥吆骡子卖炭去。祖父说，三儿不想念书也好，扶不起的猪大肠，一辈子吆驴后半截子的命。我大说，上次给学堂里交了两驮子麦，学费抵到年底了，要不，我和三儿打个调儿，我去替三儿念书成不？祖父说，能成。我大捡起了三大丢下的课本，走入了小镇学堂。当时的学生年龄参差不齐，高的高，低的低，骑着骆驼牵着鸡，只要交了学费，识几个字，划拉几下算盘珠子，不当睁眼瞎就行。

前多年，蒋光头让手下人扣在省城，小镇学堂一夜间住进了红军的人马。红军撤走后，红白拉锯，红里有白，白里的红，一打起仗就没有学堂的安生了。方圆的庄稼人，只是在动荡中想让后人认字识数，往后的世事又有谁说得清呢？三大只是跟祖父吆骡子上了一趟甘省的正宁，去时驮的洋布，回程驮的是大烟土，买卖是小镇上戴瓜皮帽的李掌柜的，村里的脚户队只是当差的。这一趟来回一月四十，差点没把三大的皮给腾了。三大觉得还是念书的好，先生的板子打在手上钻心地疼，总比赶脚路上脚掌的血泡好受。我大说，那就依了三儿。从此，我大再没有进过学堂，凭着捡来的几个字和以后扫盲班学的一点文化，与土地、牲畜、煤窑打了一辈子的交道。三大从学堂到小镇上当小差，日后参加了志愿军，留在鸭绿江这边，

第六章 古槐

没有去成朝鲜，也算保住了一条小命，复员后上了煤技校，当了几十年电工，比起庄稼人算是吃了一辈子公家的轻省饭。

也就在三大复读小镇学堂的时候，给二老爷过继的。我的曾祖父位大，和二老爷一母所生，同胞姊妹还有一个碎妹子。曾祖父有过三房婆娘，带犊子拖油瓶儿的是女娃，先后还生了三个女娃，独独祖父一根苗。要给二老爷过继的只能是孙子辈，我大位大，是守祖庭的，二大老实巴交，是钻炭窠的，只有精明伶俐的三大被二老爷相中，是最合适的过继人选了。三大当初是很不乐意去支这个角儿的，金窝银窝，不如自家的狗窝，过继给二老爷当孙子，能吃香喝辣，能有好前景，但这档子事在旁人议论起来，总不那么正统，不那么名正言顺，脸上不大好看。但三大没有抗拒的充分理由，书上说，父为子命，连这都不懂，难道把书念到狗肚子里了？也没写什么契约，只是在族人过年时的团圆饭桌上，曾祖父和二老爷两个老弟兄说了这层意思，祖父说对，三大说能成，事情就这么定了。当晚，三大躺在被窝里呜呜地哭，祖母劝说道，娃呀，大人都为你好哩，你还是你大你妈的娃，跟了你二爷有你享的福，没你受的罪，再说你二爷也可怜，老百年有个摔纸盆子的，心里就踏实了，也算咱给老人补了心。

二老爷给过了继的三大操办的第一件大事，就是给三大说媳妇，也就是给他老人家物色一个好孙子媳妇。未来的三娘，是二老爷丈人家门上的人，出了五服，三娘应该把二老爷叫老姑父，也算是没有乱了辈分。事情办得还顺利，双方人老几辈知根知底，都是耕读传家的体面门户，有几十亩阳坡地，有高骡子大马，日子没得说。三娘也长得俊，浓眉大眼，双眼皮，

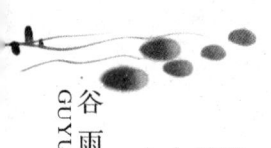

白白胖胖，高高大大，比三大个头猛，性情也是个绵软人，一搭眼就可了二老爷的心。三大只是觉得未来的三娘大了自己两岁，有点不自在。二老爷说，好瓜娃哩，女大三，抱金砖，你妈就比你大大三岁，儿女多福多，是好事情。礼当自然是少不了的，纸钱靠不住，还是粮食来得实在，女方说是多少驮麦就多少驮麦，只管吆骡子驮就是了。三大念书当兵在外好几年，是二老爷每年四季给未过门的三娘送去四色礼的。所谓四色礼，无非是袄、裤、鞋、袜罢了，有时外加手帕、丝巾等零碎，银镯、耳环一类饰物是订亲时就少不了的。等到把三娘娶进门，四世同堂的大户日子还过着，在小城煤矿上做事的三大逢年过节或收时种时回来住几日，三娘多是一个人住在厦子里，过着小媳妇的日子。

二老爷确实享到了孙子媳妇的福，端茶送饭，扫地擦桌子，烧炕倒尿盆，三娘落了个好名声。只是在三大入党时，才意识到过继给二老爷是他终生的大不幸。三娘只是宽慰三大，有时少不了挨三大的骂，夹在中间的三娘只好背地里关照二老爷，不至于把人活得那么没良心。有从事反动会道门历史问题的二老爷，也为自己的政治污点而悔恨，不是从心底里就投降了什么，而是觉得自己把三大的前途害了。三大多年不理睬二老爷，二老爷心里也不怨三大，只是怨自己，你不是能掐会算么，怎么没掐算出世事会演变成这样呢？

二老爷活着的时候，即使坐在老窑炕上的窗子前，也一眼就看见了老槐树断股的那个地方。那一片空落落的天空，早已被漫长漫长的日子填补了密匝匝的枝叶。自己苦苦地修行了这么多年，还没有赎完自己的罪孽吗？老槐树真的成了精，神灵还不解除不肖之子孙的难过吗？神灵赐予的那片神秘的槐耳，只是祛除了自己得了病的肉身，而并没有解救自己难过的灵魂。一直到二老爷下世，他恐怕也没弄清白神灵到底是怎么一回事。临终时，二老爷对我说，你大老爷活了八十四，二老爷今年七十三，活到头了。七十三，八十四，阎王爷不叫自己去，大老爷是孔子，二老爷是孟子。记得老辈子说过，咱这老庄子也有八景，开头两句是"门前古槐头一景，老龙土里把身藏"，老槐树不说了，你明白，这第二句是说当初老先人在这儿打庄子时挖出了龙骨，是好兆头。

二老爷早些年就做了棺材，他说自己是个半个木匠，棺材得请高人做。交木那天，二老爷穿了老衣躺在了棺材里，说是看腿伸得展伸不展，让在场的人脸都变白了，之后又搭讪地笑了。坟地是二老爷自己踏勘好的，碑子是在世时过了目的，就连给自己办丧事用的麦面、菜油、孝布等也预备停当，让做继孙的三大在摔纸盆时省了不少心。

第七章 龙种

　　祖上出现过多少属龙的，我没有考证过。武略公是龙年生的吗？我的哪一位先人在家谱中有所建树，被重重地记下了一笔，就是龙年生人吗？看来也不一定。

　　据说，龙是一个大福大贵的属相，真龙天子，那是皇上才可以有的称谓。凡夫俗子，既是龙年所生，二月二龙抬头的生日，该是种地的，俗语说的吆牛后半截子的，岂不是糟蹋了这个神圣的属相？龙生龙，凤生凤，老鼠生儿打地洞，是"文化革命"中的时髦用语，是说人是以阶级划分的，这与十二生肖本意相去甚远。人最早的先人是伏羲，他是龙身人头，和女娲交欢后，生下了最早的男人和女人。龙是十二生肖中唯一不是一种活物的动物，它有鹿的角，牛的耳朵，虎的眼睛，狮的鼻子，驴的嘴巴，马的牙齿，蛇的身子，鱼的尾，鹭的趾，鹰的爪，是一个七凑八凑的怪物。因为它的不存在，在人们的想象中成了神一样的幽灵。蛇，只是作为龙的替代物，让人们诚惶诚恐，一旦遇上，就念念有词，烧香叩头，不知是祸是福。族人把蛇叫作长虫，视之为神虫，是不敢去伤害它的。

靠天吃饭的庄稼人，遇到久旱无雨，就念叨起龙王爷来。可是谁也没有见过龙是什么样子，只是听大人说的，或是从画上看到的。凹里老宅的八景，开头就是"门前古槐第一景，老龙土里把身藏"，是说几百年前打窑时挖出了龙骨，以为是瑞兆。是什么样的龙骨，是恐龙的吗？没有人能说清楚。只是说龙骨是治疗创伤的良药，也没见这种药遗留下来。这个传说的意思很明白，老宅是一处好穴位，龙的埋身之地，肯定是祥瑞吉兆，后人是会发达的。

我是龙年生的，是金木水火土五行中的水龙。土原上没有一分水田，世居于这里的族人最期待的就是风调雨顺，能有一个好的收成，衣食无虑，安度时日。吃的是天雨，下大雨时给窖里收了水，一年四季用轱辘绞上一桶桶水来，日子就算滋润了。窖是在地下打一个葫芦状的洞，用当地的红胶土合成面团似的泥嵌了，一是不漏水，二是可以起到沉淀过滤的作用，但泥腥味是除不去的。遇到天旱，窖里没了水，就得下到两三里地的沟底里去挑泉水。沟底是一条季节河，下暴雨时山水匆匆流过，几日后又是干河床了。河床边掏出一个泉眼，就有豆粒大的水泡在咕咕地冒，能养活几百口人。

我出生的年月，家境也还滋润，是一个比较殷实的按成分划为中农的家庭。家族中被定为地主富农或雇农的没有一户口，有富裕中农，叫上中农，大多是中农或贫下中农。新中国成立前几年，家族中十有八九是抽大烟的，上好的田地，成群

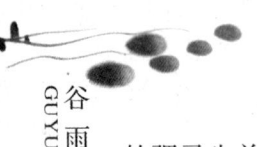

的骡马牛羊，都从烟锅中冒走了，有的甚至卖了老婆娃，也不舍烟巴巴。再往前推算的家境，还雇过一个同姓的长工娃，后来那长工娃跟了贺龙在小镇上驻扎的队伍，走南闯北，当上了什么司令。瞎事里头有好事，族人们用当时看来是糟蹋日子的大烟锅抽掉了地主富农的帽子。老槐树底下的大楼门还在，两进的厦房院子还在，几头骡马几头牛，几十亩田地，十几口人的大家子日子还过得去。曾祖母已经去世，家中有曾祖父、二老爷二老婆、祖父祖母、父亲和几个叔父，在一个大锅里搅勺把。祖父在赶脚驮盐的脚户伙里结识了外爷老六，便成就了我的父母的娃娃亲，在父亲十九母亲十六那年完婚，第二年生下了我。

我的出生不是在祖上遗产的土窑洞里，而是在时兴的小砖窑里。老宅的土窑依土崖凿成的，老辈子的三处正窑有十几孔之多，曾祖父祖父辈此时已经有二十多位，加上斜窑也是不够用的。我的曾祖父和二老爷俩弟兄，只有一个半窑院三孔窑洞，是并不宽余的。为了给长子长孙成家，曾祖父和祖父谋划着在斜窑对面的空地上箍了这孔小砖窑，连同二老爷给过继的三大修的厦屋，形成了一个类似四合院式的院落。那时候没有水泥一类材料，砌砖用的泥浆是用小米汤和了石灰做成的。小砖窑不深，一个五尺见方的土炕之外，里面只能放一个柜子加两把椅子，窑顶烧炕的地方也只能伸开短把的铁叉。烧火的炕洞有带铁柄的木盖子，我在一两岁上伏在木炕沿上张望四尺见方的世界，一不小心，翻到了炕洞前，不偏不倚，小脸正好撞在了炕洞盖的铁柄上。年轻的母亲吓坏了，抱起哭号的我一看，我的小脸上已经是血流如注。还好，老天爷保佑，小铁柄

第七章 龙种

也正好不偏不倚地撞在两眼之间的鼻凹里，只是后来留下了一点儿不碍事的疤痕，要是伤了一只眼睛，无论是左眼还是右眼，我就成独眼龙了。

当时，这个事故可是家中的大事，母亲说那天急着去外爷家，我伏在炕沿上玩耍，咯咯地笑，她转身收拾包袱，就听见嗵的一声，什么东西掉地上了，等她抱起满脸是血的我时，知道闯大祸了。我半晌没哭出声来，母亲早已哭声震天了。祖母闻声跑过来了，二老婆也奔来了，一边哄我别哭，一边呵斥母亲。男人们都下地去了，二老婆慌忙从二老爷的药匣里寻出止血的药面子，我不知道是不是祖上传下来的龙骨粉，很快止住了血，也止住了我的哭泣。当时我和母亲是去不了我的外爷家了。这算是我平生头一回碰壁，也是头一回忍受人生的疼痛。不幸中的万幸，并不显眼地留在了我的脸上，让我记取终生。那是怪我，没有母亲什么过错，但在祖母和二老婆看来，是母亲疏忽了对我的照应，让她们的长孙重侄孙受了伤害。

在土炕靠墙的地方，钉有一个铁卯钉，通常拴了一条长不及炕沿的绳子，拴住孩子的腰部，像拴一条四蹄爬行的小狗小猫，以免跌到地上摔坏。我不知道我是不是领教过这种待遇，我的弟妹们是在我的看管下饱尝了这种束缚的。母亲说我是二老婆抱大的，把我稀罕得跟自己的亲重孙似的，母亲到厨房忙去了，祖母也在忙别的事情，我就被递到养病的二老婆怀里，两个人相互做伴儿。母亲上有五六个老人，下有几个叔姑，十几口子的茶饭衣着，从把麦子磨成面，生的做成熟的，把棉花纺成布做成衣裳，都得她这当媳妇的挑重头。母亲常在天亮前，踮起脚跟站在炕沿上，扒着天窗眺望一尺见方的淡蓝色的

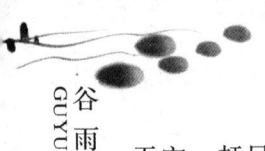

天空,赶早起来,为一早出门或下地的男人们烧火做饭。给老人倒尿盆,是做媳妇的第一堂课。打扫庭院,送水倒茶,也是份内必做的事。我可以伏在一尺多高的窗台上了,那窗台是木的,漆黑发亮,窗纸是白麻纸糊的,贴了人人马马,还有狗呀猫呀石榴呀桃杏呀一类红亮亮的窗花。那窗户纸被风吹得颤动起来,呼啦啦地响,我发现把手在嘴里吮湿了,一指那窗花,窗花就开了洞,能望见窗外的黄黄的炫目的阳光了。母亲和祖母抱着我出过小砖窑,在院落里晒过日头,在老槐树斑斑点点的阴凉里看过雁鹊飞,一切都那么迷迷离离。

有一天,我可以大着胆子站在窗台上了,在炕上蹒跚学步了,可以从小砖窑走到院落里,跨过高高的门槛进入二老婆的大窑里了。自从伐了老槐树的两个枝干而痛失二子之后,二老爷出家到省城卧龙寺修炼过,又有祖上传下来的几本线装书解闷,变得豁达淡漠了。二老婆呢,只是把中年失子的不幸悄悄地埋在心里头,还是那么又说又笑,不知怎么就泪水满面。她几乎不怎么出门,守着一孔大土窑,漆黑发亮的太师椅和四方桌以及衣柜,还有中堂的字画,一排白底蓝花的花坛,是她的伴儿。再就是那只黑猫,二老婆把它抱在怀里,一天到晚用手抚摸着,那绸缎一样光滑的毛色在抚摸中滋啦啦地发出轻响,光线暗的时候就闪烁着一道道弧光。她把白馍放在嘴里,嚼成了黏黏的小块,又吐到掌心,看着小黑猫一点点地吃完。她睡了,小黑猫也睡了,她醒了,小黑猫也醒了。

二老婆是一个注重打扮的妇人,头戴着黑绒帽,衬出白皙的肤色和幽静的眼目,银色的耳环,银色的手镯,在不经意的碰撞时叮当作响。她整日坐在窗前,透过一方玻璃眺望着外面

第七章 龙种

的风景，除了屋顶和摇动的槐枝，就是那一片变幻不定的天空了。接二连三的灾难，重重地撞碎了她的心，但并没有让她丢失作为大家闺秀的做派，没有脾气，总是和颜悦色，面对周围的一切事物。三子先二老而去了，三个女儿也出嫁了。大女入了梁家原，续弦于梁家，曾经是个开炭窑的财东人家。二女嫁了小镇瓷窑上常家的教书先生，家有瓷坊，女婿早年是小镇的中学生，跟了红军贺龙军长冲冲杀杀，有一次跌到沟里，摔伤了腿，走路有点跛脚。三女儿天生有点傻，嫁了东原上，三天两头又跑回娘家，一天到晚披头散发的就是个嘿嘿地笑。

　　二老婆就是三女儿这么一块心病了，总是说，娃呀，你妈我死了，谁来疼我娃这么个瓜女子呀！我该叫这个瓜女子为老姑，她也稀罕我，总要抱我，我见她朝我嘿嘿地笑，就毛骨悚然，吓得哇哇大哭。二老婆是我的保护神，一听见我又被瓜老姑吓哭了，就隔着窗子说，甭吓我娃，你个死女子！瓜老姑不嘿嘿笑的时候，就跟个好人一样，捡了崖背上落下来的酸枣和我玩耍。我说，老姑，你屋里在阿哒哩？老姑说，就在这儿哩！我说，不对，你屋里在东原上哩！瓜老姑一听东原上，就想起婆家的凄惶，婆婆打她，瓜女婿也打她，身上青一块紫一块，没一块好地方，就抱着头哇哇地大哭起来。我用小手给瓜老姑擦眼泪，一边擦一边说，老姑不哭，这儿就是你屋里，我再也不说你是东原上的人了。

　　我听见二老婆叫我，就翻过高高的门槛，进到空阔温和的大土窑里，伏在炕沿上，仰望着白皙却渐渐消瘦了的那张慈祥的脸。炕墙上贴着那张好看的画儿，二老婆给我讲过，画上的一男一女是一对相好的人，男的叫梁山伯，女的叫祝英台，他

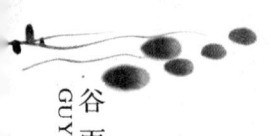

们死后变成了一对蝴蝶飞走了。飞到哪儿去了？飞到天上去了。我想，年轻时的二老婆婆也和画上画的祝英台一样好看，二老爷就是那梁山伯吗？他们俩会死吗？也会像蝴蝶一样飞到天上去吗？我学着母亲的口吻说，二老婆，你好些了吗？还难过不？二老婆说，好些了，不难过了，看见我娃就不难过了。我说，二老婆，难过是咋的？二老婆说，难过就是难过么。我又问，是哪儿难过？二老婆说，心里。二老婆从炕角手拿出一个小瓷罐来，打开盖子，从里边抠出一块红糖，递到我的小手里，说，我娃出去耍，二老婆要歇了。我跑到院里，叫着母亲，妈，二老婆又给我糖吃哩！母亲说，不敢再要二老婆的糖了，二老婆的糖是治病的，二老婆吃了就不难过了。我答应了母亲，但再听到二老婆叫我的名字，我还是忍不住翻过高高的门槛去看二老婆，当二老婆递给我红糖块的时候，我犹豫一会儿，最终还是接了。我说，我不再吃二老婆的糖了，我妈说我。二老婆笑着说，你现在就吃了，不给你妈说，吃了喝了实落了。

没过多久，我大概还不到五岁，二老婆去世了。我再也听不到二老婆叫我的声音，也再吃不到甜甜的红糖块了。瓜老姑也不见了，我想让她嘿嘿地笑着吓我也吓不着了，也没人逗我玩耍了。我问母亲，二老婆和老姑呢？母亲说，二老婆走了。我说，走到哪儿去了？母亲说，上到天上去了。我说，那瓜老姑呢？母亲说，回她东原上去了。后来我才知道，二老婆去世三天，瓜老姑就突然笑断了气，也随二老婆离开了人世。那只整天陪伴二老婆的小黑猫，在它的主人坠入永久的梦乡之后，再也没见它进过一口食一滴水，蜷曲在主人身边一声不响。后来有人发现，小黑猫死在了主人的灵堂上，消瘦得只有一只猫皮那么轻。二老爷说，小黑猫贵重得很，平时只吃二老婆嚼过的白馍，别人嚼过的它不吃，没人嚼过的馍连看都不看一眼，硬硬是给饿死了，是要给二老婆陪葬哩！

祖坟里多了一个新坟，坟上飘着白幡，我和我的长辈们一起跪在新坟前，周围是绿油油的麦子。这是二老婆的坟，她也许再也不难过了。瓜老姑是不能入祖坟的，她被埋在前坡上，和她两个夭折的可怜的哥哥埋在一起，也算不那么孤单。母亲说，是二老婆带走了她可怜的女儿，还有小黑猫，不想让女儿和她的小黑猫留在世上受难过。我说，那会带我去吗？母亲说，不会的，二老婆稀罕我娃，会保佑我娃好好长大的。

二老婆婆和瓜老姑，是我记忆中最早死去的两个亲人，从此往后多少年，我常常做噩梦，倒是没有梦见二老婆那一张慈祥的脸，而是常常梦见瓜老姑披头散发，嘿嘿地朝我笑，醒来时满脸虚汗，再也难以入睡了。我的心绪就一直长时间地在她们的坟茔边萦绕，天上是翻滚的阴云，风儿冷飕飕地吹着，小草发出呼啦啦的响声，我的影子怎么也引不到我的身边。我想，那墓穴中点燃的青油灯还亮着吗？她们躺在那潮湿冰冷的地下，也会腐烂，变成白骨吗？她们也会像画上画的祝英台一样，变成蝴蝶飞走吗？人死了就没了，长辈们会陆续死去，留下我在这个空阔的世界上，该是多么恐慌啊！再说，我长大了，变老了，也会死去，会随长辈们而去，那是多么可怕的事情啊！人为什么要死呢？不死该有多好！孤身一人的二老爷倒是没那么伤心，他说，好娃哩，你长大就明白了，人总是要死的，人若不死，从古到今的先人满村子都立不下，就是不想死

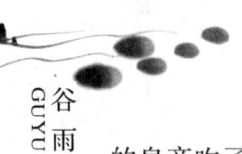

的皇帝吃了长生不老药也一样得死,世上没一个能人会活两辈子。人在世上走一回,披一回人皮,不容易!人活在世上是受苦来了,不是享福来了,死了死了,死了就了了。反过来说,好死不如赖活着,活着就要活出个精神来,活出个人样儿来。像咱的老先人武略将军,死了几百年了,后人还惦记他。娃呀,往后的路还长着哩!要好好活人哩!

多少年后,老父亲在省城随我住了一些日子,也把从老家敬神的习惯带到了城里,在阳台上置了香案,请了菩萨,又把二老爷二老婆的照片找出来敬上,每天上香叩头,口中念念有词,说二老婆婆成了白云菩萨,二老爷也成了什么菩萨。

我曾疑惑过二老爷居住的大土窑里的大囤,它的长度几乎是窑宽的大半,少说也能盛几十石麦子,这么大的囤是怎么从门里起来的呢?大囤是用荆条编成的,有木架支撑着,里面是用谷糠合的泥糊的。更奇怪的是大囤顶端的窑顶上有一个竖洞,通向上边的高窑,显得神秘莫测。后来我明白了,大囤是在窑内编造构制的,而不是从外边搬入的。大囤上边的竖洞通往高窑,是便于防盗时向高窑转移粮食。高窑类似于楼房的二层,比正窑狭小一些,门面更不起眼。由高窑又可以通往窑背的暗洞,也与其他窑舍相串连,所谓狡兔三窟。历史上曾有过多次的贼寇侵入,是危害族人生存的天敌。

家谱中记载有明朝末年的贼寇入侵,夺我钱财,奸我妇女,杀我男儿,掠我牲畜,使得族人十室九空。潮水般的贼寇拥进村子,牵走了骡马和牛羊,被糟蹋的妇人跳窑上吊,金黄的麦子被装进盗贼的口袋,男子汉要么在厮杀中丧命,要么被拉了差。敛埋死人的一般是平常用的陶缸,两个口对口,糊了泥，就送他们入土了。这大概是指李自成的农民起义军，在从北部高原南下进攻省城时，位于沿途的族人没能幸免于难。

有一位先人，是个武举人，平时能抱起一个几百斤重的碾场用的碌碡，一把关公刀少说也有上百斤重，练得一身轻功，蹲下来一纵身，就上了几丈高的土院墙，硬肚功夫更是刀枪不入。一次，长毛贼来了，他挥舞关公刀，飞腾于院墙壁上下，连砍几十个贼子。最后在他精疲力竭时捆绑了他，众贼见他是刀枪不入的硬肚，就把他用被褥包裹起来，从头到脚浇上青油，在老槐树底下点了天灯。还有一次，盗贼来犯，高祖父子关了大门二门，一家老小和贵重物品及吃食都有移到了高窑里，备了一大堆的片石，居高临下，向盗贼的头上掷去。片石用完了，就砸了老瓮和瓷器，直到打散众贼。但高窑只能对付小股的盗贼，要避免战乱，就得搬到沟崖上的隐子里去。在北原上老宅的沟崖上，也早有这样的避难所，最早的家谱就是在一次避难中遇到大雨，大水灌进了隐子，慌乱中被视为至宝的家谱让水给冲走了。这是忘了祖宗的大逆不道之事，为此，当时的先人们捶胸顿足，悔恨至死。

先人当初在这凹地里开凿新宅，是同时在门前沟崖上挖掘了隐子的，它筑在一面悬崖峭壁上，上边摸不到天，下边是万丈深渊。土匪盗贼来临时，族人们带了贵重物件和吃食，从羊肠小道来到崖下，攀上一道绳索做的天梯，就钻进了宝葫芦一样的隐子。抽掉天梯，就是一座空中洞穴了。进了隐子，里面是高阔的穹顶，有盛水的大瓮，有大炕，有大锅灶台，有茅厕，十天半月是困不住的。隐子的入口只有三尺见方，一夫当关，万里人莫开。要么是用片石砸，要么是使唤土枪，来多少

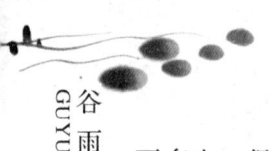

死多少。堡垒总是从内部攻破的,有一年躲避战乱,几十号族人被困在隐子里个把月,吃的喝的都没了,一个逆子实在扛不住了,趁守卫入口的人打瞌睡之际,偷偷放下绳索做的天梯逃走了。贼子便顺天梯爬上来,一刀捅死了守门的,冲进了隐子。被惊醒的人幸好从暗道逃走了,不然族人就要灭门了。那个放天梯的逆子,背弃了患难与共的族人,想逃一条活路,却让埋伏在周围的贼子乱刀砍了,一边砍一边还骂他没骨气,是个狗东西。院落前的大楼门有二层三层楼板,直到多年后它倒坍时,上边还是保留了许多石片瓦砾,它是为那些无耻的盗贼随时准备的最好的礼物,只是他们很久没有敢来领取罢了。

  也许是家族的遗传,我辈虽没有赶上兵荒马乱的年月,却从小学会了掷瓷瓦片,在儿戏中体会输赢的滋味。老槐村是遮风挡日头的大伞,我和小伙伴们捡了瓷片来,远近划一道线,将瓷片竖起当靶子,用另一块瓷片去击打它。你打中了继续打,打不中换我来打,机会是一样的,就看谁在不断增加难度的程序中先获胜,对方的瓷片就归赢家了。在此之前玩的游戏,是摇箩箩,筛面面,杀公鸡,擀细面,你一碗,我一碗,案板底下藏一碗。也有诙谐的,说是高高山上一堆灰,姊妹几个坐一堆,老大放了一个屁,溅了老二一脸灰。

  大雨天过后,地上是一片片明亮的水洼,再也不是尘土飞扬了,掷瓷片的游戏换成了甩泥包。和了面团一样的泥巴,蘸了水,做成一个平底盆的样子,然后用手托住底部,抡圆膀子将泥坯甩在地上,叭的一声响,反过来的泥坯由于空气的压力爆开一个缺口。对方按照缺口的大小补上泥巴,谁赢的泥巴多谁就胜利了。后来能割草了,就以对方的草把为靶子,远远地用镰刀去打，打倒了这草把就归赢家了。有一种叫狼吃娃的游戏，类似围棋的形式，三颗石子是狼，十几根草枝是娃，一人轮流走一步，狼见娃就吃，三个娃才能打死一个狼，在若干个方格中步步紧逼，不是狼吃了娃就是娃打死了狼。

上辈人有过饿狼成灾的经历，到了天麻麻黑，狼就三五成群地在村外溜达，学着娃娃的哭声，呜呜地叫，让人心惊胆战。第二天一早，就听说狼叼了谁家的猪，吆走了谁家的羊，也有咬了谁家娃的。聪明的狼并不惹得鸡飞狗跳，它悄悄地溜进猪圈羊圈里，用一股说不清楚的鬼气摄住了猪羊的灵魂，猪也不哼，羊也不叫，狼就用嘴噙住猪羊的耳朵，用长长的柔软的尾巴扫着猪羊的尾部，并排而行，像一对舞者，轻盈地走出了村子。不知在什么隐秘的地方，狼吃了猪羊的肉，骨头皮毛也一点不剩，只是把发白的狼屎一截一截坚硬地丢在野外的路口。

母亲说，她小时候在皂角树下的涝池旁洗衣裳，天快黑时，一拧身不见了小姨，狼正叼着小姨上坡。母亲喊叫着，狼来了！狼来了！但没有喊出声音，狼的鬼气把喊声消失了。外爷正拿着铁钗挑柴烧炕，看见一只大灰狼叼走了小女，忙端了铁钗冲上了坡。狼是悄悄接近人背后，猛地扑上来，一口咬住脖子的。狼叼了孩子跑一程路是要换口的，一旦换了口，就有了新牙印，孩子流血过多就保不住命了。外爷在半坡上追上了狼，猛挥铁钗却扑了一个空。狼是铁头，立眼，麻干腿，豆腐腰，铁头是打不烂的，立眼看人高就畏惧三分，腿不结实，腰部更不堪一击。等外爷又一次伸出铁钗时，大灰狼为了保存自己的性命，腰部躲开了锋利的铁钗，丢下了孩子逃走了。小姨

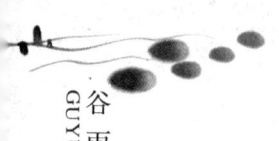

的命是外爷从狼嘴里夺回来的,她的脖子上永久留下了劫难的疤痕。

同村也有几个和小姨年龄差不多的人,从他们脖子的伤痕处就可以印证被狼劫持过的故事。他们没有被狼吃掉,大难不死,必有后福。狼吃的剩下的,是骂人的话,总比让狼吃掉的孩子幸运。人走夜路时,狼会轻轻伏上人的后背,把前爪搭在人肩上,人只要不回头就没事,一旦回头,狼就变了脸色,张嘴用利齿咬住人的脖子,就在劫难逃了。我见过狼,也许是狗,狼的尾巴耷拉着,狗的尾巴卷着,真的见了尾巴类似的狼或狗,就不那么容易区别了。我只记得家里的一只老母羊让狼隔着门缝咬掉了半拉耳朵,它再也没能恢复原来的样子。

家里养过一只大黄狗,和我那时候的个子差不多高。它从来也没有凶猛过,没有与狼搏斗的经历,只是在麦地里撵过兔。早晚见兔不言传,晌午见兔用镰砍,可能是说早晚兔子机敏,晌午兔子乏困了的原因,但多半的意思是说早晚见兔不吉利。收割麦子的时候,一群人围住兔子,你用草帽捂,他用衣服抓,最后抓了两手兔子毛,兔子不知怎么就溜走了。麦子地畔上有不少兔窝,有扒开新土的窝里肯定有兔,我便抱了麦草在洞口烧着,想把兔薰出来。大人说的狡兔三窟的话灵验了,兔子不知早从哪个窟窿里逃走了,我没有一回得逞过。能撵兔的狗,应该是那种精瘦的细腰子狗,可我家的狗只是追上一阵子把兔吓跑罢了。都说大黄狗太笨,却是打扫卫生的好手,小孩在炕上拉了屎,大多是又稀又黄的臭巴巴,只要它听见哎哎的呼唤声,就飞快跑进窑里,纵身窜上炕,风扫残云似地解决了秽物。

第七章 龙种

公社化时，不知从哪里传来用狗沤肥的经验，村上的几只狗都给除了。估计这天要来人抓大黄狗了，我给它喂了半个白馍，打它出门快跑。可大黄狗怎么也赶不走，卧在墙角晒起暖暖来了。等我看见那个高高大大的光头男人进了院子，就吓哭了。光头屠夫一手挽着麻绳，一手拿根枣木棍，后边还跟着几个打手。我踢着大黄狗，让它快逃命，可大黄狗一副束手就擒的样子，一点也不慌张。屠夫用麻绳拴了它的脖子，拉它走，它不情愿走，这才发觉失去自由了，开始反抗了，汪汪地撕咬起来。我也在撕咬，在哇哇叫，一个屠夫的打手抱住我，弄得狼狈不堪。我跟出院子，走过路畔，眼看着他们把大黄狗吊在了两棵洋槐树之间，打秋千一样荡来荡去。人说狗有九条命，饿不死，冻不死，也打不死，它的致命处是滚烫的肺，所谓的狼心狗肺。只需一瓢凉水灌下去，保准丧命。大黄狗是让凉水灌死的。之后埋在哪里，沤了他妈的多少肥，增产了多少粮食，鬼知道。大黄狗，是我养过的仅有的一条狗。

偷吃鸡的狐子见过不少，它像一团火焰，从眼前飘过，似乎是一个活物，又仿佛是一个精灵，一个恍惚的梦。狐子的神秘武器，是它的一放十里臭的屁，可惜我没有闻到过。上辈人说到豹子，脸上就露出敬重的表情。说沟里的豹子叫金钱豹，华丽的皮毛上有铜钱的烙印，有牛犊子大，尾巴总是高高地翘起，走起路来一板一眼，跑起来四蹄生风。如果遇上豹子，你要若无其事地走你的路，你走右边，它走左边，豹子会礼貌地走过，不伤你一根毫毛。你若乱了方寸，显出不敬或畏缩的样子，就必死无疑了。运气不好时，恰巧遇上了饥肠辘辘的不讲道义的豹子，它也会抽你一巴掌，把你捺在地上，咬住你的脖

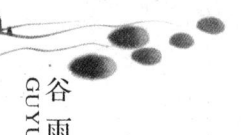

子，只需一两口气就吸干了你的血，然后扬长而去。有一天晚上，月亮明晃晃的，隔壁院子里突然刮了一阵风，一个堂祖父透过窗玻璃窥探天气变化，却看见一只金钱豹从几丈高的院墙上飞越进来，吓得他头发根子也竖起来了。金钱豹在院落里只是巡视了一圈，没有找到出路，便抬头看看十几丈高的崖背，身子缩成一团，又纵身向上，在半崖背的桐树根上踮了一下脚，越过崖顶走了。崖背上的土刷刷地落下来，能装几粪笼。月亮还是那么明晃晃地，没有了一丝丝风，人们睡熟了，醒着的堂祖父一夜没合眼。第二天，村子里的人们都从堂祖父口里得到了这个消息，以豹子的爪子印为证，还有崖底下那一堆土。我也只是看到了豹子的爪子印，心想，豹子为什么不回头翻过院墙走，却硬要越上十几丈高的崖背呢？我问看见豹子的堂祖父，他说，豹子有个脾性，就是不走回头路。这越是让我弄不明白了。

二老爷掐着手指给我讲，你是属龙的，龙在世上没有了，成了仙了。蛇也叫小龙，但不是大龙。你长大了要娶个属鸡的当媳妇，这叫龙凤配。凤没入生肖，鸡能代替凤的位置。你看，鼠大，牛二，虎三，兔四，龙五，蛇六，马七，羊八，猴九，鸡十，狗十一，猪十二，都齐了。子丑寅卯辰巳午未申酉戌亥，都有了。金木水火土，你是壬辰年的水龙。按西洋的星座，结合历法，你的星座是处女座。龙是雨师，又是鳞一类的精灵，按说龙是水中之物，水神却摒弃它，所以龙无法生存，行迹不定。古圣人运用天干地支五行原理，让万事万物有了自个儿走的路。你的凶年，是牛年兔年狗年，宜守不宜攻。吉年有鼠年猴年鸡年，可以进取发展。我问二老爷，龙为啥排在第

第七章 龙种

五，小小老鼠凭什么当老大，狮子豹子大象，还有狼，都没排上，驴也没有份儿，猫也没有份儿，为什么偏偏是这十二个动物作人的属相，而不是其他的动物呢？二老爷说，你问我，我问谁？我说，你问书，你的老书上不是有回答吗？你的书不是叫什么万事不求人吗？二老爷这才说，早先动物们要排位子，说好明天一大早去过河，谁先过去谁就是老大，接下来到达河对岸的是老二老三老四，一直排到十二位。老鼠本来和猫相好，说好谁醒来早就叫一声，老鼠却忘记叫猫了，自己赶到了河边。这时，牛虎兔龙蛇马羊猴鸡狗猪，在河中争着游向对岸，老鼠急了，连忙跳到猪身上，又窜过一个一个动物的背，一直跳到领先的牛背上，嗖地一下就跳到了河对岸，当上了第一名。猫来迟了，当了最后一名，这就没份儿了。猫看见老鼠竟然排了老大，上前去捉，捉住就往死里咬。这么猫逮老鼠，逮了千年万载，还是没讲和，成了永世的冤家对头。

二老爷正给我讲猫逮老鼠，我的眼前突然出现了一只目光晶亮又幽暗的小黑猫，这不就是二老婆的小黑猫吗？转眼间，什么都不见了。我是伏在二老爷的腿上听这些故事的，二老爷就坐在那把靠门口的太师椅上，脸上没有一点表情，只是淡淡地讲给我听。我感到一阵清凉的风吹进大土窑里来，接着听见了扑簌簌的下雨声。我坐到了高高的门槛上，感到门槛变矮了，不那么高不可及了，是我长高一些了吗？院外的老槐树在风雨里摇摆着枝叶，飞旋的蓝白相间的雁鹊在嘎嘎地叫着。它是喜鹊，不是麻雁鹊，大人教的儿歌里总是唱着，麻雁鹊，尾巴长，娶了媳妇忘了娘。孩子总问，它为啥娶了媳妇要忘了娘呢？大人说，说了你也不懂，等你长大了就懂了。

母亲做饭的炊烟，浮升在漫天的雨雾里。雨先是溅起了院子里的尘土，一阵湿润的泥土味，接着地面光亮了，水里闪着一层层透明的泡泡，像睁开又闭上闭上又盼开的眨动的眼睛。厦房上的瓦檐滴下了水，由点滴连成了线，形成了一帘雨珠。母亲连忙提了木桶的瓷盆，放在屋檐下接水，发出叮叮咚咚的脆响。

下雨了，麦子正灌浆哩，等于是老天爷给庄稼人下白馍细面哩！

第八章 炭窑

结束小学堂生活的那个暑假里的一个下午,为了弄到一点垒猪圈用的石灰,父亲带我到了前沟的干河道里。这个地方叫庙底沟,有方圆几十里最老的炭窑,后来只剩下两孔深不可测的黑洞,周围长满了茂盛的野草和黄得耀眼的山玫瑰。

在寂静的空谷中,我只能听见父亲和我的一重一轻的脚步声,偶尔惊起几只黑老鸹从沟畔上跃起,在空谷间盘旋,发出一阵阵歇斯底里的鸣叫。拐过一个弯,我看见了一片雪白,这便是父亲说的石灰场了。不知是从哪里来的几个外乡人,在早已被遗弃的破窑里支了铺,三块石头顶起一口锅,做起了烧石灰的黑市买卖。他们在崖坎上挖出土炉,从卵石堆积的河床上取来原料,再从废弃的煤矸石里筛出燃料,只是出卖一些苦力,就可以把石头烧熟,再经雨淋,开出了雪白雪白的花朵,钱就到手了。这石灰窑开在村界的边缘,甚至是在几村交界而

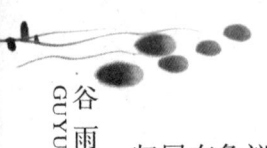

归属有争议的沟道里,有人管也没人管,它的黑市买卖便做成了。外乡人见是当生产队长的父亲来了,不是来找他们的麻烦,而是来讨石灰用的,也就当然地免了几毛钱的费用,还招呼我们喝了一碗开水,一起坐下来扯闲话。

在多年后我读到的家谱残稿中,记述了祖上开炭窠的事。

清朝乾隆年间,六世先祖心胸尚大,拿出全部家财独资在坳里沟打炭窠。坳里沟与这庙底沟,谁的资历更老一些,是难以说清的。一说这庙底沟启自明朝,庙也可能就是窑神爷庙,是这方圆炭窠的祖庭。另一说这庙只是说山形如庙,本没有什么庙的,只是一种约定俗成的地名而已。到了清末曾祖父辈上,这庙底沟便有了家族的股份。那位六世先祖在坳里沟开炭窠的胆量不小,但运气不顺,炭井中的水浆过大,费钱两千多贯有零,还借了梁栋几百贯钱。

梁栋是南原一大土豪,派了十几个打手上门来讨债。六世祖却不是软弱可欺之辈,自幼练得一身功夫,可以抱起一个几百斤重的石碌碡,纵身能跃上几丈高的院墙,在赶脚路上遇到骡驮挡道,他能连骡子带货物一起举过头顶,掀过路畔,来疏导过路的驮队。梁栋的打手们不听六世祖的道歉,扑将上来就要打人。情急之下,六世祖出手自卫,折断了几个打手的胳臂,带头的被拧断了脑袋,双方各自失了四条人命。衙门来人逮了六世祖,被发配到了山东,受了几年劳役。

六世祖是个不服输的硬汉子,刑满回家后又重新上阵,哪儿跌倒从哪儿爬起来。原来的炭窠放弃了,又筹资在南沟恢复了一处旧炭窠,谁料旧窠吃空,巷道低,炭窝子远,没有一点利。六世祖到了焦头烂额的份上,债台高筑,实为狼狈。一直

第八章 炭窑

躲在背后的梁栋，眼看自己的钱财没了踪影，便骑马亲自打将上门来。狡诈的梁栋将人埋伏在后沟里，自己来到窠里，对六世祖说，咱们这档子事得去镇上说个明白。六世祖欠人家的理短，只好随行。俩人边说边走，高一阵低一阵，行至梁栋埋伏打手的地方，趁六世祖不防备，梁栋来了个先下手为强，回身一拳打中了六世祖的左目，随机逃走了。六世祖眼前一道金光，伸手摸了一把眼睛，红红的黏乎乎的东西顺着手腕流下来。接着，沟道两边飞来石头块，他只能抱住头蹲在地上挨揍。多亏时值隆冬，六世祖穿的是厚厚的棉袄棉裤，要不早就被砸成肉饼了。棉袄棉花裤被石头打得开了花，他像一个疯子，一身白的红的黑的，跟跄着站不稳脚跟。路过的一个亲戚看见了，急忙报了公家，又赶到家里报了信。六世祖的两个兄弟听了，一个拿了棍子，一个提了鸟枪，急奔出事的沟道。梁栋见没把人砸倒，又走漏了消息，便翻身上马，带着打手们逃回镇上去了。

六世祖兄弟三人赶到了小镇上，在梁栋门外叫骂道，姓梁的，×你妈，你出来！你是个门背后的光棍，明人不做暗事，你是个日鬼捣棒槌的婊子养的！叫骂了一阵，梁栋还是不敢出来，在众人的劝说下，兄弟三人才离开了。过了不几天，六世祖正在炭窠里发愁，门外来了一个五大三粗的壮汉，后面跟着梁栋。壮汉说，我是受人之托来讨债的，没有钱就拿命来。六世祖迎上前去，说是有话好好说，债是会还的，你说没钱就拿命来，有本事就拿了我这条命去。三言两语，二人就交了手。一阵喊声炸开，炭灰飞扬，拳脚起舞中整个沟壑都在动弹。这壮汉是个大教师，身手自然不凡，是梁栋花了大价钱雇用来

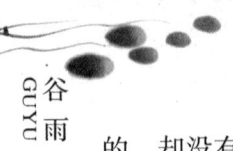

的，却没有料到他的花拳绣腿敌不住六世祖这民间高手的乱拳。几个回合之后，大教师被六世祖撂翻到了河渠里，躺在那儿哭爹叫娘。在一旁督战的梁栋一看形势不妙，正撒脚要跑，让六世祖一个扫堂腿给撂倒了。六世祖上前按住梁栋，从腰间抽出一把短刀，两眼冒着金星，向梁栋的脖子捅去。梁栋仰面见刀刃刺来，为了讨债连这小命也没了，多么委屈啊！命比钱重要，命比脸更要紧，梁栋用手死命地擎住六世祖拿刀的手，哭喊道，饶命，爷爷！老爷爷！饶了孙子这条狗命，我再不敢欺负爷爷了，那钱我也不要了，饶了我！是六世祖一时怒气，想吓唬吓唬这龟孙子，如果真想杀了他，他的两只手怎么会撑住拿刀的手呢？闻信赶来的五世祖，连忙上前从儿子的手中夺下了刀，并扶梁栋起来，给他拍打身上的灰尘，说是有话好好说，出了人命，与谁都有不好。六世祖说，姓梁的，你听好了，我欠你的钱不假，你却想要我的命，你又拿不去，自己又差点儿丢了命，你说你不要这钱了，这钱我还非要还你不可！真是不打不成交，梁栋说，你真的非要还我钱，等你还清了别人的，最后还我了不迟。

　　过了一些日子，炭棠奇迹似的脱离了危难期，新开的窝子煤层有一人多高，煤价也疯涨。六世祖先是还了与他人的债，然后与梁栋零碎交本。随后，六世祖牵了一只羊到了镇上梁家，说这只羊代利十串，梁栋过意不去，硬是挽留"老朋友"在家款待了一日，并远远地送了一程。后来，六世祖的长子殁了媳妇，要订二房媳妇，财礼甚大，家里又不宽余，梁栋听说后送来了十串钱，一再说是不图利息。自后，东西码头和乡邻有事，都乐于找六世祖去管，他度事取中，事无不息。咸丰三

第八章 炭窠

年刚刚过了年不几天,六世祖去世了。那年的雪下得特别大,踩上去有没膝深,咯吱吱地响,连门前老槐树的几根粗树股也给压断了。

这庙底沟老炭窠,也许在六世祖之前或之后是十分兴盛的。先是开十年二十年三十年,又歇了十年二十年三十年,之后又开张了,又歇了,这样的循环往返,从十八世纪到二十世纪,大概经历了三百多年。黄土山原曾是一片绿色梢林,梢林里有狼虫虎豹,梢林的枯枝败叶在为有限的庄稼人提供着燃料。渐渐地,人口增加了,土地在向梢林侵入,一片片田地挂在了沟壑梁峁上,除了庄稼生长的季节,黄土原便是黄色的了。在厚厚的黄土沉积下面,造物主像珍藏宝贝一样,在三四十丈的土层深处珍藏了远古的一片森林的尸体,透过一个深奥的黑洞,诱惑着黄土原上的庄稼人。这些能够燃烧的黑石头,比日益匮乏的植物的枝干更管用,而更重要的原因是无商不富的道理让一辈又一辈庄稼人着迷。这黑石头能换钱,比春种秋收的五谷更能变钱。钱里有火,火里有钱,从火里抢钱,有时候就不免烧了手。

老辈人说,这世上有两种人最可怜,一种是死了没埋的人,另一种是埋了没死的人。死了没埋的人是当兵的人,说是好铁不打钉,好儿不当兵。埋了没死的人是下煤井的人,说是四块石头夹一块肉。先祖武略将军是佼佼者,死后有功名,而古来征战几人回,我的六百年前的先人武略将军事实上也没有回来。在另一个战场上,老炭窠由这庙底沟繁衍到每一处沟沟岔岔,这一处黑窟窿灭了,另一处黑窟窿又活了。我们从这扎满黄土原的针眼里吸吮了营养,同时输入了无数数量大致相当

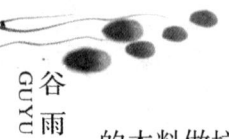

的木料做坑柱，也把不少年轻的庄稼人埋在了大地深处。几乎每一家族，每一支派，平均若干年要为自古以来的炭窠奉献多少个男儿的祭品。地挖空了，地壳在开裂下陷，村庄在迁移，几乎没有一处的土地不是悬在空里的，我们几乎失去了千年祖宗为后人留下来的风水宝地。在我和父亲与外乡烧石灰的人在庙底沟闲扯时，刚刚离开小学堂的幼小的我，是不会想到这一切的。

庙底沟是先于乾隆年间六世祖开过的坳里沟炭窠的祖庭，就像老槐树是老家最老的树一样，是一点都不用含糊的。明清朝代谁是最早的开拓者，已经无从考据。老辈人只记得清末时的窑主叫梁瀛，他是南原上头号大财东，不光拥有几百亩地，还在镇上开了好几家瓷器、染坊和药材商铺，这庙底沟炭窠是他的头号买卖，附带有几十驮骡马，把生意做到了陕甘三边一带。梁窑主在庙底沟开矿时，这里就是一座老矿，沟崖卜昂早年矿工们住过的坍塌了的窑洞，井口已经被草木掩盖了。

传说百十年前庙底沟是清朝的官窑，井深三十丈，头层炭有一人高，很是火了几十年。从庙底沟出发的官道，经小镇通向西府和塞北，一队队骡马驮了烧炭出去，又换了盐和烟土回来，为小镇上的商铺补充着货源。而小镇上的瓷窑之所以有着经年不熄的炉火，也是依赖于这座炭窠的。庙底沟早先的倒闭，缘于一场意想不到的灾难。掌子面上矿工不经意的一镐，竟像捅破一层薄薄的窗户纸一样，捅开了一条汹涌的暗河，大水扑面而至，迅速淹没了巷道，涌到了岸口，很快倒灌了三十丈深的井筒，竟然奇迹似的从井口喷了出来。庙底沟海拔低，地下的暗河决口，淹到了井口，是符合水朝低处流的大道理

第八章 炭窠

的。这突然来临的灾难，使几十号人来不及逃脱，无一幸免地作了冤鬼。人们不愿意相信，在这多旱少雨的黄土高原的深处，怎么会有那么旺的一条河呢？多少年过去了，井里的水干了，人们忘记了曾经发生在这里的那场水祸，又要在这里取火了。

梁瀛不是纯粹的庄稼人，他精通四书五经，对天文地理也颇有研究。他能观测天象，能从北斗七星斗柄迁移的位置猜测出农历的哪一月哪一天。也从坳里沟炭窠的先例，推测出庙底沟炭有三层，而且与地上结构一样，有山有沟有原，传说中冒了大水的那次灾难只是地下的一个大涝池被捅漏了，而不是什么一条暗河。梁窑主这次开的是二层，也是一人高的炭层。二层吃得远了，炭层也接近末梢，就进入三层，井深延伸到四十多丈。这前后竟持续了几十年。

开始，提升用的是二百斤的荆条笼，井上是八人合搬的大辘轳，一边四个壮汉，你前我后，你推我拉，进三步，退三步，炭笼是空的下，实的上，粗麻绳得在辘轳上绕几十圈。梁窑主异想天开，要把人换成牲畜，减少成本，提高产量。先是用骡马来拉辘轳，骡马却只知前进不易退步，又用牛来试，效果也大同小异，但效率无疑是提高了不少。骡马牛困了，也有被二百斤重的炭笼拖下炭井的。梁窑主的倒台，是缘于一场井下的灾难。这次不是因为水，而是因为风，一股闷风从一镐捅开的地下空间涌出来，井下的几十号人没了性命。庙底沟又一次归于死寂。

这一次，庙底沟这座老炭窠没有歇以前那么久，只是过了三五年时间，又复活了。新的窑主是国民政府的一支地方军

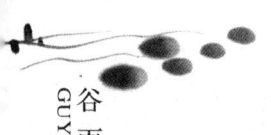

队,一个姓黑的团长当掌柜的,挣的钱是归公还是归私,鬼知道。黑团长雇用的窑工都是当地人,曾祖父和二老爷便是一前一后在这时候到庙底沟绞把的。绞把也就是扳辘辘,八人合抱,把二百斤重的炭笼从四十丈深的井底下提上来。黑团长不用骡马牛来拉炭笼,两条腿的人多的是,何况人在绞把时的姿势也是抑合了身子,俯身时也几乎是四蹄蹬地,跟受苦的牲畜差不了多少。人是一种善于苦中作乐的动物,在这煤黑子腾挪跃动的劳作里,其趣味绝不比戏台子上的舞步差。为了减少换班时上下人费去的功夫,通常是一天一夜换一回班,行内人都称其为一个针对。下井的窑工把两条腿穿进两个粗麻绳挽成的圆圈中,命就交给了老天爷,下到地层的深处,用一个盛了菜油的鸡娃子灯顶在脑门上照亮,在长长的巷道里挖煤拉炭。掌子面上的活计,是上了年纪的老把式的专利,年轻小伙子一般只能当脚家娃,在低矮在巷道里拉着炭车爬行,那才是真正的四个蹄子蹬地的差事。上了井,煤黑子们的脸上除了牙齿和白眼睛仁儿是雪白雪白的之外,模样儿整个成了炭的颜色。钱里有火,庄稼人向来认为,石磨膛里如果有一把谷糠,也是不去下煤窑的。事实上,下得地狱,才可能有天堂,不受苦中苦,焉成人上人!汗珠掉在地上成八瓣,才有银圆哗啦啦在掌心里响,才有花媳妇的脸蛋,才有让旁人眼馋的好日子过。

曾祖父和二老爷两兄弟在这里轮流绞把,是想让一家老小有吃有穿,家里多置买几亩地,多养几头骡马。但姓黑的窑主也真是黑了心,在井口的秤上做文章,压低出煤产量,扣除窑工血汗钱。工头念及井场的地皮是凹里的,对曾祖父他们另眼看待,还算没受多少冤枉,而对于外乡人就不留什么情面了。

第八章 炭窠

外乡人干的牛马活,却挣不了几个钱,但想逃走也不成,井场有拿枪的兵看守,使这里成了一座监狱。窑工累死了,被砸死了,或者让闷风闷死了,病死了,一律扔到沟后头的烂窑里。有的窑工是从镇上招来的,其实是骗来的,一旦到了庙底沟,等于入了老虎口,成了黑窑主的奴隶。有的干脆是从半路上持枪劫来的,来了也就别想走,除非变成鬼,灵魂才有可能回到自己的家乡。

有一天,工头从镇上又招来了三五个窑工,一口陕北口音,都是五大三粗的壮汉子。其中一个美男子眉清目秀,说话文绉绉的,像个有知识的文化人。事后曾祖父他们才知道这俊小伙子姓刘叫志丹,是从北山陕甘边境来的。刘志丹不是一个好绞把的,头一天让木把刮了小腿上的皮,像刮萝卜皮一样。到第二天,他又险些翻了个大跟头,赢得了窑工们的喝彩声。到第三天,他说自己不是绞把的料,硬是缠着工头下了井,当了一个拉煤车的脚家娃。谁知没过十天半个月,刘志丹竟串通了井上井下几十号外乡的窑工,向工头索要工钱,不然就罢工不干了。怒气冲冲的工头当即指使守矿的小兵,谁造反就抓谁,谁领头就打死谁。就在小兵用枪逼着要抓人时,刘志丹一伙人也掏出了家伙,工头的脑袋先开了花,鲜红的血液四溅开来,人像坑柱子一样倒了下去。持枪的小兵吓得一声尖叫,有的缴械投降,有的干脆扔了枪顺沟飞快地跑掉了。刘志丹一伙人当即砸了炭窠掌柜的钱柜子,把大把大把的银圆分到了窑工的手里。刘志丹问我曾祖父,你拿着钱回家去我送你,你要是能跟着我们一起去闹革命我欢迎,你说呢?曾祖父说,刘小伙,不要怪我在你来炭窠头两天给你难堪,各行道有各行道的

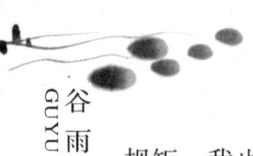

规矩，我也不能乱了绞把的这一行的行规，谁知道你是打富济贫的英雄。我拿的是我应该拿的工钱，可我还得谢承你。我得回家种庄稼去，上有老下有小的，我只会种庄稼，绞把，还有吆牲口驮炭，没革过命，刘小伙你还要多担待。刘志丹说，革命是自愿的，你放心回家好了。曾祖父点了点头，和村上的几个窑工一起离开了矿场，回到了自个家里。

事后，曾祖父听说，刘志丹一伙人那天出离开庙底沟老炭窠，顺着干河床边的脚夫道，走了十多里地，直奔小镇黑团长的老巢，摸清了地形，朝北原去了。说是有机会再回来，去找黑窑主算账。小镇是一座千年的土堡子，修在高高的崖头上，一面是山，两面是万丈悬崖，下边是一个鹰钩鼻子底下的水潭，深不可测，黑水河就从土堡下环绕流过。小镇只有一面是从新集街上通往土堡的门户，一到天黑，就是飞鸟也难以越过高高的土堡。过了一年半载，也就是民国二十三年，刘志丹率领红军四十二师从北原南下，当天黎明时分袭击了土堡子。他们是从正门攻入的，内应趁一早担水的人开了山门，直捣黑团长的卧房。等刘志丹用刀子轻轻拨开卧房的门闩，借着月光直扑炕头捉拿黑团长时，一个赤条条的雪白的小女人惊叫起来，发出杀猪一样的嚎叫声，顿时堡子里乱成一团。黑团长也是个孬种，睡梦里听到动静，衣服也来不及穿，枪也来不及摸，也丢下了如花似玉的小老婆，翻身下炕，推开了暗道机关，没影没踪地消失了。刘志丹察看了屋里的情景，用枪敲了敲炕沿下的砖墙，果然轻轻推开了暗道的入口。他当即爬了进去，在黑暗中摸索前行，走了不到一二百米，即看见了洞口透进来的迷离的月光。等他走出洞口，看见空旷的崖头上有一个人影子，

第八章 炭窠

忽地一下不见了。走投无路的黑团长，已经悄然一跃，一只大鸟似地飞翔在夜空中，落入了崖下的潭水。刘志丹一伙在黑团长的堡子里收获了不少的银钱，天亮后召集群众大会，处决了恶霸地主，宣传打土豪分田地的革命主张，不少年轻人投奔红军，这便带了几十号人马朝北去了。只是刘志丹小看了黑团长，满以为这家伙已经坠崖而死，谁知道黑团长只是玩了一回秋夜里的高台跳水的浪漫演习，落入水潭后又浮出水面，只是蹭破了膝盖上的一片肉皮，一拐一拐地走出河滩，钻入了对岸的树林子，却被追赶上来的红军士兵打死。另有一说，刘志丹一伙走后，黑团长又回到了他的土堡子里，使受了惊吓的小老婆又吃了一惊，转而破涕为笑。黑窑主是不再当了，为了保住捡来的一条命，他也开始加强防务，把枪口指向了北边。

庙底沟老炭窠，并没有因此而停歇，还是西原上梁家的后人又从黑窑主手里低价买回了矿产，与我们凹里几户人合成股份，炭窠又开了张。当然，曾祖父占了其中一些股份，主要是强龙难斗地头蛇，井口开在我们地盘上，永远的赢家能是谁呢？

曾祖父在庙底沟所占的股份为家族所有，他只是一个监工，具体的活计是索客，也就是在井口负责上下绳索的安全，一旦发现绳索有破损，便亲自操持腰刀和麻头收拾妥当。麻制的绳索有胳膊粗，长度是井深的两倍多，长蛇一样盘旋在八条大汉扳动的大辘轳上，上下于黢黑的井筒中。在换班上下人的紧要关口，当索客的曾祖父肯定在场，看着窑工把双腿伸进连环中，亲自给窑工系好胸带，大喝一声走，大辘轳便轻轻回一下车，让窑工双脚离开地面，俯在井沿上，再摇动辘轳把人放

谷雨
GUYU

下去。在辘轳启动时，索客要伏在井口喊话，一字一顿，仔细捕捉对方的回应，才大喝一声走的。因为出过一回事，井底下的窑工还没来得及把双腿伸进连环中，辘轳便启动了，结果是把人倒着提了上来，差点儿送了那小子的命。要么是一头空着，湿溜溜的绳索打了滑，也会出人命的。后来在井口按了个铜铃，井底下一摇，就有个准头了。索客的绝活是接索，一把腰刀，一把锥子，一团乱麻头，在几十股麻头中缠来绕去，使断损的绳索完好如新。接索时，绞把的窑工是不准在场的，它是一个秘密，是单传手艺，是一门绝技。

曾祖父凭着这门手艺，在老炭窠里吆五喝六，没有人敢对他不敬。也许，这手艺传自早年在坳里沟开炭窠的六世祖，在之后一百年里，一直是家族里的一个传家宝，直到钢丝绳取代了麻绳，电动绞车取代了大辘轳。也就是钢丝绳的接修技术，也是从麻绳那儿沿袭而来的，也不是人人都能摆弄的活计。在乡村小煤窑，能盛二三百斤煤的大荆条笼，演变成汽油桶改装大铁桶，大辘轳被电动绞车所取代，还是后来的七十年代的事。

说是曾祖父在老炭窠当监工，实际上拿事的是曾祖父的堂兄瑄先生。身为晚清秀才的瑄先生，在县政府的职务是修志书的，同时兼任煤业公会的会长，合伙兴办私立煤矿也是政府所提倡的，也就有了近水楼台的便宜。这时候的私立煤矿在县上已经有几十家之多，铁路也在这前后从秦城修到了县城，一条条通往小炭窠的黑色山路，像黑色的溪流汇合到一泻千里的铁路局线上，动摇了世世代代凭土地发财的庄稼人的美梦。无商不富的说法，越来越成了真理。

第八章 炭窠

传说中的先人是渭北放羊的游牧人,后来顺应时世成了庄稼人,这时候也身不由己地要变成煤黑子了,人们不知道这究竟是福音还是灾难。有了煤,也就有了钱,也就有了时尚的烟土,曾祖父辈无一不染上吃大烟的嗜好。炭窠分得的红利置买了田地牲畜,吃大烟又变卖了这些肥沃的田地和膘肥体壮的骡马。庄稼人再也不像以往那样靠天吃饭,小心翼翼地侍弄那些伴随四季生长的黄土里的五谷田苗,而在炭窠的十八层地狱里攫取生活的希望,变得火烧火燎,在暴富暴贫中飘浮着。

不足十里外的火车在轰鸣着,像一头巨大的怪兽的怒吼,常常把人们从夜里的美梦或噩梦中惊醒。瑄先生骑一匹白马,和京城的大教授黎锦熙走乡串户,在修志的同时采写一部方言著作,时而巡回于小煤窑之间,协调矿主和窑工之间的利益。在这个保护伞底下,庙底沟的生意日见工红火,合作方的南原梁财东也礼让三分,曾祖父的差事就办得有声有色。到了年终结账时,大字不识但账算清楚的曾祖父会带了账房伙计,给堂兄交账,再安顿家族里的事情。

曾祖父的父亲在光绪十八年馑时,把老婆和孩子带到了甘省盘马原逃生,后来卖了老婆孩子回到家,先给自己的弟弟娶了妻,自己才续了二房,生了曾祖父和二老爷,还有老老姑。曾祖父的叔父生了瑄先生几兄弟,念及上辈子老弟兄俩的患难与共,曾祖父兄妹仍然和瑄先生兄妹多年在一个锅里搅勺把。二十多口子人,上有公婆,下有子女,妯娌姑嫂之间少不了闲言碎语,你碗里稠我碗里稀,磕磕绊绊,家长里短的事是免不了的。

二位高祖下世后,当家的便是瑄先生和曾祖父,有文化身

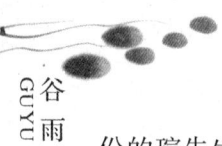

份的瑄先生主外,曾祖父只能是主内的差事了。老老姑长到十六岁时,到了出嫁的年纪,长兄为父的瑄先生为他的如花似玉的这位堂妹订了一门亲事。沟对面南原上的史先生是瑄先生的得意门生,家有万贯,可惜妻子早逝,瑄先生便绝意让小妹与长她一轮的史先生成亲。做亲哥哥的曾祖父有点不悦意,小妹也整天哭得泪人儿似的,最后是瑄先生发了脾气,说是活着是史家人,死了是史家鬼,胳膊拧不过大腿,老老姑还是上了花轿嫁到了史家。谁知史家也是家大业大,大烟土抽得这个大财东成了一个空壳,等付了瑄先生一笔丰厚的彩礼之后,老老姑从进门起就落入了一个破败之家。她是一个非常要强的小女人,陪着一个落魄乡绅过日子,没办法,踮着一双三寸金莲,扛着犁,吆着牛下田种地。因了这门亲事,曾祖父愧疚于同胞小妹,但当初拿主意收彩礼的是瑄先生,也是为给曾祖父续二房用钱,老老姑说是堂兄把她当牛马卖了,几年不登娘家门,弄得两支人心里都不畅快。这也许是一个由头,最后导致了东西院子两头行事,分开各过各的日子了。

祖父三岁上没了母亲,是大他将近十岁的老老姑一手抱大的。老老姑一出嫁,祖父则像个野小子,整天跟着曾祖父在老炭窠玩耍,活脱脱一个小煤黑子。祖父后来有了后妈,拖油瓶带了一个小妹,之后又有了两个小妹子。缺少温暖的祖父从小便跟在驮炭北上的骡马队里,走遍了甘省三边一带的高原沙漠。开始,他赶的是一头瘦驴,驴驮五十斤,他背五十斤,回程的路上,驴是光着身子走,他是扛着驴的鞍子走。

有一回,老炭窠来了一个外乡小伙子,曾祖父以为他是来当窑工的,打了两天杂后,小伙子和曾祖父说到了刘志丹这个名字，吓了曾祖父一跳。小伙子说他是从商洛南山里的队伍中来的，要去北边根据地办事，路上查得严，按组织上的安排，让他来这里找曾祖父，隐蔽到骡马队里去北山。曾祖父二话没说，叫来祖父叮咛道，这小伙子是我早年认的一个干儿子，要到北山里做一笔生意，你把他一路上招呼好，别的啥话一句都甭说。曾祖父念及前些年与刘志丹的交情，尽管不能为伍，当不了英雄好汉，作为仗义的朋友还是可以交的。祖父和外乡小伙称兄道弟，赶着那头瘦驴，跟在骡马队的后边，顺利地通过了检查站，经西原下瑶曲，三天之后到了边区的地盘。一路上，外乡小伙怕是吃的不得当，说是肚子疼，走了一路，拉了一路的稀屎。几个老脚户为招呼还不力成的祖父，嫌弃外乡小伙累赘，说是干脆把这死狗烂娃扔到半路上，让狼吃了算了，你看他这熊式子，还是个什么生意人。祖父记着曾祖父的话，心里嘀咕这里面会有啥名堂，却对老脚户一口咬定，这是我干哥，求大伙不要欺负人家。老脚户说，啥干哥湿哥，你瞅那窝囊废样子，喂狼狼都不吃。谁知到了边区，外乡小伙子骑上了大马，带了酒肉，赶到骡马店酬谢脚户队，身边的警卫喊他是李军长，惊得老脚户连连道，我的妈呀，红萝卜调辣子吃出没看出。外乡小伙摇身变成了李军长，他对祖父说，兄弟，你想留下来，就当我的警卫怎么样？还是赶你的驴驮炭，你自己说。祖父说的话和前多年曾祖父给刘志丹说的话一样，我只会吆驴驮炭，还有种庄稼，养家糊口，娶媳妇，生儿子。就这样，曾祖父和祖父都与革命的机会擦肩而过，与日后当了大官的人失之交臂，一辈子始终没有离开庄稼和炭窑。

老脚户口里有个外姓老小伙，都叫他石头。他是从外乡到

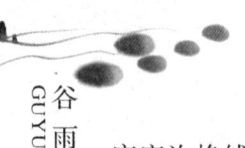

庙底沟挣钱谋生的，这多年从井底下的脚家娃当起，实在没火气了，又受雇于财东家，赶一匹黑骡子在北路上打来回。三十大几的人了，也没回过老家，也没娶上媳妇，凭东家给的几个血汗钱混个肚儿圆。石头出人头地的是唱得一口山摇地动的秦腔，常吊在嘴上的是"吃饱了，喝胀了，和财东家的娃一样了"。要么就是"辕门外拴叫驴，连踢带咬"。

石头还有一个乐趣，一个是耍钱，一个是逛窑子。先是在炭窠的窑工窑里端煤油灯，一个晚上抽的份子能多吃几个白蒸馍夹肉，后来从中看出了样样行行，也伸手一试，摇在老碗里的色子和心里想的一模一样，一时成了这个圈子里的高手。钱来得容易，去得也容易，白蒸馍夹肉吃腻了，就开始想另一种白蒸馍夹肉。一旦尝到了女人的白蒸馍夹肉的味道，石头也开花了。铁路的开通，让黄土原的人们开了眼界，因黄河发大水造成的河南一带难民，也顺着铁轨爬到了这里。他们在铁路的倒闸口的胡同里，挖了一孔孔低矮于当地人窑洞的小土洞，人称难民窑。在衣食无着的时候，有些难民窑成了"窑子"，窑姐们在小镇附近的这些胡同里搔首弄姿，像门前那些开得金黄灿烂的葵花一样惹眼，让煤黑子们的心跳得厉害。石头是脚户队里头一个闯入窑子的，事后他说，女人的白蒸馍夹肉跟吃的白蒸馍夹肉完全不一样，实在是香。也许是十天半月一趟的赶脚钱，也许是一夜里的小赢，就可以美滋滋地会一次"花不楞噔"，即花姑娘的意思，在石头觉得无论如何是划算的事。石头每回的嫖资总比一般人多掏一点，人家说，和煤黑子睡一觉的女子，得尿十年黑水，也不容易。有一回，石头大赢了一把，当即揣了钱直奔窑子，挑了最漂亮的几个窑姐玩耍。老板

第八章 炭窠

娘说，石老板今日开心，若有金枪不倒的真本事放倒这几个姐儿，明个一早不交一个子儿，带一个你最中意的去做老婆，要么，要么把你石头的头撂下。说话算数？一言为定！也不为个什么，只是话赶话赶到了茬上，竟赶出这么一个让石头心跳又心慌的艳赌来。这么一来，本来雄心勃发的石头不知怎么，几个回合便守不住了，早早地撒了汤。石头在沮丧中慌说去尿泡尿，翻过墙逃走了。

之后，石头再也没敢上这家窑子一回，每次路过这里都禁不住滴尿点子，像贼娃子躲避他偷过人的地方一样。石头的这番经历，在老炭窠和脚户路上流传了几十年，成了煤黑子和赶脚人娱乐生活中的经典节目。

第九章　窑神

老家门前的庙底沟是几百年的老炭窑，几经沉浮，在我记事时已经是一处长满荒草的野地了。地名叫庙底沟，该是在沟崖上有一座庙的，这座庙也只能是窑神庙，或叫成窑神爷庙，也许沟崖上的帽子山形如一座庙，老辈人谁也说不清。但它一定是炭窑之神的处所，这一点是没有问题的。同样叫窑神庙，位于小镇西边的窑神庙供奉的不是炭窑之神，而是瓷窑之神。十二岁的我，还是个瘦骨嶙峋的矮个儿男孩，离开了土窑里的小学堂，挨过了一个漫长漫长的沾满乡野草腥味的暑假，背起馍布袋和书包，还有用麻绳扎成井字状的印着凤凰戏牡丹图案的大花被子，走了十多里路，站在了小镇西边挂着高小牌子的窑神庙的大门口。

其实我当时只知道它是一座旧庙，并不清楚它曾是什么窑神庙，而且是什么瓷窑之神的供奉地。庙门高大开阔，有雕梁

第九章 窑神

画栋,有狞厉的人和动物的雕像,有威严的屋脊,甬道全是用残破的碑石和大方砖拼接铺设的。多年之后,我才明白这里曾经是建于宋朝的德应侯庙。

那时候周围十里尽是陶场,陶人先是建了一座紫极宫供奉土神。到了宋朝熙宁年间,知州奏封这位神仙为德应侯,并立碑为记。碑文说有一位姓阎的尚书郎,这一年做了这里的郡官,为了创一番政绩,阎大人巡视了在宋朝都称得上手工业重地的十里窑场。知道以州城为品牌的耀瓷,不仅受用于方圆上百里民间,而且成了皇室的贡品,甚至于沿海上丝绸之路远销罗马帝国。阎大人以此想与皇上攀近乎,写了一封字迹秀美又不乏文才的奏折,说了一番什么政通时和的奉承话,请皇上恩准山神封为德应侯。于是有了贤侯上章,天子下诏,明神受封,庙食终古的盛事。碑上说,侯据瓷镇之西南,附于山隈,青峰回护,绿水旁泻,草木奇异,下视如在掌内之居人,以陶业为利,赖之为生。说这里的瓷品巧若范金,精比琢玉,始合土为坯,转轮就制,方圆大小,均中规矩,然后纳入诸窑,灼以火,烈焰中发,青烟外飞,烧炼累日,赫然乃成,击其声铿铿如也,视其色温温如也。人犹是赖以为利,岂不归于神出鬼没之功也?碑上还说,至有绝大火,启其窑而观之,往往清水盈掬,昆虫活动,皆莫究其所自来,必曰神之化也。殿之梁间,板记且古,院内柏林栽于晋代永和年间,可见居人酷爱泥土变态之异,承传火窑甄陶之术,匠工愈精于前矣!民立祠堂,以求传之无穷。每年的正月二十和八月十五为社祭日,方圆居民的社火在庙堂前争艳斗丽,以侑神明。金元兵乱之后,窑场渐次变为耕地,只是那些剔除不尽的瓷片,在顽固不化地

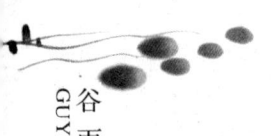

证明着这块土地曾经有过的泥土变黄金的时代。晋代的柏树，记得在院内还有几株枯木，稀少的叶子是鲜活的，它从一千多年前就站在了这里。立碑的时间是大宋元丰年间，又是近一千年的时光从这座庙宇的屋顶上一扫而过了。

十岁高小学生的我们也是够阔绰了，平日走在先人雕刻的碑石上，连尿尿站的厕所台阶也是个个价值连城的宋朝的碑石。沉重两个字，因了这碑石和巨大繁复的屋宇，渗入了少年学子经世之初单纯幼稚的心。我们的宿舍可能是看守庙堂的人住过留下来的，一排窄窄长长的小屋子，里面盘了一条同样窄窄长长的土炕，通铺安顿了我们这些从乡下来的穷孩子。土炕上席子被上个年级的孩子的屁股磨破了，冬天烧热了炕，炕皮里渗透的尿臊味也便云蒸霞蔚，充满了宿舍里的每一个角落。我那时也偶尔尿床，尿湿了自己的被窝，半夜三更就不知不觉钻进了旁边同学的热被窝。每个宿舍门口放了尿桶，夜里都往尿桶里撒尿，尿桶满了，还是照样往里边撒，于是便形成了一条小小的河流，在冬天则结了冰，发出银色的光芒。尿桶是轮流倒的，夏天是一桶尿，冬天则是一桶冰。遇到好天气，尿床孩子便把湿乎乎的被子搭满了屋前的铁丝，五颜六色的旗帜羞愧地垂下脸飘逸不起来。被叫成尿床大王的孩子，是被取笑的对象，乡下的土方子是吃猪尿泡才能治尿床的病，就像吃猪尾巴能治孩子流涎水一样道理。每天晚上熄灯铃响了，灯是拉灭了，就是喊喊吵吵地安静不下来。

在乡下，点的是煤油灯，我是蹾在炕沿上的灯下写作业的，熏得两个鼻孔成了烟囱，伸指头一摸，指头就成了黑的。灯太暗时，我就找来母亲缝衣服用的针挑灯眼子，这时候，母

第九章 窑神

亲就说，又把灯眼子挑得有碌碡粗，不过日子啦？灯焰结了灯花，爆出响声，母亲就说有吉祥事了，灯都笑啦！我是这样考入高小的，要么就像其他孩子一样当割草放羊娃了。在这充满尿臊味的高小的宿舍里，我第一次看到了电灯，一条小细绳一拉就亮了，一拉又灭了，说是十五瓦，能顶十五个油灯那么亮，真是太不可思议了。电灯电话，楼上楼下，就该是共产主义社会了，那该多好啊！电灯是享受上了，电话还没见过，人说的话能在一条细细的电线里走吗？孩子们睡不着时，就说一些这样的胡话，有时遇上老师查房，就被喊起来，站在院子里悔过。月黑风高的晚上，孩子们总会听到钟声木鱼声和念经的声音，我知道夜里的风铃声是响亮的，但怎么会有念经的声音甚至杀声和女鬼的呻吟声呢？越是这样想，越是睡不着，即使把头埋在了充满尿臊味的被窝里，也仍然能清晰地听见来自神鬼世界的恐惧。

　　同班同学大多数是乡下孩子，是从家里背了馍来寄宿上学的。除了镇上的孩子，近处的农家一二里，远的也有三十里外的。春夏秋三季，从家里背来的馍容量发霉，是每星期三下午打一个来回，况且是风雨无阻。这样，每天上下两顿，每顿两个馍，就可以挨到下一个周期了。到了冬天，馍不容易坏，就一次背够六天的馍，星期六回家住一宿，好好吃上几顿饭，星期天赶黑到校。家里吃糠咽菜，也要给念书娃把馍背上，家里吃黑的，也要让念书娃背白的，这是每一个家长的心理，也是我的母亲的一片良苦用心。可我并不完全理解母亲，在母亲为我蒸好白馍或烙好锅盔的时候，我开始总是磨磨蹭蹭，总是嫌馍白了，不想让同学们说自己是值钱宝贝，或者是一些其他的

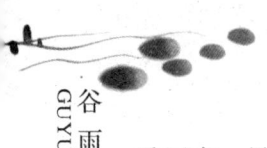

委屈事,吊个脸皮,摔摔打打的,使母亲老大不高兴。有一回,我又在磨磨蹭蹭,惹得母亲急了,解下腰里的围裙,就朝我劈头盖脸左右开弓地打了一顿,我是哭着背上馍去学校的。每次回家,我都吃得特别香特别饱,但几乎每次都要闹肚子。人说三里不同音,五里不同俗,十里之外的水土也是有差异的。

　　有时遇上下雨天,在翻过一条大沟的羊肠小道时,总会跌几次跤,摔得泥人似的。甚至怕弄湿了母亲做的布鞋,雨地里就把鞋子夹在胳肢窝里,光着脚丫子,来回奔波于风雨飘摇的原野土路上。要遮雨,大多是一顶草帽,如果说能打一把小镇商店里卖的黄桐油布伞,就算是时尚了。遇到阴天,三天一次背的馍也起了白点,用手擦一下照吃不误,如果发了黑的斑点,也是掐去黑斑,虽然掰开来丝线闪闪,也一样得咽下去。学生宿舍是轮流看守的,我们把这个差事叫看号,别的同学们都回家了,你得孤零零地守在这古旧窑神庙的院落里,挨过两天一夜。这个孤独的夜晚,你唯一的乐趣是可以在垒得高高的棉被上跳跳蹦蹦,它像夏夜麦场上的秸垛子,能够享受到瞬间脱离地面的快活。有次我看号,在第二天的下午,我的眼睛开始金花飞溅,接着是黑云一片片飞过,我有生第一次享受到饥饿到什么程度才会出现如此可奇观。天黑的时候,比我高两个年级的姑姑给我捎来了馍,我只是咬了一口,就忍不住号啕大哭起来。也只是哭了两声,就又噎了回去,掏出课本,匆匆地去教室上晚自习了。

　　窑神庙里供奉的德应侯大人,当年并没有保佑住金元兵燹的十里窑场,庙堂上的尧舜帝和老子诸神,也没有拦挡住吹灭瓷窑熊熊烈焰的战争风暴。虽在明清时代死灰复燃,已没有宋

第九章 窑神

朝官窑的大气象，失传的瓷艺在民间复活，千户人家以陶为业。但由于居人墨守陈法，没落千年，有负于地利也。人民穷苦，销路滞塞，几百年来一直制作粗瓷。陈家的大器窑，能烧大老瓮，最大的老瓮能盛三五石粟，瓮底坐四个人摸牌，周围还有一圈人看热闹呢！陶治分为三等，有黑陶窑，有瓮窑，有碗窑，各举行头，不得乱烧，所谓的三行不乱。这个行规，由来已久，三类瓷货本来是不可以杂置一窑之内的，它们的体积大小和身份薄厚不同，放置方法也不同，火力温度也各有差异，其中是有一番道理的。造瓷之窑称为窑，各家有各家的地方，而烧瓷之窑则称作瓷窑，是多家合用的。他们先是从山上取来陶土，曝在旷野里让它风化，然后移入圆池引水浸泡，再架木耙耙之，搅成泥汁后蛰淀成泥，就可以运到陶场使用了。

陶人要将泥搓成块，置于石轮上以手造作成器，晒干为坯，装入冶炉，以炭火烧之，即成瓷器。黑陶是用黄土和水成汁加于坯上，称为黑药，烧成后就变为黑色，有软硬黑褐之别。软的微带黄色，硬的为纯黑色，而褐的则带有红色。白器是因为坯上加了白土，陶人称其为硵。如果取奥陶纪石灰岩中一种青灰色叶岩，和水碾成细汁，加上白土，再用石蓝涂上花纹，烧成后就变为白底蓝花。如果用白药一成，黑药七成，黏土两成，构成混合药，它的颜色就成了香黄，窑变成多冰裂纹。若再加石蓝于混合药中，则成绿豆色，且有冰纹。白药加石蓝，则成蔚蓝色。各种颜色颇似宋朝瓷器，但再怎么考究，都赶不上宋瓷的质地和光泽，这实在是没有办法的事。

明帝开天之后，分封诸侯，修秦王府时，在小镇之则的立地坡建了一座琉璃厂，干泥化为琉璃，顺官道源源不断运往府

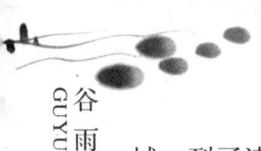

城。到了清朝光绪年间，两任知县试图改粗瓷为细瓷，均以失败收场。这时间，方圆遇大饥，有一位从江西来的官员，代表民众携款到小镇赈灾，他查看了一番周围地势，便投资集股，要改沿袭千年的青粗瓷为细瓷。泥土取自镇北的碙子山，为石炭二叠纪砂页岩。次年，与江西官员合作的土著人赵某前往景德镇考察，雇用了十余名工匠回到小镇，初试于窑神庙内，有了成效后投入批量生产，成品虽稍逊于景瓷，但每窑均有出色之品数种。赵某从中配了几桌食具，通过府城进呈清太后，大得奖赏。又经过五六个寒暑，细瓷之花在小镇开放了。可惜那位援建官员得了一场病，不幸去世了，赵某显然压不住阵脚，各股东有回江西原籍的，有移居其他地方的，赵某终于资力不继，细瓷厂随即倒闭了。小镇终于失去了一次千载难逢的机会，细瓷之花只是昙花一现，很快枯萎了。

小镇上的几百户陶人，仍然在烧他的粗瓷碗和大瓮大盆，说细瓷是南方人的玩意，土人侍弄不了，也没什么了不起的事。在小镇的业陶居民，可分为瓷户、窑户、行户、贩户四类，瓷户即做瓷坯之人，家有瓷土，碾成瓷泥，就瓷户场所制坯上窑，装满一窑后升火，煤由窑主出，而火由瓷户烧，烧成出货，瓷户窑户各半均分。行户即悉数买去，再由贩户驮运到各埠销售。瓷户窑户，大多以种田为副业，平时在行号陆续借用款项，出货后即将款项结清。贩户多是外来商客，瓷户窑户很少有人把货直接卖给贩户的。小镇上有瓷行九家，永兴源为老大，主要是存货多，财转资金宽余，就比别人腰粗了许多。

到我上高小的时候，小镇上的瓷器店仅存一二，赶集的庄稼人已经把目光从瓷器店转移到了时兴的杂货店，那里有一种

第九章 窑神

新的餐具，是又光又滑又薄的搪瓷品。劳动模范经常得到的奖励品，往往是一件搪瓷缸子或一条白羊肚手巾。我上高小时用的搪瓷缸子，就是父亲得到的奖品之一，它是常和我的书包做伴的。二老爷和祖父是喜欢这类时兴东西的，虽然吃食简单，每餐的四个小菜碟是不马虎的，也许里面盛的不过是不同的酸菜或几瓣大蒜罢了。搪瓷品不容易破碎，但磕磕碰碰，外面的瓷片就有了破痕，即使补上也不大体面。如果破了洞，同学们都常用一种办法，捡来牙膏皮剪出一定形状，从洞中穿过，把两边卯结实就可以继续使用了。

我常常是口袋里没有一分钱，总是两手空空地从小镇的街市上匆匆走过。小街的中间有一个食堂，油糕锅是支在当街上的，我每次路过油锅前，都忍不住咽下口水。祖父曾带我吃过这里的油糕，吃起来很香，嘴巴有点烫，油糕中包藏的热乎乎的糖汁，不小心就烫了手。庄稼人总在说一个笑话，叫吃油糕烫了脊背，是说乡下人很少能吃到，吃的时候就有点得意忘形，咬破油糕皮儿，糖汁流了一手，急忙用舌头去舔，糖汁就顺手腕流下来，于是又去舔手腕上的糖汁，手里的油糕高高地举过了肩膀，意想不到糖汁便顺脊梁流了下去。我想着这个笑话，却笑不出来，心想口袋里如果有一毛钱，一两粮票多好，这样就可以买到两个油糕，美美地过过嘴上的瘾。可是没有，于是它成了我的一个理想，什么时候有了钱，能尽饱地吃一次小镇上的油糕，就太幸福了。还有一种吃食是盛在大铁锅里的甑糕，一层糯米，一层蚕豆，一层红枣，实在是太诱人了。

同班同学中有两个家住在镇上的女同学，一个是铁匠的女儿，一个是中药铺子老先生的孙女。她们的模样也如同家业的

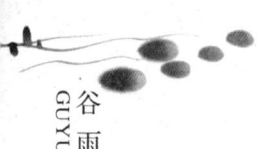

特征,铁匠的女儿长得有点黑,风风火火的脾气,而中药铺孙女长得斯斯文文的,白白净净的,常是一幅机敏又腼腆的样子。我是从原上乡下来的穷孩子,从这时候起,感受到了城乡的差别,初次体会到身份上优越感是什么,自卑感又是什么。吃的,穿的,用的不同,说话和一举一动的姿态也不一样。我也不是那种学习差的孩子,没有被人瞧不起,但在内心深处会有一种自惭形秽的感觉,不轻易主动去和女孩子说话。但隐约有一种冲动,对小镇上的女同学抱有好感,甚至是羡慕,不由得想偷偷多看几眼,往往在回避的背后是十分想亲近的心理。但始终没有过长大会娶这样的女孩子做媳妇的奢望,也是太不自信了。在一起读小学的同学中,有一个外姓的小女孩子,长得眉清目秀,一起玩得挺好,但有时候也和小伙伴们一起欺负人家女孩子。有一次,祖父开玩笑说,长大了娶她做你媳妇,你愿不愿意?我突然意识到这是什么意思,变得面红耳赤,扭头避开了。从此以后,我见了这位女同学就觉得脸红,一想到祖父说的话,不管把它当真不当真,总是怪怪的不好意思。

　　高小课程中有生物课,老师带同学们去过一回小镇上的卫生院,参观的是生理方面的展览。第一次以公开的形式,以充分正当的理由,站在女性生殖器官的模具前时,连平常调皮捣蛋的孩子也变得腼腆起来,一个个目瞪口呆,不知所措。男女同学之间,更不敢对视,默默地谁也不去同谁说话,陷入了一个朦胧神秘的环境之中。之后,有一个同学偷了他爸的一本小册子,是讲性知识的,在同学中间悄悄流行。轮到我看时,我像做贼一样心里怦怦直跳,是躲藏在操场一角的草丛里匆匆读完的。回到原上村里,我把从书中读到的东西讲给一个没考上

第九章 窑神

高小的小伙伴听，他硬是不相信，说世上绝不会有这种事，人怎么能和牲畜一样交配呢？放羊的孩子都有知道羯子母子是怎么回事，要帮着头羊与寻羔的母羊交配，好生出羊羔来。也看见过猪牛马交配的盛大情景，类似于它们你死我活般地抵仗，尘土飞扬，吼声震天。我没能说服小伙伴，在他的理解中，人是体面的，是不会做类似牲畜一样的举动的。那么，人是怎么来的，是怎么繁殖的，他还停留在大人说的，你是从你妈的胳肢窝里掉下来的，是从石头缝里蹦出来的这一通常的概念中。他说要和我打赌，当然，他是输了，只是我没有在以后找到合适的时间和场合，再一次去为此对质。

高小所在的窑神庙，千年的诵经声变成了朗朗的读书声。瓷器的遗传，在小镇上由私人作坊变成了合作制，公家的陶瓷厂生产的多是供下水管道用的一头大一头小的粗瓷管子。三四十年代，一个姓薛的芮城人，在一个多雪的冬天，建起了这个新瓷厂。薛老板的大生意在府城北门里，另外还开了铁厂和化学厂。新瓷厂统制陶瓷和耐火砖，当年的燃火典礼是轰动小镇的。配备工匠二十名，学徒是工匠数的一倍，还少不了几十个杂工。股东占五成，工人四成，留一成归董事监事。说是新瓷厂，制陶工具还是旧式的手动辘轳台，粉碎陶土的机子是用水来发动的，也少不了用畜力。烧瓷窑两孔，新建窑洞几十孔，遍布河岸。后来有了电，新瓷厂才完全变了一个模样儿，成了小镇上的龙头老大。

男同学中我有两个要好的小伙伴，一个叫甲乙，一个叫翻身，名字都很特别，不谦虚地说，除我之外都是调皮捣蛋的孩子。他们俩说是乡下孩子，也是，说是镇上的孩子，也没错。

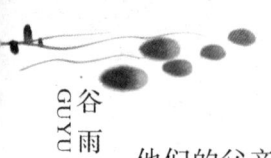

他们的父亲在乡办煤矿和农机站干事,母亲都在乡下种地,不时和我一样除念书外都在和土地打交道,有共同语言。一次,说是开阔眼界,长长见识,我们仨在课余时间,相约去了镇上公家的陶瓷厂。大门是进不了的,我们谋划从厂外的河坎上,顺着倒碎瓷片的垃圾堆爬上去。正爬着,倒次品的车子来了,哗哗啦啦,尘土飞扬,如果我们闪得慢一点,就会被瓷片砸伤。终于潜入了厂内,穿过一片一人高的蒿草地,进入了露天瓷器仓库。这里一排排堆积着陶瓷管子,在太阳光下闪烁着炫目的光泽,我们透过管子在隐约可见的情景中玩起了捉迷藏,瓷场成了八卦阵,我们玩得着了迷。也就在这个时候,翻身壮着胆子翻上了瓷器摞子,跑着喊着,冲啊杀啊,一下子玩疯了。也就在一片杀声中,他脚下的陶瓷管子倒了下来,如同后来出现的多米诺骨牌一样,哗啦啦地顺势塌了下去。震天的响声和一片烟尘,引来了真正的敌情,厂里的工人从出口截住了我们。一位戴柳条安全帽的浑身灰尘的黑汉子,顶天立地地叉腿站在面前,我们成了俘虏,一个个低着头听候胜利者的羞辱和发落。你们是哪儿的?是谁,是谁弄塌了管子?老实说,不说就送你们去公安局。比我和甲乙长得白净个又高的翻身,自觉地向前迈了一步,怯生生地说,是我。是你?你爸是不是有钱?弄塌了这么多管子,你赔得起?后来,我们被放了,在班上受到了批评,翻身他爸找人说好话,最后还是躲不过,赔了一些钱。

这次经历后,我知道了一个秘密,在河岸边的陶瓷垃圾堆里,可以拣到一些管子。作为下水道用,有裂纹的,有缺壑的,是不能用的,但在乡下作烧炕的烟囱用,是不碍事的。它

第九章 窑神

上了厚厚的黑釉,在土窑的建筑群里会显得很漂亮。于是,在一个周末的下午,我在放学的路上拐到了河道里,来到了陶瓷垃圾堆底下。

太阳照样很炽热,照得垃圾场像一个五光十色的珠宝世界。我好不容易从瓷片碎砾中,拣出了一根黑油油的瓷管子,有那么一点破损,如获至宝地扛上嫩肩,踏上了回家的路。我要给父母一个惊喜,为家里增添一件家当,烧炕的缕缕炊烟从黑油油的瓷管子中吐出,一定很好看。但我有点自不量力,太贪心了一点,没扛出一里地,就觉得肩膀疼痛,腰也发酸。大人总说,碎碎个娃娃,哪里还有腰?是说孩子们是不知道什么是累,不知道乏是什么滋味。可我在这时候是切切实实地感到了累,体会了乏。头顶上太阳还在火辣辣地晒着,口渴得要命,肩上的瓷管子越来越沉。肩膀疼痛,索性抱着走,开始是约半里路一歇,后来是十几步就和歇下来,坐一会儿,或在地上躺一会儿,再艰难地往前行。曾经不止一次地想,干脆扔了它,空人走路是多么轻松,权当没有拣到这根几十斤重的瓷管子,也没有什么。又一想,既然如此了,已经扛了少一半路程了,扔了多可惜,这不就是半途而废么?这么,还得咬着牙往前走。过了小镇外的小路,爬上了土原,大概有一半多路了,我终于倒在路边,扛不起瓷管子了。这时候,读初中的我的二舅路过,吃惊地问我,是你?你怎么扛了这么重的瓷管子?是你一直扛到这儿的?二舅似乎不相信眼前的事情,他的小外甥怎么有这么大的能耐。我这才觉得不光渴,也饿坏了,加上天热,又扛这么重的东西走了这么长的路,一定是中暑了。二舅拉我起来时,我的泪水悄悄地流下来了。二舅毫不费力地扛起

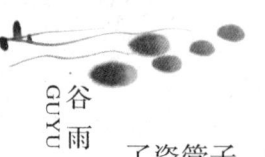

谷雨
GUYU

了瓷管子,拉着我朝回家的路上走。走了三里多地,就是外婆家,离我的家还有三里地,可望而不可即。二舅说,先跟我回家,吃了饭,睡一晚上再回去。我说,不成,我妈会担心我为啥没回家。二舅说,那你先回去,管子我明天给你送过去。可我只走出几步,就走不动了。正好有一个同村的学生路过,二舅让他给我家里捎个话,就说我到外婆家去了。我眼看着太阳快落山了,只好答应。第二天,我还是没劲扛走瓷管子,只身回家了。事后好长时间,瓷管子寄放在外婆家,后来是父亲把它扛回家的。

宋朝时窑神庙的碑子上说的绿水旁泻,在我的高小时代已经成了一条随意可以涉过的浅流。我们在河里汲水,浇灌校园里的树苗和蔬菜,遇上大旱年,就抬上水桶把水运到高高的土原上,支援农民抗旱保苗。洪水季节,河床上的泥浆丰盈汹涌,等到河水沉静下来,水势又缓慢浅薄了。到了热天,宿舍里的尿臊味更重,午休睡不着觉,趁上厕所时就悄悄翻过后墙,几个要好的伙伴相约,下到河道里去游泳。

我们大都是旱鸭子,只是在门前的涝池边下过水,锅底形的涝池深处是不敢去的。涝池里淹死人,是很容易的事。小河的水,比涝池浅,宽阔的地方只有没膝深,是怎么也淹不死人的。河床上布满鹅卵石,有青苔和水草,也理所当然地夹杂了永远剔除不尽的古瓷片,五颜六色,在水中泛着梦幻般的光芒。在河水中玩耍,一不小心被刺伤脚的,经常是那些瓷瓦碎片。我们被温柔的水所引诱,所迷惑,也就忘记了大人说的水火无情的话,觉得浅水处不过瘾,就沿河道下到了水面窄而水流湍急的地方。这儿当然快活,趴在躺在水上不用动,就被水

第九章 窑神

流冲向前去。但很快,到了深水里,你便沉了下去,脚尖在摸不到河床时,一下子心慌了。自然的本能让你胡乱拍打水面,发出了惊叫声,幸亏只是呛了几口水,被旁边水性好的伙伴拉了出来。这一回的生死边缘的体会,你能记一辈子,一旦水面接近脖子,脚尖摸不到水底了,你会返回来,而不想去白白送死。下午的上课铃响了,我们赶紧跑回学校,匆匆坐到座位上去。班主任老师发现了,就点着名叫站起来,呵斥道,是不是又去游泳了?没人应答。老师走过来,摸摸一个伙伴的头发,是湿的。伙伴嘴硬,说是出的汗,老师便揭起他的上衣,在肚皮上用指甲轻轻划过,便出现了一道白印,这是什么?老师的这一招检验方法,让你无话可说,只能束手就擒,把耳朵伸到老师手里,歪着头让老师揪出教室,在太阳底下接受罚站。我们几个同犯,也只好去一起作陪,灰溜溜的,像落水狗。

同班有一位同学,家住在附近的部队院子里,他常带我去那儿玩。那些当兵的整天摸爬滚打,一身汗一身泥地操练,打靶,让我十分羡慕。他们扛着枪很威风,又能吃上猪肉粉条,长大能当兵,成了我一时的愿望。当了兵,也就能吃饱肚子了。老师在课堂上讲的雷锋,就是在这样的队列里一二一地喊操,唱着"日落西山红霞飞,战士打靶把营归"的歌儿,做好事,写日记,成了英雄的。我也要当英雄,而不愿当一个窑神庙的信徒,去烧瓷器。

又一个漫长的暑期之后,一个小镇逢集市的日子,我从土原上走下来,到镇西的一面墙上看榜。我是跟着父亲,牵着两只绵羊到镇上的。羊市上一片雪白,弥漫着强烈的羊膻味,大羊小羊的叫声混成一片。靠河沿的一边是骡马牛市,挨着的是

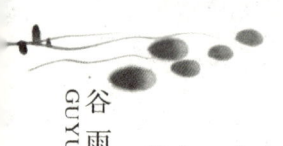

猪市。父亲在羊市候我,让我穿过拥挤的人群去西头看榜。

在羊市的出口,我想起了两年前的事情。也是在这羊市口,我从刚刚入学的窑神庙的高小赶到这里,老祖父给我捎了馍,约好在这里接头。从未离开家的我,耐不了开始生活在别处的离愁,哭着说,我不念书了,我要回家,回去放羊种地。老祖父说,人长大了,就要往出走,到外边去干大事情,守着土地没啥出息。可我还是要回家,老祖父一想,你是不是在学校惹下啥祸了?我说没有,确实没有。老祖父硬是不信,带了我去了高小学堂,见过老师,这才留下我,一步一回头地走了。就这么,我没能逃脱命运,在窑神庙的高小度过了两个寒暑,成了一个高小毕业生。即将考取的小镇中学只有一墙之隔,我是指望考上的,但考试成绩并不如愿,回家后父母问到我的成绩时,我是落了泪的。

今天去看榜,我是做好了回家放羊的准备的。到了镇西,我满头大汗地挤入看榜的人群,仰头望着用毛笔写在红纸上的录取名单。我的名字跳入我眼帘的一瞬间,我的视线突然模糊起来。在录取的二百名新生名单中,我的名字是靠前的,这是我做梦也不敢想信的。我回到了羊市,把结果告诉了父亲,他当然高兴,连声说,这就好这就好。父亲和一个买主把手藏在草帽底下,相互捏着指头,这个价行不?要么这个价,再让你这个数咋样?买主趁卖主高兴爽快,很快成交。父亲出手了牵在手里犹豫不定的生意,带我到菜市上称了二斤盐,买了几个洋葱,一瓣蒜,还有几个西红柿。

我得到的是一个鲜艳的西红柿奖赏,咬了一大口,鲜红的带籽的汁喷了我一脸。

第十章 土地

我拿了块米黄色的毛巾去门口的涝池洗脸。祖母从土窑里吆喝着:"快到院畔叫你大回来,他在西嘴坡里种谷哩。"祖母不是对我说话,是对着正走出院子的我的堂妹霞儿说的。祖母坐在土窑里的炕沿上,看管叔父家的小儿子机灵鬼,大概是机灵鬼让喊他大回来一下的。堂妹霞儿很乖巧,红衣衫一抖一抖的,冲着祖母耍嘴说:"你再说一句'快点到院畔叫你大回来'。"霞儿笑笑的,朝院畔走去,抬眼望着西嘴坡地上种谷的人们。霞儿不知弄清楚了没有,替看管小弟机灵鬼喊父亲回来一下有什么要紧事。

这场景不是我记忆里所熟悉的窑院,完完全全是外爷家的旧居。我小时候常在这有涝池的窑院里玩,窑洞的位置,院畔的没有树冠的皂荚树,院前空旷的大沟,沟两边间杂着桃林的坡地,是这样的啊。但我却丝毫没有怀疑眼前场景的变异,仍

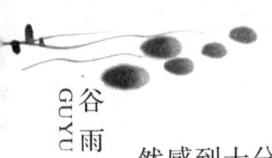

谷雨
GUYU

然感到十分亲切。

祖父在我的面前走过去。祖父穿了身有点闪光的黑衣服，又不像土布用草灰染的，也不是纯绸子一类衣料。祖父显得很硬朗，腰板直直的，从窑院边的坡底拐弯往上走。

我一看见祖父的背影，一种幸福的慰藉即刻掠过心头。因为我看到的是一个奇迹，一个神话。祖父曾死过一次，又这么硬朗地活着，我感到是自己的莫大幸运。记得祖父那次死了，那么多村人在雨地里踩着稀泥去送葬。祖父的坟是在土原上的一座山包上，开阔旷远，风水很好，正如祖父生前常说的："站在原上，一眼可以看到耀州西原上去。"那是可以看几十里上百里远的。祖父爱眼界宽的地儿，他永远待在这儿，可以永远眺望远天下黄蒙蒙一片的耀州西原了，作为我却是一种极大的悲怆。

谁知黄土原上的丧事这般讲究，人都埋了还要在第二天提上个胶罐子去胶棺材的盖缝儿。也许变了老规程，我没来得及去问这事儿是否真实。也多亏了老规程，兴起第二天提上个胶罐子去胶棺材盖缝儿的讲究，要不祖父就死了，永远死了，而不会由死复活，这么硬朗地活着，让我这么慰藉地看到他穿有点闪光的黑衣服的背影儿。

是父亲在埋葬祖父后的第二天去墓里胶棺材盖缝儿的。父亲刚走到棺材边，就听祖父在里头用手使劲推棺材盖。盖子是柏木的，当然很沉重，祖父在里头闷得慌，用手用头用肩用背拼命想掀去那沉重的盖子。这盖子是祖父居住了一天一夜的屋顶，是一块黑洞洞的重得掀不翻的天幕。祖父又是个急性子，记得他患胃出血后昏迷了，却忍受不了扎在胳膊上的吊针，总

第十章 土地

咬牙切齿地要拔掉它。我在西安接到电话,连夜晚坐了苦苦的五个钟头的慢车赶到祖父床榻时,他的眼已经混浊了,口不能说话了,只是那双青筋暴鼓的茧手握了握我的手,是听见了我的唤声的。我曾为祖父的死是多么悲哀啊,却原来人死了也有万幸复活的奇迹。父亲这就急忙掀掉棺材盖儿,把祖父扶出来。祖父拍打着身上的柏朵子,完全像好人一样没有一点病痛似的。

也许,祖父是因为死过一次的缘故,他的身影里的黑土布衣裳才给我有一点闪光的印象。那种绸子缎子的闪光,那些年只配死人才可以穿的。不,只是绸子,而绝不是缎子。祖母当初说要给祖父制老衣,老两口专门来西安操办,我当的向导。在解放商场买衣料的柜台上,祖母只是问清是绸子还是缎子,是绸子才肯买的。出门了,我问绸子怎么缎子怎么,祖母似乎恼恼地骂我:"你个碎崽娃子!绸子就是绸子,缎子就是缎子。老人没了,穿绸子就会儿孙稠,人丁旺,那缎子是断子绝孙,没后人!"所以,我认定祖父的背影是黑绸子的了。

我洗脸的涝池的水转眼干涸了,池底并不像想象的那么深,浅浅的似一把无柄的炒勺儿。小时候,母亲抱着我熬娘家,她在涝池边洗衣服,我在玩水,她总怕我掉进涝池里淹死的。我爱上外爷家,外爷家的窑院里的指甲花,紫红紫红的,姨姨会教我摘了那花,捣成泥,裹在指头上睡一夜,指甲就殷红殷红的好看了。姨姨手巧,会在缸里种一簇谷芽子,因不见阳光而黄亮黄亮的。说是七月七了,牛郎织女鹊桥相会,村姑躲在葡萄架下可以窃听到牛郎织女的情话。外爷家没有葡萄架,我家的前院里有一树,后来死了,那葡萄可以沿在石头摞

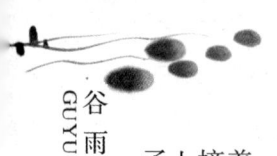

子上摘着，酸甜酸甜的。姨姨不能到葡萄架下窃听天上情话，就自个儿在窑后头的缸里种一簇黄亮黄亮的谷芽儿名曰"乞巧"了。我家的窑院里却没涝池，后来打过一个，是因为地底下挖煤掏空了，土地不结实，打了涝池也漏水，开始针眼粗个洞，而后指头粗、胳膊粗，后来比腰还粗的一个窟窿，父亲用粪笼堵也没堵住，最后是窑洞粗一个洞直通到地底下去了。母亲就常提着一笼子脏衣服，转过几个峁，翻过两岸沟，到外爷家的涝池里洗衣裳了。

涝池里，有我的童话。那童话是母亲讲的，是外婆讲的，常是天黑了的时候，怕点灯熬油，就讲古经。说从前有一天来了个生人，要抓一个女子，女子跑到窑前院后，这个生人怎么也抓不住。后来，女子跑到涝池边扔了块大石头，生人以为女子跳涝池了，其实女子早跑远了。后来，怎么涝池干涸了，这石头却变成一堆骨头了。又说，有娘们俩夜里都睡下了，娃要屙屎，娘就让娃到院里去屙，老半天，娃还不回来，娘就喊："屙下了没有？"娃说："屙下了，屙下一咯节。"过了一会儿，娘又问："屙完了没有？"娃说："屙下两咯节。"又过了一会儿，娘等不及了，又喊："还没屙完？"却没有了声音。娘慌了，出窑去看，见涝池边的大皂荚树上有一只狼。娃是让狼吃了，刚才与娃他娘说话的不是娘的娃，是狼学着娃欺哄娘的。这陈年八辈子的土原上的故事，曾使我毛骨悚然，似乎故事里的一切就发生在跟前。姨姨也给我讲故事，讲的是顺口溜："高高山上一堆灰，姊妹三个坐一堆，大姐放了屁，打了二姐一脸灰，老三笑得咯咯咯。"讲着讲着就笑死了。可这"乞巧"的姨姨，会包红指甲的姨姨，会讲顺口溜的姨姨，却真的在涝池畔让狼叼走过，是外爷和舅舅扛着烧炕的铁叉从狼口里夺回的。姨姨脖子上一直留有狼牙啃伤的疤痕。姨姨后来骑骡子当了媳妇，她的大孩子长到五岁让脑膜炎叼走了，后来姨夫也让小煤窑上的鬼叼走了。她后来招了个男人，是陕北人，打井包工队的头儿，当过右派，坐过牢，还不知过得怎样。

涝池的水怎么会干涸的？似乎，这里原来就不是涝池，而只是一片凹地。就在这凹地里，放着一口巨大的黑棺材。这是祖父的棺材。不是祖父那次死时睡过的棺材。而是新做的，油漆还没有完全干。

祖父再不是那硬朗的黑衣裳背影的印象，他正蹴在棺材的大头一边的盖顶子上，乐呵呵地赞赏着他老百年之后的房子。父亲唤我上前去，说商量在棺盖上写字的事。父亲没上过学，在扫盲班里识不少字，正套用老规程里的题字的内容。我上前看去，他在纸片上用很拙劲的字写着什么"著雄文创世业"的长联。我说那是老套了，不如就祖父的一生作为拟两句相称的话，作为墓志铭写在棺盖上好。父亲便犹豫了。我恰好上过几年大学，尽管是"工农兵学员"，总比父亲识的字多，毛笔字也敢写。每年回老家过年，就得刷十来幅红对子。祖父也喜欢我的字，叫我给他窑墙上写了，贴好，他常常看着就像看着他所心疼的孙儿。小时候祖父搂我睡觉，常在我背上用指头划字，教我认，还背王老九的诗给我听，什么"上炕的剪子下炕镰"，是说一位媳妇能干，还有什么说擀面"擀成纸，切成线，下到锅里莲花转，挑到筷子上打秋千"。如今能给祖父的棺材上题写墓志铭了，我是欣慰的，祖父和父亲也是很觉得心里滋润的。

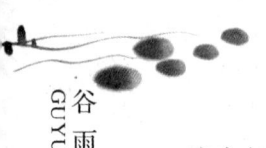

谷雨
GUYU

　　我拿起笔，在砚台里舐着笔尖，不知写什么好。父亲发现棺盖上的油漆还未干，就急着要找什么垫上，以便不被踩脏。叔父不知道啥时候从种谷的坡地里回来，领着他的小机灵鬼正从凹地边皂荚树下走过，复去地里干活。叔父望着我和祖父父亲，叮咛棺盖上的字该如何写好，我没有听清，只注意到叔父脚下的台阶路。怎么，台阶是铺了油布的，灰黄的颜色，比西安城里人屋里铺的假地毯暗淡一些。我想着要垫住棺盖上未干的油漆，便想扯下一块来。我问叔父："上地里去？"叔父还没顾上答话，他的小机灵鬼倒调皮地说："刚从上海下来的。"我看着小机灵鬼可爱的样子，怎么也弄不清他的话，怎么是"刚从上海下来的"，扯哪里去了？也许是说刚从上边下来的，说话转了音吧。且不管它，我动手从叔父和小机灵鬼的脚下台阶上撕下一片油布来，铺到棺盖上去。

　　父亲说："写啥字，你先打个稿儿。"我便在破油布上比画着，先想到"身伏土地"四个字。这时候，母亲坐在皂荚树下唤我不急写，刚来到母亲身边的我的妹妹手里拿着张纸也唤我。妹妹将纸片递我，上边写着"康熙""雍正""民国"的字样，说是从她的中学老师那儿抄来的，老师是从老陵里的石碑子上抄来的，显然是碑墓上的格式。当中学生的妹妹很天真，要我参考着去写。母亲也说："人家老师抄的，没错。"父亲却一口拒绝："他大舅说了，不能按那写法去写。"话语里，似乎有怕沾染封资修的惧怯。父亲说的我的大舅，是大队会计，能识字断文，懂政策，大舅说不能按那写法写就不能按那写法写，父亲态度很坚决。祖父还是乐呵呵地蹴在棺盖大头一边，默默地，没说一句话。我知道，祖父信任我，放心我会用怎样的字去写他一生的总结。

我的脑子却木了，一点儿也不来灵感，半晌工夫，还是"身伏土地"四个字。我想到的是这块古老的黄土山原，黄土山原上的四季轮回，春种秋收的种种美丽的风景。想到了这个古老的村子，村子里的七姓八族，其中的喜怒哀乐和恩恩仇仇，各色人等，各种命运。想到的是曾祖父的那二分旱烟地及长夜不止的咳喘声，祖父如何幼年丧母，如何少年赶脚走三边陇东驮盐驮炭，如何在煤窝上绞把扳辘轳养活一家老小，又如何在食堂化后为儿子们分家分的是几双筷子几个粗瓷饭碗，又如何在老年厄运临头让小儿子的暴死使他变成无语的性格，又如何十里黄土路上送我去西安，叮咛我说"披一张人皮不容易"和"前三十年好活，后三十年难活"的话。这一切，要写在几十个字的对联里，我觉得词汇太贫乏了，太没有概括的才思了，太无能了，以至在父老眼前汗颜不止。

土地，土地！生于斯，长于斯，死于斯。正如祖父所言，"生不带来，死不带走。"黄土原上的庄稼人，靠土地里生长的五谷杂粮果腹，盼有儿子，儿子长大了要给娶媳妇，然后为有孙子而高兴，等孙子大了，爷辈的人也就老了，逐渐下世了。吃了屙，屙的屎上到地里，再长成庄稼，庄稼出芽生根拔节秀穗敛籽，然后收割碾打晾晒磨碎蒸熟吃，吃饱了又去地里干活。周而复始，循环往返不止。我的祖祖辈辈在窑院小土窑里所供奉的土地爷，当是最神圣的啊！"身伏土地"，正是祖父弓身点种犁耕锄草收割而顾不得擦抹一把额头汗渍的剪影。

之后的四个字我也很满意，却怎么也记不起来是四个什么字。且空着往下想，想到了"恩德无量"，可以。但这上联就

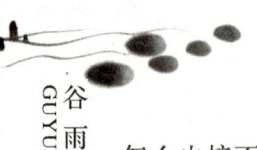

怎么也接不上，下联更不可知。浮躁不安中，见油布上所拟的字模糊了，墨色淡得成了白的。又觉得是油布粘了油漆，但油漆怎么也是白的，像糨糊一样，直看着油布上的字迹融成一片，无论如何也辨不清了。本想上联写生，写土地，下联写死，写天空，乾坤阴阳人间地狱，是对称的。上次祖父死后，祖母说她梦见祖父灵魂在天与地之间，不肯下地狱，也不肯上天堂，后来祖父果然又活在人间，活在土地上，乐呵呵地蹴在棺盖上看着我写墓志铭。可我却成了一个大笨蛋，竟这大半天了，写不出一行字来。还亏你像村人所说的，上过大学，当记者，会写字，写的字还能登在报上书上，一个字还卖几分钱呢！我只好镇静，重新思考"身伏土地"下面的四个字。这四个字有了，下联好凑，可以挥毫在油漆闪亮的祖父的棺材盖上写下几行使祖父父亲和村人欣慰的字了。

这么愈是想镇静，愈是焦躁不宁，终于使我从一个世界逃避到另一个世界。从梦的世界来到现实的世界。原来是一个梦，一个荒诞而不无根据的梦，一个现实的复归和醒来的回忆。这么说，我的祖父并没有死而复活，却感谢梦幻为我提供了那故土上的零碎生活场景，让我有幸卧游童年，回到那块黄土原的氛围中去。

果真是梦吗？我睁开眼睛，却什么也望不见。望见的是一个斑驳的黑洞，一个无限寂寞的空间。惊恐中，我的耳朵终于捕捉到了窗外的沥沥的雨声，那么如泣如诉，令人愁肠百结。当我机械地抬起身子，伸手拧亮床头的台灯时，才觉得梦醒了。

噢，昨日是白露，白露过后，家乡的黄土山原上就开始种麦子了。人常说"日有所思，夜有所梦"，是这窗外清丽的雨语为客居西安的游子编织了一枕好梦。母亲也说过"梦是反的"的话，我信，梦里的棺材不会是不祥之兆。弗洛伊德说梦是愿望的实现，我没有看得太懂。还是趁梦境初醒，再复制一场梦里的情景吧，于是我伴着白露夜雨，点燃了一支烟。

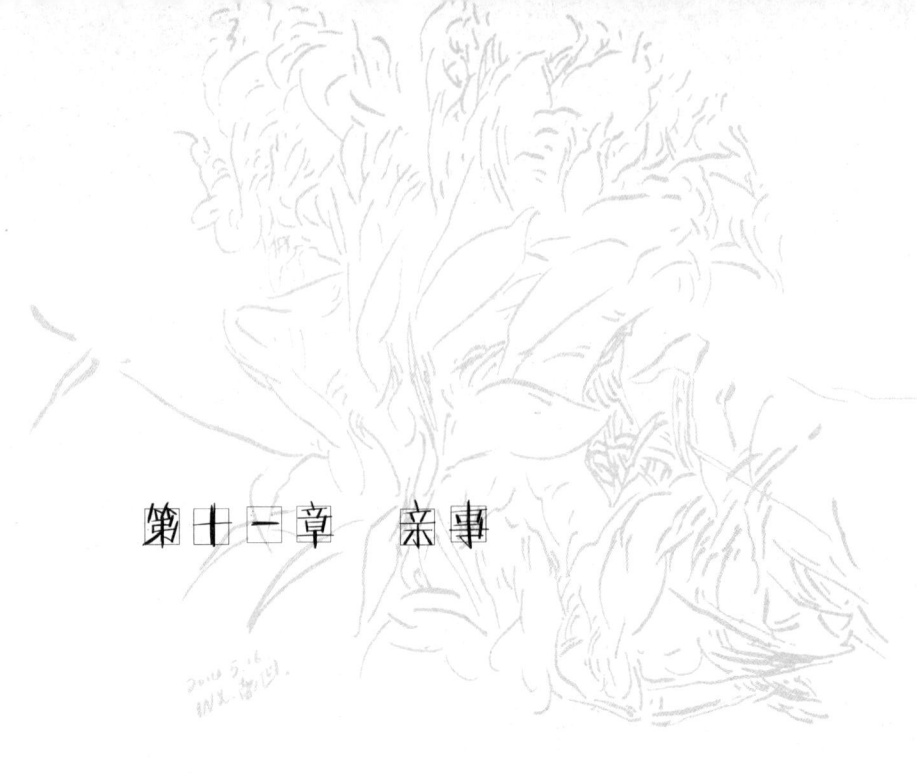

第十一章 亲事

"不孝有三，无后为大"。在土原上庄稼人的生活哲学里，传宗接代恐怕是一件至高无上的事情。香火，原本是说后人供奉在先人灵位前的祭奠物品，那一缕散发着草木清香的蓝烟，燃烧着的香愈来愈少，燃尽了再重新插上一支。火，有热量，动态的，也恐怕是活着的意思，人死如灯灭，生命不过如此，个体的群体的生命也不过如此吧。续香火，无非是代代相传，断了香火也就是说这一支人失传了。老人下世，起灵时有继承人摔纸盆子，养儿防老，有子其实是在你死后有一个摔纸盆子的人。那么咣当一下，一个人便从阳间走上了阴间的奈何桥。娶妻生子，便成了孝顺先人的头等大事。那么，订亲就成了这一程序中的一个先行的环节。

在我十五六岁的时候，爷爷便开始张罗给我订亲的事了。往上数，老爷在娶了二房老婆后才得了一子，算是单传，肯定

第十一章 亲事

为香火的事没少费心,早早为爷爷订了亲,作为童养媳的奶奶进门时才不过十三四岁,还大爷爷一岁。人说女大三,抱金砖,意思是媳妇比女婿年龄大一些好,懂得体贴人,更重要的当然是为早续香火考虑的。爷爷十六岁时得了我父亲,位大,在家族序列中排行老二。父亲十九岁时得了我,位大,在家族中也位老大。这样说来,老爷在家族中位六,爷爷位三,父亲位二,我位大,说明这一支香火旺了,发丁快了,所谓的人丁兴旺。排位是一种秩序,于这个纷纷扰扰的世界上无处不在,是个体在群体中位置的确认,位置在某种程度上又是一种身份或者价值的证明。当然,家族中的辈分排位,大多是长幼的象征而已。快给娃问媳妇,在我十五六岁时,爷爷嘴上吊的常是这句话。就好像刚过农历节气的白露,该是种麦子的时候了,爷爷嘴上吊的话是快种麦,不然就误时令了。或者是看着麦子在丝溜溜吹的南风中渐渐黄了,爷爷催逼着,快搭镰收麦,不然下了冷子(冰雹),麦就要烂在地里了,就没白蒸馍吃了,就要受凄惶了。快给娃问媳妇,不然邻村方圆年龄相仿的好女子就让旁人问走了。爷爷这话是给他自己说的,也是给我父母亲说的,同时也是说给我听的。爷爷还说,人活在世上不容易,是还债来的,大人欠娃一个媳妇,娃欠大人一口棺材。

订亲,在我十五六岁时成了一家人急需要办的大事。隔一条沟,三里地,是可以望得见的我的舅家,在邻沟的原畔上,那土峁、窑舍和柿树,甚至那可以感觉到的呼呼的风,都是我从小熟悉了的情景。我的头一桩亲事,也就是从舅家提起的。舅家村边有一条官路,是我家去镇上的必经之路,由这里可以通向土原外边的世界。早年,爷爷和外爷一起联手吆牲口到甘

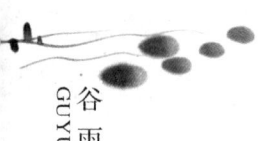

肃一带驮炭贩土（大烟），在镇上火车站办煤场，搞股份，炒粮食期货，有得有失，有赔有赚，有喜有悲，有苦有乐，也就有了兄弟般的交情。由此，也有了父母的姻缘。外甥都是贼娃子，是说外甥见了舅家的好东西都理直气壮地拿走了，外甥偷舅不叫偷，叫拿，说来说去，就成了一句俗语，贼娃子，绺娃子，偷了他舅家的狗娃子，如此而已。我从小把舅家当成第二个家，是我童年的避难所，在外爷外婆的庇护下，我也有过一些偷桃子之类的劣迹。与舅家为邻的异姓人家，有一豆蔻女子，在我十五六岁的时候进入了我订亲的视线。也是爷爷把邻村方圆十数里内外浏览了个遍，从人样到家道，到底哪一家的长得鲜净的女子配做孙子媳妇呢？首先入眼的，便是舅家村子里异姓的这位窈窕淑女了。不是诗歌中的养在深闺人未识，我记起了打小在舅家过极乐世界日子的时候，一次是七月七乞巧节，姨姨们在瓮里种了豆芽，有一尺多高，白生生的，招来一群女孩子看稀奇，有个最漂亮的女孩子便是她。还有一回，舅家园子里的指甲花开了，血一样亮，那小女子也跑来看花，姨姨们便将鲜红的花儿摘了，在瓷钵里捣成花泥，黏黏的，香香的，用麻纸包裹在孩子们的手指甲上，说到明天早晨醒来，指甲就红艳艳地好看了。爷爷第一次说到某某家的某某女子，我的脑子里就跳出了她的模样。眼睛会说话，白白净净的，个子高挑，活泼而腼腆。我本来是不悦意订亲的，说才多大呀，问什么媳妇，父母之命，媒妁之言，买卖婚姻，都什么时代了还讲老一套？爷爷说，多大？我像你这么大都有了你大（父亲）了！新社会讲自由乱（恋）爱，那不成，还得父母操办，再说订亲要彩礼，不是卖骡子卖马，人家屎一把尿一把养了个花一样的女子，就白白过了你家门，世界上没这道理。乡下人，你看哪一个不花钱能把媳妇娶进门？当爷爷给我说要商量这一门亲事时，我点了点头，算是应承了。

我在镇上初中只上了一年学，后继承了祖辈种庄稼、吆骡子、下煤窑的营生，书生意气一扫而光，整个一个修地球挣工分的壮劳力。那一年，生产队每个劳动日，也就是十分工的价值是三毛八分钱，我和父母弟妹几个一年到头分红不过四五百元，除去口粮钱，往往还欠生产队的钱。但订一个媳妇的彩礼行情是七八百元，等于一家人两年的血汗钱，还得勒紧腰带过苦日子。即使如此，亲还是要订地，媳妇还是要娶地，娃还是要生地，香火是不能断地，庄稼人是要繁衍生息地。借钱订亲，是世事所致，怪罪不得人家养女子的，谁让你家穷哩，穷则思变，娃们都有大了，翅膀硬了，日子会一天天好起来的。总不能像爷爷说的，邻村方圆的好女子都有了主儿，难道一辈子打光棍不成，别说娶个痴聋傻瓜，缺胳膊少腿的，就是长得不顺眼的也丢人，人穷志不短，心气高着哩。趁早问个好媳妇比啥都强，爷孙俩这一回是想到一块了。

订亲是光明正大的事，却也有几分神秘，就像是到地里挖宝，怕人都知道了抢了宝去，于是做贼一样悄不出声。万一让人觉察到了，也许会从中插一杠子，说三道四，坏了你的好事。或者这门亲事说不成了，人家没看上咱娃或咱的家道，不就丢人现眼嘛。于是，不在光天化日之下，而是选择了一个不冷不热的有月亮的傍晚，我跟在爷爷身后，出了家门，沿着弯弯曲曲的山间小路，去隔一条沟的三里外的舅家那户异姓人家相亲了。几年不见了，听说那小我一半岁的女子长高了，越发

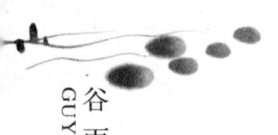
谷雨
GUYU

出脱成个大姑娘了。临出门前,我是换了一身干净衣裳的,洗了被风吹日晒而粗糙的脸,还有那双裂了血口子的脏手。爷爷非让我用香皂洗,洗得手脸发疼,说不上来那浓浓的香皂味是香丝丝呢还是挺讨厌的怪味气,没有泥土、庄稼、果木甚至粪土、煤屑的气味正经。订亲嘛,谈恋爱嘛,得适应这股味道。这味道是小资产阶级味吗,有点儿。经历了化学工业炮制的物什,用来搽脂抹粉和招花引蝶的用品,在当时看来不是小资产阶级又是什么呢?可我完全没有英俊的乡村少年的派头,整个一个疲惫不堪的穷苦力,丝毫也潇洒不起来,风度不起来。我偏瘦,个儿不高,倒是不失聪明俊朗,要命的是不那么人高马大,挺拔英武。这从硬件上就减了不少分,所谓的矮人一等,说不起话。是自小生活困顿而营养不良呢,还是自身的遗传基因,爷爷个子就不高,父亲中等个,我还能长多高呢?爷爷知道孙子的优势,聪明俊朗,也清楚孙子的弱点,个头不赢人。聪明的爷爷在我们出门前就我的弱势作了一些掩饰,也是包装,也是打扮,也有一点作弊的嫌疑。布鞋里加上两层垫子,头上戴沿沿帽子倒无可非议,关键是在帽子里垫了厚纸,可能是旧课本或作业簿,粗看上去是高了一些,终究不那么自然。那时候没有皮鞋一说,要有一双高跟的皮鞋也许就有效果多了。爷爷是化妆师,孙子成了演戏的,我们要登台演出一场订亲的戏。

这是一个同样不富裕的窑院,绿树,土墙,栅栏门,两孔烟熏火燎的老窑洞,崖畔上长满了倔强的枣刺。临进窑院有一个晒场,平展展的,几个小麦秸垛。场边是一口多年的老窖,窖上有绞水的轱辘,轱辘架子一头吊一块大青石,这是我童年

第十一章 亲事

时就熟悉的景物。脑子里还有一个可怕的故事,说某某家的媳妇和婆家打锤闹仗,抱着娃跳了这口窖,听起来让人浑身起鸡皮疙瘩。凄凉的故事让时间淹没了,老天还在下雨,晒场收了雨水,又流到了这口老窖里,积蓄起来,慢慢沉淀,澄清了,又是轱辘飞转,担水担子在男人女人肩上忽忽闪闪的,倒进瓮里,盛进锅里,煮沸了,下面条蒸馍,吃了也就不饿了。这阵子,先到的姨父蹲在碌碡上抽旱烟锅子,月光里照见我们爷孙俩,弓着腰迎过来,一起进了窖院。听见脚步声,主人已经从窖里迎出来,叫叔叫哥,乐乐呵呵的,来啦,快进屋快进屋。一缕灯光是从窖里照出来的,厨房里亮亮的有火光和风箱啪打啪打的响声,黄黄的光团让大半个窖院无比温暖。随着厨房里一声吱喇喇响,菜籽油泼葱花的清香即刻飘入客人的鼻息。主妇正在准备涎水面,面已揉成团,擀成纸,切成线,下到锅里莲花转,调上盐酱醋,加油泼辣子油葱花,就是乡间上乘的待客茶饭了。所谓茶饭,当然是少不了茶的。砖茶也罢,花茶也罢,毛尖也罢,只要茶杯里有了琥珀色的煎水,就不容易了。客人是要上炕的,炕上铺了羊毛毡,毡上罩了蓝白相间的方格子粗布。炕上有小炕桌,是放茶具饭菜用的,客人就盘腿坐在炕上,围着小炕桌拉话。我和爷爷、姨父坐在炕上,主人在地上椅子上坐了,大人们寒暄一番,说些农时节令的话,怎么也引不到订亲的主题上来。最拘束的是我,一边听大人说话,一边环视窖里的摆设,觉察院落里的动静。刚进窖门时,照见一姣好的女子急急地入了厨房,当她妈的下手,在锅台旁忙活。男主人高个,目光朗然,脸有些黑,我是记得他的模样的。他也不经意地瞅识着我,看我是不是他眼里的未来的女婿娃。稍

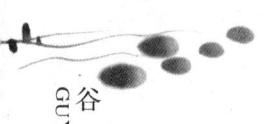

时,女主人很富态,白白净净的,手脚麻利却也稳重,端了小菜和涎水面上来,一人好几碗,香气满窑都是了。主人与客人相互客气一番,你吃你吃,你先吃你先吃,有哩有哩,吃好吃好,都吸吸溜溜地香香地吃起来。我只吃了一碗,便说吃好了,你能三碗五碗地吃个没够,这未来的女婿娃不成饭桶了。一个多时辰过去了,客人也吃了喝了,在厨房里的女主人和女子娃也洗涮完毕,下一个仪式,该是闺中女子到人前露面的时候了。

叫女子进来,叫进来,叫娃也歇一会儿,姨父用媒人的口气说。女主人说,也没弄啥,这死女子怕见人,叫都叫不到人跟前。最后还是男主人提高了嗓门,吼叫道,叫你进来哩,你磨蹭啥哩!也许是女子不悦意,也许是怕见生人,腼腆,这情景让客人有点难堪。爷爷圆场说,不忙不忙,娃想进来了再进来,甭逼娃。我这阵坐在罩有蓝白相间的格子粗布的羊毛毡上,却如坐针毡,是女子娃不悦意这门亲事呢,还是压根不想嫁人,还是另已有了相好或意中人,即使这样,有理不打上门客,你丑媳妇迟早得见公婆,不,总得见女婿娃吧,不,总得见上门来相亲的男子吧。生意不成人意在,亲事不成人情在。大人们差开话题,说一些不三不四的闲话,气氛缓和下来。女主人给客人续茶水,发现热水瓶空了,就朝窑院里喊,女子快把电壶拿进来。这一喊,正好给了女子僵持之中的一个台阶下,给了一个不经意的面子,女子哎了一声,貌似轻松地没事儿似的进了窑门,提了一个竹皮电壶,给茶壶里续了水,又给茶碗里续了茶,轻声唤了一声爷爷伯伯,羞涩地用那双会说话的眼睛的余光瞅了我一眼,便退下了。我也是半抬着脑袋,看见了这一切，女子的一招一式，是无可挑剔的，是得体的。这俏丽的女子，当真就是我未来的媳妇不成？假如说刚才那阵子男女主人感觉有点失礼的话，他们的一朵花似的女子及时地补就了这种缺憾。

姨父和爷爷，心里悬着的一块石头也落地了。啥叫戏里唱的千呼万唤始出来，啥叫只听楼板响不见人下来，要的就是这效果。姨父问，女子念到几年级了？男主人没直接回答，却把话扔给女儿，女子，你伯问你哩。女子站在离煤油灯远一点的窑后边的一台缝纫机旁，摆弄着一条花头巾，扭脸看着灯光亮处这一切，心里正十五只桶打水七上八下，不知怎么确定自己的主意，这一生一世至关重大的选择。她听到父亲的问话，噢，念到四年级，再没念。父亲接话茬说，乍看聪聪明明个娃，哎，不是那块料，早早叫拾掇了。母亲说，现在这世事，女娃娃，还念的啥书，学做些针线活，比啥都强。女子反驳说，我想念书，我大我妈不让我念了。姨父说，女子，你大你妈不供你念书，让你爷爷供你念，供成个大学生媳妇。女子的头低下了，一时不知说什么好。爷爷说，不是爷爷供不起，你看如今学校都散伙了，我孙子书念的多好，如今念不成了，回来种庄稼了，听说城里的娃娃也要下到咱乡里当农民哩。姨父经多见广，说，哪朝哪代也没说不让娃娃念书了，天底下没有了斯文，都吆牛后半截，哪还成个社会的样子么？在这场合，话都让大人说了，相亲双方的主角，正襟危坐在炕角的我和侧身立在窑后头的女子，总共加起来说不到十句话。是娃们的事，也是大人们的事。旧社会是父母之命，媒妁之言，新社会进步了，要征得娃们同意，得见面，不再是布袋子里卖猫。

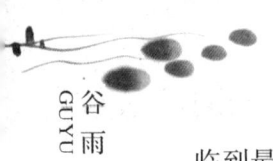
谷雨
GUYU

临到最后一个环节了,姨父说话了。媒人是靠一张嘴的,能呱呱,所谓的三寸不烂之舌,正能说,反能说,甚至能把黑的说成白的,死的说成活的,没有金刚钻甭揽瓷器活儿。不怕姻缘不成,就怕嘴匠不行。哪桩姻缘是他说成的,好像双方条件本来是不成的,因为他说了便成了,有的成了成了又不成了,不成的后来又成了,得归功于媒人。这也恐怕是毛主席说的内因与外因的关系。姨父说,你看,今个两个娃都见面了,双方大人也都见面了,依我看,这门亲事能成,门当户对,人样,家道,都没说的,般配。是娃舅家门上,虽然异姓,人品,德行,过活,都知根知底,一家人一样,再好不过了。你看,天也不早了,咱就来个直截了当,双方加上媒人三对面,悦意还是不悦意,把话说清楚,亲事成了就好,亲事不成人意在,也没啥。天底下好男娃好女娃多得是,就像羊一样拿鞭子吆哩,不是非谁家娃就不行,只是图了个缘分,千里的姻缘一线牵,我只是个牵线的人。于婚事说合,于是非说散,这是经纪人的本分。到头来,图个啥,两盒子白皮点心,吃了还要能克化。姨父好像感觉到了什么,把话说得有点生非。姨父脸朝爷爷,问道,叔你先说。爷爷抽了一口旱烟锅子,看着我说,叫娃先说。我感觉脸一下子红了,低下头说不出话来。这是我的权利吗,这离我一丈二尺远的黑灯影处站着的手里揉搓花头巾的扭扭捏捏的俏女子就是我未来的媳妇么,我瞅了瞅她,也没看清她的那双会说话的眼睛,就那可爱的神气,我悦意。姨父见我半晌不说话,就说,不好说也不要紧,但得有个表示,摇头不算点头算。我微微点了点头。姨父说,那就好,咱小子娃表态了,你呢,叔。爷爷说,娃悦意就好,我没意见。姨父

第十一章 亲事

转身问男主人,你呢?男主人说,娃她妈做主。娃她妈说,我啥时候做过主?问女子。男主人说,那女子你说。女子侧身还是揉搓着那条花头巾,似乎想叫花头巾说出主意,从中揉捏出一句她的心里话来。姨父还是那句话,女子,还是摇头不算点头算。是女子不悦意呢还是羞得说出来,半晌没言语。一阵躁人的沉闷。男主人急了,死女子,你到底是有一句话呀!这一急,坏事了,心急吃不了热豆腐,逼得女子一扭头,风风火火地出了窑门,钻进厨房里去了。女主人忙追了出去,听见大声骂道,你这死女子!姨父圆场说,女子没想好,不要紧,回头给个话也成。

天也晚了,该起身了。爷爷和我感觉到了不自然,男主人一再表示道歉,说女子缺少教养,不懂事,没见过世面,不会是不悦意,大人都没意见,这事能成。客人下炕勾鞋,临出窑门,姨父说,来也没带啥,按老规矩,四色礼,手帕、鞋面、袜子、灯芯绒布,不成礼当。男主人也没推辞,当然也说了些客套话,还说了要留下来明天再走也不迟的话。女主人也赶到院落里,说一路走好,甭急。天上月亮正亮,白花花地像撒了一地的霜。我前面快步走着,把爷爷姨父甩在了后边,心里不知是啥滋味。如果让女子娃先表态,我也就没有这么尴尬了,你看上了人家,人家没看上你,丢人。姨父在后边喊,娃,走慢些,甭急。我没有放慢脚步,爷爷姨父也不乐意,琢磨不透这门亲事到底蹊跷到哪儿。怕是人家女子眼高,咱娃眼也不低,走着瞧。

事后,好久也没有订下上门看过活的日子,这门亲事没有迈出可喜的第二步。当然,那相亲之夜留下的四色礼也托人捎

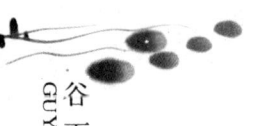

回来了,大人只是为了照顾到我的情绪,怕我心里受到打击,未告诉我罢了。我不自卑是假的,我为一个俏丽女子的不悦意而受到了或轻或重的自尊心的伤害是真的。但我并不忌妒她,不埋怨她的拒绝。事过多年,我已成家立业,一次从城里回家,陪母亲去舅家行门户,遇上了母亲和我当年夜里相亲的女主人拉家常,我先是诧异,又赶快叫了一声姨。女主人说,长这么高了,出息了,你看我那死女子,没眼色,当初咱们要是成了亲多好。我又记起了那双会说话的眼睛,那个相亲的夜里,她怎么就不点一下头呢?也奇怪,多少年了,我再也没能在路途见过她一面,也许这就是缘分吧。听说她后来嫁了一位在初中高我一个年级的邻村小伙,那小伙是个高,高多了,是小伙当兵后订的亲,后来小伙当了连长,就和这女子说再见了。再后来,女子嫁了一家工厂的炊事员,也是邻村人,日子过得还好。我后来也订过另一个村的女子,维持了几年,到我上大学时也因为对象没念几天书,信也是托别人写给我的,我也负了心,解除了婚约。对我头一遭相亲的女子来说,我们能成为白头偕老的夫妻么,我确实不敢去做这样的假设。

我的第二桩亲事,可以作为过场。与舅家村子里异姓女子的亲事搁置后,好事的舅母对外甥的姻缘有点放不下了。她说,前原上有她一个远方亲戚,有一女子正在寻过活,也说人样、家道不错,愿意促成这门亲事。这一回的相亲,是爷爷和我还有叔父一道去的。姨父被叔父取代,是因为叔父与前原上的女子家也能攀上远方挂搭亲戚,亲戚套亲戚,亲上加亲,有些话从中好说。又是一个夜晚,天冷嗖嗖的,路冻硬了,阴坡处还有一片片残雪在发光。我有了头一回,第二回就不拘束

第十一章 亲事

了。没说这前原上女子个头高,我也免了多在鞋里垫鞋垫,在帽子里垫书本的包装。见面的地方,是在舅母的娘家,离前原上和我们村都是三五里路。进了门,还是茶饭涎水面,相亲见面的程序来得很突然。说话间,这前原上的女子就大大方方地站到了炕前的当窑里,把爷爷叫叔,顺势侧身坐在了炕沿上拉话。这女子个不高,富态一点,脸不白不黑,眼里有股锐气,心直口快。她主动进攻,问我上到初中几年级,现在干啥农活,一天能挣几分工,一个劳动日图几毛几分钱。我面对的是一个课堂提问的女老师,我木讷着,一一作答。按说这女子性情开朗,模样长得不很出色,倒也不难看,又像个过日子的女子,可我却有些不知足,脑子里不断闪现出那个扭扭捏捏的眼睛会说话的女子的影子。眼前这女子不扭捏,但看不出眼睛会说话,她的话是用嘴说的,没什么不正常。庄稼人会指责,谁的眼睛会说话,眼睛怎么是用来说话的,这个词语多少带点酸溜溜的味道。要说眼前这女子眼睛不会说话,不是鸡蛋里挑骨头是什么?

我想起了七爷的一句话。七爷旧社会就在镇上当过教书先生,一次劳动间歇时他说过,人漂亮不漂亮,主要看五官搭配的比例,合适了就漂亮,不合适就不漂亮。七爷是用科学或者说是用数学几何来衡量漂亮与否的,多少有点道理。我的感觉,眼前这女子没有让我动心。这感觉,来自我的常识,也来自之前那门亲事的主角的参照比较。大人们觉察到我的情绪不高,也就没有履行惯例让我表态,爷爷不吭声,叔父搪塞说,回头咱再商量回个话。回来的路上,脚下的冰碴子路面很响,谁也没话。上回人家娃没看上咱娃,心里不舒坦,这回咱娃没

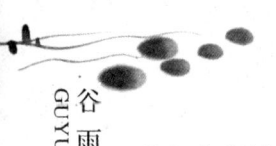

看上人家娃,心里也是个不自在。还是上回那四色礼,礼貌性地在媒人家撂了些日子,等到的回话是咱娃不悦意,便又物归原主了。

  第三桩亲事,紧接着就展开了。姨父村子里有个自家伯叔的女子,人样、家道可靠,是在姨家眼皮底下长大的,衡量再三,姨父觉得合适。看来,姨父注定要为我说成个媳妇,两盒子白皮点心是吃定了。我打小常去姨家,打从有一回让堡子里的黑狗咬了,小腿肚子上被咬出一个血口子,就很少再登姨家的门。这一回,要给我说媳妇了,无论如何得进姨家的堡子了。前两桩亲事没成,不是人家不悦意就是咱不悦意人家,这一回是喜是忧,天知道。这回不是夜晚,而是春暖花开的一个正午,太阳黄黄亮亮地照着,空气里是雨后的清新气息,草木发芽,花絮耀眼,人也显得不那么拘束慵懒,精神感觉挺爽朗。再没有爷爷陪伴,我有相亲的经验了,胆子大了,一个人单枪匹马,一大早到了姨家。有前车之鉴,为了避免你我难堪,也不带什么四色礼,不经意地进入角色,算是一次打探吧。在姨家稍坐片刻,姨父出了个主意,他不出面了,让姨姨领着我出了堡子,下了一道坡,串门似地进了路边一家砖窑院落。院子里有棵洋槐树,花骨朵开得正盛,一股甜甜香香的味道弥漫了整个窑院。砖窑总是比土窑高出一等,一则是盖砖窑是因为没有合适的土崖打窑洞,二则是砖窑结实美观,前者得出力气,后者得出钱,这就体现出砖窑院的优越来。姨姨是个喜性子,连说带笑,领我进了窑门。女主人让座,说女子出去一会儿就回来,可见是姨姨和人家约好的。我环视砖窑里的摆设,黑瓷明光的是瓷器和油漆家具,花丽忽哨的是镜框相片和年画。我一眼看出了照片里的秀丽女子,恐怕就是我要见到的对象了。这时,只听院落里腾腾的脚步声音,妈,我回来了,一个身着红衫的满脸喜气的女子,忽地出现在窑门口。

你看谁来了?女主人对女子说。谁?我婶么,又不是不认得。女子话里有话,说得自然又俏皮。姨姨说,还有个你不认得的,这是婶的侄儿,早上过来的,随便串个门儿。我瞅着眼前这快活的女子,不知说什么好,就说,早上从你门口过,碰见你了。女子说,我倒没在意,门口大路上来往的人多。姨姨说,这不就认下了么,说不定有缘分哩!女主人说,如今娃们的事要靠娃们拿主意哩。姨姨说,说的也是,如今娃们眼头亮,娃娃们说好就好,大人的事好说。女主人让女子烧火做饭,说是饭时到了,就在她家里吃了再走。姨姨说,自家门上,三几步就到屋里了,不麻烦了。女主人和姨姨她们妯娌俩拉拉扯扯,你推我让,走到了窑院里。快活的女子也帮她妈留客,嘴很甜,不时打量着我,看是不是她心目中的未来的女婿。我呢,这阵儿没有了话,心里想着和刚见面的快活聪颖的女子多处一会儿,又想早点离开这让人心情不平静的地方。人与人就是不一样,一个女子与一个女子的差异比一朵花与一朵花的差异大多了。这女子个头适中,白净,大眼睛,一半话让嘴说了,一半话让眼睛说了。

我回到家,静候回话。姨父终于带来了好消息,择了个好日子,女方上门来看过活。这也就是说,相亲的第一环节顺利完成了,男娃看上了女娃,女娃看上了男娃,这一关是过了。其实,第一遭的看过活,才算我的第一桩亲事的第二个程序。我满怀希望,能成就这门亲事,我也心安了,爷爷和一家人的

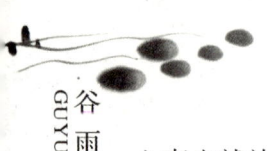

心事也就放下了。我家老屋前的大槐树长满嫩芽的时候,一天中午,也是风和日丽,姨姨领着她的妯娌和那个快活聪颖的女子来家里相亲了。俗话说是看过活,就是看你家里的条件,几孔窑,新窑还是旧窑,窑里都有啥摆设,几个柜子几个椅子,几个囤多少粮,炕上铺的盖的咋样,衣着穿戴,老的少的,兄弟姐妹,家里人是灵性还是呆头瓜脑,茶饭如何,屋里院里拾掇得干净不。总的,看未来的媳妇和亲家对家庭条件如意与否。当然,一家人对上门看过活的未来媳妇和亲家贵客款待,倾其家中所有好东西,或到镇上集市上买,或到邻家借,总想赢得人家满意。看过活的母女俩,比我在她们家见到时要庄重一些,都是大人们说说笑笑,又吃又喝,农时节令,家长里短,煞是热闹了一番。

下午,临出门了,相亲的女主角也没有合适的空间与男主角单独相处,没拉上几句悄悄话。二人说的都是一些应酬的话,兄弟姊妹几个,书念得如何,她们村的某某可能是我同学,谁和谁家也是亲戚,街上时兴什么花布。我知道她只念到完小,挺喜欢看书,在送那几件周旋了一圈的四色礼时,我送上了喜欢而没舍得用的钢笔和笔记本,她送我的是一条灰色长围巾。送到村口,临别时,女子想起把草帽丢在家里了,我说,我去取,便殷勤地小跑着回屋里去拿。这是一顶从街上买来的洋草帽,麦秆宽而薄,白生生的,很大很轻,是机器用细细的柔韧的线轧成的,显然区别于庄稼人手工做的硬邦邦的发黄的草帽。洋草帽大多是用来遮阳的,手工草帽既遮阳也遮雨。就在我递给她这顶洋草帽时,二人的手碰到了一起,感觉到了对方的肌肤的温度,当然是温热的,不仅仅是天气的原因。我们十分亲近地交换了一下眼神，她扬起手，捋了捋被风吹乱的长长的油黑又有点发黄的头发，笑了笑戴好帽子，转身离开，回头又温情地向我不经意地摆摆手。

是的，我从来没有体会过与女子如此舒心的接触。好景不长，就在我沉浸在与这位女子简短交往的温馨回忆中，并期待再一次见到她，带她到街上为她扯好看的衣裳，一起照订婚照，一起吃七碟子八碗的酒肉席的时候，这种畅想中断了。可能问题出在我的家境条件上，砖窑与土窑还是有差别的，娃们多与娃们少也是有差别的，庄稼人也只能看重眼前利益，一年四季哪一料庄稼能成与否，天知道，庄稼人谁会料到今后的世事是啥模样呢？一天，我偶尔打开柜子，翻寻换季的衣服，却翻出了几样包裹在一起的那四色礼及其他。看来家人在瞒着我，不知什么时候物归原主的。我像受了什么钝器猛烈一击。我轻轻合上柜子，悄悄走出家门，来到了村边的一棵老柿树下，蹲在地上，抱住了头。葱郁的树叶在夏日的风中呼呼响，扬花吐穗的麦田海水一样轻声地涌动，偶尔有几声小鸟儿尖利的鸣叫，天上是热烘烘的日头，还有大片大片薄薄的云彩。我被这个田园的美好世界包围着，我在想什么，我想要什么，我能得到什么，我该怎么去面对眼前这一切？我感觉自己的泪水顺着脸流到腮边，滴滴哒哒落在脚下的泥土里。也是，我后来若干年也没机会见到这女子一面。听说她嫁了沟对面一户人家，独生子，男的我知道，是初中校友，后在一家工厂做工。

之后，有一个机会，我到城里机砖厂当了临时工。住的简易房，睡的是稻草地铺，吃的是四两一个的杠子馍，酸辣白菜，偶尔有几片肉。干的是泥水活，修机砖轮窑，挖地基，每

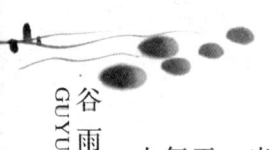
谷雨
GUYU

人每天一米宽、三米长、二米深一个地基坑,早干完早收工,报酬是一元零九分。我虽不人高马大,但有力气,一个坚硬的地基坑往往要干到半夜三更。就在我干得既畅快又疲惫不堪又黑又瘦的日子里,有一天中午,我叔父来看我了。他说,你如今也当工人了,条件优越了,订亲的事不能再搁了,这回要争个气,订个城里媳妇。我说,就我现在这个样子,什么工人,其实跟劳改队差不多,能寻下城里媳妇?找个乡下媳妇,人家都不一定悦意跟我呢!叔父说,乡下找媳妇,跟羊一样多,拿鞭杆子吆哩,是你眼头太高。我笑了,有点粗鲁地说,总不能像买羊一样,揭起尾巴是母的就成?叔父也笑了,说,这女娃是城里的,初中生,她妈是我连襟的婆家小姑子的女子,娃也长得好,比给你以前说的好十倍。我脑子转了一圈,才理清叔父说的亲上加亲的来龙去脉。叔父说,就这,我走了,明天星期天,十二点钟我在某某地方等,就这。我尽管不自信,还是让叔父牵着我的鼻子,踏上了相亲路。在大澡堂洗了澡,没有汗腥味了。又到理发店花几毛钱理了发,干净一些了。我跟着叔父,爬上了街道后边的山坡,进了一个有小窑洞小平房的城里人的小院。于是,我见到了订亲经历中的第四个女子。

这女子生在城里,长在城里,她的老家在三十里外的高高的山原上。比起我的家所在的村子,她的老家在山原的高处,田地不如我们村子一带平展,自然条件是贫瘠的。上百年前,那里的陶瓷生意很红火,就地有烧制瓷器的坩土,有形成规模的陶瓷窑场,有传承千年的制陶手艺,再加上沿高高山梁盘旋至耀州而直通省城的骡马大道,形成了半工半农的生产方式。在庄稼人眼里,马无夜草不肥,无商不富,那个城镇的人比靠种地为生的下原人似乎高人一等，日子过得要滋润得多。在过去，下原人能与瓷镇一带的人攀上亲戚，要么是耕读世家，在外面有人逮大事，要么就是有地有粮，有高骡子大马。民国年间，陇海铁路修通后，世事开始偏向于川道和下原一带的人，出行足便，听火车的叫声要显得多，而高高山梁上的瓷镇便开始衰落了。瘦死的骆驼比马大，驴死了架子不倒，心理优势的惯性依然让瓷镇人显得气宇轩昂，长相和神气，说话的腔调和走路的姿势，也让下原一带人自惭形秽。这女子的父辈，多年前从瓷镇下到了城里，有了公家的饭碗，有了城里户口，就在这川道北边的山坡上修了庄院，上下虽不便利，却可以一览车水马龙的城中景观。

  叔父买了酒和点心，带我进了门，亲戚套亲戚的，没什么客气。一个楚楚动人的女子，大方，端庄，问候叔父，也问候了我一声，你来了。我说，你好，叔叔婶婶好。主人招待烟茶饭菜，习俗与我之前经历的乡下的规程差不多，但气氛却完全不一样。城里人毕竟是城里人，有文化人毕竟和大老粗的说话方式不同。大家围坐在一起，边喝酒吃饭边说话，慎重但不拘束。叔父说，我侄当了工人了，以后也成城里人了。主人说，当工人好，农村苦差，出来了就好。女子与我同岁，算是知识青年，也没下乡，刚刚进城当了百货商店的售货员。女子问到我的厂子里的情况，什么工种，待遇好不好。我没有按叔父教我的说，而是如实说了，我是临时工，三个月合同，到时候争取转正。女子说，那就好。大人们也说，那就好。亲事究竟成与不成，没有明说。大约两个多钟头的约会，就在一种友好亲切的气氛中结束了。

第十一章 亲事

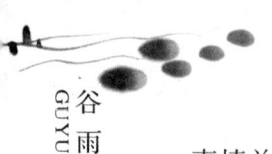

事情并没有按照我的期待得以进展，等到我的三个月砖瓦厂临时工到期，修建的机砖轮窑开始炉火熊熊，红色砖瓦鲜亮地码成一垛一垛像成熟的麦垛一样，我便结束了做工生活，重新回到了生长庄稼的土原上。叔父也偶尔提到过这门亲事，说是我的工人没有当下去，对方迟疑了，说是等娃再有机会进城当了工人再说，反正娃们年纪还小，不忙。也许这是一个推辞，也许人家大人和女子没看上这门亲事，既然亲戚套亲戚的叔父执意要说，人家情面上抹不开，于是就应了，至于成与不成，大人要表态，娃们要同意，对方的家庭条件，门当户对的问题，娃们的工作、长相、脾性，彩礼不彩礼的还提不到议事日程。后来，父亲说了，这门亲事咱就不高攀了，等娃有机会进城当了工人，人家要提出你父母在乡下，等到父母有了城里工作和户口，才算门当户对，到时候还是没结果，不如趁早打消这指望。

我有什么好说的呢，当合同工临时工，尽管是就固定工而言的，好歹也叫当工人，可如今回到土原上又成农民了。那个工人也不就是个名吗，其实也是臭苦力一个，还不如在家里舒坦。这时候，村里与邻村合办起了小煤窑，就在家门前的沟里。五十开外的爷爷在小煤窑上当了副经理兼"索客"，管理井上事务，负责麻制的井索的修理和上下井矿工的安全，还有过秤。经理是邻村的福爷，掌管全盘经营和井下的开采及安全。而我，是井上提升煤炭的八人大辘辘队中的一员，一个看似舞之蹈之实为重苦力的"绞把的"。炭井一二百米深，炭笼一升一降一实一空，上下制衡。大辘辘八人一组，一边四人，相向相背，你仰我伏，进三步退三步，合力操纵这一古老的铁

第十一章 亲事

木构造的提升工具。炭笼是用汽油桶做的,能盛两三百斤,轮流拉拢升井,一前一后,用碗口粗的橡子抬炭笼,抬到高高的煤堆上去。我的个儿小,扳辘轳灵活麻利,但抬橡子个子不够,轮到我拉拢抬橡子时,过秤的爷爷就和我换位。经理福爷统揽经营,常跑外,与当副经理主内的爷爷能说到一块儿,想到一块儿,是多年打交道都从没红过脸的老弟兄了。老弟兄俩一起谋划煤窑上的事,也一起操心家长里短,我的婚事自然也就成了他们的话题。这样,也就促成了在我订亲经历中的第五桩亲事,唯一建立了订婚关系的一门亲事。

这期间,经历了只有我自己知道的一件事。那天晌午,太阳暖洋洋地晒着,听说村上来了一群下乡知识青年,村里人后来一直管他们叫下乡学生,给生产小队分了十二个,我连忙跑去看。小城里来的学生,带了简易用品和铺盖卷,临时在放了假的小学校里住了下来。十二个下乡学生,十男二女,女学生怎么才两个,况且看起来都比我年龄大一点。是我的私心杂念在作怪,我是想减轻家里为我订亲所要付出的七八百块钱,找一个下乡女学生做媳妇。想得美,你以为城里女学生下了乡,当了广阔天地里新农民,就和你一个土生土长的稼娃平等了,就可以不花钱娶个花媳妇了,做梦去吧。就是花钱,人家城里娃也不情愿跟你个嫁娃哩。这是我后来才渐渐明白了的道理。还有一层心事,上回叔父领我见面的那个城里的女子,人机灵,是吃洋糖长大的,总是比乡下女子多了一份情趣,像我曾经在镇上念书遇到过的女同学一样。乡下人的自卑,是与生俱来的,在城里人面前总是低一等,这是实话。向往城市生活,走出乡村,便成了我朝思暮想的前途,但眼前是一片迷茫,什

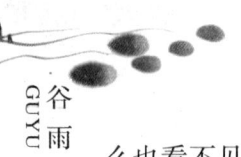

么也看不见。于是,也就打消了找城里女子做媳妇的奢望,老老实实地挣工分,娶一个门当户对的乡下女子做媳妇,像爷爷说的,也是活人一辈子。

　　回想起来,给我订亲的事真是三番五次,喜忧参半,每每不景气。头一桩,人家不悦意。第二回,自己不悦意。第三回,双方先是悦意了,后来又不成了。第四回,只是提说见面,看来没戏,咱也不做好梦了。大人们说,也甭想着再有机会进城了,种庄稼也同样是活一辈子人,娶个好媳妇,生儿养女,实实在在,也好。福爷有个邻村的亲戚,知根知底,说这个女子把他叫老舅,模样好,浓眉大眼,身材端正,性情温和,肯定是个会过日子的好媳妇。福爷也说了,这女子没上几天学,女子无才便是德嘛,会过日子就行。爷爷说,咱老弟兄俩共过事,再结了这一门亲,到老了还来来往往,一起抽烟,喝酒,说话,看着后辈人一茬茬长大,有吃有喝,有出息,就是活人的福分。

　　镇上逢集这天,是麦收前一个暖和敞亮的日子,爷爷和我跟福爷说好,三人从集市上直接去了原畔上的邻村,去见我未来的媳妇的面。两老一少,戴着草帽,背着布袋,夹在赶集归去的人群中,顺着铁路一直走。偶尔有一趟火车从身边驰过,轰轰隆隆,煤屑弥漫。川道深处是瘦瘦的小河,在悄声地流淌。在一处采石场的岔路口,跟着稀稀拉拉的赶集的人群,顺羊肠小道,抄近路攀上了高高的山冈。太阳还黄亮亮地当头晒着,我是捷足先登,到了山冈上的一棵杜梨树的荫凉里坐下来,等待步履缓慢的爷爷和福爷。三人都歇了下来,福爷说,世事不饶人,老了老了,还是年轻人厉害。爷爷说,咱们年轻

第十一章 亲事

时候，吆骡子赶脚，走州过县，这就像昨天经的事，一眨眼工夫，就老了。山冈上风大，发出呼呼的响声，深谷中奔驰的火车变成了脚下一条虫子在蠕动。我想，这条巨大的虫子从煤城通往山原川道外的省城，通往远方的世界。我却没有路走出山原上的祖辈留下来的村庄，只能在这里生活、劳动，娶妻生子，繁衍生息下去。爷爷和福爷抽了一锅子旱烟，兴趣很浓，抬起身子拍拍屁股上的土，叫我一起赶路。而我，本是相亲的高兴事，却打不起精神，年纪轻轻却有点淡定无语，是听天由命的那种无奈的滋味，好像挺无辜的样子。

土原畔上一处凹地，树木葱笼，掩映着一个崭新的小窑院，很安静。福爷到了外甥家，又是给女子领来了个好女婿，自然受到了热情款待。一壶酽茶，消除了一路的又热又渴和疲惫。有酒有菜，白馍细面，在日常农家饭菜中是不多吃到的。依主人家中等偏下的家庭条件，一定是尽最大能力来招呼贵重客人的。女子果然长得出色，端正、纯朴，一双略带羞涩的大眼睛，透出的是单纯而善良的目光。她像以前四位中的哪一位呢，都不像，每一片树叶看似像，其实相互是有区别的，就像我订亲见面的这几位女子。长相，模样，身材，姿态，性情，还有言谈，表情，眼神，笑，都各是各的样儿，不可一概而论。看上还是看不上，是第一眼的感觉，我觉得眼前这女子是我喜欢的。她是刚割羊草回来，热扑扑的脸蛋，还挂着几滴晶莹的汗珠。一只带羊羔的白山羊，在窑院一角咩咩叫唤了几声。女子进门叫了一声老舅，朝爷爷和我笑了笑，算是问候。男主人稳重老实，没几句话，是抗美援朝退伍的老兵，说是有慢性病，干不了重活，日子过得不如人。女主人能干，说是里

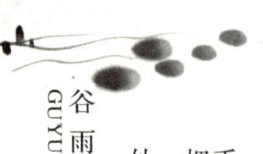

外一把手,豁亮大方,连说带笑。当妈的,没有不夸自己女子的,说,娃是好娃,乖娃,言语不多,心眼实在,就是没念几天书,家里日子过不前去,把娃亏了。她把女子长处短处都说到了,嫌和,可亲。女子偶尔抬头瞅我一眼,笑笑的,透出一股喜气。这桩亲事,不用双方征求意见,凭融洽的气氛就已经八九不离十了。

天擦黑,我和爷爷、福爷离开了小窑院,一家人亲热地送到了门口,羊儿也咩咩地叫了两声。走出小村子,一起厮跟到岔路口,我和爷爷与福爷分手前,老弟兄俩又难舍难离地蹲在路边,烟锅对烟锅地抽了一阵旱烟。爷爷说,这事能成。福爷说,能成。爷爷说,咱就说定了。福爷说,定了。这么才分手,沿着月光下发白的土路,脚步轻快地没入了绿得发黑的麦田。而后,和了一个日子,女子和她妈来家里看过活。双方一样的土窑土院,一样的平常日子,谁也不嫌弃谁,只要两个娃悦意就好。媳妇头一回上门的鞋、袜、头巾、花布这四色礼送出去了。这一回,看来是不会再物归原主了。之后,爷爷和福爷几经来回,话捎来捎去,最后的"商量话"的内容是商定彩礼,八百,六百,折中为七百二十元。之后是订亲的酒席,照相,扯衣服。长子长孙,订婚的仪式算是排场的,摆酒席的地方选在小城里的五一饭店。西凤酒,金丝猴香烟,七碟子八碗,有鸡有鱼有肉。那一道糖醋里脊,我是头一回吃到,甜的和酸的和在一起,产生了让人垂涎的美味。一个劳动日三毛八分钱,一席饭吃掉了大半年的汗水,是甜的还是酸的呢?爷爷说,人一辈子能订几回亲,值。出了饭店进百货商店,扯了两身衣服的布料,从头到脚又是一套穿戴。大把花钱,在土里刨

第十一章 亲事

食吃的乡下人，只有在这个场合才如此大方，如此阔气。时过午后，下来是照订婚相。一直客客气气的男女双方的主角，我和我未来的媳妇，不知哪里来的一股勇气，二人不谋而合地摆脱了家人的队伍，厮跟着，双双抢先寻到了照相馆门前，双方交换着欣喜的眼神，喜气洋洋地准备照一张订婚合影。似乎是久已盼望的一件事情，一件终于能确定下来的人一辈子的大事，青年男女之间的美妙从此就要开始了，朦胧中的幸福在想象中涌动。不巧的是照相馆没开门，告示说今日休息。这是一个打击，尽管说改日再来照，但之后再也没有了这个机会，终究未能拥有一张可供追念的依据。

之后几年间，二人偶尔会在路途碰面，惊喜加上羞怯，谁也没问候过谁一句话。也许单独碰面，会有拉话的机会，几乎每次碰面不是我拉着粪车赶路，就是她一路有女伴相随去小城里，都显得不好意思，过后又后悔没说话。我在生产大队社员大会上代表生产小队念批判稿，或者清唱秦腔"十学大寨"，她也在代表她们生产小队出的舞蹈节目里蹦蹦跳跳，双方的年轻人都会起哄，你看这是谁的媳妇，你看那是谁的女婿，反而让二人失去了说话的机会。唯一单独相处的时间是过年拜年。没过门，一年一身衣服是要给媳妇的，她已经订为你家的媳妇了，不说养活，起码让自家的媳妇得穿体面一点，光鲜一点，不至于丢婆家的人。家里姊妹多，钱是拮据的，为了凑彩礼和衣物，总给人一种既喜悦又忧虑甚至惶恐的心情。潜在的迁怨于这无辜女子的情绪，影响了订婚期间感情的递进，甚至始终停止在订婚那天双双前往照相馆时的温度。任你订谁家的女子，都得花费钱财，不是么？事实是我后来真的进了工厂，尽

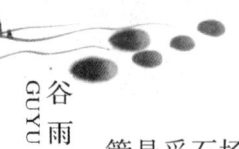

管是采石场,也是正式工人了,渐渐有了看不上乡下女子的邪念,又不便直截了当说明白。每天上山打眼放炮抡大锤,每月工资三十一块五毛钱,两年不吃不喝把脖子扎起来,才能还清讨媳妇的债务。这似乎是一笔经济账,其实是一笔情感账,是我的心变了。对于我来说是幸,但对于这桩婚事却是致命一击的是两年后我从工厂上了大学进了省城。我意识到并证实她写给我的情书是别人代笔的,就又有了与她解除婚约的理由。我也埋怨,七百二十块钱的彩礼给够了,我上学只有十五块五毛钱的生活费,过年去那个陌生又熟悉的小窑院拜年,只得到二十块的赏钱。这仍然不是经济账,是情感账,问题出在我身上。

那次,也是最后一次离开那个小窑院。难得的一回单独相处,女子取出了她心爱的一张照片给我看,是她和一位邻家女子一起在城里照相馆照的,半身照,照得自然,纯净,有一种幸福感。几年前订婚时怎么就没有一起照这样一张合影呢。尽管自己的心里已经起了窍,还真心实意地为当初的缺憾而缺憾,是伪君子吗,不知道。活生生的纯净女子就站在面前,怎么还羡慕画面上的幸福女子呢。明知道,这个楚楚动人的乡下女子就要被你这个负心汉抛弃了,她已经明显地意识到了可能出现的悲哀的结局,神情中不时露出一丝忧伤,我还这么欣赏她的样子。我讨要这张我所喜欢的照片,她说,就这一张,你喜欢那就再给你洗一张,两块钱。我说,这一张你先让我带走,你再洗一张留着。她说,我没有两块钱。我说,彩礼给了几百块钱,都没了?她说,给父亲看病了,日常花了。就在我与她来回拉扯着争夺照片时,不经意地用胳膊碰到了她柔腻温和的胳膊,我感到了异性之间那种难得的亲肤之情。我和她顿时没了话,反而陌生人一样僵侍着。我说,我要走了。她说,还能见到你吗?我说,能。

半年后的暑假期间,我和女子又见面了,是在我家的土窑里。这一次,女子她妈似乎感觉到了某种不妙的发展状态,和我妈说话,说着说着就泪涟涟的了。说她女子没念过几天书,你看你儿子已经是大学生了,当初家里日子过不前去,如今回头看,是把女子害了。我妈安慰说,好着哩,甭胡想。其实,我妈知道我的心事,是在替我打圆场。我和女子单独在一个侧窑里,她半坐在炕沿上,我在地上走来走去,二人有一句没一句地说话。幸福感与忧伤感在交错进行,难依,也难舍,二人都似乎明白,有一种无形的力量,正在促使我们如履薄冰地走向意料之中的分手。这又好像不关我们二人的事,也就是说,不是我的责任,也不是她的过错。是怪进工厂么,进工厂还罢了,却又上了什么大学进了省城,怪谁呢?难道一个人换了生活的地方,就不再是原来的那个他了么,就要活活地让两个人分开么。是这个理儿,又为什么是这个理?我看出了女子微笑中藏不住的忧伤,而我也绝对没有什么自鸣得意,我在替自己难过。奶奶挪着三寸金莲的小脚,过来几回在窑门口张望,是担心会发生了什么不好的事情么。奶奶终于忍不住,把我吆喝了出去。奶奶说,半晌在窑里不出来,火见了干柴,能不燃着么?我说,婆,你说啥哩,出不了啥事。奶奶埋怨说,出了事就迟了。

我们一起上路,出了村子。我要回省城上学了,去小城坐火车,女子回家,可以顺路走几里地。她妈借口说是去另一个

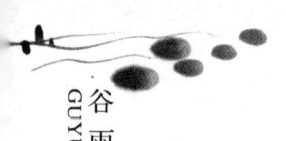

亲戚家，先一步从一个岔路口走了，我和女子一前一后，默默地朝前走。还是那样黄亮亮的太阳晒着，还是那样草木葱茏，抽穗的麦子绿得发黑，在熏风中泛着波浪。一起走到村外的一棵老柿树下，我说，歇一会儿，女子说，好。二人一坐下去，油黑的麦田便遮住了周围的视线，四野一片寂静，只有风从麦稍和树叶上轻轻掠过的声音。我说，你坐过来点。女子说，能看见你就行了。我说，坐近点，城里人谈恋爱都是紧靠在一起。女子说，那是城里，这是在乡下。她这么说，但还是挪了挪身子，相互连手也够不着。二人对视着，一会儿又各自看着不同的远处，要么就低头揪着地上的草叶，用小树枝在地上胡乱划拉什么。歇了一会儿，我说，走。女子说，走。二人走了几里地，在前头的大路口要分手了，女子说，到我家去。再走几里地，就会到她家那个小窑院，也是可以到小城火车站的。我说，不了，你回家吧。女子说，不，我就是想让你去我家。我说，时间来不及了。女子说，来得及。

二人正在相持不下，迎面碰上了我的三叔父，他在小城里的煤矿上工作多年了，老婆孩子都在小城里，轻易不回一次老家。我对女子说，你先回家，我和三叔父说会儿话。女子见此情景，笑笑地问候了一声，就先走了。三叔父已经有了三个孩子，和婶娘闹了几年离婚，对我说，这一回，终于把婚彻底离了。三叔父的心情很矛盾，既轻松又沉重。我问三叔父，是离了好还是不离好？三叔父说，离了好，不离也好。我觉得他说的是我此时此刻的心情。在我顺大路走向小城火车站的时候，朝我的未婚妻家里走的路口方向遥望时，我心里一惊，有一个女子的影子在路畔伫立着，那一双风中的小辫，让我一眼就认

第十一章 亲事

出了她。我心头一酸。我为什么拒绝去女子家呢,我为什么不能最后一次满足她可爱又可怜的一点愿望呢,她无非是想让村里姐妹说,你看,她女婿娃来过,二人还好着哩。我走了,就这么走了,我也许是对的,藕断丝连,还要心煎到什么时候?

一碗凉水一张纸,谁卖良心谁先死。我想到了这支民谣。我回到省城学校不久,写了一封要解除婚约的信给家里。爷爷说,多好一个女娃,一个好媳妇。爷爷还是硬着头皮去见福爷,说了孙子要退亲的事,老弟兄俩不免伤了点和气,说彩礼就不退了,也算是一点补偿,或者是对我的一点惩罚。女子当然不依,还是找人替代写了一封信给学校,说我是一年土,二年洋,三年忘了爹和娘,要组织好好教育我回心转意。女子此时会是什么情景呢,我担心之余,也从她的告状信中下意识地找了一条可以安慰我的可怜的理由。班主任老师找我谈了话,让我处理好这个关系,不要影响了进步。我抵赖说,这是买卖婚姻,不合法。学校也就不再追究,我是终于解脱了,也同时若有所失,心情越发惶惶然了。

大学毕业后,我当了记者,一次下乡采访路过小城回家,在大路上遇到了一个怀抱小孩的媳妇,看似面熟,也没多在意,便擦肩而过。我心头一惊,忙回头张望,这媳妇也停下脚步,回头望着我这个似曾相识的男人。她的神情,一如当初最后分手时的幸福与忧伤,加上挥之不去的无奈。我也是如此。丢下了妹妹你不在,卖了良心你才回来,我又想到了那支民谣。我很快走开了,像当初断然离别一样。回到家,我给爷爷说了,爷爷说,你应该和人家女娃说几句话么。我说,我没说。爷爷说,咱对不住人家,听说女子退了这桩婚事后,大病

了一场,后来很快远远地嫁到北原上去了,生了一个小子娃。爷爷说,你也岁数不小了,赶紧在城里寻个媳妇成家,当爷的就安心了。

罢了,爷爷还是那句多年前在原上月光下的麦地路畔和福爷说的话,娃是个好娃,好媳妇。

第十二章 石场

也就在订了最后一桩亲事不多久,我有幸从父辈劳作的庄稼地里拨了根儿,当了黑水岸边一家水泥厂的开山工。

地处鄂尔多斯台原地带的渭北高原,是远古由北中国一路南下的沙尘暴留下的沉积物,风化成了尔后沟壑纵横的黄土山原。世世代代生活于此的人群,曾经在黄土高坡上放牧种庄稼,尔后发现了地表底下能够燃烧的煤炭,又发现了黄土掩盖的青石能够烧石灰造水泥,是建房子修路的好材料。沿黑水河两岸,是已经裸露的数百米高的石崖,人们剥去上面的黄土,打眼放炮,开凿石头,养活了数以万计的二十世纪下半叶的当地人。水泥把沉默的石头变成花花世界里喧嚣的鸟巢似的广厦,城里的楼房越盖越高越盖越多,公路也越修越宽越修越长,黑水两岸的石山也就越凿越低越开越退到了山原深处。

我的那个订了婚事的小媳妇如果情愿,她可以走出家门一

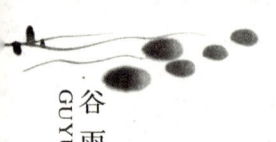

里多地,站在山原顶上一眼就望见了她当了工人的小女婿正在沟对面山崖上撬石头哩。"对面价的那个圪梁梁上那是一个谁,那就是我的要命的那小妹妹,你在那个圪梁梁上我在那个沟,拉不上那个话话哎哟就招一招手。"歌里唱的情景只不过是我的向往,实际上路途偶尔碰面也害羞地扭过头去,谁也不搭理谁,你说那个时候的青年男女咋就那么傻呢?用乡里人的话说,擀面杖吹火瓜得实实的。父亲是生产队长,我又算得上是出类拔萃的好小伙,招工的政策是包括下乡和回乡的知识青年,政治表现知识才干和身体素质都找不出毛病,我便加入了被招工的行列。有到招待所食堂当炊事员的,到煤矿当采煤工的,我被分配到了水泥厂第一车间当了矿工。

  第一车间,哪儿有车间啊,车间应该是有屋顶的地方,如修理车间化验车间球磨车间烧成制成车间,这头顶蓝天的荒郊野外就怎么成了车间呢?父亲在农村还有人缘,他的儿子可以不去煤矿下井,那可是四块石头夹一块肉的地方,战场上是死了没埋的人,井底下是埋了没死的人,好在水泥厂的矿山还在露天,谢天谢地。有社会关系的大多是下乡知青,回到城里该是他们的地盘了,去开汽车的,进化验室的,到车间按电钮的,回乡知青大多到了矿山第一第二车间。招工时说是现代化建材厂,是按电钮的,而矿山的电钮顶多是按打眼风钻的电钮,震耳欲聋。这辈子,恐怕是要与这青石山为伴了。好在每月有三十六块钱的工资,能吃上白馍和肉,离家十几里地,将来娶了媳妇在乡下生儿育女,自己也算是在外头工作的人了,还不知足?好着哩,比在农村吆牛后半截子强多了。

  采石场所处的地方叫后洞,对面山崖上确有一石洞,周围

第十二章 石场

被茂密的灌木掩遮着，烟雾缭绕，神秘莫测。有后洞必有前洞，据说前洞便是几十里外黑水下游东岸的药王山，孙时邈的神殿两旁守着秦琼敬德，殿后有一仙洞蜿蜒至后洞，神殿烧香，烟雾便从洞口一直飘至后洞。我二老爷给我说过，唐朝孙时邈学医时伤过人命，逃到山里当木匠，有人求医，他就抓了一把锯末当药给了，结果治愈了。走在路途有人求医，他又弯腰抓了一把羊屎蛋，也管用。遇到送葬的，他发现路上有血迹，上前打问，是一妇人死于难产，他执意拦住棺材，救活了一条命。大概是时运到了，他从此行医天下，直到为皇上娘娘看病，以一条线拴在娘娘手腕上，隔帐号脉，医好了娘娘的顽症，名气朝野。晚年隐居此地，著书立说，成了中国的一代药王。

我二老爷是半路木匠，也是半路中医先生，他恐怕说的是自己终究没有遇到时运。在乡下我也跟二老爷学做过一个小木匣子，也背过中医的汤头歌，生活的理想可谓云里雾里。眼下却只能守在这尘土飞扬的采石场上，当好一个开山工了。火车从民国年代起就从后洞的石崖下驰过，我拄着一把撬杠，怅望着对面山下的火车从煤城奔向省城，西行至兰州青海，东行至郑州杭州上海。天下多大，采石场只有几里地，一个人与这个世界究竟有多大关系。

多年后我读到雨果的《悲惨世界》，读到一百多年前在另一个世界的采石场，那个叫冉阿让的倒霉蛋，身陷牢狱多年，他在采石场的情景让我想起了我的采石场。九十年代我从巴黎的大街上走过，也曾想到那个叫冉阿让的人，如今在哪里。是的，我比法国的冉阿让幸运得多。而我在采石场的师傅们，有

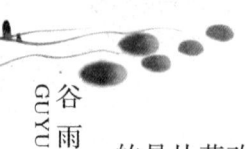

的是从劳改场转过来的,或者说水泥厂的矿山车间是从一个石灰石碴厂转制过来的。有的没有妻小,老光棍一个,他们的身世不便打听,从多次政治运动活过来,是老运动员了。有的曾是国民党三青团地富反坏右分子,有的刑满释放在采石场下苦力,只是求得有一碗饭吃而已。

我们是谁,怎么落脚到与这些有上述经历的人为伍的田地,还得恭敬地唤他们师傅,跟他们学打风钻,往石头眼里装炸药雷管,然后用火柴点燃嗞嗞地冒着火星,赶快逃命似地攀上百米石崖躲藏在山背后,几分钟后一声天塌地陷般的炮声,斗大的石块满天飞。头顶青天,脚踩石崖,夏天热得要命,冬天冻得要命,刮风下雨下雪照常作业,脚下滑得要命。尤其到了十冬腊月,撬杠不是冰凉而是感觉烫得能粘掉掌心的皮肉。上山如上战场,保不准你今天上了山就能活着下来,悬崖峭壁,只凭一根雪白的尼龙绳系在腰间,头戴柳条帽,在没有路的石壁上飞来荡去。脚下一旦失足,尼龙绳又是斜着的,就可能一个侧滑的自由落体,刀锋般的崖壁会割断轻柔的尼龙绳使其毙命。一粒核桃大的石子被撬掉,负载其上的石崖会几吨几十吨几百吨地滑落下来,开山工要不避开也就让石崖吃掉了。炸药操作不当,也会随机爆炸,血肉横飞。运气不好,人家是天上掉馅饼,你是天上掉石头,说不准正好砸在你脑瓜上,也就开了瓢了。

如上所述的事故,在我近两年的采石场经历中屡有发生。好在初生牛犊不怕虎,我们这群十七八岁正当年的小伙子,逞能好强,谁也不服软,在黑水岸边的石壁上自由飞翔,躲过了一次次老鼠舔猫屁的险境,生龙活虎地战斗在我为祖国献水泥的光荣岗位上。有一次,我在半崖上看见一个人在山下路口张望,那是我父亲,他担心我的安危,我解开腰间的尼龙绳如履平地似的从乱石崖上飞奔下来,在为父亲展示我的能耐。一次有个老头找我,是我二老爷,他云游寺庙路过后洞来看我,我给他在食堂打的饭菜老人没吃几口。事后我想起二老爷是忌了口的善人,不杀生也不沾荤腥,我唯一能孝敬老人家的机遇却粗心了。

我的住处是山顶上一间五张床铺的小平房,土坯墙,纸糊门窗,屋顶能看见小瓦间隙的天空。我睡在门口的铺上,床板是用砖头支的,上面铺了稻草帘子,被褥很薄,枕头是一块砖且用自来水浸泡过说是降火清凉,开门就看见了对岸的庄稼地。每天在若干弯弯曲曲的之字形的小路上爬上爬下,上工下工,打水打饭,遇到雪雨天就真正像狗一样爬上爬下了。同室的工友是中学同学,都是从农村来的,分别姓杨、李、杜、王,热热闹闹,亲如兄弟。下了工,我拉响那把在乡下自制的板胡,杨吹笛子,杜吹口琴,王常是嘿嘿笑,李也常是一张笑脸。我为了好好表现,冬天没炉子冻得睡不着就一大早起床,把被子盖在别人身上,自己下山到锅炉房给大伙打水,学雷锋做好事。

五个人都订了媳妇,杨不吭声,李把小媳妇带了来给他洗衣服,杜整天哼着小曲往脸上抹消灭青春痘的油光光的东西,王嘿嘿笑着却为彩礼发愁。我写了一首《我爱矿山》的小诗登在黑板报上,成了矿山小诗人。我爷爷说过"放羊这事没人干"的顺口溜,我也许是遗传,在中学说过"六八二班把书念"的快板书,到了矿山便写打眼放炮抡大锤我为矿山献青春

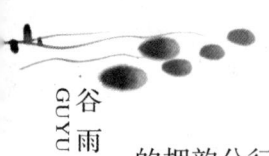

的押韵分行文字。

矿山车间的刘指导员高高的个子,腰有点弯,白白净净的,是从空军地勤复员的干部,统领着二百多号开山的人马。工人有时问他,刘指导员会开车不,他会夸口说,我连飞机都吆过,一个烂汽车有啥开的。车间按部队叫法是连级,比起大字不识的黑不溜秋的连长,刘指导员是个见过大世面的文化人了。他注重宣传,在山上生活区建了几个高大的牌子,发挥我们小平房隔壁的有不清白历史的沈师傅的一技之长,用油漆画了毛主席挥手我前进的油画。当刘指导员发现了我喜好写作的特长,就差我给水泥厂广播站写报道,宣传矿山生产形势和好人好事,骑上公用自行车去三里外的厂部送稿子和生产工资报表,取报纸文件信件。空下来的时间有时上山撬石头,多半在山下为二挂的马车整理石块,以一个人能搬动的一百斤左右为宜,一个班的计量得垒四五马车石头,给我则不定量。

有一大卜暴雨,我们住的小平房后墙塌了,五兄弟幸免于难,不得不分开来住,我便升迁到了与刘指导员对门的连部居住,兼管矿山广播,同时是刘指导员的秘书和勤务员,负责打水搞卫生,安排学习毛主席哲学著作,念文件报纸,协助组织生产和职工业余活动。兄弟们说我出息了,出人头地了,吃轻省饭了,跟上刘指导员好好干,将来能到厂部机关当干部进政治处宣传科了,羡慕得不得了。事过三十年,我从海南岛回老家,去矿山上看望曾经同室的老友,王因肝病已去世多年,杨、李、杜三人还坚守在矿山上,三十年没有解去腰间缠绕的雪白的尼龙绳。我的靠苦力吃饭的石头一般坚硬的兄弟们也老了,多年开凿的石头恐怕能建造一座不小的城市了。

第十二章 石场

我住在矿山六平米大小的广播室里，感觉到了天堂。我一大早打开大喇叭，播放起床号的乐曲和歌曲唱片，满山满谷，歌声回荡。主要是当年流行的毛主席语录歌和革命样板戏唱段，也出现了好听的《山丹丹开花红艳艳》的陕北民歌。多年后我与这首歌的作者成了朋友，他们说是下放归来写的，我的师长李若冰是牵头的，徐锁曾是延安红小鬼诗人，冯福宽在广播电台当编辑，日后我与他们交往多年，是我的前辈也是诗友文友，谈及我当年在矿山听到这首歌的感受，在时空上皆成悠悠往事。

矿山连部是一孔窑洞，在窑洞口及两边加盖了三间单面瓦房，安装了玻璃门窗，面南的阳光照着，十分敞亮。东边是刘指导员的连宿带办处，西边是我的广播室，中间是厅堂，里边还有一小间窑洞，住了一位缺一只膀子的奇人和他的漂亮小老婆。奇人大个儿，白白的脸很英俊，头发很长，因为少了一只膀子走起路来是侧着身子的。他喜欢音乐，有几摞子油黑闪亮的老式唱碟，都是"文革"前的中外流行歌曲和西洋音乐，当然也有电影里资本家享用的老式唱机。里间窑洞里光线差，成天是开着电灯的，床铺摆设收拾得很洁净，有音乐有漂亮小老婆，这局促的空间也不失为一个温馨的小角落。奇人见我喜欢这些唱片，就拿出来让我在大喇叭上播放，思想先进的人说是"封资修"，小青年们都说好听，奇人说天高皇帝远的怕个屁，刘指导员也睁一只眼闭一只眼，这偌大的山谷就成了开山炮声之外一种人间烟火的音乐殿堂。奇人奇在一只膀子，熟悉的人才知道是因为火药炸掉的，是开山打眼放炮炸的还是在武斗制造枪支弹药炸的，成了一个谜。他有造反派头头的经历，事情

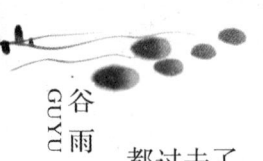

都过去了,眼下也只是一个在矿山打打杂的闲人,混一碗饭吃。漂亮的小老婆小他十多岁,穿着打扮时髦,听说是从陕北米脂乡下讨来的,平常也换一身劳动服包了头巾在路边砸石子挣几个辛苦钱。下了班,夫妻挽了臂膀在山间小路上温情地散步,成了汗水淋淋的采石场的一道软绵绵的风景和残缺的维纳斯一样美的传说。

曾与我同室的嘿嘿笑的王,终于因攒不够彩礼作罢了乡下的婚事,也凑巧让奇人的小老婆做媒,引来了一位同样白格生生水格灵灵的不用化钱的老家小姊妹做了王的媳妇。从小独子的他守一个老娘,媳妇旧的不去新的不来,这同样小几岁的小媳妇看上的是王男人有一个当工人的铁饭碗,白里透红的小圆脸,会说话的大眼睛,中等个儿,有点胖乎乎的倒显得富态。嘿嘿笑的王这回是发自内心的嘿嘿笑了,领着小媳妇在山下黑水河边洗衣裳,半山上都能看见那小美人莲藕一样的胳膊在舞动。你说这憨憨的土,怎么就有福气讨了这么让人羡慕的小女人呢。兄弟们每人行了一块钱的礼,吃了几颗喜糖,王把小媳妇送回家伺候老娘,自己只有周末才回十几里外的家中团聚。

谁料到好事不长久,一天我见到王,他的嘿嘿笑又恢复了原先暗藏的愁苦,甚至有末日到来的不寒而栗的气息。王说他感觉困乏,到医院检查说是得了肝病,日子又过不下去了。兄弟们开玩笑说,你娃负不住桃花运的艳福,悠着点嘛,怎么能把身子都搭上甚至要了小命不成。玩笑有时有毒,娶了漂亮小媳妇的王的肝病很快转为晚期,我们到他老家看望时,他肚子胀得像鼓一样,呼天抢地,老娘和小媳妇也在一旁抽泣,大伙儿都伤心落泪。没几日,葬埋了王,他老娘也没撑过百日便撒

第十二章 石场

手去了。值得庆幸的是小媳妇怀了孩子，乡下说的硬犊子墓生子，老子不去后人是到不了这世上来的，是来顶空缺的。漂亮却也苦命的小媳妇，不到一年工夫办了红白喜事且接连为丈夫和婆婆送葬，小的一出生就没了爸，她只好锁了乡下的家门，回到了矿山上收拾一破窑洞安顿下来。奇人夫妇成了王的遗孀的靠山，接济可怜的小姊妹，于是在尘土弥漫的采石场的路边，可以看见砸石子的妇女中又多了一个苦力人，且是包了头巾背着孩子坐在小马扎上砸石子的。那叮叮当当的声响，敲得旁人的心都碎了。

一天，刘指导员让我唤来正在采石场往石灰窑装石头的海师傅，浑身尘土满脸汗渍的海师到了连部，有凳子不坐，就那么靠墙蹲在地上默默无语，抽着呛人的烟锅，一副死到临头的神情。刘指导员一改往日的随和，恢复了军人的威严，一板一眼地教训着海师。我在隔壁屋里有一句没一句地听出了事情的原委，和一些小道消息联系起来，脑子里形成一个隐秘故事的轮廓。海师早年犯的什么事不清楚，只知道他是从劳改队转制过来的，据说在河南老家有家室妻小，也几乎没有来往。他干活从不偷懒，也乐于给我们这些新手传授技能和安全常识，少言寡语，好像有一肚子的话闷着，活得很压抑。海师与采石场的女工俊俏儿走的近，平常帮俊俏儿打水送炭照看孩子，唤俊俏儿叫大妹子，亲得像亲戚似的。俊俏儿有几分俊样和俏劲儿，男人在外地工作，独自带个孩子也不容易，与大哥一样的海师来往多一些，也是个解闷的伴儿。大伙都喜欢开海师和俊俏儿的玩笑，二人都显得很自然，好像没什么见不得人的事儿。至于有没有偷偷摸摸的男欢女爱那档子事儿，谁也不敢打

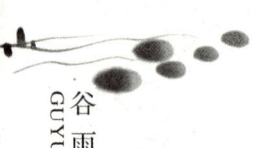

保票，只有二人自己心里清楚。有也是人之常情，没有也是正常不过的。有人说海师用工资贴补俊俏儿的家用，给买过雪花膏，买过涤凉花衬衣，肯定有一腿，是钻到一个被窝里了，但谁也没有证据。

谁知有一天二人翻了脸，俊俏儿当众骂海师老不要脸，海师一句没吭走开了。原来是有好事之徒给俊俏儿咬耳朵，说是他亲自看见海师教俊俏儿的小女儿与邻家的小男孩学坏，真是老流氓一个。这还了得，俊俏儿找到海师二话没说就是一耳光，你个老不要脸的竟然让孩子学坏，海师莫名其妙，想起了那天两个孩子在玩耍，男孩把女孩压在地上，说是操你妈，是他哄着拉开的，怎么就成了老不要脸呢？我是老不要脸，是打你的主意还差不多，怎么能祸害孩子，那我还是个人吗？海师觉得俊俏儿冤枉了他，却并没有当面解释事情的原委就一气之下走开了。好事之徒撺弄俊俏儿说，老东西没理，告他去。俊俏儿这便鼻涕一把泪一把地找刘指导员哭诉了一番，轻则开批斗会，重则逮捕法办，让老东西再回到笼笼里去。刘指导员见过大世面，这类事他会谨慎从事，问过海师才知道只是小孩子打架，经人一演义便差点成了一桩流氓案件。刘指导员找所谓亲眼看见的人调查，那拨弄是非的人紧张得好像坏事是他自己干的，说是没看清楚，也是出于好心让俊俏儿防备着别出了大事。刘指导员说，你眼窝长到裤裆里了，以后把嘴夹紧，多操自个儿的心。俊俏儿听刘指导员说了调查结果，臭骂了那个说闲话的人一顿，想找海师赔不是却张不开口。海师也从此不再搭理俊俏儿，二人形同陌路人，采石场的一桩老男人与俏女人的风流事至此了结。

第十二章 石场

与石头打交道的苦力人,能够逗乐子的似乎只有生活中所缺乏的性事了。矿工们物质贫困,大多也是性饥渴者。阮师住在山背后一个小窑洞里,有个半路上的年轻婆娘,一次大伙给阮师家帮忙送炭,架子车几乎是从陡峭的小路上抬上去的。推开门,阮婆娘还在被窝里仰面躺卧着,一个相貌丑陋的半大不小的光棍当众开玩笑,爬在阮婆娘的身上晃荡起来。阮婆娘大叫,你这臭流氓,扬起巴掌把这丑小子的脸打得噼啪作响,推到了床底下。有人不依,说你这不要脸的货,想女人想疯了。这小子得意地说,没事,是隔着裤子和被子的怕啥。不满二十岁的我自己先羞了,急忙退出窑洞,只见阮师没事似的给大伙道谢。临到那小子出门,阮师骂了一句你这龟孙,假装踢了一脚,那小子缩了屁股早跑了。大伙似乎看了一场免费的男欢女爱的表演,浑身汗水却轻松地下山了。有个瘦秆小伙挑衅往石灰窑推石料的壮大嫂,这壮大嫂长得五大三粗,瘦秆小伙说什么男人如何女人如何的风凉话,意思是女人不行,壮大嫂不依了,说你个瘦麻秆欠修理,说着说着二人便上了手,你推我搡,掰腿抱腰,三下五除二,壮大嫂已经把瘦秆小伙结结实实地压在了身子下面,瘦秆的长毛脑袋拼命想挣开壮大嫂钳子似的大腿,连声求饶。之后瘦秆见了壮大嫂,脚底下就生了风。

有个班长,长得很彪悍,老婆孩子在河南老家,一身的劲没处使。有天,他和我正在他住的屋里说事,一本正经,突然有人推门起来,是周师的媳妇说要给他男人请假。班长眼里放光,让我出去回避一下,把我推出了门,随后就听到那女人吱哩哇啦的叫声,挣开了纠缠,披头散发地逃了出来,笑着跑开,说是你个癞蛤蟆想吃天鹅肉,没那么便宜。班长出门看我

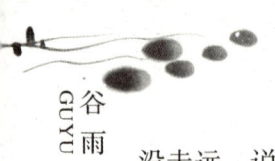

没走远,说来来来咱接着谈,他见我不好意思,笑眯眯地说,没啥没啥,男女之事你们小孩子不懂,亲亲嘴摸摸奶子又不干啥,长大你就明白了。平时堂堂正正的班长,怎么教徒弟这些乱七八糟的东西呢?

采石场小卖部的小妞与技术员眼镜相好,终于水到渠成,眼镜便偷偷在小卖部关门后与小妞住在了那里,被夜间巡逻的民兵逮了个正着,说是搞破鞋,拉出来连夜批斗。同病相怜的小妞和眼镜还真是爱到深处,硬是扯了结婚证,名正言顺地睡在了一起,如入无人之境似的叫床,惹得四邻不安。好景不长,眼镜在老家的老婆来到了矿山,这不犯重婚罪了吗?小妞算是不知情不予追究,眼镜却被公开逮捕,判了两年刑。刑满释放后,眼镜还是一条道走到黑,与小妞成婚,过上了平常人的日子。

开始被招工回城的知青,基本是家庭成分好一些的子弟,出身不好的知青是最后才离开农村的。一天,矿山连部住进了三个如花似玉的女子,三张床铺就支在我的广播室与刘指导员住处之间的厅堂里,后边小窑里头还住着一个膀子的奇人和他老婆。刘指导员说是临时过渡,凑合着住吧,总不能让新女工住在露天野地里。三个女子都是地主或小业主成分,算是可教好子女,一个是丰满的丽,一个是娇巧的秋,一个是文静的贝。私下里大伙议论,能唱一折豫剧《朝阳沟》的吴师肚里有墨水,他说成分不好的子女,上溯几辈人是有钱人,娶的老婆也是长得姣好的女人,后代自然也长得出众。让这些手无缚鸡之力的女子与石头为伍,可惜生不逢时,红颜薄命。

长得漂亮的女子大多能歌善舞,三人很快参加了水泥厂文

第十二章 石场

艺宣传队，算是台柱子，大多时间是排练节目或巡回演出参加汇演，描眉画眼，穿戴入时，尤其是晾晒在门前迎风招展的花衬衣和裤头奶罩之类物什，让粗笨的年轻开山工们眼馋，把他们的心给搅乱了。兄弟们开我的玩笑，我的小门可以关闭，可是一个大门里住的三美人除了一道布帘是没有设防的，我可以设防她们，她们却不能设防我，谁叫我是年岁比她们小的小弟弟呢。同一大门里住的另一位是刘指导员，得放心领导，另一个是少一个膀子的奇人且有老婆，大伙应该是相安无事了。晚上起夜，厕所在山坡下的崖畔上，各屋有各自的尿盆，通常是用旧脸盆的，这样倒尿盆可以被认为是倒洗脸水，只有自己知道是洗脸水还是尿。到了静夜里，哪个屋里有尿尿的响声，隔壁都会听见，叮咚的泉水与鼾声此起彼伏，别有情趣。三美人的雪花膏香味，弥漫在大门里的各个角落，也包括她们咯咯的笑声，抑或是闹了别扭的饮泣声和摔东西的嘈杂声。三美人之间你和谁好了又和谁不好了，谁又撬了谁的相好了，甚至采石场上年轻人骚动的指向无疑集聚到了这里，好像满山遍野嗡嗡叫的蜜蜂都盯住了这鲜花中的鲜花。眉来眼去的，献殷勤的，打情骂俏的，都成了采石场的娱乐项目。

到了雨天，上不了山了，大伙便聚在一起打扑克下棋，还有一台乒乓球案子。胡子是矿山乒乓球冠军，尤其是扣球技术，只要是弹出案子的球无论是上旋还是下旋甚至孤旋，胡子都能抽杀过去。胡子值得夸口的是他的爷爷，陕北老红军，几十万人的矿务局的保卫处长，更让人惊奇是他爷爷有一把小手枪。胡子从小好吃好喝好玩，乒乓球成了他的拿手戏，也成了他追求美人之一的娇巧的秋的资本。胡子后来上了体育学院，

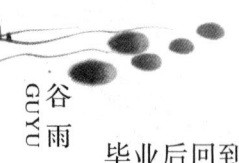

毕业后回到小城当了体育教师,曾经在采石场恋上的秋最终成了胡子的妻子。当然一切都不那么想当然,秋在她五十岁退休时在省城遇到我,我说当初我在矿山是农民娃一个可你是城里人,要不我真想追求你,秋说你到了这时候才说出这种话。我当初是看上了三个女子中的任何一个,比我订的乡下媳妇好看,可我有自知之明,不敢奢望能与她们结为夫妻。我只是暗恋,远或近的欣赏她们的举手投足,是一群围拢三美人的如狼似虎的健壮男人之外的可怜的旁观者。

我上了大学进了省城,与三美人皆有过工友名义的书信往来,却不敢有进一步的发展。秋是在我分配到省城工作时不久出差来过一次,我骑自行车在火车站接到她,二人一直从城北走到城南,一则不好意思骑车带她,二则想多说说话。二人在单位食堂吃了一餐饭,说到了对象问题,她听说我已经订了一位同年毕业的异校女子,便表示祝贺,说她也准备同胡子订婚了,之后我送她去火车站。其实在此之前,我回老家时联系过她,而且上她家吃过她妈包的饺子,但谁也没有说到捉摸不定的藏在内心的敏感问题。过了三十年再透露当年的小秘密,还有意思吗?美人之一的丽当时被另一个忧郁的俊男恋上,这俊男家庭地主成分却拉一手优美的二胡,在宣传队时二人就情投意合,却遇到另一个强悍的小子从中出手,据说在黑水河滩里捡起了石头,差点出了人命。丽上大学了,忧郁俊男避开了强悍小子的竞争,是强悍小子陪同丽坐火车到省城上学的。我和胡子还有丽三个是先后从采石场上大学的,遇到节假日,相互走动也是出于工友之谊。

有一次丽来找我,一起在校园散步,同宿舍的同学惊奇地

第十二章 石场

说,没想到你平常老实巴交的还恋上这么漂亮的一个女朋友。我冤枉死了,她是我的工友,那么漂亮出众能看得上我吗?丽说强悍小子依然紧追她,不要命地爱她,甚至说他因被怀疑偷了化验室的器材进了班房,戴了手铐还奋力将别人砸翻在地,有股子男人气。看来丽是被对方感化了,之后听说果然成了婚,过上了幸福的生活。另一个叫贝的文静女子,被丽和秋称作有心计有城府的女人,在我印象中她喜欢读书写文章,是采石场的小才女,而后进了厂机关做文书。贝和秋都因为出身地主富农,比丽的小业主成分更处于劣势,没能上大学读书,但之后又重新生活在小城一个系统的机关里,来往却不多了。

我始终不清楚贝嫁给了何人,有次我回老家在厂子机关见到了她,甜笑依然有几分慎重。胡子仍与我有联系,说他退职开了一家羊肉餐馆,邀我去品尝过,他的妻子秋当助手。胡子好酒,酒肉朋友狐群狗党不少,来了都喝个半死,人家要付账,胡子眼一瞪说这不是看不起我胡子嘛,日子不长餐馆也就关门了事。后来听说他包了一座山搞退耕还林,怎么又种地去了,当年胡子是从我们一个乡的村上当知青招到矿山的,那年月是当知青,今儿却当上了地主或山大王。

那位矿山统计员,出身教师家庭,人聪明,一笔好写,被调到厂部生产科当统计,我便接手当起了矿山统计员,同时兼文书通讯员广播员。以后多年,他先是当生产科副科长科长,后当管生产的副厂长到厂长,再后来做了建材局副局长局长,我假如不走上大学的路,是否也会沿着他的道路奋勇前进。做统计员,得每天计算矿山二三百人的出勤和产量,产品种类诸如打眼放炮炸石数量,料石石碴石粉,石灰原料及成品,日报

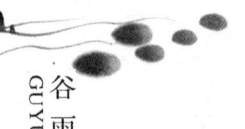

旬报月报季报年报，每月得理出工资表发放，还得在销售房开票丈量石灰石碴的立方，忙得不可开交。销售房搭建在公路边，里外两小间，各放一张桌子一张床。我把它收拾干净，天热时的中午还可以在铺了凉席的里间睡上一会儿。无奈小窗外是自然形成的露天厕所，臭气熏天，我几次以主人身份对在房后撒尿的马车夫大加呵斥，有的马车夫哼一声，有的还蛮有理，你能叫活人拿尿憋死，你把老子鸡巴割了！有个卡车司机和我处成了朋友，给弄了十棵杨树苗，我扛回家里栽在窑院前。祖母说杨树是鬼拍手，我还是坚持栽了，活了几棵，日后长得窑崖背一般高。多年后从城里回去，见杨树有碗口粗了，只剩了一棵，最后还是让风折断了。我四十年前栽的手植杨，如果长到现在，该是怎样一处风景。

矿山上很少有树，小路边是天然的花草，一切景物皆如同矿山人一样时常蓬头垢面。底处的黑河确实是黑的，沿河的污水也是排放在河水中的，河边有水泵房，将水抽上几百米高的水塔，人们就靠它生活。白天河水很安静，是石场上的响声淹没了河水，只有到了夜深人静时河水才哗啦啦地发出动人的响声。沿着旁边的沟道进去，是荒坡山林，我星期天休息时要么加班多挣八毛钱，要么同伙夫的小儿子进沟里给他家砍柴，可以混一顿饭吃。

火车在河对岸经过，汽笛长鸣，客车窗口人头晃动，他们从哪里来到哪里去似乎与我没什么关系。采石场边的公路是国道，是省城通往陕北的唯一要道。可这里是我们矿山的地盘，要放炮了，我常担任警戒手执旗子拦住了来往的车辆，也就是小轿车也照样被拦住，通常是半个钟头，等炮声响过才放行。

有时还能吃上坐轿车的城里官人递上的一支带过滤嘴的香烟，与他们拉上几句话，说说城里的故事。

多年后，这条宽不过百米的峡谷，有高速公路通过，河水与铁路国道高速公路并排挤在这处咽喉地带，采石场挪到了后山，原来的矿场栽了林带，石灰窑被推平了。国营的水泥厂早已倒闭，或者说被南方来的民营企业所兼并。我采石场的从劳改队转制的老师傅们已陆续悄然离世，同辈的工友们也已退休住闲当了爷爷奶奶，工友们的儿女有的当了小城的处长科长，如今成了新一辈人的世事，眼下已不是我辈的风流时代了。曾经有着人间烟火和可怜的风花雪月般的矿山生活区，长满了树和野草，残留的只有滞呆的小窑洞，但我在对岸公路上乘车经过时，仍然可以分辨出当年处所的位置。噢，那里是五兄弟住过的小瓦房，那里是曾经的连部，我和刘指导员还有一个膀子的奇人夫妇住过的地方，尤其是三个美丽的成分不好的女子曾在那里短暂地停留过。

这一切，也就四十年光景，难道就已经化为烟云，似乎从来就不曾发生过一样。

第十三章　车站

　　陌生了的东西，即便偶尔潜入你的思维空间，或是与你俩俩相对，泛上心头的那种亲切感，已经十分的苍凉。回首往事，你是一个漂泊者，到过许多地方，走过太多的路，也经过若干个码头和驿站。纵然如此，你不应该忘记这小镇车站，它在四十年前送你远足，打那时候起，你便拥有了游子的命运。

　　谈不到衣锦还乡，也不及告老归故里，几乎是年逾一年的探访是一种流逝岁月的积累，一种频频的回望，一种距离你个体生命终点的逼近。而这小镇上的快有一个世纪历史的火车站，怎么也是一个难得的象征物，一个坐标，那突如其来的火车的嘶鸣，使你胆战心惊，它警示你什么？像悠扬而狞厉的钟声，在一个虔诚的教徒的心上碾过。

　　这车站应该是二十世纪初叶的产物，最初的民族工业将触角伸到了这黄土川原的深处，挖掘黑色的宝藏，现代社会便沿

第十三章 车站

着这长长的窄窄的铁轨,改变了这周围的一切。而你,一个世居于此的土著,一个年幼的生命,从这里爬上火车,让有形或无形的载体把你抛向一个个陌生的角落。如今,你却陌生了这小镇上的火车站,班次、旗语、票价、乘客,以及站台上的风尘和候车室里呛呛的酸酸的气味,你都久违了。甚至,在你以往回乡的时候,也似乎没看见火车的影子,没听见火车的嘶鸣。那隐隐的却极有穿透力的嘶鸣,在十里路之外的你的土原小村庄里,在你离开家乡之前,几乎每天每夜都听得见的。乡里人常以火车叫声来判断时间的刻度,你听,火车叫了,该下地了,或是该吃晌午饭了。后来,不只是远游归来的你,连乡里人也很少听见火车叫。其实,火车从来就没有停止过嘶鸣。

只是人们淡漠了火车包括小镇车站的存在。坐火车去西安城,要经过若干个这样的小车站,西去咸阳打一个弯,车头车尾互换位置,东至西安需要半晌工夫。人们在不断搜索空间距离上的捷径,直线最好,于是公路、一级公路、高速公路有了卖点,垄断之后的市场竞争所派生出的多路交通工具,占去了乘客的份额。于是,火车落伍了,小镇车站冷清了,而它在陌生的境地一旦占据你的思维空间,那感觉却这般灼热,甚至有些疼痛难耐。

你想起坐过的巴黎至马赛的高速火车,它却让一切汽车相形见绌。而你的小镇车站所通往的煤城趋于凋敝,廉颇老矣,高速火车在这黄土川原之间出现只能是梦想了。遗弃与开发,是历史演进的两翼。你也就不必为小镇车站的沧桑所伤感。你游历四十年,收获了满脑子的斑驳的记忆,除此之外,还有鬓角的白发。你是慨叹小镇车站的容颜呢,还是为自个儿的年少

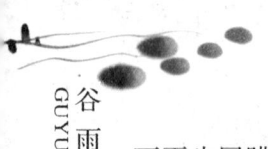

不再步履蹒跚而忧伤?

车站口是朝公路开的,通常人们上下火车都要路经此处。站台距站口,被煤堆或石料的货场隔开,中间有一条通道,也自然污浊泥泞或黑灰飞扬。站口就设在三岔路口,路旁的斜坡上有几间砖瓦小屋,有车站饭铺和一个杂货店的门面。以往回来,常瞥去经意不经意的一眼,似乎永远是那么个模样,像个满脸污垢的老人蹲在那里,默默地,一句话也没有。你此时看见的杂货店,与多年前没什么两样,只是将油毛毡的屋檐换成了塑料板,添了冰柜,多了一些可乐、冰淇淋、娃哈哈之类的洋货和时尚饮品。秋日午后的风,挟带着细微的煤和石料的硬铮铮的粉尘,把塑制屋檐刮得噼剥作响。杂货店的主人,便抬起手臂遮挡眉目,还是让一粒灰尘钻入眼睑。他揉了揉昏花而碜疼的眼睛,似不凑效,便愤愤地连唾三口,据说可以唾出灰尘,五官都是通的嘛。老主人瞧见了你,并不相识,也不像他的顾客,只是个路人,便抄起手腕作枕,埋头继续打他的鼾睡。十一二岁时的你,曾将这三尺之地的杂货店视为天堂。那么多的芝麻糖,香香的,脆脆的,吃着就掉芝麻粒。你是一边吃一边用舌头舐净粘在唇边的碎渣。你羡慕店主,整天可以吃到芝麻糖。

那时候,上高小的你每周两次回家背馍,途经这儿时,遇太阳天遮阳,遇下雨天避雨,冬雪天烤烤冻红冻僵的小手。货架上挂着红色的油纸做的伞,撑开来咯嘣嘣响,红红的一个满圆,红日头似的。你曾梦寐以求得到这一把红色的油纸伞,往风雨中走去。纵然脚下是污浊和泥泞,也是快活的。那红伞一起一落,牵引你飞上山原,飘过小桥,多么轻盈!可你始终未

第十三章 车站

能拥有红油纸伞，只是将母亲纳的布鞋夹在胳肘下，赤脚穿行于风雨天山原与小镇学校之间的泥水路上。

不必打听那卖油茶的老头了。四十年，他已年过古稀，或已不在世了，他的儿孙难道还卖油茶不成？就在杂货店隔壁，茶炉风箱声声，炉火升腾着泛蓝的红光，大铁壶噗噗地冒着热气。那种铁壶底部大，壶盖小，拱起高高的手把，壶嘴奇长。这种壶的造型，如今已很少见，多是演变成大肚子的弯嘴壶，臃肿肥硕，缺了简练凌厉之美。茶店的茶水如何，你印象不深，好像跟祖父喝过几次，苦苦的，酽酽的，是一种砖头似的红茶。这种茶克食，助于消化，暖胃舒气，可常是饥肠辘辘的你只是贪嘴于另一种叫油茶的东西。

油茶也自然少不了芝麻，但主要成分应该是炒面加牛羊油，佐盐，有茴香和杏仁。可能是先在锅里熬好，灌入大壶，壶外裹了棉布保温，附带小瓷碗装在筐里，就沿小镇叫卖了。走街串巷，起点终点总是在这车站口的茶店旁，卖油茶的老人的影子多是出现在站口附近。那时，他顶多四五十岁，但在年少的你看来已经老迈了。尤其是那瘦瘦小小的身材，邋邋遢遢的衣着，头戴毡帽，腰系宽布带的模样，特别是那只彻底塌陷鼻孔朝天的鼻子，让你一闭眼就瞧见了他的面孔。伙伴们背后戏谑他是"没鼻子"，还偏偏有唏溜唏溜地常用手背揩鼻涕的习惯。给你倒一小瓷碗油茶前唏溜着揩一把鼻涕，倒完后又重复这一动作，罢了收钱又揩一把。不买喝油茶又馋得直流涎水的伙伴就说，怪不得没鼻子的油茶香呢，而且老是卖不完。甚至周围人开玩笑说，没鼻子的油茶不用调盐也是咸的。

说归说，你如今还会清楚地记得车站口油茶的味道。老人

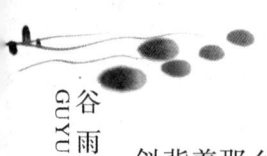

斜背着那么大的油茶壶，踉跄着穿过街巷，那壶几乎小不了多少老人的体形，在老人侧身弯腰从长嘴壶倒出一小瓷碗油茶时，人也佝偻成了一只壶。他也许因为冷冻或风雨浸蚀，那么一揩一揩地抹去了鼻梁。记得他的老婆胖乎乎的，比他个大体宽，儿女尚小，闹腾得满脸五麻六道的，时不时就喊叫打骂成一团。有一回，见老人蹲在一旁，揩着鼻子，在偷偷哭泣哩。"油——茶"！你似乎听见了那经年已久的叫卖声，车站口却寂寥无语。他把油茶叫成"釉岔"，中间拖音很长，"岔"字出口，戛然而止。

那时候的火车是烧煤的，是最古老的蒸汽机构造的模样。到后来烧电，模样怎么看也好像不那么生动了。火焰熊熊，浓烟滚滚，那么气壮如牛，是黄土川原之间最为庞大无比的活物。从这小车站驶出进入下行线时，一声怒吼，风驰电掣般，又如脱缰之野马。夜间可见车轮与铁轨迸溅出的火星，转眼即消失在山原之后。上行时，它如一头负重的老牛，吭吭嚇嚇，一步一铿锵，气喘吁吁地爬入小车站。那巨大车轮，像是旋转扳动的胳臂，又如乡间蚂蚱一曲一伸的腿脚，或快或慢，或吃力或轻盈，更接近于童话和玩具。乡里人把火车分为两种，一种是货车，一种是票车。票车的叫法，可能是说买票客坐的意思，后来通称为客车，而乡里人总还沿用着票车的说法。

汽车运输在当时并不发达，与火车路并行的公路被说成马路，当然与马车有关。蒸汽机火车的历史可能与马车的命运差不多，已经成了往日的话题。那时候并没有汽车站，有的倒是马车店，也叫骡马店。也就在小车站出口的另一道巷子口，小镇上的马车店存活过多久，谁也说不准。人类的先智者从山上

第十三章 车站

往山下滚石头，发现圆石比方石先一步抵达山底，于是得到了圆的动力。从木轮车，到铁皮胶皮箍的轮子到有胶胎的轮子，从独轮到双轮三轮四轮以至多轮，代步和运载货物的工具还能如何演变？至今，新的时尚仍不会完全取代旧的事物，滞留之久的落后的东西，不会在一夜之间统统消失。而小镇上的马车店，的确不复存在了。

以小镇马车店为中心的方圆几十里地，原本是一个骡马成群的世界。可以追溯到上百年之外，骡马驮载一直是人们代步和运输货物的上乘工具。先是人力抬的轿子，是少数人如财东什么人才可以坐的，还有迎娶送嫁的新媳妇可以坐得，再就是死人坐，那是棺材，比轿子封闭得严实些。要么是骑马骑驴骑骡子，也可以是马驮驴驮骡驮，前者指代步，后者指运载货物，叫法上有主客体之分，毫不含糊。要么是马车驴车骡车，也有牛车，但牛是不可以骑的，不知其中缘由。在拉车上，似乎牛不及驴，驴不及骡，骡又不及马，马车就如佼佼者被叫得响了。驴生驴，马生马，骡子介乎其中，只是个杂种，乡里人骂人说是驴日的狗日的猪日的，从不骂马日的牛日的猫日的鸡日的，更不会骂骡子日的，因为那是个虚无，骡子是不具备生殖力的，也许是上帝什么的剥夺了它的骡权。骂个骡子日的，肯定是怪虫虫，怪才。骂你个驴日马踏，就够解恨了，那生出来的必然是骡子。马日驴生马骡，驴日马生驴骡，骡子原本是分母系父系的，一般常人并不知晓其间的遗传区别。所说的马车通常是马和骡子组成，马侵犯了骡子的署名权，骡马店的叫法是对马车店的更正。但骡马店是马车和骡马驮子的驿站，你记忆中的这个地方其实已是马车队，镇上的官办企业，而已不

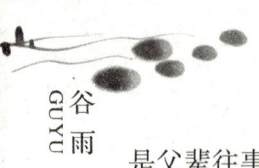

是父辈往事中的马车店了。

你记得只进过一次马车店的小巷,是随父亲来的,给村上一头红骡子钉掌。那头红骡子是你幼年使唤过的最烈倔的一匹牲畜,中等身架,精瘦但皮毛光滑闪亮,像披了一身的红缎子。二爷是喂牲口特别是泛指骡马驴一类所谓高脚牲口的老把式,贴补着家里的粮食给红骡喂颗子,附以少量草料。那红骡被佝偻了腰的二爷牵着,总是小跑着翻着闪闪的蹄掌,乖娇而顽皮。它常一身飒气地屹立于原畔的洋槐树下,咴咴叫着,打着响鼻,甩着铁扫帚一样的尾巴,一般人是不敢轻易靠近的。一旦上了套,上坡也是快捷有力地蹼动四蹄,直奔得浑身蒸腾起一股热气。遇上生手便唤它,就先给你个下马威,把你像抡鸡娃子似地摔在一边。那次牵着红骡到马车店钉掌,它像不愿换新鞋的犟孩子,几次把钉掌的老头甩个尻子墩。之后回乡,见红骡老迈了,仍是烈士暮年,壮心不已,那股飒气一点未失。再后来,说红骡在一回钉掌时,发怒于铲掌的老头儿,踢踏中误将锋利的铲子撞到肚皮上,红骡便毙命了。可能是红骡宁死不屈,不肯屈一下腿脚,导致了生命的完结。人类对于牲畜的驯服,比人对人的驯服简单多了。

高高的草垛是马车店的特征,方圆的麦草多是卖到这里的。马粪也堆积如山,是经牲口的粗糙的胃液加工过的碎麦草,虚虚软软的,踏上去会陷了脚。但粪的质量很次,不臭,反而有点酸甜的气味,失去水分后随风飘扬一如尘埃。车站马路上的尘土,除了煤屑石末便是碎草一样的马粪。后来,讲究马路上的卫生,马车上备有粪兜,吊在马匹的尾部,却也是大煞风景。好在这黄土川原的马车史上,没有客座的设施,镇子

第十三章 车站

上的阔老们没像欧洲豪富那样拥有私人马车。马车的历史在这里很短暂，代步的马车没出现过，总归是少数的富人在马车时代的后期已变成受人鄙视的另类。你在镇子上读高小时，偷偷地扒过马车，一旦被马车夫扭头瞥见，就甩来响亮的一鞭子，抽得你惨叫一声。你若遇上那个外号叫大麻子的马车夫就烧高香了，他见你偷偷扒上马车尾部，虚晃一下鞭梢，那漂亮的孤圆从缩起的头部飘过，他呵斥着投来一个鬼脸儿，再叮嘱你坐好别摔下去了，又哼一句"王朝马汉一声叫"的豫剧，悠悠赶路了。几年后，你在一个石料场干工，还常向大麻子打招呼，却有一日清晨，听说山顶上掉下来一块拳头大的石块，正击中装石料的马车夫头部，那被砸死的吃马车的偏偏就是大麻子。

马车队若从原上煤窑拉煤，下坡重载，会发出咯咯的刹闸声。马车夫如履薄冰，紧拉闸绳，身子后倾，像要用肩头扛住下滑的煤车，辕马四蹄斜斜地蹬着滑动，控制车轴的木闸板咯咯嘶叫不止。大麻子吆了几十年车，不曾死于这等危险的境况下，却了结于偶然的非命，真是让人费思量。他是个好人，也是个利气人，你常瞥见他侧身一跃跳上车辕的潇洒的身影，却没躲过风吹下来的一颗顽石。记起乡里人说，有四种最难听的声音，即木匠用钢棱发锯的声音，厨妇用铁铲刮锅的声音，驴叫，还有这车闸声。这种令人毛骨悚然的声音，也慢慢退缩了。汽车族的轰鸣和喇叭声，淹没了周遭带手工业性质的噪音，世界依然喧嚣。只是压不住火车的惊天嘶鸣，疏忽并不完全是失落。

你羡慕过扳道岔的差事，那工装脏兮兮的扳道工总是低头走路，蹲下身紧一紧铁轨上的螺丝，岔开步子扳动道岔，火车就沿着他指引的方向进入票车或货车道，抵达小站轨道的位

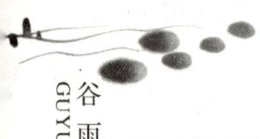

置。你偶尔与小伙伴在铁轨上直挺挺地颤巍巍地往前走,走不了几百米就踏空了,谁都难以掌握行走的平衡。最能干预你们小伙伴的人便是扳道工,他老远瞥见了,一声呵斥,好奇而调皮的孩童们便作鸟兽散。一不留神,火车从弯道上奔驰而来,你和小伙伴们躲闪在路旁的小沟里,眯缝起眼睛,看那庞然大物呼啸而过。铁轨和枕木一起闪动,连小石子也晃动了,路旁的山花野草在跳跃,整个大地都为之抖动。咣当咣当咣当,那明显的节奏原来是从铁轨连接的间隙发出来的。入夜,扳道工掌了红灯一闪一闪走过,与入站口铁架了上的指示灯及路灯交相辉映,像是一种灯语,说着明亮而神秘的话。可扳道工没有样板戏里演的红灯记里的李玉和那么高大威武,而小站上的铁梅该是那位同校的大姐姐,李奶奶许是摆茶摊的老太婆了。戏里唱的是往事,眼前已不见几年后的那些红彤彤的日子,铁梅多像铁路小学那位戴红袖章的打花鼓的少先队员,天不怕地不怕,把革命的口号叫得震天响。

　　一条铁路线,从小镇通向天下任何一个角落。而对于小镇来说,同时成为一道屏障。有一条半明半暗的涵洞从铁路下通过,连接起镇子边缘的村庄和街道,但很少通马车汽车。距公路近的通向土原上故乡的大道,是非经过小站东口的铁道不可的。道路在此形成十字状,有站房守在这里,起落着拦挡公路行人车辆的栏杆。铁路是老大,总是公路避铁路,从来没有火车停下来让道于行人或马车汽车的。按说该修一条涵洞或高架公路桥,但由于周围地势平缓,设施造价大,近百年过去人们依然走走停停在十字路口。一站二看三通过,路的公众化使路有了障碍,于是也形成秩序和道路规则。稍不小心,就会酿成车祸。人们在追求速度和便捷的同时，得付出代价以至性命。十字岔口不是永远的安全港，车毁人亡的事发生过不止一次。在十字岔口粗心大意，不只是欲速则不达，而是在重复鸡蛋碰石头的游戏。站房看守是个悠闲差事，但有一回打瞌睡，遇上车祸人亡，就得坐班房受法了。

乡里人有马惊骡惊一说，脱缰之马因受惊恐，不择方向而狂奔，伤及路人，马匹也会失事。也有火车惊了的说法，那比起惊马来，威风百倍，且后果更不堪设想。火车失控绝非戏言，有所谓惊车道为证。在十字岔口附近，有一条铁道通向一个凿崄为沟的深巷，铁轨逐渐攀援，坡度很大。几乎未见到火车惊恐而狂奔至此的事情，枕木日渐朽去，铁轨生了黄锈，野草丛生着遮蔽了惊车道。蒸汽火车的草创期，下行重载的列车闸门失灵，狂奔而下，会顺着扳道工指引的这一上行坡度得以控制。这也是一种平衡。而这条惊车道不仅在事发的当儿缓冲动力，无事时也是一种安慰。防范功能，是对不完善的补救。平时看起来，惊车道如同虚设，小镇车站的工人们以及难民，就依惊车道的土崖开窑洞，栖息于此，吃喝拉撒，生儿养女。窑洞体积不大，比土著的原上老户的窑洞小多了，也很少修饰，当地人称它难民窑窑子。坍塌的土崖旁挖一片地，撒几粒种子，便有向日葵硕大的花盘黄灿灿开放着，瓜蔓蜿蜒，豆藤缭绕，使这里别具风景。

在乡里老人说的旧社会里，这难民窑也有过灯红酒绿的故事。村上光棍老五在小煤窑下苦，挣几个血汗钱除了酒肉烟土，全抛在这窑子里了。逛窑子，睡女人，等同现在的红灯区色情场所性服务。一回，光棍老五酒后发大话，对女老板如时

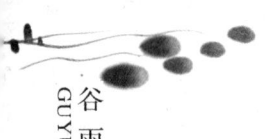

下的妈咪夸口说,他一晚上能把窑子里的骚货都弄了。女老板开怀大笑,光棍老五行,够男人,你若把她们都弄了,老娘一个铜子儿不收,你挑一个最可心的女人领走,老娘还要给你传名。老五正饿着,心想自己能吃八大碗,真是开了饸饹床子,看你小子能吃得及嘛!临了,老五从第三个妇人身上爬起来,沮丧于心有余而力不足,怕惹不起女老板,说不定掏光铜子还得搭上性命,便谎称撒泡尿,趁黑光尻子溜走了。人说,精尻子撑狼胆大不知羞,老五的这番艳遇让人耻笑了几十年几代人。小时候,在田埂地畔,亲眼见老辈人就此事善意地羞辱光棍老五,只见他闪着老脸上的一对晶亮狡黠的小眼睛,不愠不怒地反斥道,你说的是个球嘛!老辈人也笑笑,接着说,我说的就是个球嘛!二人对骂着,又把烟锅一上一下对在一起,你吹他吸,燃上火,咝溜溜地吃旱烟,蓝色的烟雾袅袅地飘散在潮湿的庄稼地里。

大概十四五岁那年,你第一次出远门,你得到了五块钱和三十斤粮票,就装在盛馍的布口袋里,从小站坐火车赶往市里。火车一路北上,兴许是你头一回坐火车走这条路,火车穿过两条隧道,黑洞洞的,车轮声愈是震耳欲聋。几岁时坐的第一次火车,是去药王山赶庙会的,人山人海,香烟缭绕,那慈祥的神像却让你恐惧。传说药王山烧香,香烟会穿过数十里山洞,从这火车隧道上端悬崖上的洞口冒出。药王洞为前洞,此处为后洞,崖下河道旁的山岇上便坐了一个古庙。这回到了市里车站,血热心急,匆匆忙忙下了车,才感觉手上少了什么东西。是馍布袋,里头还装了五块钱三十斤粮票。钱是母亲养鸡下的蛋卖来的,粮票是父亲扛了麦子去镇上粮站换的。丢了钱

第十三章 车站

和粮票,一个月时间得把嘴吊起来了。你似乎陷入未曾有过的恐慌,顿时沮丧得要哭出声来了。你找车站上的人,说把装有钱和粮票的馍布袋丢在车上了,不是说捡到东西会找失主的吗,哪有的事?丢了就丢了嘛,算你倒霉!你赶十几里山路回家,一边替母亲烧火拉风箱,一边哭,胸口堵得慌。母亲问咋啦?你一直不说,最后才如闸门打开,失声大哭,道出了缘由。父亲回来后,听说丢了钱和粮票,就没好气,那就窝在家里干活吧,别再去疯疯张张了。父亲再没说,让娃们闯去。你看看,兵马未行粮草先断了。

　　事隔不久,你便听到了一个叫你心碎的消息。就在你丢失馍布袋那天,你的好伙伴九九一道儿由镇上小站坐火车去的市里,你断了粮草回家了,九九他们去参加静坐游行的队伍。当时九九说,你回家拿了钱和粮票再来,谁知那竟是同九九的最后一面。九九是个小子,长了个女娃娃相,清秀的眉眼,樱桃小口,白净的瓜子脸蛋,黑黑长长的偏分头,个不高,身子骨柔柔软软的,唱歌跳舞画画样样行,学习也是班上前三名。你和九九很要好,九九常拿他奶给他带的雪白的油卷馍给你吃。他是班上头一个入团的,那团徽别在他胸口要多神气有多神气,让你艳羡不已。九九幼年丧母,是奶奶一手把他养大,是个宝贝蛋儿。姐姐们护着他这么个晚来的弟弟,传宗接代的习俗使九九比一般孩子更贵重。谁知绳在细处断,九九死了,九九在从市里回家时扒货车摔死了。火车没在小镇站上停下,因为是货车不像票车尤其是慢车肯定在小站停三分钟。火车在小站未减速,呼啸着向西开去。九九的目的地是小站,他的家在你家对岸的山原上,按说他到了小镇车站上三里坡就到家了。

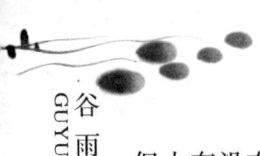

但火车没有停,愈是一声惊叫,加速西行。九九肯定慌了神,比你丢了馍袋要慌神的多,他甚至恐惧到了极点,火车距离他们熟悉的小镇和山原的轮廓愈远了,火车会把他带到哪去呢?也许现在的孩子眼界宽广,你火车大不了把我拉到西安城里去,也会辗转回到家。那时候,十四五岁的孩子,除了山原上的家和小镇周围多至市里的世界外,一切都迷茫之至,不可知的天地对童心只是向往而难以实践。小鸟儿的翼羽还嫩着哩!九九在极度的惶恐中生出一个致命的念头,跳!他想摆脱这个带他去异地的载体,尽快回到家回到奶奶身边。就是这么跃身一跳,眼前一片星星,红光闪烁,来不及疼痛,一头栽在铁道的枕木石子堆里,把活鲜的幼小的生命交还给了老天爷。你一听到这个噩耗,想哭,又哭不出来,想到九九反正是死了,受凄惶的是活人,九九的奶奶该如何承受这种老年丧孙的不幸。你第一次意识死是什么,一个人怎么说死就死了呢?九九聪明乖顺,不像扒火车的调皮鬼。

九九摔死的地方在古瓷场的河对岸,那里是一个缓坡,下行的火车滑得很快。你从那里走过一回,那时候的你大概仅有八岁。小叔和你同年生,都是属龙的,母亲说生下你不几个月奶奶生了小叔。那一年,你在村小土窑洞里念书,小叔因与教师顶撞,用酸枣刺抵挡教师的体罚而休学放羊。村里食堂刚散伙,缺吃少喝,父亲管不了一大家子人的过活,要换爷爷从铁路工地上回来,周旋你碗里稠我碗里稀的家事。铁路工地在几百里外的黄河边,远离生活困顿的家乡,充当民工开山修路,村上的壮劳力都走了。工地上照样吃不饱肚子,苦又重,谁要偷跑回来,村上也不能给口粮。开始是派父亲上铁路的,爷爷顶替了父亲，换爷爷回来，也是怕爷爷受不住，好在外不如赖在家。

这天，晌午时分，你和小叔硬缠着要去送父亲，气喘吁吁的曾祖父不顾年迈，一起送父亲到小镇车站。这一回，也可能是你头一遭这么近地看到火车。曾祖父让你和小叔在站台上别动，他送父亲上了火车。曾祖父上了年纪，步履缓慢，行动不便，加上乘客拥挤，又是千叮咛万嘱咐的送别，几分钟后火车开动了。你看见曾祖父扶着车门口的栏杆被乘警挡住，大声喊着你的名字，渐渐地什么也看不见听不到了。火车带走了父亲，还有曾祖父，把你和小叔丢在了站台上。其实，在火车开动的一刹那，你已不由自主地挪动脚步，想贴近与曾祖父的距离，绊倒又爬起来，在追赶火车了。火车却只给你们一个尾车的背影，渐渐消失在视线之外。你和小叔在惊恐和焦虑中向前奔去，天真地以为在下一个站就可以追上火车，见到曾祖父了，然后一起回家。就这么追赶着，把小镇车站远远抛在后面。就在古瓷场河对岸的地方，有几间工厂的房子，一位好心的工人拦住哭喊着赶路的两个孩子，说火车是追不上的，下一个车站在几十里之外，天黑了走不到。罢了，让你们沿着刚来的路返回去，在小镇车站等候，半夜有一趟火车上来，大人会在下一站换乘这趟火车赶回小站的。你似乎明白了这道理，再说也又饥又渴，实在跑不动了。

返回小镇车站，天已黄昏，漫天是燃烧的晚霞，你们却成了失散的孩子。小站一位阿姨正在盘问你，正好在小镇煤矿干活的八爷回家途经车站，见到两个丢失的孩子，原来是你们。八爷说，走回！把鼻涕眼泪擦干净，把身上的尘土弹掉，大小伙子了，还哭鼻子吊涕，不嫌羞！走走走，走回！你遇到了八

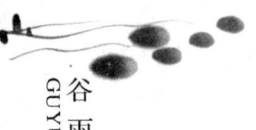

爷,心里轻松多了,可以回家了。就在你和小叔子从站台过货场时,八爷还呵斥小叔子,你以后再敢打玲玲我就把你撇在这儿让狼吃了去!玲玲是八爷的小女儿,小叔子谁都欺负过,也肯定欺负过玲玲。小叔子怯怯地低着头说,不了。突然,砰的一声响,哪里来的声音,吓人一跳。你觉得手里轻了,原来是一直拎着的油礅子接上石头碎了。火车开动以前,父亲在站口杂货铺里灌的煤油,盛在沉甸甸的瓷礅子里,交给了你。油撒了,礅子碎了,礅子的绳系还缠在你指头上。你已经哭不出眼泪了。八爷说,撒了!你想着,一大家子人点灯没了煤油,得摸黑了,你也在灯下写不成字了。你抡起绳系连同礅子耳环,甩得老远。

小镇车站啊,你走州过县,漂洋过海的始发地,四十年前的脚印你还捡得起来吗?那哭声,那恐慌,似乎就在眼前。那苦难的日子,是你在天涯海角惦念老家的依据。追赶火车的天真,你自己想起来就好笑,那时真的就那么不谙世理,那么傻那么笨,那么愚蠢么?

曾祖父和爷爷已相继去世多年,小叔子命也不强,是先曾祖父而夭折的,在沟里水潭里淹死时年方十六。八爷已老迈,据说退休在老家,因为是小镇煤矿,集体所有制企业,退了也不拿一个钱,还得种地,靠黄土养老。几日后,你在老家大槐树下碰到八爷,还说起四十年前小镇车站上的旧事。八爷老了,那时候叫他八爷,推算起来八爷那阵还只是三十郎当岁。

你的辈分低,家族发丁旺,见小孩都得叫爷。

第十四章 秋日

我在想。那个秋天,无论多么悲凉和恐惧,它总是已经离我而远去了。

从某种意义上说,人是活在自己记忆里的。你在旅路上走着,总感到不时地有谁在扯你的后襟,充满诱惑与烦恼。你扭转身,是那位叫作"往事"的旧相识。

往事。是的,往事。

常使我想起的那个秋天的往事,恐怕要缠绕我整个的一生,以致使肉体腐烂之后的那个被称为灵魂的东西不得安宁。

这里面究竟藏着一个什么秘密?我不得而知。

据我很玄妙的经验以为,凡是夜里做了什么噩梦。第二天白天就试图验证有什么不幸在等待我。也许纯属巧合,好几桩不幸都有噩梦作先导,抑或被惊醒来,茫然于黎明前的暗夜。

恐惧便如同一只蝎虎爬上心头。

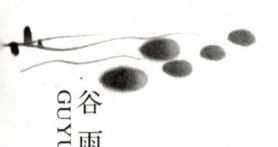

谷雨
GUYU

我胡乱翻阅过《周公解梦》，一些梦例说得极是。也读《梦的解释》，讲得也不无道理。人常说的日有所思夜有所梦的话，有时也能自圆其说。小时候，老人们教导我们这些天真无邪的孩子，梦是反的，梦见棺材是好事，梦见轿子要倒霉。还说什么"驴是鬼，马是信"的顺口溜，我是那么虔诚地谛听这些互不搭调的人生体验。以至现在，我所接触列的一切关于梦的学说，简直杂乱得令人无所适从。

我没有那种固定的梦学信仰。但我害怕噩梦。

当那个秋天的故事发生的时候，我不止一次想回忆起事前所做的是一个什么梦，愈是模糊不堪了。

信不信命运，全凭你自己。

这无疑是一个不幸的消息。

"电话！你的长途。"

我从稿件堆里抬起头，有点如梦初醒地一怔。谁给我打长途呢？我猜别是老家来的电话吧，却觉得心脏猛地撞击了一下胸口。几年前祖父病危，我接长途后赶夜里的火车回到老家，父亲在车站等我，赶到医院，祖父握着我的手只流泪，已经不能言语了。两天后，祖父死在铺有黑羊毛毡的土坑上，撇下祖母和众多的儿孙，独自上路了。

祖父死于胃出血，粗糙的包容过五谷杂粮和糠菜树叶的胃却拒绝吸收别人躯体内的血，坦然归去，没留下一个字的遗言。

也许是遗传关系，父亲也患有胃病。祖父死后。父亲便忌了酒，病情有所好转，会不会是发生了病变，像祖父那样突然暴发了呢？

第十四章 秋日

果然是老家的电话,听声音,竟是父亲!

我知道,父亲一辈子几乎没用电话说过话。他是从镇上医院让人接通了再直接同儿子说话的。父亲有病,怎么能亲自在电话里说话呢?也许别人以为只有他的话儿子才会当事儿。

只听父亲说,病情如何,要来省城住院,妹妹如何,母亲如何,镇上医院如何,我全听得稀里糊涂。我只是知道父亲病了,要来省城看病,也许是祖父最后生命的重演。

我的心脏在急切地碰撞胸口,汗水便如洗面,气儿也上不来了。

大伙儿见我虚汗淋漓,脸色煞白,都围拢过来。我只说了一句:"父亲病了。"便回到桌案前,随手点燃一支烟抽。

面南的窗户正照进午间的秋阳,黄亮亮的令人晕眩。我曾琢磨过的窗外的梧桐树正飘落一片片薄薄的黄叶,与阳光一起,涂抹着秋天特有的颜色。

无尽的寂寥,还有忧伤,顷刻间笼罩了我,溶化了我。

我还在追究,昨晚上,我做什么梦来着?是暴雨如注,天昏地暗的乡路吗?是三叔父的先妻的坟地上,一个女魔鬼披头散发,极漂亮又极诡秘地朝我嬉笑吗?是涝池里那圆圆的苍白可怕的月亮吗?

那个噩梦,在我寻找它的时候便悄然逃遁了。

而不幸却朝我逼来。

我向来最看重的不是幸运,而是不幸。不管想怎么成名成家,想怎么发财致富,想怎么有舒心的日子过,想罗曼蒂克地拥有多么缠绵而醇醪的爱情生活,一旦有不幸拦住去路,便撇开一切,先对付它好了。有时候,与不幸周旋,恰好是一种精

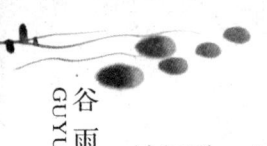

神解脱，也是一种充实而庄严的生活。当你专注于一件事情时，你便在这个难堪的世界获得了一个相应的位置。

稍坐片刻，我推开了案头的稿件。又操起倒霉的电话，给卫生小报的一个熟人，要他帮我忙。凑巧，他在，就像父亲给我打电话凑巧我在一样。不顺心的事里有便当的事。要是他不在呢？就像要是我不在一样，那是正常事，我们都是极难找见的人。那么，另当别论。

我同他约定，半小时后在附属二院门口见面，不见不散。我骑车赶到，不到半小时，就等呀等呀，时间慢得燎人。

记得祖父去世那年，父亲在省城看病，我领他在这家医院做检查。那屋子很黑，父亲吞了很白的半茶缸石膏汁，医生说是没事儿，开几瓶胃得乐了事。谢天谢地，没那种可怕的病变。我和父亲都轻松了，吃不进饭的父亲一顿就吃了三个半馍的羊肉泡。其实，祖父是否患胃癌而死，始终未有确切诊断。吐了半脸盆血，人躺倒了，输了血又吐，吊针他自个儿给拔了。父亲和我制止他拔针头，硬是掰不过他青筋暴鼓的手腕。我至今不知道，一个一生善良温和的人，临终时体质已非常虚弱，怎么会那么倔强？父亲也一样，病了还有气力打电话来。

等了一个小时的样子，通这门子的卫生小报的熟人来了。他诉说自己很忙，来迟了，很有把握地说，可以找住院部主任预约一个病床。这就和我一起在有医院特殊气味的走道里穿来穿去。

迎面碰上他的一位熟人，穿白大褂，戴黑边眼镜，举止很庄重。看在记者的份上，还算是客气的。病床可以约，但并无床位，排队做手术的人很多，答应病人到了可以加床。

第十四章 秋日

还要怎么呢？这已经不错了。说好父亲一到，我就去他家里找他，也许今晚就到。但我不知道上哪儿去接父亲，甚至完全没有听清他什么时间到，坐什么车子来，在哪儿碰面。

当我骑车子赶回单位时，老远就看见了蹲在大门口的父亲。他神色黯淡，惊异地望着我，使我很心酸。

"刚来？"我问父亲。

他并未答我话，只是说："怕你不在。"

父亲是庆幸我没有出差，遇到要碰面的事，这么快就见到。

"我弟和你来的？"我问。

"你妈，还有珍儿都来了，在楼上等着。"父亲和我一起走到大门口，边走边说，"珍儿在学校让人偷了钱，气得连哭带闹，都三天了，怕是神经上吃了亏。"

我的心里又是一阵抽搐。是小妹出事了，怪我没听清电话吗？

珍妹正斜坐在我的编辑宝座上，愠怒着脸，淌着汗水在同坐在床头的母亲驳舌。母亲手里捧着一大碗白开水劝她喝，她却唠叨个不停。

一见我面，珍妹惊喜却怒气冲冲地站起来，指着我说："你死到哪儿去啦？日你妈的，你咋不在城里给我找个复习的学校哩？"

我迷惘了。这分明已不是我记忆里的质朴的珍妹了。她变得粗野、骄横、不讲道理。她怎么会这样呢？是谁把一个纯净的村姑变成这般刁野的模样儿？

母亲按她坐下，把水递到了她嘴边，温和无奈而极有耐性

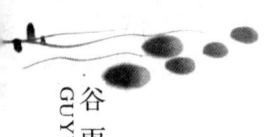

地说:"你不要这样对你哥说话,看嘴唇干的,快喝口水。"

"哼,我就没有这号当哥的!"珍妹一把打翻了水碗,叫着我的名字,骂我没良心,老不回家看看。

我忍受着,眼睛湿湿的,拧了热手巾给她擦脸。我知道这不是我的珍妹,是病魔缠身,抑或是鬼魂附体。我心里难过。

不知怎,珍妹叫我一声"哥哥",竟跪倒在地上,抱住我的双腿,号啕大哭起来。

我也哭了。母亲在一边抹泪。只有父亲不吭声,默默地收拾桌上床上的东西。

我把珍妹扶起来,用手抹着她脸上的泪水,却怎么也抹不干。我扶她到床上,靠着被子休息。她闭上眼睛,不时抽搐出声来,但总算有了片刻的安静。

"都二天二夜了,不吃不喝,也没合过眼。这可怎么办呀?"母亲很忧虑地说。

"是精神上受了刺激,会治好的。"我说。其实,我也很不安。

"都怪你大(父亲),考不上学,给寻个过活,嫁出去就了了,硬是要娃们上天呀入地呀,要么咋能遭这份罪?"母亲抱怨说。

"珍儿要去复习的,又不是谁逼的。再说,世上没有卖后悔药的。"父亲显得无可奈何。

我问:"到底咋回事?"

父亲说:"没考上大学,就说算了,待在家里,珍儿也让学上烦了。后来,她又说邻村她的同学丽丽到镇上复习去了,想搭伴去,再考不上,就死心了。走时带了十五块钱,装在书

第十四章 秋日

包里,说是等吃完背的馍,就搭灶吃点热饭菜。没一个礼拜,钱就丢了。"

"咋丢的?"

"书包放在宿舍里,钱放的地方只有丽丽知道。她猜想,是另一个外号'三只手'的同学给偷了。珍儿去报告老师,老师就来追查,那个'三只手',却把钱趁机放回原来的地方。一查找,钱在书包里,老师埋怨了几句珍儿,'三只手'却咬住不放,说是珍儿诬陷她。珍儿和丽丽找过多少遍,钱确真是丢了,那'三只手'鬼得很。珍儿一气之下,就又哭又闹,止不住了。"

我说:"十五块钱,丢了算啦!"

"钱到底没丢,可珍儿要强,气不过!"父亲说,"家里再不行,十五块钱总挡不住手。"

母亲示意说:"声小些,看她听见了。"

"你们当我听不见?我全听见了!"珍儿忽地从床上翻起身来,又是大吵大闹,"你钱多!你咋不接我到城里上学哩?你没良心,你只图自己好过,你给过我多少钱?那'三只手'狗×的,我非杀了她不可!羞先人哩!×他妈那屄!狗×的!"

珍妹的嘴唇干裂得渗着血,满面虚汗滂沱。我看见那双曾经单纯而可爱的眼睛发出悲哀的凶光。

我乃长兄,记忆中的弟妹们对我是很爱戴,或者说是很尊重的。在小时候那些苦日子里,我是他们的庇护者。十五六岁时,我已干起大人们最脏最重的农活,挣和父亲一样多的工分,好分到糊口的粮,分红时多得几块钱,使我们那个多孩子的家庭光景有所改善。十七岁,我当上了矿山工,每月四十五

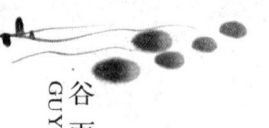

块钱，只留十块多钱伙食费，其余都全部交到父亲手里。除过日常家用，过年时弟妹们可以添置一件新衣裳。大多的钱积攒起来，为我没过门的小媳妇准备一年两料的衣物钱，偿还七百二十元钱的彩礼，也够连累父母和弟妹们了。尔后我独自一人闯入省城，上学，工作，自立自强，总算混到这个份上。尽管给家里少许补贴，但父母弟妹的亲情是无法用钱作为代价的。我有小家，顾不上老家，常使我感到愧疚不安。

珍妹的诉说，是病态的，却那么强烈地触疼了我的心。我欠他们的太多了。

珍妹，我对不起你。我知道，你很聪明，初中数学竞赛你得到乡上第二名，我过年回家看见墙上的奖状，曾为你自豪。上高中后，你有些迟钝了，一半在于智力的生理变化，更重要的是你生活在咱们那个多孩子的农家。家贫，可以造就出色的人，也可以夭折一个出色的人。我们家这几年过得可以了，但不如人意的事总是有的。责任在我这个当哥的身上吗？我有妻小，有我的事情要做，我想全部揽下弟妹们的升学问题，却又是多么为难的事！我太自私了。

是的，我不是一个好哥哥。

珍妹因为生病，才将心灵深处的幽怨推向极致，强调周围条件环境对她的冷漠，不理解以至扼杀，毫无保留地宣泄出来。

父母和我，还有周围的世界，都在接受一个少女心灵的无情审判。

晚饭时，我到灶上打来饭菜，是大米饭肉菜鸡蛋汤。还好，珍妹很香地吃完一份。这是珍妹三天来头一回进食，使我

第十四章 秋日

感到安慰。而我却觉得饭菜无味，肚里堵得慌，一个劲地抽烟。

珍妹是见到我以后才稍稍安宁了一些的。尽管有敌意，但不是完全的。在珍妹眼里，这世界全都和她过不去。饭吃得很香，与情绪有关，再说大米饭在家乡是吃不到的。我曾经馋过大米饭，后来吃多了，伤了胃口，再也对这种南方的食物提不起兴趣来。家里每年养几头肥猪，养猪的恰好在平时吃不上猪肉。母亲养不少鸡，繁殖了不少鸡。鸡蛋却舍不得吃，换了钱。我承认，我在吃的穿的用的方面已超出了家人，有时也就忘记了父母弟妹。另一方面，我又那么重乡土，常想起母亲做的饭很香，哪怕是野菜闷饭或酸菜包子。

天黑了。我找来一张钢丝床让父亲躺着，母亲和珍妹挤在木板床上。我靠在我的座椅上，不时帮母亲侍侯珍妹。父亲要我同他挨着睡，可我能睡得着吗？珍妹的精神异常亢奋，重复地诉说她内心的痛苦，哭一阵又笑了。笑比哭更使人悲凉。只是能少许闭一会眼睛，梦里的哭诉调子不那么高了。精神的狂躁，倒致体力的虚弱，她几乎上不去床，蹲不下身子大小便。尿频，又便秘，还发着低烧。我这才感到，珍妹的灵与肉都在备受折磨，以至坠入一个混沌的世界。

母亲不停地像端小孩撒尿似地端着珍妹大小便，我看母亲实在支撑不住，只好替换母亲。一个十七八岁的女孩子，我抱着也累。我觉得，珍妹的这种病，已使一个十分爱面子的姑娘失去了一种羞耻的能力，这是谁的罪过呢？疾病在这个时候，把一个成熟的人变成了一个不懂事理的孩子。

可是，我们能有丝毫的怪罪珍妹的理由吗？她是孩子，一

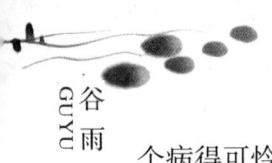

个病得可怜的孩子。

珍妹小我十多岁,母亲生她时的情景我还记得。按说我已上了镇上的完小,但我记得那天是待在家里的。上午,母亲还在沟里挖地,回来时胳肢窝下夹一捆柴草。她为父亲还有老祖父和我们几个孩子弄完饭吃,就说肚子疼,上炕躺下了。那时,老祖父和我们一起过日子,他老人家心急,就隔着门叫我母亲:"吴家娃,叫不叫他婆去?"母亲姓吴,老祖父总这样叫她而不叫她的名字。母亲说不用,躺一会儿就好了。过一会儿,就从土窑里传出孩子的啼哭声,那是珍妹向人世报到的声音。母亲已独自用做针线活儿的剪刀剪去了脐带,将一个独立的生命交给人间了。

记得有次珍妹害口疮,好些日子好不了。母亲有个土方子,用筷子穿了粪堆里刨出的刺草虫磨烂口疮,就渐渐痊愈了。那虫子是一种蛆卵,捏在手里很硬很刺。为了找到一只刺草虫,我和父亲翻遍了几堆地头的粪堆,那冒热气的粪土味有发酵的浓烈气息。

珍妹长到五六岁时,连续几天发高烧。母亲让她躺在土炕上,还忙着上地里干活。中午回家来。珍妹已经翻白眼了。加上拉肚子,听医疗站的大夫说,是脱水造成的。母亲让小弟来原上喊我,我正在拾麦穗,雨后的地湿湿的,麦穗好拾。我听小弟的哭喊声隔沟畔传过来,我立即惧怕起来。我们奔跑着到木工房里找来善神术士道的二老爷,慌忙回到家。

母亲在炕边上抱着珍妹,流着泪,眼看着一阵阵抽搐,珍妹就又翻白眼,口里吐着沫。医疗站大夫也没法,打了针,吃了药,救不了急。多亏二老爷,他口对口吸着珍妹嘴里的痰,

第十四章 秋日

反复几次,才算缓和下来。是二老爷救了珍妹一命,母亲后来常常说起。

当时,要送珍妹到市里医院去看病,三十多里地,怎么办呢?父亲不在家,去甘肃一带给队上买骡子去了,已经走了十几天。这只能是我和母亲的事了。母亲身边又拉了一个更小的妹妹叫玲儿的,也需要人照看。恰好,邻家亮叔的媳妇在市里住院,他隔几天去看看,不知今天还去不?我去打问,亮叔是个好心人,答应可以一起去医院的。母亲和我怕这么远路,我和她换着背是十分费劲的。加上亮叔,就省力多了。

我自小对市医院无好感。曾听说谁死在市医院了,我当成死医院,天真地问为何不住活医院呢?长大后,才弄清原来是市医院。临到我和母亲送珍妹上市医院了,我想着小时候的趣事就十分恐怖。等挂过号,医生看过,先打了一针,就开了住院证。母亲见珍妹神情好转,以为打过针可以回家了,一听要住院,她又慌了。她丢不下珍妹,也丢不下家里的二三岁的玲妹和几个要吃要喝的儿女。

天黑下来,那是最令人胆怯的夜。微弱的灯光下,实习护士换了三个人,在珍妹额上扎了几十针,也没能挂上吊针。珍妹先是死命嚎哭,后来已经哭不出声了。最心疼的莫过于站在一旁的母亲和我这当哥的。老护士来了,才算救了珍妹。

我第一次看见这种叫吊针的东西。虽然是晶亮的,洁白的,却觉得是我的血在一滴滴坠落了。珍妹安静后,母亲让我跟亮叔一起回家。又是三十里夜路,我没有吃一口东西。推开家门,小弟正抱着玲妹给喂开水泡馍,都哭得泪人似的。我的心又酸了。

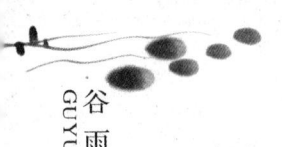

过了三天,半夜里听见父亲在敲门。我大声哭叫说:"你可回来啦!"父亲上医院换回母亲。之后,一个阳光很好的日子,我和母亲在原畔地里干活,老远就看见父亲带着珍妹回来了。那么白白胖胖,那么漂亮,觉得天一下子晴了。

这件事,一直留在我的乡情亲情中。我在乡间度过的二十个年头里,这样深深触动我灵魂的事情不是常有的。又过了十几个年头,珍妹同我的联系命运般重新扭结在一起。厄运找到了她,也同时找到了我。当然,我的父母弟妹们也是不可幸免的。

珍妹,你这苦命的孩子!

人的一生,会有多少这样悲哀的路要走过去呢?

珍妹这种病,只能去城南的精神病院住院治疗。能是这种病吗?母亲感到怀疑。与其说是怀疑,不如说这家医院的名字太令人不可接受。

在去医院的面包车上,珍妹没有停止晚天以来时断时续的叫骂和哭闹。她对我说:"是去你家吗?你可不敢。你媳妇会说哪来这么个疯子?×他妈!我根本就没疯,根本就没病,还不是那三只手狗×的把我气成这样。你吊脸干啥,×你妈!"

我真是哭笑不得,还不如珍妹这么来得痛快。人内心的痛苦,莫过于默不作声。我能说什么呢?

母亲劝她不要这样对待我,她更躁了,转而骂起母亲来。父亲则不厌烦地哄着珍妹,但心里比我更不好受。

车从闹市开过去,一直开往郊野。这使我想到乡土,树叶这般落着,麦田这般嫩绿,情景这般苍凉。但这不是我的热土,这是异乡,一条通往忧郁和哀伤的乡间公路。

第十四章 秋日

我看见医院的牌子了,看见门口疯疯癫癫的病员了,看见灰色的围墙和屋脊了。珍妹会怎么走出这家医院,我不敢往下想。

又是午后时分,天渐渐沉阴下来。在医院院子里晾晒豆蔓的村人开始收拾那些杂草似的东西,弄得尘土飞扬。排队挂号的窗口仅能伸进去一只手,一个小方孔。院里你骂他闹,嚎哭声震耳欲聋。珍妹很快加入了这个行列。与病友搭讪着,似乎遇到了知己。

他们有共同语言吗?这个鬼地方!

那位男大夫挺温和。珍妹见了大夫也温和起来,不需我或父母谈病的起因,她竟落落大方地说个没完,说着又骂起来。开了药方,去打针,说需要电疗一个疗程,十几天吧。电疗得一早赶来排队要号,今天是错过时间了。

大夫说,住院没床位,大多数病人都住在医院旁边的村子里,房子不难找到。只好这样了。

我同父母领珍妹走出医院大门,天下起小雨来。前些日子,连绵的秋雨下了很久,以至空气里充满了腐烂草木的气味。一两天的晴日子,并未晒干泥泞已久的村路。

我们在医院门口的醪糟担子前坐下来,要了几碗鸡蛋醪糟,从行囊里掏出锅盔啃着,填塞着饥肠。没等我打听去村上的路和租住房子的行情,一个中年女人凑过来。她纳着鞋底,殷勤地问我们从哪里来,要不要住店。原来,她就是拉客住店的女主人。

我和父母,还有病魔缠身的珍妹,在这傍晚的暝色里,真正地无家可归了。

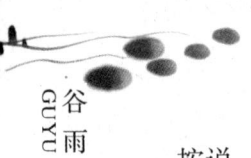

按说,我住在城南,但仅有一间七平方米的房子,是无法让家人住的,只好受委屈了。再说,距医院一截子路,来往不方便。这么就索性跟上这个女人去投宿。

路在田埂间泥泞地伸向一里外的烟树缭绕的村庄。暮色里,这情景十分悲惨。这里不通向故乡的村子。

我扶着珍妹,深一脚浅一脚地在泥里雨里向前走去。父母紧随在我们身后。

关中的农村,最令人害气的是这稀泥巷子。人口密集,巷道又窄,一遇霪雨天满巷子是黏黏的稀泥,像稀屎巷了。老家的窑院几乎是独家独户,黄土路瓷瓷光光的,雨天踩不成这般模样。

临到这拉客女人的家门口时,我们的鞋子已灌满泥水。珍妹被打针后,很镇静,一路上几乎没一句话说。

这住家看来很贫气,院里屋里乱七八糟,一看就是个窝囊日子。男人在城里当什么工人,时常捡一点或偷一点可以卖废品的东西回来,堆得院落像个垃圾站。主人住一间屋子,另两间租给人住。一间已住进一个老汉和小女子,也是在这儿看病的。那小女子在做饭,老汉就蹲在门槛上抽旱烟。我们住的这间,黑洞洞的,满地是麦草,床铺也是在地上摆了木料和板子,用草垫了,上面铺了破烂被褥的。抬头望去,顶棚是用铁丝胡乱网的,搭了几张破油毡和硬纸片。不知是潮气还是什么怪味,很不舒服地充塞着屋内。

就这样先住下吧。但吃什么呢?我去同女主人商量,称了二斤麦面,要了几片白菜帮子,准备做饭。珍妹服了药,就昏昏沉沉睡了。我坐在草堆里拉风箱烧水,母亲就弯腰在那小案

第十四章 秋日

板上擀面。谁知道，母亲不适应那小案板，擀不到一起，又揉了重新擀。母亲心里多毛草啊！

小时候在家里，我常拉风箱烧锅，母亲就在窑里的大桑木案上擀面，半个钟头可以擀出供上十个人吃的面条来。我等锅响了，冒热气了，就喊："妈，锅煎啦！"母亲听见了，就用高粱秸做的经片子托着面条出来下锅。那真是擀成纸、切成线、下到锅里莲花转的地道的细面。捞出锅来，或干或汤，均有油葱花，油泼辣子，柿子醋，闻那味就香得滴涎水。

可这异乡，水土不一，连酱醋放的也不是地方。一碗饭盛在碗里，不吃也想掉眼泪了。昏黄的灯光，飘飘的秋雨，平添多少乡愁。

我想，明天得弄点吃的来，又要赶大早挂号电疗，从家里骑车子方便，就离开了。路很泥泞，又很黑，我得冒雨步行回去。父母让我别走，明天再说，我还是坚持走了。

珍妹是打了镇定的针，又吃了安眠药，这时候正睡得混沌。

我记得母亲讲过，小时候带我去药王山朝圣，晚上就歇在耀州的古牌楼下过夜。几乎每年二月二，母亲就要随着一群小脚老婆去药王山烧香磕头，说是可以消灾免祸，以祈平安。但药王爷不是万能的，我们依然为着生存的平安不停地熬煎着。

食堂化吃野菜树叶，吃包谷芯子拉不下屎的苦日子不说，食堂解散时，我的父母和几个孩子仅分得几只碗几双筷子。父母为把这个家维持下来，拉扯我们这些张口要饭吃的孩子长大，就已经不容易了。

加上这些病病灾灾，愈是显其生活的困惑。父亲得过几年

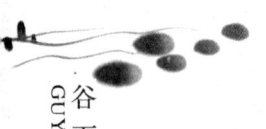

疟疾，母亲眼睛害过病，我曾小病不断，大弟头上长过疮，小弟被摔断过腿，几个妹妹都时常地发烧拉肚子。好在这些灾难都是断继续续二十几年间经过的事情，要是集中起来，那将会家破人亡，不堪设想的。

父亲的疟疾，是在叔父待的韩城矿上医治好的。记得走了几个月，我和弟妹们那么渴望他早些回来。母亲的眼病，俗话说割过几次，我想可能是白内障一类病。那时候，父亲带我们过活，母亲住在外婆家，隔几天去一趟耀州城里。我想母亲，就去外婆家看她，有回她又去看病了，我就蹲在原畔的路口等母亲。天快黑的时间，我看见母亲和舅舅从远处的小路上走来，母亲的眼睛上包着白纱布。她看不见她的儿子，但听得出儿子的哭喊声，就叫着我的乳名，把我搂在怀里。

小弟腿被摔伤，是父亲隔三天就背他上富平八里店看骨科。那阵我已离开家，想起来也是多么不容易。小妹们经常半夜发烧，母亲就别想睡了，父亲和我就翻沟过岭去请医生。对于孩子们，父母不仅要为我们弄吃的穿的，还要为我们的灾难时常提心吊胆。

母亲不识字，却怎么就记下了青霉素、红霉素，甚至记下醋酸泼尼松、冰崩散这类药名。常常在弟妹们病后，将弟妹们的手脚死死按住，捏住鼻子灌药，其情形很惨。母亲开始信奉村里的老中医，那里有古式药柜，我同母亲去时总挤在一旁认党参、半夏一类中药名称。通常是以红枣为引，我就盼着吃完渣药后去拣枣子吃，那枣却极苦。西原有个叫童邦贤的神医，母亲也远迢迢七八十里去求诊。

村上老窑里有时"成神"，念着经，捏点香纸灰当神药给病人吃。母亲非要我跪在神婆面前，医我的肚子疼，其实是肚里有虫，后来吃"宝塔糖"治好的。我望着神婆的面孔就恐惧不堪，她揭起我的红裹肚，要了一把菜刀来，在我肚皮上垫了黄表纸，就咚咚剁得直响。我害怕，又不敢吱声。有了头疼脑热，就请了二婆来，用纳鞋底的粗针在油灯上烧红，在肩胛里猛刺。母亲还学了叫做"送"的魔法，一碗凉水三根筷子，用筷子蘸了水往身上脸上淋，很舒服，麻酥酥的，末了把两根筷子横在碗上，夹住立起的一根，猛一下将筷子打出门外，动手前还说："送你骑马走！"送走赶走的必定是鬼了。

父亲也常说："人活在世上难，披一张人皮不易。一样东西不可少，就是钱；一样东西不可有，那就是病。宁可穷，不害病就是福分。"

折财去灾的话，也就是以人的心理平衡而言的。

难道我的家境稍稍好过了，就得有什么灾来惩罚一下吗？上帝，父母把它叫老天爷，以为人的祸福是老天爷分配的。

这样也好，算是聊以自慰，听任命运摆布吧。

深秋的早晨，已见斑斑霜痕。

我想起个早，赶去挂号。等骑了二十分钟车子踏入医院门口时，已见通往砖孔挂号处的长亭下蹲着站着挤满了人。人们打着哈欠，抽着烟，咳嗽着，吐唾液甩鼻涕抹眼屎，一股酸溜溜的汗腥味。大多衣衫褴褛，也有十分阔气的人。有的带着病人来，在那里舞之蹈之，哭哭笑笑，成了排队的人们的消遣物。卖红苕的人，在人群里遛达着，生意还算红火。

半小时后，砖孔打开了，人们向前蠕动。然后离去，到电疗室处排队就医。我排第二回队时，看见父母带着珍妹从门口

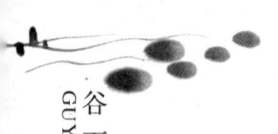

进来了。珍妹拿着麻花在啃着,老远远就叫我哥,很大方,也很傻。

我领珍妹来到电疗室,把她扶上床。医生让她闭了眼睛,然后将脚手用皮带扣起来。这不是要用刑吗?医生平静地做着这些,嘱我提着珍妹的鞋子到房间外等候。

提鞋子,这不是一种吉祥之兆。记得小时候小叔父放羊淹死在河潭里,人光溜溜躺在糖条上让人抬着走,我便提着小叔父的鞋子跟在后面,爬上暮色里的土原的。

我想,是用什么刑法呢?捆住人的手脚,这是残忍的事。

珍妹的一声挣扎的呼号声,使我心惊肉跳。是触电吗?那呼声似绝望中的呐喊,尖利,沙哑,恐怖,像被投入一个死亡的深渊。多亏父母还在门外,也许没有听到女儿的惨叫声。

呐喊之后便是沉寂。我愈是心跳得厉害。

医生拉开门,向我示意地点点头。我跟进电疗室。见珍妹一动不动躺着。可能是电击之后的麻醉。她口里含着一卷棉纱,口角直冒白沫,眼睛在不停翻动,可怕极了。

我想起六岁的珍妹曾经有过的这般情景。

但医生仍很镇静,料定不会出什么事。就按医生吩咐,将珍妹扶起,背着她来到屋外的长条椅上躺下。父母亲从门口进来,是好不容易才找到这间屋子的。我看他们很吃惊,就说是电疗的正常效果,躺一会儿就没事了。

珍妹还是不时翻着白眼,很怕人。母亲急了,就紧张地直喊叫:"珍!醒醒!珍!"

边上一个已经苏醒的病人的家属说,得休息十分钟,自己就醒了。母亲这才轻松了一些。

第十四章 秋日

这时，珍妹哭出声来，似乎在地狱刚走了一趟，哭得很伤心。她躺在母亲怀里，孩子似的抽泣不止。

我递给父亲一支烟抽，默默在一旁佝偻着腰坐着。

等珍妹完全清醒，她说浑身发软，直不起腰来。我让父母先扶她走，我去要口服的药，就赶到门口去。

天依然阴沉沉的。秋风里一阵阵寒气，令人直打哆嗦。我和父亲换着背珍妹，涉过长长的田埂上的泥泞小路，往客居的地方去。

趁中午的时间，我又赶到城里买了些米面和蔬菜，带了点要用的东西来。

珍妹电疗之后，很安宁地睡了整整一个下午，叫也叫不醒。母亲说，昨天晚上，起来闹火了三四回，惊得四邻不安。一会儿要吃要喝，一会儿要拉要尿，父母两个人忙得不可开交。父母累了，也躺在那儿打鼾睡。

我和母亲坐在门口，正和那老汉和女子俩斜对着。我们相互打听着各自的来路和病情。老汉说，他老伴去世早，就他和女子两个过活。女子因婚姻的事闷了气，得了这病，都三年了。每到这个季节就犯病，真熬煎。他说，他的女子头一次来看病，闹得更凶，是用绳子绑了手脚拉下来的，几个小伙子缚不住她。

这阵，看那女子贤淑稳重，长得秀秀气气，正在纳袜底，嘴里还哼着流行小曲。愈是这样，愈让人感到凄凉。

村里鸡叫着，狗咬着，午后的炊烟开始弥漫开来，透着呛人的香香的麦秸味。主人在屋内的蜂窝煤炉子上做饭，孩子放学回来了，丈夫下班回来了，他们说说笑笑在屋里吃饭。而我

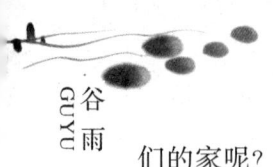

们的家呢?

老头和女子先做面条吃了,我和母亲开始在房主灶上做饭。吃饭时,母亲又沉阴着脸,直叹气。我知道,是那老汉的话语刺痛了她的心。珍妹的病也要每年都犯一次,真的治不好了吗?

珍妹被叫醒来,吃了一碗面,又要睡觉。我就和父母唠家常。唠来唠去,还是为珍妹担心。家里会怎么样呢?几个弟妹会怎样过活?还有那些鸡、犬、牛、猪呢?

母亲生气地说:"拿这娃把人要活活害死哩!"

傍晚,又要去医院打一回针,来回有四里多地。去时珍妹还可以自己走,回来又要人背着。几个人的鞋子未曾干过,就那么湿湿的穿着在泥水里淌着。回来的路很黑,父亲借了主人的手电,不停照路,我背着珍妹,还是不断踩入齐踝深的泥水里,打着趔趄往回走。

谁知珍妹一回到客舍又来了劲,不肯休息了。她还是那么哭闹着,嫌开水糖少,嫌母亲脸色不好看,嫌父亲不吭声,嫌我用眼睛瞪她。任何一个细小的东西,就会冲决她精神的堤坝,她便狂躁不宁。

珍妹哭着对我说:"哥,你在外边享清福,不知道我在家受的啥罪。妈看你们都是宝贝蛋,就爱在我身上出气,我就像是抱来的。×他妈,我才不受那份气!把我气成这样子,害了我一辈子!"

越说越伤心,偏执得十分真实。我们只好听着。

她说,母亲有一回发脾气,把她从被窝拉起来用鞭子赶到窑里头打了一顿,骂母亲跟妖婆子一样。她说曾多少回想到死，但死不下去，还没好好活过人哩！活又活得跟狗一样，窝窝囊囊。

母亲纠正说："你睡在炕上不起来，为姊妹间的小事生邪气，我用鞭子吓唬一下，你跑到窑里头了，谁就真个打你不成？"

"就是就是！"珍妹不依。

打是亲，骂是爱，不打不骂才见外。母亲打骂孩子，还这么值得清算吗？我小时候也挨过母亲的打，一次我和弟弟打架，母亲用鞭子抽得我倒在枣刺堆里爬不起来。还有一次，我临去镇上上学去，母亲从地里赶回来，急急忙忙为我蒸好要带的馍，我不知怎么不高兴，还犟嘴，母亲就用围裙满头满脸抽打我，我哭着上路了。想到这些，却是万般的亲情与爱。娇儿不孝，愈是母爱的这一种，留给我的印记最为深刻，想起来令人心酸。

那时候，我们不懂得世事。不知道父母为了我们操碎了心，还常常惹大人生气。父亲对家里的小纠纷尤其不爱吭气，母亲常埋怨父亲在孩子们面前落好人，让她去得罪孩子们。父亲的严厉，表现得很温和或者很有分量，让你在不知不觉中受到他的严厉的约束。当然，我也挨过一耳光，父亲的大手把我扇懵了。记忆中，仅此一回。

为什么珍妹偏偏要在这样困顿的日子里提起这些呢？为什么不去想想父母为我们兄妹们所受的苦和我们永报答不完的父母之恩呢？母亲白天下地，晚上就盘腿坐在炕上纺线，那纺车声就是孩子们的催眠曲。为我们织布，缝衣裳，纳鞋子。我们在外边受了委屈就回到母亲身边哭泣。父母为孩子们承受了生

第十四章 秋日

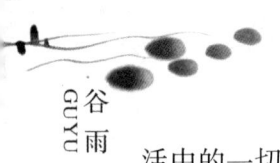

谷雨
GUYU

活中的一切。

我真正体会到为父母分忧是在我十四岁的时候。我和亮叔去城里拉粪，红骡子惊了，车翻了，我被压在车辕下。回到家，我瞒着父母，很快吃完饭，觉得浑身疼痛，就去场边索草堆里躺着流泪。云在天上飘着，暮色落下来，周围一片寂静，我流着泪，既委屈又十分酣畅。我觉得我长大了。

而珍妹这么大却如此苛刻于父母，这也使我十分痛心。母亲失手打了孩子，是不能去责备她的。珍妹的骄横恣意，深深伤害了我的乡思之情。当我狠狠瞪了她一眼时，她更受不了啦，把话锋指向我，大哭大闹起来。

我只好低下头捂住眼睛流泪。

我醒悟到不该这么对待一个病态的珍妹。她本来那么懂事，那么能体谅人，那么可亲可爱。

是的，病魔可以完全改变一个人。这是人生的一部分有重量的东西。

珍妹已做过三天电疗，还没有完全使她的神态恢复正常。每天被电击后，昏昏欲睡，浑身稀瘫，要我和父亲背她回住处。我不忍心年迈的父亲背她，父亲已略弯了背脊，再气喘吁吁地负载生活的重荷，我感到心酸。这就自个儿累一些，尽可能忍耐着多背一段长路，歇一歇再走。我怕一歇下来父亲就要换我。母亲跟在后面，随着我们走走停停。

我想到，我们都是在母亲的怀抱里，在父亲的脊背上长大的。长大了，有了病灾，还得依附于父母的身躯和灵魂的庇护。而子女对于父母，又往往是不孝顺的。

这两天，我是早早就被噩梦惊醒的。还是那漫天大雨，黄

第十四章 秋日

风漫卷。还是三叔那先妻坟地的女魔。醒来再也不能入睡,听着妻子和孩儿平和的呼吸,操心着客居在郊野村庄的父母和珍妹。看看表,已近五点,就悄悄爬起来,掩上门,走下空空的楼道,走出空空的院落,骑车上路。天微亮,赶到医院门口,大门紧闭着,就蹲在那里吸烟。挂号排队的人陆续三三两两赶来,都默默地,等待天亮,等待大门敞开。

多少年了,没有这样早起过,没有这样在灰蒙蒙的天幕下等待太阳出来的情景了。秋露为霜,白白地落着,时或有寒风在耳轮梢上咬得人好疼。这是秋之黎明时分的况味。

大门敞开,人们便一窝蜂拥向那长廊下的小孔。我却沉重得抬不起脚步,十分厌恶这种场面,只好站在后头。有人插队,我也忍了。想尽早挂到号,更想早点看见父母和珍妹从大门口走进来,最好是轻松一些,哪怕是珍妹傻乎乎的憨笑也好。昨夜怎么样,有好转吗?母亲总说,好多了。但我总可以从珍妹恍惚的眼神里看出什么,便失望了。

有天晚上,珍妹服药后睡了,父母就和我拉话。

母亲说,人家说电击后就会止住,可珍妹还是一阵阵狂躁不安,咋办哩?怕是一辈子的罪孽了。以后拿她咋个活法呢?

我知道,珍妹曾逼我答应,她的病好了,就让她来省城复习,将来一定能考上大学,为我争口气。我答应了,答应得十分虚弱。病能否治愈,我很担心。即使好了,脑子受过刺激,还能去做功课吗?她带着课本来,有时镇静下来,说要看书,一页没翻过,就又昏昏欲睡,要么就叨叨个没完。

父亲的意思,病好了就花点钱让在省城上学,不答应她,病犯了咋办?再复习一年,到时考不上,她自个儿就没劲了。

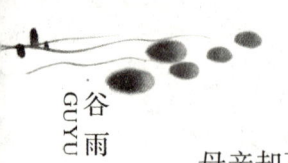

母亲却不同意,说要打消她上学的念头,回家里养着,寻个过活嫁人,就算了却一桩心事。有这种病,在哪里也不行,稍有不顺心就又犯病,外边又不是家里,惯着点儿,也许会好些。

母亲气呼呼地诉说道,这娃把人害扎啦!在家里谁也惹不起,又懒,又歪,没眼色,让她做啥事也靠不住。得了这个病,嫁人也不好嫁,疯疯癫癫一辈子,活着也受罪。

"死了倒好,不受罪了。"我看母亲在抹着泪,突然说出"死"这个话来。对于母亲来说,亲生女儿的死会带给她什么?无法忍受的痛苦,也如此寻思解脱。

父亲木木地听着,脸上几乎失去了表情。

我望着珍妹,她睡得甜甜的。怎么可以想象,也就是面前的珍妹会在以后什么时间离我们而远去呢?

客舍孤灯,秋夜的风响得如同凛冽的西北风。我们被困在旅途上,有无尽的惶惑在啄食一片骨肉之情。

母亲生养过我们八个孩子,一个大妹两岁时夭折,活着的就我们七个兄妹了。子女多,似乎就不值钱,但哪一个不是母亲身上掉下来的一块肉呢?母亲能舍得哪一个孩儿就白白地死去呢?

那时正吃大食堂,母亲用口边剩下的豆腐渣充塞孩子们的饥肠,她被饿病了。两岁的大妹从母亲干瘪的乳房里吮不出奶汁而是红的血浆。母亲躺在土炕上,不懂事的大妹却大哭大闹要吃奶,去撕扯母亲的头发。

母亲痛苦得嚎叫起来,让我提着大妹在炕上墩,说要"摔死她!"我哭着,又不能违命,就替无力的母亲惩罚大妹。不几天，大妹就饿死了。但我总痛心是自己把她墩死的。

一张烂席包了，放在地上。母亲披头散发，眼睛直直地望着窑顶。等祖父把席筒夹在胳肢窝里走出门，母亲嚎啕大哭起来。

几天后，一群乌鸦已饱餐了大妹的肉体，黑压压地在原畔的山岭上叫着。

母亲再也没提说过这么一个可怜的妹妹。我竟也完全记不清她的名字和模样儿了。按说，两岁，是应该有一个名儿的。

老家人咒骂人是很恶毒的，常常用一个"死"字，死不下，早早死，死绝啦，赶紧死，立地死去，大人骂孩子，也不避这个骂法。

使我觉得母亲所说的"死了倒好，不受罪了"，不是咒语，而是对珍妹处境的客观预想。早年她让摔死大妹是气话，而这阵说的却不是戏言。

是的，一个正常人都活得很艰难，一个疯子又该怎么了却一生呢？死，确是一种解脱，对于珍妹，对于父母弟妹的所谓良心，也许得面临死的抉择和心理准备。

生的终结是死。敢于面对死，才能面对客观的生存。把处境的实质推向极端，绝不是骨肉间的残忍。

我这么想着，突然感到一种庄严，一种大度的悲哀。

我想起了我邻居的三婆，她疯了四十年。最后死时据说是苍蝇包围了她。要是她在二十岁那年就了却一生，留给后人作念的将是美丽的，隽永的。而她只是占有了更多生命的时间，留给世界的是什么呢？一个老妪的悲哀，一个白发苍苍的惨淡的可怜的人生。

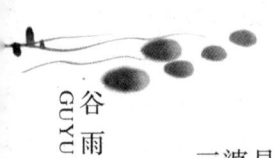

  三婆是瓷城镇的女子，我小时候常见她骑在骡子上，被娘家人护送着，走到大槐树下，从弯弯的村路上走过去了。她唱着，喊着，叫骂着，一辈子很少安静过。

  记得三婆常是捡了柴禾、鸡毛、瓦片、纸屑和土块带回家去，常常追着孩子们笑着闹着，吓得我们逃跑不及。久病床前无孝子，她的儿子有时抱了她回去，有时也发躁就用脚踢她。因为她会脱了衣服取闹，使儿子丢脸。

  听大人讲，三婆是和她的前房儿媳闹事，儿媳丢下几岁的孩子跳到窨里淹死了，吓得她得了此病，就再没好过。她的头发得病那年就白了。白发是难得变黑的。

  有一年，我割草滚下沟里，窝了胳膊，母亲就带我去找三婆给捏弄。三婆似乎从来没有像正常人一样，用粗糙的茧手给我拂着按摩着。我第一次那么近地看着她的脸，可以想象到她年轻时的模样。

  当一个人的心神离开肉体，活得好像不是原来的自己，而活的是旁人，活的是一个扭曲了的令世界厌恶的灵魂，那顶多是饭囊衣架。

  母亲说起了三婆。珍妹，变成了二十岁不到的三婆。

  邻村曾也有一个疯女子，脱光衣服，到处乱跑。这是亲戚们都羞于提起的事。还有三叔的后妻，神神经经的，人们像对待狗一样对待她，取笑她。因为一个扭曲的生命，会使周围的人失去洁净的形象。

  母亲，是在准备承受一个剧痛的重击，而消除令人恐惧的永远的隐痛罢了。

  而珍妹，对于这一切也许比谁都更清楚，也许永远陷入一

第十四章 秋日

片混沌之中了。更可悲的是她也许没爱过也没有被爱过呢！

这天，在等待电疗的时间里，我想避开狂躁的院落，转到后院去散心。没想到。进入的是一个疯人院。病员们在狂呼嚎叫，摇着已经没有玻璃的铁门窗。

我当即想到是监狱。一群被囚禁的狂放的灵魂在哭号。

又一个场面，是痴呆呆的病员们着一色衣服，在做十分拙笨荒谬的体操。是一些行尸走肉，一群灵魂与肉体脱离的人。

等我赶回电疗室外的房间，珍妹已做完电疗，躺在长椅上抽搐着。父母在等待她醒来。

这已经是第五次短暂的死亡了，珍妹啊！

之后，我们在小摊上吃完饭，就又搀着背着一路回住处。午间的秋阳很暖，凹地里冒着热气，阳光也就穿行在这蓝色的雾霭里，忽地，一片秋叶被风掀起，背面朝地，飘飘斜斜寻找着落。有白的羊只，黄的牛犊在凹地麦田里吃着草，奔跑着。

这不就是唐代南郊的曲江池遗址吗？深深的宽阔的一个土洼。已经干涸了几千年前的曲江流饮。池底成为土地，这轮回也如同生命般交替着。时间在流逝，空间在移动，这就是世事。

故乡的牛羊，故乡的麦地在哪里？

我和珍妹坐在路边的衰草里，让父母先走。我发现珍妹关注地望着这凹地的景色，神色趋于平和，笑得轻松而有灵气了。

"我记得小的时候，就是这样暖暖的太阳下，去沟里放羊。"我说。

"我离开家多久了？我想早些回去。"珍妹思想起家乡了。

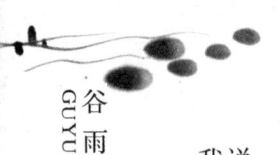

我说:"你要想开些,过几天病就好了,在这里上学。"

"我不想再上学了。我要躲在家里,好好替妈做些活儿。"珍妹说着,眼角滴下一串泪来。

这泪水是清亮晶莹的。

珍妹扒在我肩头上,缓缓往回走,把医院远远抛在了背后。

我们所寄居的土屋,潮湿而窝浊,床铺和被褥让人感到是躺在垃圾堆里的。加上位于村子里巷,离马路有二里路,泥泞的稀屎路也实在让人走怯了。

路过村头的时候,我问几个蹲在那里抽烟聊天的村人打听好的住处。几个家伙都赖里巴几的,冷漠地望着我,好像我是个讨饭吃的。我看上村头的一家客房不错,院子很清洁寂静,蓝的瓦,红的砖,新盖的房舍,还有几盆傲霜的菊花,生气十足的。上前一问,已经住上常客了。

曾听城里的讲,这一带农民靠租房子挣了不少钱。有的房客是我们这般的求医者,有些是旅游的,做生意的。所说还有做特殊生意的人,或常户或只住一个半钟头。掏几块钱,就可以拥有一个空间,或美好或肮脏不堪。于是,奇妙而神秘,忧虑而恐惧,以及丑恶与卑微便杂居在这村子里了。

一位老人路过,听说我找住处,便说他家有房,当然是新房,离马路也近,先去看看也好。原来这里背向巷道,从马路走捷路,便是院落的后门。这便过长廊,穿院落,到了主人说的新房。

这间屋子尽管不够理想,但还是较那间住处好多了。主人是干净人,屋内外拾掇得很整齐。二位老人常在家,小女子上学，儿子们都另立门户了。天冷下来，还可以烧炕，吃饭有一个蜂窝煤炉子可用。

我同老人说定来住，就去找父母和珍妹商量。他们能说什么呢？新的住处好一点，就搬过去是了。

女主人见我们打点行囊要走，脸沉了下来。我说去城里住，她不信，说肯定在村头找到住处了。她怎么一猜就准，我们这样的房客她恐怕见得多了，上当只一次。路口的房主人还用得着到病院去拉客吗？

我瞧不上她的旧房住，是伤害了她的自尊心的，还有钱。那么她能高高兴兴送你走吗？结账时，我让父母和珍妹先走，在门口等我，我交过房费就走。谁知房主人死皮赖脸，把原先说定一间房子每天三块钱变成每个床铺每天三块钱。我说也行，但你是两张地铺，女主人只好说每天收六块钱也行。做饭原来说不收钱的，这会儿又变成每人每天一元，三算两算，总共加起来五十多块。这不是抢人吗？

"强盗！"我心里只说了两个字，把钱甩过去扭头就走。

乘人之危，敲诈勒索，让我愤慨不已。这等村人，已完全被商品化同化为刁钻的庸俗市民了。

我对父母讲了，他们都说算了，花点钱求个平安，折财免灾，也好。

一个收留过我们的地方。我厌恶它。但在离开它之后，却也生有一丝留恋的情绪。

就是这处新的客舍，在当晚我们从医院给珍妹打针回来时，却迷失了归路。

风寒霜浓的暗夜，我们找不到它，它也丢失了我们父母兄

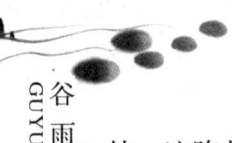

妹。这阵儿,天偏偏下起大雨来,于秋气中下得如泣如诉。

父亲是留在客舍的,他实在等不及我们了,就借了手电来接。我背着珍妹,在茫茫郊野里辨不出投宿处的方位。也是一条小路离开大路通往住处的,可这小路在雨里却躲得不见影踪了。

偶尔,马路上过来汽车或拖拉机,以巨大的灯柱伸向郊野,雨幕便使人感到迷惑。有手电光在村庄里闪烁,星星点点,被犬吠声搅得茫然一片。

终于,我看清了一支向大路这边晃动的手电光,渐渐近了,我猜出这里是田埂间的小路,就朝着走去。雨幕中,我听见一个熟悉的声音,是父亲在唤我的小名。

小时候,在割草晚归时,在上城里卖柿子回来的夜路上,我曾听到过这熟悉的声音。我哽噎着,回不出话来,泪与雨水已经模糊了我的视线。

泥里水里向前赶去,趔趔趄趄的,我似乎在人生旅路上望见了挂在夜店门口的羊脂灯。

珍妹从我的背上转移到父亲的背上。

母亲一直在后边用手扶着珍妹,想减轻背上的分量。

珍妹仍昏昏欲睡。

我觉得,这是我的草地,我的泥沼,走到头就是了。

房主人见我们回来,说炕已烧热了,又打来热水,提来炉子驱寒。热炕暖暖的,炉火红红的,热水很煎很烫。能有这样一个归宿地,一个瞬间的温馨,算是我们的福分了。

十天的电疗疗程,使珍妹的狂躁得以抑制。尽管在神态上还不免颠三倒四。行动上跟正常人差不多了。我和父亲的背,也就歇息下来。

闲暇之际，珍妹无意中就去翻动她的课本。这一本打开，又去翻另一本。或者一本本摆来摆去，摊在面前，目不转睛地望着它们发呆。

"这一回看病，花了多少钱？要让那三只手赔。"珍妹还念叨着病的起缘。

"丽丽为啥不来看我？"她又记起要好的同学来。

"学校说了，看病花多少钱也要那三只手赔偿，一分也不少了。你放心好了。"父亲哄着珍妹，"丽丽会来看你的，她功课忙。"

母亲趁机说："你的病已经好了，看看书，写写字，别把学业荒废了。"

母亲是在琢磨珍妹的心事。珍妹已经漠然置之，唉声叹气地说："看着书本就打瞌睡。我的脑子受了刺激，一点也记不起学过的东西了。"

"那你不在你哥这儿念书复习啦？"母亲问。

"这回，就够连累我哥了。"珍妹平静地说，"哥，你不埋怨我吧？"

"看你说的，病看好了，怎么都行。"我说的是真话。

是的，我常常被突然来访的乡情所缠绕，觉得自己走出了那块黄土原，却也未能给那里的亲人带去什么。我曾想过，要是好过，把孤独的祖母、外爷外婆接来度晚年，让他们享享孙子、外孙的福，可惜，心有余而力不足。我有小家，老婆孩子。我甚至解脱不了自个儿。

妹妹们会怎样生活呢？找一个婆家，女婿人老实，家境还

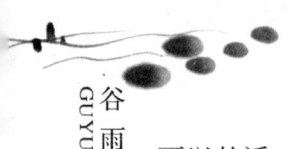

可以的话，结婚，生孩子，像母亲、祖母一样度过一个农村妇女艰难而充实的一生。物质上可能要比城里差一些，精神上不受磨难就算是有福了。

我又反过来想，城里又如何呢？我自己就是答案。按说，在生存条件上不算很低的，但精神空间却不比乡间的亲人们更开阔更明亮。在黄土原的一处窑院里，有那么一个小家庭，妻子儿女，种一片地，平安无事，温饱而闲适，不就是诗一般的生活吗？

母亲总说来城里住不惯，不仅是因为珍妹有病，就是以前来城里给我看孩子，吃的住的还可以，但她的精神天地却缩小得如同囚室了。她留恋她所经营的那么一个多子女的不富也不贫的农家，属于自己的家，她的全部寄托在那处窑院里。

珍妹不求上进也好，不再会为所谓高级的人生所苦恼了。人的自在生存形式固然属于第一形式，却少了自身的枷锁。自为的形式，有时候会窒息一个人的生命。而自由的形式，如同梦幻，是难以实施的境地。人，怎么活也是一世。

我甚至相信了这样的话，人活一世，上帝给予的苦难和欢乐是均衡的。你占有了物质便失落了精神，好事你是占不全的。十全十美的人生是没有的。

向命运屈服。也同时像征服命运一样，需要付出代价。

这天夜里，我安顿好父母和珍妹，就又很疲惫地朝家里赶去，

刚刚爬上楼，推开家门，看见大弟和霞妹坐在屋里。珍妹是大哭大闹着走的，到省城上十天了，没有一点音讯，他们在老家待不住了。赶到省城，只能先找到我，才能找到父母和珍

妹看病的医院，住哪儿，病情怎么样了。

大弟和霞妹神色黯淡，似乎在等待一个不幸的消息。

他们看来不大信我的话，尽管我说得尽可能轻松一些。在没有见到珍妹之前，他们是不能完全解除恐惧心理的。明天再领他们去找父母和珍妹吧，今晚住在哪里？晚上去吧？我实在太累了，加上天黑路滑。那客舍的土炕上倒是可以挤着住三四个人的。

没办法，我还得再走一趟。

"家里都好？"我问。

"好。"大弟说，"就操心珍妹的病哩！"

霞妹说："家里那十几只鸡都死了，咋给妈说哩？"

"咋死的？"我问。

"有天晚上，听见院里嗵嗵的响声，吓得我们不敢出声。第二天早上一看，满苹果树下死了一堆鸡。鸡不进鸡窝，都是在树杈上过夜，原来昨晚的响声是一只只鸡从树上往下掉。"霞妹说得很古怪。

"到底咋啦？"我有点毛骨悚然。

"人家说是得了鸡瘟。"大弟慢吞吞地说。

"死了算啦，鸡总不比人值钱。"我觉得轻松一些，但内心隐隐约约地被一种神秘的东西所袭击。

"别给妈说吧？她会心疼的。"霞妹说。

我想想，点点头，不说也好。这不祥之兆的事情，会使人联想得很多。但愿是坏事里有好事那种征兆。

我问霞妹他们吃过饭没有，霞妹有点支吾，大弟忙说布袋里带有馍，不饿。

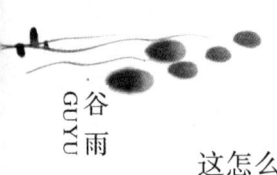

这怎么行呢？马上就走。

我推上车子，三人厮跟着，出门往南走。路过雁塔十字，夜市正灯火通明，叫卖声不断。我这时才感到自己肚子也饿了。记起下午还没吃饭。要了三碗酸汤饺子，想着大弟饭量大，又多要了一碗半斤的，三个人就静静坐在那儿等着饺子出锅。

端上桌的饺子，面粉可能是出芽麦子磨的，直粘牙，馅儿多是韭菜，仅能吃出点肉腥味来，辣子也黄黄的，里面有红砖味子或糠皮，没味，碜牙。远不如家乡过年吃的疙瘩，肉是肉，面是面，辣子醋都正经。其实，我想是那种氛围起作用，此时此刻再香的饭菜也会索然无味的。

吃完饭，我和大弟霞妹一道沿马路走，直走入郊野的土路上。

我们摸黑找到父母和珍妹住的客舍，灯还亮着。敲开门，父母和珍妹都很惊喜，大弟和霞妹却都流出眼泪来。一家人相聚在这异乡客舍，会是一种什么气氛呢？

霞妹大珍妹三岁，要显得老成得多。她们姐妹俩凑在一起，悲喜交加，霞妹没几句话，而珍妹问这问那，说这说那，高兴得像过年似的。但霞妹还是看出了珍妹游离不定的眼神，心里掠过一阵哀愁。大弟呢，干脆没话。

母亲又念叨起留在家里的两个小妹了。她还不知道她养的鸡已离她远去了。

这时间，留在家里的小妹们也多么需要母亲啊！

手心手背都是肉。父母对我们几个孩子，无一不使他们操碎了心。我们一个个台阶似的年龄，都被父母抚养着读到中学或高中。我是上完中学回乡劳动，尔后当工人，又上大学的。两个弟弟先后从高中毕业，连考两年大学都名落孙山。第二回考试，父亲给了十元钱二斤粮票，刚进城就在车上丢了，二人空着肚子进的考场。这下子，他们再也没脸再说考大学的事了。霞妹也复习过一年，早早收拾了摊子。珍妹想为父母争气，结果落得眼下如此的结局。两个小妹妹都在上中学，也还非要上高中不上，结果又会怎样呢？

大弟曾说，父母都为我们能够成人尽了心，没前途只能怪自己没本事。大哥能成，还不是自己干上去的？早早认输，做庄稼的命，别争了。其实，我也是凭了运气。

弟妹们羡慕我，而我自己知道自己内心的苦海有多深。乡里人常说的"驴粪蛋外面光，不知道里面受凄惶"的话，好像在为我画像。

父母生养了我们，一直看着我们成家立业，娶了媳妇，有了孩子，或出嫁有个安生的过活。这就意味着完成了他们一生为父母的天职，或者说是赎完了自己的罪过。孩子们成不了龙，变不了凤，就成个家了之。宁欠娃们的房，不欠娃们的婆娘，他们欠儿子一个媳妇，女儿一个过活，而孩子们欠他们的似乎只不过是一副棺材。

孝顺，已经是个空虚的字眼。养老送终，也已十分勉强。这是做孩子的罪过。他们是父母，也是父母的孩子，也不是同样在为此疚愧吗？只能是一种苦难的寄托，一代代人的延续的天职，或者叫一代代人良心的惩罚吧！这实在是深情而惨淡的事情。

大弟和霞妹从老家来的第二天，我们商量让母亲和大弟一

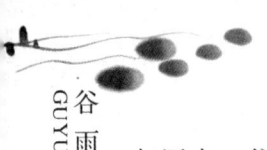

起回去，父亲仍旧留下，和霞妹还有我在这里经管珍妹的病。

除继续打针吃药外，针疗也告一段落。那纤长细微的银针，被一根根用手拈着扎入头皮深处，需要滞留在肌肉里一个白天和晚上。我看珍妹并无惧色，也硬是忍受着痛苦。是她经受了电疗的令人昏厥的重击之后，针疗就算不得什么刑罚了。是她的神志在趋以正常，能够抑制自己去顽强地正视病魔了。

这天针疗完，我们父母兄妹在小饭铺里吃了饭，沿着土路往回走。似乎是亲人的久别重逢，或是死里逃生后的邂逅，我们好久没这么轻松适意地吃过一顿饭了。

打点好行囊，母亲突然说要见见我的孩儿青子，最好带他出来，一起游玩游玩。

母亲的提示，使我的孩儿的爷爷、姑姑、叔叔们很赞同。青子长七八岁了，只回过两次老家。一次只住过一夜，另一次住过七天，临走时让跳蚤咬得周身是疙瘩。青子惦记老家的苹果园，老家的小黑狗，甚至那地畔山坡上的每一朵小花。他给爷爷奶奶们带去天伦之乐。这一回，父母逃难似地，没能有和小孙子在一起的空闲，也难有那种心境。母亲要回老家了，她无论如何要同她抱养过的小孙子亲热一番的。

正好也是星期天，我骑车回家，说带他到野外去玩，青子当然欢呼雀跃了。

中午的太阳很好。刚刚骑车到街道和郊野的交汇处，迎面看见父母和弟妹们走来了。他们叫着青子的名字，都高兴地忘却了一切烦恼。这一刻间，人世上的喜悦都聚集在一起了。青子却女孩儿似地羞涩，低着头，抿着嘴巴，微笑着，猛地挣开奶奶的怀抱，跑到路边的小树林子里了。

第十四章 秋日

我这才发现,这小树林子太适于我们祖孙三代人此刻的心意了。是一片不大的苗圃,一群亭亭玉立的小白杨树。林子间是厚厚的经霜的落叶,踏去沙沙作响,一些零星的叶片还摇曳在枝头,黄亮亮的如同太阳的碎片。

秋天,这就是我梦魂萦绕的秋天!

青子捡着黄叶,把它用细枝条穿起来,像收藏那些糖纸似的。

珍妹捡了一片黄得灿灿的薄叶,向青子挥舞着。

"姑姑!"青子奔跑过来。

珍妹在青子小的时候看管过些日子,这"姑姑"的声音对珍妹是亲近的,也是久违了的。姑姑抱起了侄儿,亲着他的脸蛋,泪水无声地从腮间滴落了。

"你为什么要哭?姑姑!"青子同情地问,"你的病不是好了吗?"

"青子,姑姑没有病。你看,这不好好地吗?"珍妹破涕为笑。

我视线朦胧地看见,一个质朴、可爱的珍妹又回来了。

母亲看了我一眼,看得很忘情。母亲也许想起了她不足二十岁的年龄时,也可能就是这样抱着她的大儿子,从外婆家的原畔上翻沟从娘家回来的。

父亲蹲在一旁,很安详。我递一支烟过去,燃着。大弟和霞妹手里都捏了黄叶,远远地望着珍妹和青子在嬉闹。

秋天的土地,在太阳下呼吸着。

这个秋天,随着时间的流动,越来越远地离我而去了。可我总惦记它,永远忘却不了发生在这个秋天里的往事。

　　记得母亲回老家之后,父亲和霞妹照管珍妹,又熬过了十数天的异乡日子。临送他们离开省城那天,珍妹执意要去剪头、洗澡,她似乎要涤掉自己的苦难。

　　是的,我的珍妹回来了,病态的珍妹悄然间逃之夭夭。她还那么充满少女的青春活力,那么聪颖、美丽。

　　只是她完全打消了继续复课考大学的念头,甘心去过一个普通农村女儿所常见的一生了。像母亲那样,像祖母那样去生养孩子,死守着那黄色的土地。

　　对此,我与其说是悲哀,不如说是庆幸。倒不是我少了连累,而是觉得珍妹终于解脱了自己心灵上的枷锁,归顺于土地和自然了。

　　之后我每月向老家捎回珍妹要服用的药,一年间从未间断过。尽管事后知道珍妹都偷偷把药扔掉了,但好在旧病没有复发。医生说过,她的病来势狂躁,是易于抑制的,如果是抑郁症,就不会这么快恢复正常思维的。

　　现在,珍妹已做了孩子的母亲。听妹夫从老家来我这儿讲,生的是一个女孩,胖乎乎的,长得很好看。珍妹捎给我一笼鸡蛋,说是她自己养的鸡下的蛋,很新鲜。

第十五章 海岛

这是海岛冬日的一个初夜，萧萧雨雾，弥漫了临海的椰林小路。他处理完明天出版的报样，在小夫妻杂粮食店里吃了碗酸汤荞面饸饹，不知怎么，神使鬼差地信步走到了这里。本来，精品沙龙约他今晚光临，听音乐、吟诗，还有奇才书圣表演逆笔行草，他想想，说是几位老校友聚餐，好怀怀旧罢了。结果，又觉得沱牌曲半斤八两下肚难受，点圆俩好三星四财五魁六连七巧八马九长全到地么喝，舒心是舒心，闹后的静灭让人想哭，醒酒后太阳穴发木，便婉言说去沙龙作罢。荞面饸饹穿肠过肚，一阵饱隔呛鼻，一位老板又打传呼机，他情愿不情愿地打开手机，说借他几万元，十日内还款，百分之十利息，做一笔冬菜北运生意。这类买卖对他来说，已经见怪不怪，一概谢绝，关机时说声见鬼。传呼机又叫，触目惊心地响，谁呢？号码很生疏。也许北方老友来海岛休闲，十年生死两茫

谷雨
GUYU

茫,错过一面,三生愧疚,如何是好。谁知对方乃一纤柔小姐,大哥,你忘记我了?我是海鸥歌舞厅阿春啊,我快想死你了!海鸥,他带老乡去过,要过一个红海包厢,叫了几个伴舞小姐,跳跳舞,唱唱歌,情调舞贴得近些罢了,况且仅一面之交,又时隔数日,哪里就会想死?何人又芳名阿春?泡沫快淹死人了。对不起,没空儿,回见,拜拜,祝你好运。泡沫礼貌,废话连篇。他干脆掐死传呼机,关上手机,长出一口气,可算逃出了喧嚣的人群,逃犯一样大口呼吸着开阔而宁静的椰林小路的空气。

　　说是临海,其实是地处入海口,或出海口。像一条河流,却深不可测,窄窄的却能载浮万吨的大船。倒是一个避风港,一旦有热带风暴消息,这片海就挤满了船泊,大多是一些渔船和货船。个体经济成分,炊烟缭绕,鱼香缥缈,像一个水上的村落。近日天低云黑,冷雨阵阵,船家又归宿此处,还是倚着岛屿安定。他也像一片帆,不是归去码头,而是离群索居似的,漂泊到这临海的椰林小路上。是假斯文,还是玩什么情调,还是信奉人到中年以散步疗法减肥,还是抗拒物欲,像文化人说的寻觅精神生态的美丽田园,弄不明白。他的确愈来愈茫然于吃葡萄的嫉妒与心灵攀援的纠葛,惶惑那些夹生的时髦词汇的亮相。听天由命,自得其适,如此而已。就周遭这临海冬夜里才会有的一种沉静,实在是最妙不能言了。

　　这种气息,其陌生和新鲜,在五年前那个夏日的灿烂时辰就消受到了。腥风,如同鱼档里的味道,腥中有鲜有臭,鼻息动一动,还想再深深吸纳一番。这便是诱惑,海的挑逗。咸味,如盐巴,据说是河流冲刷溶解各种岩石成分所致。这使他

第十五章 海岛

想起多年前,在北方古城小巷子口,每天骑车上班时无论如何都逃不脱的咸汤羊杂碎的引诱。在海岛上,无论东山羊火锅,传说有多嫩多香,就连皮吃这一点就少了胃口,即使内蒙古羊或新疆羊做的杂碎,饨、熬、煮、煲一套操作技法,就不如记忆中的大锅咸汤滚翻的那份煎火,以碗为单位现时下料的那份筋道。生活。毕竟不是咸汤羊杂碎。海岛上的湿润的风,可以爽身清心,但绝不耐饱,也就是说不能充饥,不能当饭吃。

十年前那灿烂夏日的惊喜,如同节日的启幕,锣鼓号角的,让人心血来潮。无数不是节日的日子,是秒针分针时针日历月历年历这么过来又这么过去。他在灿烂夏日第一眼看到这片海,像河,像湖,它是海的尾巴,海的组成部分。那天,他同时注意到了临海的这片洋味建筑群,近代中一样有些斑驳灰暗,尽管为了市容的美观新刷了白色涂料,却像抹得满脸脏兮兮的风尘女子,失却了时光留驻的天然神采。

他同时发现了奇迹,灰色的洋味建筑壁上的一片葱绿。不是爬行攀援植物,而是一株盘根错节的树。榕树,是榕树。怎么可以悬空生长,把根须隐入建筑物的体内,守望周围一片沧桑感的沉郁风物呢?

现在,他驻足于这棵悬空的榕树下了。绿叶不再闪光,只是借椰林小路的灯盏,凝聚成一团暗绿。他想起什么,匆匆掏出"三五"烟,点着了,饥饿般地吸了一口。星火明灭间,千辉牌打火机上的女郎骚性十足地向他抛媚眼。

暗绿一端掩映了一扇窗户。那里只是一片残缺的空白,没有亮光透出来。他远眺着,温习着一个陈旧的故事。连他自己也不敢确认,他是为了探访这扇绿窗而来的。起先,也绝非为

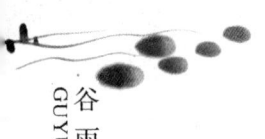

了这番情景而推脱了聚餐和沙龙,以及生意与舞女。寻找孤独?笑话!

喂,你是某某作家吗?

是。不,我姓某名某,不敢称作家。

你是从某地来的吗?

是。你是?

我怕重名重姓,你果真是某地的某老师。我姓某,叫某某,我和你通过信,给你寄过照片,还记得吗?

噢,当然记得。你现在哪里?

在海岛上,和你同在一座海岛上。我看到你在报上的文章,猜想你也来海岛上了,就四处打听,说你在办某某报,太好了!

那你在这儿做什么?也靠笔杆子过活吗?

干过几家报刊的记者编辑,你知道,靠写稿是糊不了口的,得拉广告,跑赞助,后来就失业了。

那你怎么办?回大陆?

不,我现在赋闲,过得还好。

赋闲?来海岛上赋什么闲?你别开玩笑。

不是开玩笑,我们见面你就知道了。

那天一连下了三场酣雨。一会儿艳阳普照,一派金黄,一会儿云飞霞蒸,白雨倾注,蓝色大海环抱着岛屿,海呼吸着,把湿润化为云朵,复又酿成水汁,滋润被酷日暴晒的这块土地。时世的风潮,驱赶着浮躁不安的人群,匆匆忙忙,奔波不息。雄心与凄楚共生,猎取与失落同在。海岛成了一个节日的广场,一个聚散的码头。每天都有奇迹诞生,每天都有新鲜的故事,比如,他接到的这个不速之电话。

第十五章 海岛

他们约好晚上八点,在海景酒店咖啡厅碰面。联络暗号,双方各自手拿一份报纸或杂志什么的。虽然他多年前反复端详过她的玉照,那是她参加一个风景地的笔会,在游船上作秀而为,身段窈窕,眉清目秀,如今却怎么也想不起她的五官究竟是什么轮廓。她有着出众的美丽,会在一群女人中凸现出那种朴素而高贵的气度。尽管如此,他还是随手握了张报纸,匆忙打的赶去。

不是平素的公事应酬,也不比一般的与女性交往,也谈不上是什么艳遇,但他的内心的确泛起一阵阵难耐的喜悦。异域海岛,为他们提供了数年不遇的机会,可以面对面坐在一起聊聊天了。酒店大堂一旁的咖啡厅很空,只有两三张小桌上有人聚着私语。他一眼就看到角落处张望来的一双美眸。几乎同时,也站起身来,拘谨地用手推了推小桌上的一本杂志,没有拿起来昭示,目光中流淌出询问和问候。他扬了一下手中的报纸,快步走过去,想这女子必定是相约之人无疑。那张照片上的她,也这般风韵,只是略为庄重了些。

你是某老师吗?

是。

我是某某,你好!

你好!

落座后,彼此突然松绑似地消尽客套的尴尬,会意地笑起来。本不必要接头暗号,他们笑的理由大多是因为彼此合谋的见面形式。一个发生过又搁置许久的往事,又这么生出新芽,在这光线温馨的咖啡厅,续起倾慕的话题。

与他在北方古城围炉欣赏到的照片比较,她脱去了那种村

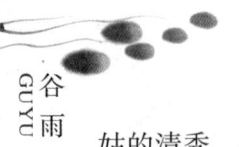

姑的清秀,少了一些纯净和朝气。恰到好处的雅淡化妆,添了几份坦然的富丽。城市化进程,体现在她的身上,只是不可能变得野性不羁,或者女权十足,或者奢华艳俗。她还是她,长江边上的小县城文化馆创作员,乡间水田扶犁耙的才女,闯荡海岛的流浪记者,又似乎有傍款什么的优越硬件。不然,能轻易道出赋闲的雅词吗?这般装束,接见总统都未必失身份,绝不像失业者的落魄样。

当初她家境贫寒,学业优异却未能读完高中,就充劳力种稻子了。她读书、写日记、投稿给报刊,居然成了县上的小名人。稿费不多,也可以贴补家用,写稿子也是唯一出路,不至于嫁一个乡巴佬,苦一辈子。后来,她成为县文化馆聘用的创作员,心想多出作品,转正当干部,就心满意足了。

在同一个刊物上,她读到了与她的散文排在一起的他的《牧野》,以为是她读到了好文章。以后,每见到他的东西,便读得开心,直到买来他的书,反复读过,又从作者简介中洞悉他的履历及处所,冒昧写一封短信给他,并附近作请他指正,如果方便,请推荐某某报刊。她的《江水悠悠》,如愿发表,且在有名的大刊物上,这对她无疑是上了一个台阶。他的荐贤之举,在培养作者的套话之外,由文到人,也不可排除一种隐隐约约的爱怜之情。

鸿雁传书,三载有余。他明智的是从来不在字眼上流露出为人师表的不正派,奖掖之辞加勉励的话语,讲得真切而不失文采。她也聪慧过人,约他一起参加的那个风景地笔会,他因脱不开身未去,会后她来信少不了遗憾之词,又通报一下笔会见闻及有趣的事,并第一次寄照片给他,还有,在野外小溪边

第十五章 海岛

采撷的一枚好看的叶片。他不便如法回报,家室之外的情感游戏,被他视为玩火,男欢女爱,你情我意,到头来又如何?他倒是慷慨地答应帮助她,来北方进修一年中文。进则忧虑,退则不甘心,尽可能游刃有余,但心里的天平已经开始失衡。进修也许是借口,也许再正当不过,彼此都在为接近对方谋划着什么。费用问题,她仅凑到几百元,又不忍心去花他属于私房钱的稿费,又要打扰他,给他添麻烦。结果,她未领他的情,北方仍在梦中,出发的一天遥遥无期。

就在他来海岛前不久,收到她一篇未发表的近作《寄远》。完全是稿件的书写格式,无信,却更是一封信,一封虚拟的情书。一个南国女孩,如何偶遇一中年作家,一起私奔沙漠古堡,逃离世俗,融入大自然,罗曼蒂克得情切意长,山盟海誓。同样梦境一遭,他是感到了那种黯然伤神的彼此的心事。他慢慢地把心事放在北方的炉旁,打点行囊,一直向南走,并未在长江边的小城逗留,没去寻访那怜爱不已的女孩,竟走到了南方之南的海岛上。

他差不多是忘了这件事。到这儿,先得谋生存,找差事。首先是活下去,其他都不重要。他没有告诉她行踪,她也同样自个儿悄悄来闯世界。不知谁别扭,反正没有合谋。梦在北方,现实在海岛。海岛上的他已没有北方古城那份悠悠自得和沉寂,相对实在,也少不了新环境中的落寞。而海岛上的她,一番冲撞挣扎,直到食宿无着甚至没有归路盘缠的窘境时,断然弃旧我接纳新我,过起赋闲的日子来。

咖啡杯见底,银匙叮当作响,苦与甜的融和,构成了一个流行品牌的海岛上的夜晚。她只是说,我已有了朋友,他不让

我出来做事，反正衣食住行不愁。你知道，当一个女人不为生存奔波的时候，该多好！事实并非如此，穿上名牌，吃上海鲜，住上洋房，就怎么也写不出一个字，就这么丢弃了自己曾经苦苦为之追求的天地了。他明显感到，对面坐的已不完全是那位信笺上照片上的女孩，而是一位海岛上优裕的女人，一位气质高雅心神不定的女人。

那天是他买的单。本来，她已把手伸入真皮手袋，拿出锃亮的百元钞票，见他执意付账，手足无措的样子，怕是不给男人面子，才没有坚持。分手时，他尽量掩饰住说不清道不明的一份失意，只是说，见面就好，异乡海岛能遇在一起，你别说还有点诗情画意。她说，见到你就好了，在海岛上，最早知道我认识我的人就是你，尽管头一次刚谋面。

她已经更名换姓，身份证丢了，买了假身份证。反正名字不过是一个符号，叫得应就行。说是转型期，她常常转不过自己的型来，某某是谁，某某又是谁，自己究竟是谁。是人还是鬼，是逃犯，是隐形人？藏匿身份，似乎没必要。只是丢了身份证，道理再简单不过了。

见过一面后，他们好久又没了联系。说是有事打电话，能有什么事呢？隐隐地，他总惦记这么一个人。他理解流浪女记者的处境，把脸皮揣在口袋里去向老板行乞，是何滋味？找个有钱的朋友，改善经济地位，人之常情。你有家室，即使人家爱你，要嫁给你，你能办到吗？那么，又有什么失意，有什么醋可吃，有什么理由可以忘记昔日的交往而冷落人家呢？

一天下午，他手头的事忙完，突然想到要打一个电话给她，问候问候。并叮咛自己对方唤某某，是新改的名姓。她很

第十五章 海岛

高兴他打电话给她,说是闷死啦,朋友忙生意,整天被关监狱似的心慌。他问她,为什么不常打电话过来。她说,打过你渔巷的电话,房东说你搬走了。他明白,自己新搬到龙湾里,没告诉她号码。那你可以打我办公室电话。打了,有次一位小姐接的,该是你的女秘书吧?我哪有什么女秘书,也许是你在意,误会误会。还忙吧?还可以。还好吧?活着。就这么寒暄一番,客套归客套,彼此还是觉得有种心旷神怡。

又是周末了,又是他所惧怕的周末。平常一个人孤魂野鬼似的,在路边小店形单影只地填肚子,酒也喝得无聊,然后逛书店。似乎永远是那么些书,很少新面孔。便又沿街走去,在报亭旁站一站,翻翻杂志目录。走累了,坐下来擦皮鞋,好像是给人家掏两块钱的板凳钱。然后走回住处,拉灯,冲凉,上床睡觉。睡不着就看书,吸烟,喝茶,反正第二天不上班,夜读通宵达旦,然后又睡一整天,然后去找小店填肚子,喝酒,闲逛。他期望无所事事,真的闲下来,他又空落落的。本想打电话给她,又怕人家男欢女爱地度周末,你较什么劲?想着便作罢,还是自己的罪自己受好了。

感谢她在他落寞的周末打来电话,说是她请客,去上次见面的海景酒店十八层用餐。那里他去过,旋转餐厅,自助餐,还有海景灯火。他是最讨厌吃自助餐的,没胃口,但还是说,那挺好,如期赴约了。

牛排鸡翅沙拉并不重要,海景灯火也恰如过眼烟云,只是高高在上,悬在半空,相对而坐的这片时光,让他有一种享受感,而非浪迹街头如丧家之犬。她不时用眼睛盯他,躲也躲不开,然后对望。眼睛说,为什么这么看我?很快,两人又会意

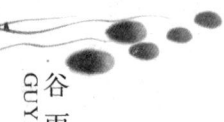

地一笑。他们不谈国内外大事,不谈经济形势,也不谈身边的故事,连文学也懒得说它。彼此的话题兴趣是对方,又都不肯坦然启齿,似乎他们想要涉猎的是一片美丽的沼泽地。刚一探脚,又收回来,再走一步两步,又站住了脚。他有家室,为什么不一起调来?不情愿。这么一个人待着行吗?无可奈何。有女朋友吗?有。还好吧?还好。话少时他就一支支吸烟,喝冰水,上洗手间,然后又默默对坐。他却不想打听对方的赋闲状况,她看出这一点,主动想交待一番,见他兴趣不浓,只说朋友也是有家室,想离婚后娶她,鬼知道。如果他处于落寞之中的话,她则多少有些悒郁。

　　不说它,去玩吧。正经话题,说得人沉寂有损健康和面容。他们没去歌舞厅,腻味。却一起散步到一家俱乐部,各种球类的租地。乒乓球会打吗?打过,只是多少年不摸球拍了。还好,乒乒乓乓地,彼此还对付得不错。谁赢了,谁输了,各有胜负。认真一点,他肯定会击败她,但他没有,他不想让对手成为弱者。即便是玩,也尽可能让她开心,给她虚荣感,给她慰藉。他也是从未看到她这么开心,笑得这么爽朗。这么好一个女子,怎么可以在水田里扶犁,在灯下苦熬什么文章,又四处奔波拉广告赞助。眼下找到归宿,却又不称心如意,这么郁郁寡欢。而她体察到的是他兄长般的关爱、平和、平等、信赖。两人大汗淋漓地走出球场,迎面是猎猎海风。记不清是谁主动拉对方手的,几乎是不约而同,携手依偎,在偌大的草坪上漫步而去。

　　之后,他们又相约去海滨,在海浪的抚摸中忘却琐碎和烦忧。小鱼一样地栖息在海的边缘,海那么浩荡无际,人又算得了什么。活着不易,又都是这么背井离乡,远远地客居在这海岛上,能彼此给予快乐,精精神神地走在人群中,多好!钱是挣不完的,人为财死,鸟为食亡,知足常乐,平安是福,在这些常言道的生活哲理面前,他们默契地点头称是。之后,他们又一起去了趟死火山。悠长的时间,浩渺的空间,让人感伤生命的短暂。而情感的历程丢失着足迹,捡它不回,一切都只是在半路上重新起步。死灰复燃,死火山似乎喷发不再。

就在攀爬溶洞的小径上,她不小心摔了跤,还好,膝部擦破了一点皮。他扶她下山,也没了尴尬。似乎有了救死扶伤的借口,理所当然相依相拥。打的路过街市,在一家医店抹了点碘酒消毒,她那痛得牙龇嘴咧的样子,逗得他笑了。还笑?她撒娇地给了他一拳,像歌里唱的细细的皮鞭不断轻轻打在他身上的感觉。

我送你回去吧?方便的话。

有什么不方便?你难道见死不救!

我有点怕。

怕什么?

你老公。

什么老公不老公?你真没劲,告诉你吧,我朋友去内地做生意,走十天半月了,一时半会儿回不来,这你该放心啦?

原来,你也和我一样,形单影只。

什么话?

没什么。

自从我们头一回见面,我就等你说一句送我回去的话,今儿个不负伤,也讨不来你这殷勤。

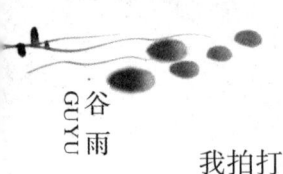

谷雨
GUYU

我拍打扰别人。

你已经打扰了。我也已经打扰了别人。

不过，我是想，这样蛮好。

我说，你别往邪处想，我只是想请你到我那儿坐坐，好吗？

当然可以。

冷雨嗖嗖地打湿了他的头发，雨水凉凉地流下脸颊。他用衣袖揩揩，又点燃一支烟，徘徊在绿窗下。

冬日又至，一年来，他常常想起这眼前的独特风景，却没勇气造访它。绿窗一直黑着，像关闭的一扇曾经明亮而温情的心扉。海岛上没有四季轮回，似乎只有热与凉。人的轨迹，人与人的联系，男人与女人的聚散，留下的是一种什么层面的季候风？

在那个死火山归来的夜晚，他送她回去。他做梦也没想到，当初上岛时让他目光发亮的这片榕树掩映的绿窗，竟是她的住所。你住在这里，像诗一样，怎么不早告诉我？她说，当初我拉赞助遇到了一位老板，他问你为报纸拉赞助能提成多少，我说，百分之二十，包括工资租房交通等等。老板说，这样吧，我也不想出名，人怕出名猪怕壮，猪壮了就该挨刀子了，人也一样。我不买报纸的账，只买你的账。给你十万元，交个朋友嘛。当时，我身上只剩十块钱，三天只吃过一盘炒粉。

她带他走上高高的楼梯，打开房门，俨然是一个温馨的所在。只是房子太陈旧，临窗的墙有些裂缝，甚至长出几片嫩黄的叶片来。推窗望去，渔火点点，海天漆黑一团。朋友为她租了这间房子，抽空来住一宿。大多时光，是她守着这古香古色的所在，守着这绿窗张望。她说她疲惫了，想休息，所谓的赋闲，实在是自嘲而已。

第十五章 海岛

　　今后怎么办？不知道。也许能和朋友结婚，他人挺好，只是没文化感，没趣透了。但又能如何，出国？回内地？上京城？再闯深圳，迎九七香港回归？不知道，真的不知道。这又遇到你，又能找到归宿？她万分失意地摇摇头，泪水从脸上汩汩而下。

　　他第一次见她流泪，他的喉咙也哽噎了一下，拥她入怀。他喃喃地说，别这样，会好的，会好的。她揩了把泪，目光美丽而明亮，轻声说，别走了，好不好？他点点头，吻着她的额头，红唇。她顿时柔软无骨，吊在他的脖子上。他贴她滚烫的面颊，感觉到她乳房的颤动。她的腰很细，臀部丰腴，呼吸中是一股酥人的芳香。他们终于放纵了内心的困兽，让它奔跑如风，让它悠然于旷野上，让它在欢乐中去死。

　　一夜之欢，醒来时绿窗已一片金黄。海的一天又开始了。谁知好花不常开，好景不再来，不等到下一个周末到来，却黄鹤一去，空余绿窗使人愁。电话说她离开海岛了，去哪里？不知道。时至现在，仍没有她的消息。

　　此刻，他踯躅于海岛冬夜的冷雨中，迷失了归路。

第十六章 归来

我也记不清是多少回俯瞰眼底的琼州海峡了。

这一回，它在傍晚橘红色的云霞深处泛着蓝光，海面上有星星点点的船影，有隐隐的白色波纹。远距离的感觉，它就像静谧而神奇的处子。这似乎是一个幻觉，一个光怪陆离的图影世界。它的真实，是在完全接近了之后才可能弄明白的。貌似平淡无奇的海面是诗意的，海的主题通过纸介出版物泛滥了不少的诗和诗人。但要我们懂得海，还的确存在困难。

记得有一次，在泊于海峡上的一只大木船上拍舞蹈节目，须用小舟把人员设备从岸上摆渡过去。只是海的轻微呼吸，小舟便在不平衡中滑荡起来，从京城来的几个用肢体语言表现生活的女子霎时尖叫不止。开始我以为是卖乖，等到我坐上小舟靠近大木船时，我理解了她们真切的恐惧。弃开小舟时，须在一瞬间抓紧大木船的缆绳，海水的亲和与排斥在戏弄你。如果掉入海水中，不识水性的北方佬恐怕就惨了。

台风是海的狂笑，海的愤怒，会把巡逻艇的钢板撕成碎片的。海啸是站立起来的河流，会把万丈波涛推向岛屿。它曾多少次拍打过我的客舍，把噩梦惊醒。

曾有一位在大陆有游泳池健将资历的老板，面对海峡的一个小支岔平和的水面，想象在商海里一样大展身手，泅到十几米外的沙丘上去。他嬉笑着下了水，却让水底的涡流吞没了。多日后在几十里外的海滩上，发现了这个冒失的壮汉，他把命丢在那儿了。

胜利泅渡海峡的英雄是值得佩服的。他们须要经受生理和心理的严峻拷问，以渺小的体积在茫茫的海面上以臂作桨，一点一点地划向彼岸，的确是我们同类的欣慰。子非鱼，鱼可以自由地游过海峡。人若要返还生命起源的大海，得借助漂浮物的舟船。追究原本意义的时候，赤手空拳扑向大海的举动，是让人称道的。

遥想若干万年前的地壳运动，海南岛与大陆板块剥离而漂移开去，一些物种也被隔阻了。据说海岛上没有天然生长的老虎，缺少了一种凶猛而美丽的物种。有一次我从海口体育馆打乒乓球出来，走过廊亭时猛听得一声虎啸，差点儿没吓死我，原来是被囚在铁笼子里的马戏团的宠物。

这样胡乱想着，突然感到一阵失重的心慌，是飞机在盘旋降落。一片片椰树沐浴在海风里，像秀发飘逸的礼仪女子，让远方客和归来者感到舒心。

走出美兰机场，晚点出来的旅客在等候民航班车，班车也在等候下一个班机，最好能装满乘客。有着黑红肤色的中年的

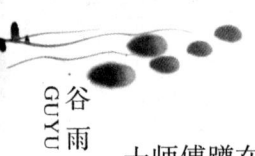

士师傅蹲在一旁，弯曲着一根手指招徕生意，说与班车一个价，立马就走。我这老海南该不怕欺生吧，但有时候越熟越有戒心，索性等吧。

下榻何处，以往的龙舌坡的寓所已易主，这座海岛城市似乎已不再属于你了。想了想，还是去某招待所的好。那里曾是你租用办公的地方，即使物是人非，心理环境还是亲切的。尽管报了目的地，班车还是把你扔在了前一个站点的琼剧院门口，只好牵了行李箱往前走。遇上人行道又在挖沟，脚下崎岖不平。过天桥时，歇了歇脚，让湿润的浸透椰城的海风重新拂去你额头的汗水。在已经渐渐远去的客岛八年的漫长时光里，你曾经匆忙的脚步熟识眼前这角角落落，甚至于这折形的天桥台阶，这凭栏上的细微斑痕。那时的心境是身在其中的紧迫和充实，今夜归来，却已是袖手旁观的闲客了。

当初也许没有十分清醒地意识到，那时的匆匆脚步实质上是在一步步向回走，走向最初离别的故地。

该变的变了，没变的依然如旧。这院落是安静了，曾上过岛的昔日的浪迹者大多都光顾过这里的人才市场，碰运气，寻活干，失了业又跑到这儿来。如今的"茶艺"的安温取代了往日的熙熙攘攘，美容院还在，开过钓鱼游戏场的地方租给了一所医院门诊。想起那鱼池很好笑，水中放满了银光闪烁的大鱼，是用大头针弯成的鱼钩作一个尺把长的钓竿，掏钱可以买到大收获，像一个暴露无遗的淘金梦。旁边多了一座大厦，在等待内装饰，等待不容乐观的客源。另一幢雄伟的大楼，我在十年前刚上岛时就见它矗立在路边，现在依然空空的等待在那儿，楼前的椰子树已经长高了许多。小杂货店的主人，那时还是一个孕妇，如今放学的孩子已能替妈妈打发买主了。

院落旁是一片阔地，是当初规划中的什么大世界，邻近的住户铲除了疯长的杂草，种了一畦畦蔬菜。都市中的村庄，守望一个情愿或不情愿的许诺。角落处有一户人家，芭蕉树掩蔽着瓦屋，炊烟袅袅，鸡鸣狗叫，一位老妪经常坐在门口的石凳上出神。它与我在五指山见到的风景一样，可它就在市中心的大道边。猜测它的主人当初也许是钉子户，这么守了十几年，面前仍旧是一个空白，不知主人是否后悔。现在我推开窗户，一眼就看见了它。以前我多少次地这样注视着它。它让我思考，是给我的恩赐，以排泄难言的孤寂，可它并不知悉这一切。那几年间，我经常是忙完一天的差事，推掉可谓丰盛的饭局，独自去一个家乡饭馆吃完饭，就躲到这片开阔地的菜园子边，享受傍晚的美妙时光。我与瓦屋前的老妪两两相对，但没有一次上前去打扰她。天黑了，我才顺着一条幽暗的小道回到寓所去。

出入招待所，视线中的景物让我感觉自己还同当初一样生活在此，一眨眼便丢失了若干的时间和故事。此刻，它们都上哪儿去了呢？

重回岛上，想到的是往日的友人。值得寻访的人，有的还在这里，也许住处和差事有所变故。有的步我后尘返回老家，有的上了北京或深圳，或去了国外，有的干脆就失踪了似地杳无音信。有的人死了，有的进了监狱，有的升了官或发了财，有的还在温饱线上挣扎。如愿以偿者有之，暴富暴贫者有之，一成不变或安然若素者大有人在。土著岛民中的朋友相对守恒，大多上岛闯荡的大陆人，其命运各不相同。

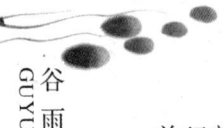

谷雨
GUYU

　　曾经熟识的人和事何处可以觅得，人，是晃悠着的，事，已烟消云散。只有那些物，也就是为你遮过风挡过雨收留过你浪迹心情的住处，确凿地显示在记忆里，从而把那些纷至沓来的人与事牵引到眼前来。在当初上岛的头两年间，你依次租住过的地方有新华南、文苑巷、锦山里，最后落脚于龙舌坡。小地名，是一种坐标，不管那片地方上的建筑物是否依旧，那个方位上的气息也似乎储存了你的体温，融入了情感，让人去念想。

　　新华南的一家招待所，窗下院落一角是垃圾堆，我在这儿领教了"两个老鼠一麻袋，三个蚊子一盘菜"的俗语。天总下着雨，从小巷子里吃过汤粉回来，冷清清的，上楼梯时撞见了一只大老鼠。我是吓了一跳，它却很镇静地为我让路，溜到一边抱起前爪，差点儿向我敬礼了。之后我见到老鼠便依其习性礼尚往来了。屋里的蚊子却不客气，它会在你稍微疏忽时潜入帐子，或隔着帐子袭击你。灭蚊灵不灵，人被熏晕了，蚊子依然飞舞歌唱。它体积大，有群体优势，你的掌心拍红的血是蚊子的也是你的。你一边谋职，一边读海德格尔，写你的客岛札记。

　　在文苑巷，你租一张床，屋子里的另一张床是属于随时光顾的流动客人的。有时是半夜里来，天不亮走人，你也没弄清同居一室的人是老是幼是渔夫还是逃犯，幸而未遭毒手。你的一位友人就住在楼下，他是你在故城的文友，你们经常坐在楼顶上，或海港的桥头上，望天上的星星，也望海城的灯火。一日，友人与邻居因孩子争吵，准确地说，是因为邻居没关小院的栅栏门，让尚不懂事的孩子跑了出去。孩子跑出去玩儿，会

第十六章 归来

遭别的孩子骂："大陆崽坏！"这孩子当然会反驳，但不带任何地域概念："你坏！"作为家长的友人感到伤害，就与邻居论理。邻居说不是故意的，友人说是故意的，何况不止一次了。这争吵骤然升级，邻居的家人也添加进来，眼看就要动手了。我在屋里被惊动，连忙跑下楼去拉开他。要是真的打起来，我们势单力薄，怕是死定了。我见过当地人打架，是拿了杀猪刀乱砍的，小矮个会一蹦三尺高，强悍又凶猛。

锦山里的房东，是靠租房和做钢窗的手艺盖起三层小楼的。最是那丛与小楼比高的青竹让人爽心，有了些许家的安全感。几个人在那里起火做饭，然后上班下班，满城跑广告，写稿编杂志，度过了生存危机第一关。过了几年，房东老头还找到我，感谢我在文章里写到他的青竹家舍。那门前泊了一大片水，幸得绿油油的水葫芦遮住了藏垢纳污。左边出去是一个杀鸡宰鸭的屠场，气味难闻，但并不妨碍我在巷外排挡打边炉吃鸭肠的口福。之后几年，怎么就再也没回那里去看看，不知怎么一想起就心里难受。

住在龙舌坡后，我算是有了自己的寓室。友人说，你是属龙的，做的是喉舌职业，办公地点在和平南，你姓和，这像是天意。它们似乎是在一直等我，让我在这个地方生活下去。问题是这个"南"，是和平"难"啊！我操心的不是寓舍易主后那些墙壁和地板被饿死，而担忧的是阳台上的那些红花绿叶该是什么情景。有一棵小榕树，是我从苗圃买的，先是放在办公的屋子里，几年间伴着我，四季皆翠绿欲滴，之后搬回了寓舍。一株三角梅，更是茂盛得很，曲曲虬虬，笼罩了整个阳台的防盗护栏。那次未遭耍猴人唆使的猴子入室盗窃，怕是梅刺

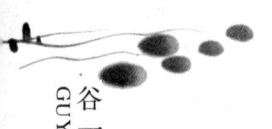

起了防御作用。三角梅开红的白有黄的紫的花,几乎常年不败,花瓣的水分不多,即使落了也像细碎的彩纸,可以保留到久远。

因为阳台湿润的缘故,在我搬家的时候,发现靠窗台的书柜底层长出了一只蘑菇。听人讲,有人在一间瓦屋里住着,让一阵甘烈的甜香袭击了睡眠,百思不得其解时,从床底下发现了一颗硕大的菠萝蜜。窗外是有棵菠萝蜜树的,它的根部伸延到屋里来,把甜蜜赐予主人。这真是天上掉馅饼的好事。这似乎是一个寓言,是说这里的地气是富有生命力的。那么,它也是拥有记忆的。我是在晚饭后站在阳台下的小巷里的,抬眼望去,旧景不复存在,窗户的灯亮着,这灯光不认识我。我如果去敲我旧宅的门,新主人会诧异地问:"你找谁?"我说:"我找我。"人家会以为你是有毛病。

我在岛上那几年,是谨慎小心、如履薄冰一样去做事的。无大起大落,有一些发展便滋生惰性,不喜喧闹,总在寻思安闲。故地的人以为我有多能耐,有人便投奔我而来。其中一个当小学教师的表叔,在海港工地上除了获得两手老茧和油黑的皮肤外一无所取,我给了他几百元路费送他回家了。另一位是我的表弟,原来也是小学教师,他说是利用暑期来游玩,在办公室当了几天差,便试着去采访,实际上是搞效益拉广告。他感觉还成,就辞了职业来当广告记者。几年之后,考取了律师,上京城了。和他一茬年纪的还有我老师和同学的孩子,在我那儿受过历练遭过罪。

有一天下午,我在办公室看杂志清样,抬头时看见一个二十郎当岁的小伙子愣愣地站在面前。他见我诧异,急忙报了名

第十六章 归来

字。我记起来了,在多年前祖母去世时,幼小的他随叔父回过老家,我们见过一面。他说,从学校出来,开了一年拉煤的大车,又当过镇上卖农药的售货员,不想干了,来岛上找我谋事。有亲戚说我自私,一个人进城多年,把弟妹几个丢在乡下,也不把他们带进城。我说,他们不都过得可以吗,城里不比乡下好活人。这话也许理不通,可我总这么想,是操不起这个心。父亲好像给我在电话里说过,给小堂弟找个出路,我是没有答应的,怕误了孩子前程,也许这又是个托词。当他站在我的面前,用一双渴望的眼睛盯着我时,我不知怎么心跳得厉害。

于是。他寄住在我办公室的沙发上,等我给他找到差事。这阵,我几乎辞了所有人员,在逐步退缩,等待变革,使他失去了借助我的位置实现梦想的机遇。找过几位老板朋友,想让他去开车,一则开车操心,丢了车或撞了人怎么办,二则他对开车没了兴趣,会干什么偏偏烦什么。最后是他自己在人才劳务市场找了一个差事,在一家新酒店当保洁员。也就是打扫卫生,名称叫得好听罢了。一次他不小心让盐酸伤了,治疗花钱,饭钱没了。我说过,没钱吃饭了来找我,或者给他回家的路费。他硬撑住了,知道回去是没有出路的。后来他当了保安,又当夜班统计,空闲时间拿着廉价的傻瓜机在街头拍照片投稿,写了文章找我指点,终于在我离开岛上后被聘为一家报社的摄影记者。前年他在上岛四年后第一次回家,带走了打工的小弟,又带去了老家的小对象。

我回到岛上,先是给他打了电话和叩机,怎么也联系不上。之后有一天,我在机场路的一家照相馆修机子时,接到了

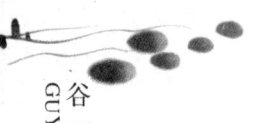

他的电话。我告诉他我所在的方位,他说,你等着,我就在楼上,马上下来。原来他租住的地方,就在照相馆的楼顶上,直线距离不过几十米远。这里的角角落落我是熟悉的,如同对老家沟沟岔岔的记忆。他说,刚从县上搞发行回来,工作很累。我见到了他带来的小弟,被一家咨询公司录用,心情还不错,与我津津有味地聊起了海南人的习俗。

  我们一起去吃饭,当然还是家乡的面食。兄弟三个,是从老家的黄土原上滋长出来的,经历完全不同的生活轨迹,重逢在遥远的天涯海角,接下来又是天各一方。祖辈一直守土如命,到了父亲一代,叔父成了公家人,便有了两厢的挂念。到了吾辈,便疏远了同根的亲情,海南岛竟然又让我们经历了一串往事。如同在机场路的会面,相距的远与近,会出现意想不到的戏剧性情景。

  距离往往不是还乡的障碍,还乡的意义也不完全是因为异乡有什么不妥,你得是在寻找一种想念的理由,抑或是自由的羁绊?

  本来想去一趟海口之外的什么地方走走,过去游历过的海景似乎只是赏玩过的景点儿,没沾多少人情世故。倒是有一两处奇遇之地,却也怕去触摸它。想到一处幽雅的海湾,从未领悟过,一打问前去的路径,得先乘车去县上,再换乘去海湾的蹦蹦车,要这么周折,索性罢了。看海,还是那个海,不如上假日海滩,上万绿园,少了鞍马劳顿之苦,也一样心旷神怡。

  这次海岛之行,主要起因是来处理一件银行手续的,借元旦假期来,办事要等节后上班。这又多出几天本不该安逸的安逸日子。在滨海大道乘专线豪华大巴,稍许工夫便可在开阔视野的享受中抵达假日海滩。游人不多,海水的温度还不到适合游泳的时节。在猎猎的海风中,顺着湿湿软软的海滩漫不经心地走去,时不时弯下腰来,捡拾细碎的贝壳和彩石,却拾不起丢在这里的往日的足迹。突然感到有一个发现,除了贝壳和彩石,其中有一些瓷片和玻璃的碎片,人们制造了它尔后又抛弃了它,海水已把它嚼得很滑腻,又吐回岸边,还给人们去思索。阳光好的时候,又转到了万绿园。这块临海湾的广阔的绿草地,像是海口的裙袂,因了它才使这座城市美轮美奂,飘逸自然。我曾多少次在吃多酒后来这里徜徉,有时索性倒在草地上酣眠,做一个还乡的飞翔之梦,把喧哗扔进了海里。海会把喧哗像瓷片玻璃一样嚼碎了再扔给人们作为思考的资源吗?

说是"陕西地方邪,想谁谁就来",在这阳光充沛的万绿园的草坪上,该改成"海口地方邪,说谁谁就来"了。时值元旦,平日蜗居于斗室屋檐下的成千上万的人们走出家门,来到这个绿色天堂亲近大自然。刚刚在一棵小榕树下坐定,迎面走过来的一张脸好熟悉,是正在说要抽空去会面的少功先生。他是带着家人出来游玩的,在一个城市里,一个偌大的公园里碰巧遇见,真是是一种缘分了。十年前上岛时,我贸然叩开他位于府城的家门,为我新创办的杂志组稿。他和所有海南人酷暑天在家的衣着一样,仅穿一条三角裤头,把门拉开一条缝探望,见我身后还有一位女性,忙说声对不起,关上门去换衣着。后来一起去儋州云月湖参加笔会,又一次领略了他文章之外的本领,这回当然也是着三角裤头,一头扎入浩如烟海的湖水中,半天工夫才从远处冒出头来。他说这湖水本来是一座水库,水底下情况很复杂,兴许这原始热带雨林的境地还有未被

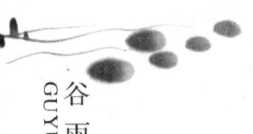

人们认识的水怪。另一回是在三亚海湾,他可以站在波浪起伏的海水中而不会沉下去,谈着天,很闲情逸致。南方人的识水性,是让旱鸭子的北方佬望洋兴叹的。他的文章犹如他的好水性,一招一识皆使人心悦诚服。我离开海岛时没来得及与他告辞,因为那时间还没把握能不能告辞。后来我知道他在那个词语丰饶的叫作马桥的地方盖了房子,大多数时间住在那里,门前是一个大水库,还是离不开水。记得是在云月湖,我们一起谈到过蒲宁,他晚年和老伴住在远离城市的僻壤,他的写作却亲近着人们精神状态。还乡,是一种营养。

隔日,岛上的旧友们在属于我家乡风味的老马家聚餐,有一层为我践行补课的意思。少功、子丹、少君是湘人,浩文是我们乡党,雁翎是另一位乡党的媳妇,崽崽、孔见是海岛上的土著。我们有许多往来的记忆,从相识到分别,十年八年的日子是长还是短,它总是有情也无情地翻过去了。生活也许一样,每天都进行着各式各样的相识与分别,从而积累了我们的所有岁月。我见到的光辉、德安、振孝、三海等诸位乡党,许是海岛的常驻民了。当时在那儿生活的时候,我以为可以老死岛上,做一个天涯的断肠人,却在某一天离开海岛,像上岛时一样心血来潮,无所牵挂的样子。我做了海岛的出走者,回归出走的地方。

说来也巧,在美舍河边闲逛时,碰上了黄海先生。他曾是岛上的文化长官,我是通过一起办文化公司的合作者结识他的。我们说到那位朋友,让人忍不住发笑。他是从深圳股市上背了三十万来海口的,我去机场接他,小个子的他被大票小票的几袋子钱压得满头大汗。他说证券所小姐见兑现钞,故意为

第十六章 归来

难他。在宾馆，他像码砖头一样把钱数给我，我带两个人把它搬到银行，几个小姐点了半天。合作项目没谈拢，给他退钱时每天五万提给他，他像扔垃圾一样把它丢进床柜。还完款后，我说："清啦。"他说："是，清啦。"我们友好分手，这前后竟没有谁给谁打过一个字的条子，彼此素不相识，平生第一次打交道。人说海口骗子多，我和他不是骗子。人海茫茫，红尘滚滚，我和黄先生都不知道这位闯海的朋友哪儿去了。

因挂失款项密码延期，一直等到银行上班后几天才把事情办妥。另一笔千二八百的存单，又是密码不符，如挂失还需要等上七天。好在推测了几个数字，对上了密码，省了滞留岛上的时间。数字时代，让每一个人都打上不同数字的烙印。自己忘记了自己，遗失了自己，只有复修好自己，方能在这个世界的秩序中找到自己的位置。你走不完的是确认自己密码的路径。

又一次乘船过渡，此岸和彼岸交换了称谓，琼州海峡的波涛呈现出水天一色。不说苏东坡流放过海峡，不说攻打海岛血肉横飞，只说十多年前十万人才过海峡，也足以见得这隔阻并连接大陆与海岛的水际，如何磅礴又悲烈。我只是十万分之一的过渡人，微弱得一如眼前的沧海之一粟。

弃岸出港，发现紧防慢防买的船票还是公私联运的。不是说联运不好，但当你被作为货物一样侧着塞入床铺设施的劣等中巴时，你在几近窒息中深感让人宰了。你枉称老海南了。别说你上过当，不会上当，当当不一样啊。想着正修横跨海峡的铁路，你应该能等到那一天。

之后从湛江经长沙到常德，再返还长沙回西安时，没有买

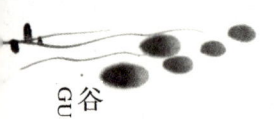

到卧铺票。挤上一节车厢，几乎无插足之地，空气稀薄，闷热难耐。紧连的一节车厢没几个旅客，有点空荡荡的，也干净清爽一些。乘务员在车厢连接处把门，问有钱没有，没钱就到那边。我上前攀谈，可能看我样子不像民工，便让进了优等车厢。我捏着钱问在哪儿补优等票，说先坐，快到西安再补。遇到查票，另一个乘务员训贼一样问我，谁叫你坐这儿的？我说了缘由，他点点头走了。夜半三更，换班的又盘查你，让你一路上心里不踏实。你问在哪儿补票，都说等一等。终于挨到车过华山，招呼你过去，想着可以补票了，你赶紧如数掏了钱，不敢多问，如释重负地回到座位上。你搞不清楚这一路上的尴尬究竟为哪般？

　　在海南的那些年间往返西安多少趟，空里来空里去，像这回这么紧贴着海面和土地返还故地，也是第一次。我该是幸运的，然而又是不幸的。我感谢这次行程，如同不悔客居海岛的日子。它是值得你在以后的日子里仔细消化的，它不是植物的果实或动物的肉体，但它甘苦参半，丰沛多汁。

第十七章　家书

　　1978年1月19日，星期四，农历还滞留在蛇年的腊月十一，阴天，飘着星星点点的雪花。这天凌晨时分，你在西安黄雁村的省医院出生了，婴啼清脆而响亮。

　　前一天傍晚，我从上班的小南门外红缨路团省委去了南院门，从一位叫王慎行的诗人兼刻石家那里取回了"和谷藏书"图章，匆匆骑自行车赶往你妈供职的雁塔路省委大院。当时，家住在红缨路，你妈因怀了你，接近预产期，行动不方便，就临时寄宿在宣传部文艺处的办公室里。我踏进门，她正在用借来的煤油炉子煮白米稀饭，气味很呛人。她说，今天肚子越来越疼，怕是要生了。这便匆忙拾掇东西，我骑车子带着她回到了十多里外的红缨路家中。结婚时，分了一间接地的十多平米的瓦房，南北通透，家具无非是简陋的木板床、书架、桌椅和案板、蜂窝煤炉子而已。生火煮了几个鸡蛋，带了钱和粮票，

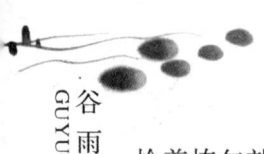

拎着挎包就出了门。天已经黑了,雪花大了起来,我用自行车带着她到了友谊路口,她肚子疼得撑不住了。我停下车子,扶她蹲在地上。好一点又上路,还是不行,我就推着车子扶着她往前挪。接着,就三米五米地走走歇歇,终于挨到了省医院产房。

陕西省医院应该是西安最好的医院之一,建于二十世纪五十年代初,苏式建筑风格,高层瓦屋,产房位于紧靠院墙的东侧。过了多少年,这里的建筑物变成了高楼大厦,可这座产房的旧楼还在,我前不久去看病,还去了旧楼怀旧,一去三十七年,像做梦一样。

你妈进了产房,医生一检查,说羊水已经破了,怎么才来?这便进了内室,我则被隔在了外边,又兴奋又提心吊胆,躲在屋檐下抽烟。只听得里间一阵阵产妇的"鬼哭狼嚎",间以清脆的婴啼,我在产房外的走廊里徘徊,等待来的总是别人的消息。凌晨时分,又一声清亮的婴啼传了出来,你出生了,用哭声向这个苍茫的世界报到。随后,我看见了你妈躺在产床上的笑脸,第一句话是:是个儿子!我看见了她身边的你,红里透白,眉目清秀,毛发油黑,一个七斤八两重的健康的儿子。我当父亲了,能不高兴?你妈不停地吃着鸡蛋,很幸福的神情,说她邻床的一位农村妇女只带了两个红鸡蛋,吃的黑冷馍,怪可怜的。我问她,你立功了,想吃啥好吃的?你妈说,想吃白皮点心。平时,白皮点心只是过年时才吃得到的。我立马出门,买了半斤,她连吃了两个。她说,儿子叫什么名字,我早想好了。

你妈和我是同一年从大学中文系毕业的,她是从彬县广播

第十七章 家书

站的"土记者"上的陕西师范大学,我是从铜川水泥厂矿山进的西北大学,毕业后她被分配到咸阳搞宣传,我到了团省委筹办青年杂志。我大学的同学杨玉娥与她一个宿舍,牵线做媒。结婚前后,她从咸阳地区宣传部被抽调到户县牛东公社当副书记,住在千王大队,家里的自行车还是她用购物票买的,我骑了四五十里地回去的西安。她每次送我到村边清清的小河旁,曾经说过,你看这小河的水多清澈,将来咱们有了孩子,无论男女,就叫小清,河水很清,和清。我说,就叫和清。

几天后出院时,天放晴了,高大的法国梧桐落叶飘零,雪地上映照着的明丽的冬阳。不,应该是早春的阳光,尽管风很冷,地很滑。我仍然是推着自行车,小心翼翼地将你们母子俩驮回家中。生火做饭,洗涤晾晒屎尿片子,小屋烟熏火燎,婴啼则是最好的安慰和寄托。可你老是哭,是饿的。你妈妈水很少,用之前买的杀了挂在墙上的鸡熬汤催奶也不管用,备的奶粉结成了块状,就用刀碾碎了,开水冲了,盛在奶瓶里喂你。好在订上了鲜羊奶,每天清早去街上排队领取,回来煮沸凉温了喂你,这才渡过难关。不会给你换衣服,蹑手蹑脚地怕把软绵绵的胳膊腿弄坏了,就央求邻居老大妈来帮忙指教。写了信给家里,让你奶奶来伺候月子,你的四个姑姑还是八到十四岁的孩子,一家老小靠你奶操持家务,爷爷奶奶得了大孙子当然是天大的喜事,你奶丢下一家老小,坐了六七个小时的火车有生第一次来到西安城。奶奶来了,生养了七八个娃的人自然会养育好这个宝贝孙子,我和你妈上了班,下班回来有热饭吃,你一双大大的眼睛好奇地望着这个陌生的世界,笑得咯咯响,祖孙三代其乐融融。之后,你奶回到老家,说小姑从沟里滚下

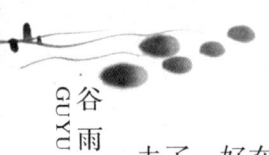

去了,好在没有大碍,养的十几只鸡死光了。前不久,我回到老家,和你奶睡在土炕上拉话,还说到这些往事,我禁不住偷偷落泪了。

替换你奶的是你外婆,之后断断续续住了几年。开始,你身体较弱,都是那结成块状的奶粉害的,医生说是缺钙,要多晒晒太阳。外婆听了这话,常常抱了你坐在对面屋檐下的阳光里,你眯着眼睛享受阳光的沐浴,很自在的样子。谁知天长日久,老这么晒,竟把一个白里透红的孩子晒成了黑黝黝的非洲黑孩儿。你的肤色一直没老爸白,许是小时候晒的,当然也怪不了外婆。外婆去世已经多年,想起来,但愿外婆在另一个世界能够宽恕不孝之子孙。

我曾给你发送过你百日照片的电子邮件,爷爷、爸爸和你。那天,阳光很好,我的摄影记者同事张毓秀为我们祖孙三代拍了这张照片。他是日后成名的大导演张艺谋的师傅。当时,我的爷爷也就是你的曾祖父还来过一回西安,回去不久就去世了,享年六十七,他没有看到长大成人的他的重孙。爷爷来过多次,每次来都是背了麦面,因为我们添家带口,粮食不够吃,我每餐只能吃一碗汤面。外婆住在这儿看管你,考大学的大舅和上小学的小舅也跟着生活在这里,一家人一餐就是一大锅汤面。我的工资每月四十五元五,不到月底没了钱维系生计,得从单位的基金中借几元钱用,下月开工资时再扣还。之后,有了稿费,千字二十元,日子才宽松了一些。等你上了幼儿园,外婆一家就回去了,大舅当了考古所的民工,小舅在彬县上学的花销是我和你妈承担的。外爷外婆家穷,生活得不易。爷爷奶奶家稍好一些,常常接济我们,送面送油。我的稿

第十七章 家书

费多了一些，得尽养老送终之天职，按老家风俗早早给父母备了棺材钱，那时父母也才半百多年岁。

盼你终于上幼儿园了。

省委幼儿园设在大门南侧的一间大平房里，一个孩子除了只有一个小木板凳，什么也没有。老师是干部在乡下的女家属，没有多少文化，只管孩子们吃喝拉撒，别摔着碰着就行。一大早，我们为你准备好碗底的一丁点加盐的油葱花，幼儿园会煮一锅挂面，分给孩子们吃。

这时，你才牙牙学语，蹒跚学步。临时住在省委北边办公楼一楼，这里是女干部中午休息的地方，有你妈一张木板床。午休时，怕你吵闹别人休息，只好领你到外面去玩耍。晚上，这里便异常安静，我和你妈带你玩够了，就在此处过夜。一次，你刚学会走路，兴致很高，独自顺着楼道向大门口踉跄而去，我急忙追赶，你已经径直从大门口不管不顾地冲下了台阶，跌倒在地上，号啕大哭起来。于是，你知道台阶是什么，需要小心翼翼地走才行。你妈有时要出差，我抱着你送到大门外的汽车站，每次都是难舍难分，你哭得泪人一样。一次，你妈不在，我带你回红缨路家中，自行车前边的杠上骑着你，后边车架上还驮着正在燃烧的蜂窝煤炉子。冷风呼呼吹着，道路泥泞，路灯又昏暗，车子在艰难行进，你可能是玩累了，竟然歪着小脑袋睡着了。我怕你碰到车头上，我得扶车把，还得扶打瞌睡的你，后边的炉子左右摇摆。我只好把你打醒，你哇哇地哭起来。我呵斥道，你再哭？便扬起巴掌，你只好饮泣。

还好，你妈分到了礼堂南边新盖的红砖楼顶层西头的一间小屋，这才安定下来。我写过一篇《哦，楼道》，就是记述这

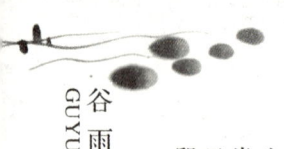

一段日常生活场景的。楼道里住了十几户人，有三几个孩子和你一般大小，有了小伙伴玩。厨房和卫生间是共用的，楼道里摆满了炉子和杂物，吵吵闹闹，倒是充满了温暖的生机。我们家买了楼道里第一台电视机，大伙都来看，也为你带来童年的快乐。

你上小学了，学校在一条马路之隔的翠华路上。这时，你妈在体检时发现了直肠癌，这简直是晴天响雷。你还不谙世事，整天照样玩耍，可大人的心像刀绞似的，天快要塌了。写信叫了你大姑来照看你，我白天在西安医学院一附院陪你妈看病，在街上买了鱼汤给她增加营养。一次，我从医院回来，心里毛躁得很，你和小伙伴在楼道那边玩，我叫了几声，让你回家吃饭，你可能没听见，我大声吼叫，你跑过来了，我顺手就是一巴掌，差点打倒了你。你没哭出声，我的手打疼了。这恐怕是我一生唯一打你的一次，很后悔，没齿不忘。恰好给你妈动手术的大夫是彬县老乡，是个小手术，没有多大隐患。她出院时胖了十斤，而我瘦了十斤，我无形中把身上的肉给她了。说来也怪，之后你外婆来西安看病，脖子上长了一个肿块要动手术，恰巧与你妈也是同一张病床，同一个大夫。接着，你二姑患病来住院，爷爷奶奶叔叔姑姑轮流伺候，医院离租住房有三几里地，我在风里雨里夜里不知背过她多少回。多灾多难，我们怎么这么流年不顺呢？

好在你妈的病治愈后有惊无险，再没有复发，谢天谢地。直到过了四十年后，她体检时身上竟然没有了癌细胞，当初真是虚惊一场。但从那时起，她的心理因受到打击，以半病人身份被允许可以不上全班，上进心受挫，性格变得压抑且任性。

第十七章 家书

　　大多是你妈接送你上学，我有时会骑在车子上，一脚踩在小学路口的马路牙子上，等你出了校门朝这边跑来，会高兴地跨上后座，我们飞一样回家去。冬天到了，学校教室的炉子是我和对门的家长下班后安装的。你的学习成绩一直不错，也没惹过什么事。只是有一次，我和你妈下班了找不见你，你竟然和几个小伙伴钻进了大院的防空洞探秘，这可把大人们吓坏了。地道常年无人进去，也许有老鼠和蛇，也许缺氧，迷了路找不到出口怎么办？想来后怕。

　　省委南边在盖家属楼，有好几幢，听说我们会分到一套两居室。几年间，我常带你去建筑工地，在一旁饶有兴致地望着，哪一个窗户是我们将来的家呀？一幢幢楼盖好了，却没有我家的份儿，最后调整出一套旧的两居室，有厨房、卫生间和小阳台，如愿以偿。站在阳台上，可以望见楼下不远处的雁塔路，车水马龙，熙熙攘攘。侧身可以从南边望见大雁塔，对面是绿树成荫的省上高官们的栖居地。有时，我们可以走入那里的后院，到游泳池去玩水。常常去玩的地方是大雁塔，抬足便到，后来在那里的活动场所，我教会了你打台球。在那里第一次吃到叫作热狗的洋点心，见到不同肤色的外国游客。之后的一个年节，大雪漫天，我带你踏雪访梅，绕大雁塔走了一圈，街上一个人也没有，这情景如在多年后的眼前。

　　一天，你妈打电话到我单位，说你病了让我赶快回来。我骑车子赶回来，只见你躺在床上，一阵阵抽搐，口吐白沫，翻白眼，只因发烧痢疾引起的脱水症状。你妈急了，一边哭，一边就狠掐你人中穴位，最后干脆用匙子去摁穴位，去掏咽喉里的痰。连忙送到东大街口的中医医院，大夫见你鼻子与嘴唇间

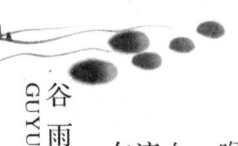

在流血,喉咙里有伤口,询问明白后,训斥家长怎么这么没有医疗常识,胡闹。不是着急嘛,也是没有经历过,缺乏医疗经验。要不是及时送医院打吊针,后果不堪设想。病房条件很差,一个阴暗潮湿的大屋子里摆满木板床,有老鼠,仅有我们一家人,要来一床被褥,在灰暗的灯光下守到天亮。

还有一次,是一起从铜川老家回来,你被蚊子叮咬的皮肤发炎,浑身长满血疱,医院说是先天性血小板减少症。血液病?这还了得。跑了几个大医院,化验结果不尽相同。最后住进了你出生的省医院,是什么血液病实验室。三伏天,热得要命,病房里待不住,晚上就一起躺在楼顶上乘凉,水泥板烫得睡不下。有位卫生报的记者知道后,说不要相信他们的鬼话,千万不要让在孩子脊椎上动刀子,钻钉子那么粗一个洞取骨髓,弄不好会造成终身残疾。于是,弃医出了院,慢慢地也没事了。记得当时为了逗你乐,我在环城南路买了一只小猫,你很喜欢。你出院上学了,我在家写稿子,那小猫不停叫唤,还跳到我书桌上捣乱,我气得差点没摔死它,便把它转让给了你妈的二伯家了。

后来你又在阳台上养了一只小白兔,等长肥了,不敢杀了吃肉,也转送给人家了。也养过几只鸟儿,一只是我从秦岭带回的画眉,一只是从西大街洒金桥作曲家溪坪家的院子里捉回的鹦鹉,都是养了一阵子死掉。养得时间最长的是蚂蚱,喳喳叫好久,最后是老死的。家里的老鼠最讨厌人,买了枷子捕捉了好几个,我用火钳子把它戳死了,你吓得不敢看。可你跟我去长安兴教寺小住时,却用卫生球围剿小蚂蚁,不觉得残忍。之后你写了童话《小蚂蚁旅行记》,被少年宫评为百名小

第十七章 家书

作家之首。之后,春节时在阳台上放鞭炮,滚地连环炮旋到了楼下墙外的柏树上,顿时起火了,甚至飞到楼下的阳台,杂物冒烟着火,引来了警笛骇人的消防车。我连忙奔下楼,楼下房子没人,就和邻居一起砸开门进去救火,我从阳台火中抢出一个液化气罐子,发烫,事后真害怕了。这么一遭,之后再也不敢在阳台上放鞭炮了。给你买过一辆白色女式自行车,很漂亮。有天你在楼下喊我,说车子让院子里一个大男孩抢去了。我冲下去,在场院边上喊住大男孩,他还回了车子。我说,你说声对不起,算了。大男孩低头不语,我大声告诉他,你要是再敢抢车子,或在路途与我儿子过不去,我一旦知道,就把你的脑袋揪下来,你信不信?大男孩吓哭了,我说,滚!他跑了。你后来结识了几个大个子同学,学会如何保护自己了。

你上中学时,按校区是上育才中学,你妈坚持要你上好一些的师大附中。她骑车子跑了几十里地,周日赶到管招生的人住的西郊乡下去说情送礼,无非是一包点心,一瓶西凤酒,一条金丝猴香烟。给学校交了三千元所谓赞助费,相当于全家三年的收入,好在我的电视剧本《铁市长》之后拿到了三千元稿费,有挣的就有花销的,算是两抵了。你每天骑自行车上学,学业名列前茅,让家人很宽慰。

这期间,我们一起回过几次铜川黄堡南凹老家。当时,铜川老家还住在原畔的窑洞里,在土炕上你给一家人背诵唐诗,表演节目,只是受不了土炕上的不知名的小虫子的噬咬,浑身起疙瘩。我带你去老宅看数百年树龄的大槐树,去沟畔点燃野草,这在我的散文中均有记述。有次回家,我和你妈在上火车前生气,你气得瞪着泪花花的眼睛。到了耀县,上了药王山,

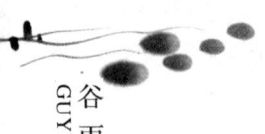

下山时我去找朋友用车子送我们回家,三个人又走散了。那时没有手机,没法联络。我找来吉普车,在桥头遇到了你俩,说要返回西安。好说歹说,天黑时一起回到了土原上的老家。你最后一次跟我回去,已经到了世纪之交的2000年秋天。你从清华大学毕业,考取全额奖学金即将前往美国加州理工学院硕博连读,回老家告别。在铜川地区,你是第一个考取清华又赴美留学的和家后代,为先人争了光。

记得老外爷正处于弥留之际,奶奶和我们去了老外爷家,还一起照了一张相片。你已经很高大了,老家认不出从小回去过几次家的和氏的又一代老大长大了。爷爷奶奶叔父姑姑们给你有多有少的学费,连日子过得糟心一个字不识的我的一个叔父也给了你皱巴巴的五十块钱。我带你去了柏树掩映的祖坟,告慰先人。可惜只在家待了一天,就匆忙返回西安了。这之后,你在西安宾馆与龚鸣举行婚礼,爷爷奶奶两个叔父还有小花翠翠从老家赶来,参加了婚礼。四个姑姑,包括从小带过你的大姑,因老家只有一座席位,她们都没有能参加,还捎来了礼当。这让我十分惭愧。

你从小到大,也回过几次你妈长大的彬县老家。路途比较远,坐大半天汽车,还得步行十几里。外爷外婆家所在的龙高乡高村,在山原沟壑的边缘,泾河在深处静静地流淌。生活苦焦,外爷还养着牲畜,忙着用荆条编囤。我带你去沟畔玩,沟坡上有放羊的,天地一片空旷。一起给地里拉粪,既累又快活。后来一次回去,外爷经营了苹果园,我们躺在园子的草庵里,秋风吹拂,多么惬意。我用自行车带着你们母子俩,沿乡间小土路,到几十里外去察看《诗经》中歌咏的周代先祖公刘

第十七章　家书

的大墓。在原畔上听得见泾河的水声，但沟太深，没有下到大墓跟前去。二十世纪九十年代我去海南之后，再没有重返那里。之后才知道，外爷外婆陆续去世，死得很可怜，我也内心不安。

我带你有过几次出行，一次是去华山，住在玉泉院十来天。有天晚上，华山出口处铁路桥上出了事故，火车撞死了过桥的若干游客，我带你看见了一只断了的胳膊上手表还在走，恐怕是你第一回见识死亡的情景。回西安的车上，我心绪不安，回到家知道你妈体检时发现了不好的病症。你妈病好后，我们去了一趟北京，为买去北戴河的火车票排了一夜队，你第一次看见了大海，抱着游泳圈在海水中玩得很开心。接着坐火车到了沈阳大连，一路上没有座位，沿途窗外是连绵的鲜花。我是在大连开一个期刊主编会，在那里玩得很好。临回程时，在大连到天津的船舶上你晕船了，呕吐不止，到岸后连忙去看医生，打了一针却打得一条腿走不了路，我只好背着前行。好不容易，坐火车回到了西安家中。之后还去过一回宝鸡，在蟠溪姜太公钓鱼处留下一张照片。

上中学时，你已经长高了，好像是担任学习委员，在班上名列二三。说有一位女同学是第一，你始终未超越她，直到她保送到交大少年班，你便出头了。你可以帮学习差的要好同学做作业，一位个子高大但成绩差的同学几乎成了你的保镖，常来家里玩。你爱看电视剧《霍元甲》，爱玩变形金刚，又喜欢上最早时兴的学习机，之后又爱去育才路的游艺厅。之后，为了让你过饱瘾，专心学业，我带你去东大街最豪华的游艺厅，花五十块钱买筹码，你在游艺机上狂奔，一会儿赚了，一会儿

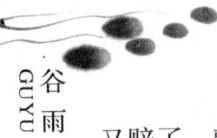

谷雨
GUYU

又赔了,整整一个下午,最后直到输光为止,很失意地回家。我说,赌棍是没有一个有好下场的。一次,你肚子疼得厉害,半夜送你上一附院,打了针回家,班车已经没有了。那时还没有出租车,街上一片死寂,你妈跟着,我背着你从医院过了小寨,又一站站路走回家,路上歇了多少次,你和我几乎一般高,我弯腰背着,你的脚不断蹭地,到家时天已经蒙蒙亮了。

你上初二时,我离开西安去了海南岛,从此我们聚少离多。

我是悄悄去海南岛的。我的境遇,尽管有电视剧《铁市长》在央视播出,轰动一时,但主编的刊物在几年前被撤了,无所事事,整天打麻将下围棋喝酒吃羊肉泡,精神上很困惑。当我遇到从西安抽调干部到南海的机遇时,又是老友当大特区司法厅长的习正宁点名去创办法制报刊,就决意南行了。我与你和你妈隐去实情,说是去南方开会,其实是要彻底告别生活了二十年的有着老婆孩子的西安,去一个陌生未知的充满诱惑的海岛上闯荡,况且已经到了不惑之年纪。

开放的海南岛,十万人才闯海之狂热之乱象,可想而知。好在流浪奔波中稍稍安定下来,所主编的自负盈亏刊物移至西安印刷发行,这才可以隔月回一次西安,在家里住几天,有带你玩的时间。口袋里有几个钱了,我带你去骡马市才兴起的小饭馆吃大餐,你妈怕花钱,又吃不习惯外边的饭菜,执意在外边等候。记得每人要一份莲籽汤,上来的是两大盆,只好付了费让端下了一盆,再吃清蒸鱼。一餐花去几十元,几乎是内地半月工资,你妈心疼。这时已经有了稀少的出租车,从大差市坐到后村站要六元,坐公共车也就一两毛钱,你妈执意不坐出

第十七章 家书

租去挤班车。为方便联系，三千元给家里安装了一部电话，线路还是专门从雁塔路拉到屋里的。是的，西安的收入很低，在海南岛也许一个早晨，分分钟签一个大的广告单，也可以有上万元的报酬，抵得上内地十年八年的死工资。有文化的人，搞文学的人，应该说是有智慧的人，为什么甘于受穷过凄惶日子？一个有能力担当的人仅仅讲精神处境，却在改变物质处境方面是低能儿，是可悲的。我正是基于这种想法，背井离乡，在海南岛度过了八年喜忧参半而不堪回首的客居生活。

一天，我接到你妈的加急电报，说你病了，已经住进三二三医院。我第一时间坐飞机赶回西安，心情沉重地到了医院，你的病已经好转，让我放下心来。你拉过我的手，仔细地观察我手背上的血管，我问怎么了，你说，如果你有病打吊针，血管肯定好找。你是让打吊针找不到血管痛苦坏了，可不是，你的手背上尽是斑痕，让我心疼。我在海南再苦再累再孤寂，这都不是事，唯独害怕说你病了，或者出什么事了，我则痛苦不已。我不是个称职的好父亲，在你成长的关键阶段，把你丢在了万里之遥的故地。你妈有条件调到海南工作一起生活，可她压根不喜欢那里的乱象，却无视海边的勃勃生机，一次也没到过海南。这不是她的错，也许是我的错。好在家里的经济条件有所改善，你可以衣食无忧，上得起大学留得起学而不至于节衣缩食过于穷酸。同时，也能帮衬老家还处于贫穷边缘的父老兄弟姐妹，让侄子侄女外甥外甥女们不为学费煎熬，我就心安理得了。

在爸爸不在身边的几年里，有你妈的精心照料甚至舍弃了仕途升迁的代价，主要是你自尊自爱自立，出色完成了高中学

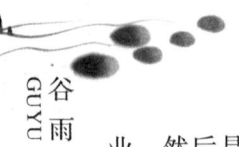
谷雨
GUYU

业,然后是备战高考。几年里,你抽空几乎读完了省委图书馆的大多书籍,每天下午还喜欢打篮球,自我调整,时间安排得有条不紊。你高考的第一天,你妈说你不让她陪,你是自己骑自行车赶考的。晚上我从海南打电话给你,问考得怎么样?你情绪淡定,不想多说话,说还行,我要休息了。之后稳稳考中清华大学,陕西几十万考生考取清华北大的仅有一二百人,让我这当父亲的在万里之遥为之庆幸。你妈送你去上大学,寄来了在清华照的相片。她视你如宝,疼爱而严厉,本来说要请长假在北京学校附近租房,陪你读大学,怕你不会照顾自己的日常生活。当然,这只是一厢情愿,也不现实,便放弃了这一想法,回西安上班了。我两次去北京开会,一次是亚太法学会议,一次是中国作家协会代表会,我先后去你们学校的宾馆住了几天。前一次在学校见到你,瘦了,衣领处有污垢,忙于学业而不拘个人卫生。你当了班长,之后又辞职了,专心学业,说每一个同学在各省可能是一条龙,集聚在清华,也可能只是一条虫。但这条虫,出了清华又可能是一条龙。你在学业上,有志成为一条龙。你从小喜欢文学,越到长大一些,做了一番尝试后,说写作发表文章出书没有什么了不起。你瞧不上你老爸没什么,青出于蓝而胜于蓝,老爸不会生气,反而鼓励你由文科转为理工,务实不务虚,所谓实业救国。你属相蛇,乃小龙也,吉人天相。

　　果不其然,之后我陆续收到从清华大学电子工程系寄给家长的你的成绩单,你在班级的各门功课和总分名次一格里,都填的是"1"。行啊,儿子,不愧是我的儿子,比老子强多了。后一次去,还住在清华宾馆,你引见了女朋友,也一起正在准

第十七章 家书

备参加出国留学考试。我很高兴，在饭厅交足了预付押金，尽管点好的吃犒劳你们。我不懂坐地铁换乘，租车一起去了比较远的类似锦绣中华的景点，去了向往中的缩小版的世界名胜，那里有你们的未来，你们七〇、八〇后一代的梦。我辈看来是望尘莫及，老朽一个了。

你临毕业时，和女朋友还有同学一起飞到了海南。我们得以在一起度过了几天快乐的日子，海浴、游玩、K歌、跳舞、聚餐、打麻将。你的围棋却没有什么进步，和我下输了一盘，就不再较量。当然，我的围棋在行家圈子里也常是别人的手下败将。如今，我的围棋闲置若干年了，每当看到电视上儿子陪老爸下棋的公益广告，只是个羡慕嫉妒狠。你女朋友小龚伶俐能干，做过一大桌子菜，让我惊喜不已。有次你们上街，生气了还是走散了，我看见只有你和那位男同学回来，不见小龚，你笑笑说，小丫头怒了。怎么？我着急了，幸好她打电话回来，一时迷路，这才接了她回来。临回程上飞机前，我们一起在南航路吃饭，还有点时间便在饭厅里唱歌，我唱了一首张学友的《祝福》，小龚说你五音不全，看你爸唱得多好，你怎么没有这方面的遗传基因？你不好意思地笑笑。出了门，我们沿路边走，我突然觉得有人撞了我一下，坏了，我的小包被骑摩托的飞贼抢跑了。怎么办？我一时愣住了，只见你们在小龚的指挥下，拦了一辆出租去追，我也没制止得住。我知道，飞贼在前边很快会拐入小巷子，或者换了尾牌和衣着，也许给你一个回马枪伤及人命。丢钱是小，惹出乱子就不划算了。我正担心，你们的车子拐回来了，说是跟丢了。我说，小包里有万把块钱，有身份证和票据，算了，折财免灾。你们飞离了海南

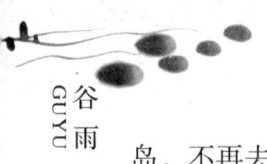

岛,不再去过。

此前,我有一回欧洲之行,在回归前后的香港为你寄了明信片。你从小就喜欢集邮,我常常带了编辑部来稿信封上贴的邮票给你,你都细心地把邮票泡在清水中,洗去纸屑和黏液,然后贴在玻璃上晾干,分门别类收藏起来。每个生日送你的是一套新的集邮册,已经积累十几本了。我在西欧收集了多国邮票和钱币,送你欣赏珍藏。当然,如今你的步履早已涉足这些异国他乡,我在那里留下的痕迹早已被风吹得无影无踪了。

你考取了美国加州理工学院的硕博连读,临离开西安前,与龚鸣举办了婚礼,双双飞往异国他乡。在火车站,我和你妈送你,还有你岳父母。你妈在火车开动的一刹那,就离开送行的人群独自悄悄离开了,她忍受不了骨肉分离。恨别鸟惊心,诚然。我落寞地走出车站,泪眼迷蒙,儿子翅膀硬了,飞了。

在此之前,你毕业前夕,我和你妈办理了离异手续,等我回到海南岛时才打电话告诉你。你惊奇地问,为什么会这样?就没有了其他话,说要上课去了,就这样吧。我愣住了,本想与儿子说说来龙去脉,却被儿子疑惑而淡定地交付过去了。儿子真的长大成人了,我忧伤之后便是自我安慰。当时,你妈为调整房子的事着急,连发几封电报到单位催促办理离婚手续,让同事们大为不解。享受福利分房,规定夫妻双方只能分得一处,不管是否在一个城市,这是什么政策?我在海南已经分得一处,如果单位证明我无房,西安的房子就可以调整为三室一厅,否则不予产权登记。偏偏开证明的海南本地人诚恳而聪明,证明的是"不再分给住房",所答非所问,没用。于是,最好的办法是办理离婚手续。当然,得由我支付你读到博士的

第十七章 家书

全部费用。我照办,之后尽管积蓄所剩无多。你妈说,你这一下子解脱了,逃了八年,看把你死在那海岛上也没人埋,法律上解除了婚约,你还是安心回西安好了。

期间,我本来也准备返回故地了,一是我的老友上司习正宁突然患心脏病去世了,所办报刊也合并到了省委政法委,我的工作处境不佳,想调海南文联又拖延了,便想打道回府。二是在老家的父母年事已高,父母在不远游,游必有方,应该回到父母身边,行送终养老之孝道。离异是其中一个因素,也并非唯一缘由。离开了,还可能复婚吗?答案不乐观。我的过错我知道,她不会原谅。彼此同理,罢了。是的,我在你赴美后又再婚成了家,我想安定地过半百年纪之后的平常日子。在你留学的几年里,先后得了一对我的小孙女,鸿雁传书,一起承受了彼此的担忧与快乐。我在故地也回归了安宁,与你爷爷奶奶离得近了,有时接老人来住,心绪沉淀下来了。

离别五年后,你和媳妇还有两个可爱的我的小孙女回来了。你学业有成,事业家庭两不误,在异国他乡组建一个新家实属不易。唐朝白居易曾言,长安居不易,我想,何况美利坚?作父亲的无能,对你们没有多大帮助,惭愧之至。那天傍晚,我们在西安东大街西安饭庄重逢,五年过去了,多了两个天使般的小宝贝,问爷爷好,我落泪了。我,你妈,你和媳妇,其欣其薇,我们照了一张相片,留给我之后常常的对视,聊以释怀。我抱着孙女走过大街,我早当爷了,当美国籍孙女的爷,美国人的爷,聊以慰藉一个年近花甲之人迟暮的心。

又过了两年,你媳妇一个人带两个娃回来,鞍马劳顿,实在不容易。你是过了一阵子才赶回西安的。我去看了小家伙,

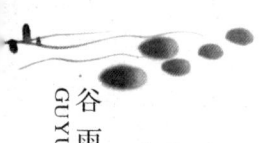

你妈说美国生的小孩不胡乱吃东西,我带什么好?最后选择了高级巧克力带去,还好,两孙女挺喜欢。我们只是在兴善寺东街的小饭店里简单吃了顿饭,第二天你们就赶飞机回了美国。你带回了深海鱼油等东西,让捎给患病的爷爷,时间太紧张,回不了老家了。你的供职机构在纽约华尔街,是一家国际权威咨询机构,你的差事类似于企业大夫,业务遍及全球,整天赶飞机飞来飞去,听汇报,做调查,最后开出"处方",为客户提供服务。我问你,公司有几个中国人?你说亚洲人也只有一个,你的同事皆是美国人。你曾从留学的洛杉矶搬到纽约附近的一个城市,媳妇孩子和你岳母在那里生活,之后又重返加州,毕竟是你生活了多年的地方,这么才稳定下来。你要在洛杉矶与纽约之间长距离穿梭,也是够辛苦了。当时你妈听说媳妇和孙女回来住一段时间,挺高兴的,让我准备生活用品的清单,从牙刷到被褥,也都备齐了。住了没几天,又上你岳丈家住了。一天,又回到你妈那里住,媳妇外出办事,你妈管了一天孩子,中间打电话给我说,她忙得一整天没喝上一口水,两个小家伙打打闹闹,她又怕跌了孩子,忙得不可开交。我说,你当奶的只管了一天孙女就受不了,这得感谢人家亲家母,把孩子带这么大了。你妈有时想你们,给我打电话说,你好久没来电话了,操心你们,埋怨说把她这个当妈的忘记了。她的电话只能接不能打国际长途,我就打给你让给她回电话。后来她说,儿子也不容易,成家立业,忙事业忙生活,说她自己是只须付出不求回报,只要儿子一家过得好就好。你这次走后,她把你留给她的美元转交我了,说是放在她那里她心里不舒服。说你走时在她那里要了一些人民币,方便零花,却又兑换成美元给她,母子之间分得太清楚了,她过意不去。我说,没什么,这就是美国人,AA制。

大概又过了两三年,你妈冠心病发作,我带车把她送到医院急救室,住院观察。你正好在国内出差,请假回到西安。我在文艺路等你,你从出租上下来,一身旧旧的牛仔服,拉一只皮箱,不像美国咨询师的样子。我可以想象,你换一身西服革履,领带一扎,矫健的身段,机敏的眼神,一口流利的英语,很绅士地走向谈判席,谁会以为你是老土?你回到家,几乎一夜没睡,我以为你倒时差,其实你是不停通话,有公司客户的,有媳妇那边的,又忙于在手提电脑上敲打英文字母,我在一边看,看不懂英文,问你写的是什么,你开玩笑说是商业机密。白天去医院,你给你妈买了一捧鲜花,当妈的当然开心。你妈埋怨我说,谁让你叫儿子回来,耽误了他的工作,我就是死了你也不要告诉儿子,等到儿子回来领着到墓碑前看一下就行了。我说,你也太悲观太大度无私了,让儿子怎么接受得了。接着,你妈准备动心脏搭桥手术,你签了字,排队检查取药买饭,这一回,儿子派上用场了。结果因血管微弱,是散点状的梗塞,病情无大碍,只能非手术药物治疗调养。在我住的那里,给你做了从小最爱吃的捞干面调油泼辣子加醋,你没吃一口,说出国这些年,口味已经变了。你说请我吃西餐,在那里要了沙拉,说做得不地道,给我要了面包还有一小碟葡萄干,能这么吃吗?你忙于接听电话,我买了单,你说,说好的你请我,于是兑换成美元给了我。我还是那句话,说,这就是美国人,好。之前给孙女买过中国传统工艺儿童服,你说不合适没带走,这回去让你阿姨专门在豪华商场买了两身童装,你

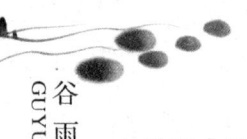

也说不合适没带走,我只好让你给孙女带去压岁钱。过了几天,我送你到咸阳机场,你用的是什么金卡,径直进了贵宾室,又飞回美国了。

前几年,你媳妇和孩子先回来,看了兵马俑,又去了云南游玩,你随后回西安,也是仅待了三天。在你妈那里,要了翠华路小学边上外卖的小六汤包,难得共进午餐。其薇用汉语笑着说了一个故事,说比萨人想学做中国的包子,结果学不会,做成了比萨饼。我们留了合影,一直在我的书架上端详着我。一晃,又是几年过去了。

之前,听说你在海边买了房子,我想寄你一万美金,你电话说不用了,我说,那我就用这钱在老家修缮旧学堂当归宿之地了,你说也好。如今我时常回去住,陪伴你奶奶,积累近年的小随笔,出了一本叫《归园》的书,但愿你之后能读到源远流长的乡愁。你爷爷去世已经过了三年,他弥留之际与你通了话,他远在天边的孙子在他离开人世时给予思念的剧痛与莫大的宽慰。奶奶八十一了,近年身体尚好,但愿在有生之年,能再见到久居美国的大孙子一家,亲亲她未曾谋面的重孙女。

儿子,你属蛇,亦称小龙,今年是羊年,你已经三十七八岁了。再过两三年,你就到了你爸我离开西安闯荡海南岛的年纪了,所谓不惑之年。天若有情天亦老,人最扛不住的是时光,就这么悄无声息地从窗外溜走,怎么也挽留不住,值得珍重才是。

你与父母天各一方,知道你忙,也就很少打扰你们。只是在孙女生日或节假日时,发一则短信问候平安,也就心满意足了。只要你们过得好,大人们也就宽心了。人常说,忠孝不能

第十七章 家书

两全。我经常说,如果有一个出息的儿女,一直往高处飞,飞到你看不见的云层里了,儿女的成功是说给别人好听的,自己却难得有儿孙绕膝的天伦之乐,得失兼之。如果有一个平庸的儿女,也许给你要媳妇要房要车,压力山大,整天却在你面前晃悠,偶尔买一块豆腐回来,一起包饺子吃,何尝不是一种人生的幸福。罢了,死生有命,富贵在天,只能如此安慰自己,争取平静地走向人生的终点。

在农历乙未年的中秋节,我发了一则短信给你:中秋到,吃月饼。你回信说,中秋快乐。世界这么大,感谢科技让彼此在分分钟得以沟通。正好近日闲暇,忍着不大舒服的腰病在键盘上敲打了上述文字,远寄儿子。

秋风吹渭水,落叶满长安。又一度的秋天到了,草木凋零,我过几天回老家去,看柿子红了,有软的淡柿可吃,那是我童年果腹的食物,那种滋味,美国出生的小孙女也许体味不到。就此打住。

父字 2015 年中秋于西安文昌门外。

2000—2016 年初稿

2017 年 7 月 2 日修订

西安三爻—铜川南凹